Mehr von Tina Folsom

Scanguards Vampire
Samsons Sterbliche Geliebte
Amaurys Hitzköpfige Rebellin
Gabriels Gefährtin
Yvettes Verzauberung
Zanes Erlösung
Quinns Unendliche Liebe
Olivers Versuchung
Thomas' Entscheidung
Ewiger Biss (Novelle)
Cains Geheimnis
Luthers Rückkehr
Brennender Wunsch (Novelle)
Blakes Versprechen
Schicksalhafter Bund (Novelle)

Jenseits des Olymps
Ein Grieche für alle Fälle
Ein Grieche zum Heiraten
Ein Grieche im 7. Himmel
Ein Grieche für immer

Der Club der ewigen Junggesellen
Begleiterin für eine Nacht
Begleiterin für tausend Nächte
Begleiterin für alle Zeit
Eine unvergessliche Nacht
Eine langsame Verführung
Eine hemmungslose Berührung

Der Clan der Vampire – Venedig 1 & 2
Der Clan der Vampire – Venedig 3 & 4

Geliebter Unsichtbarer (Hüter der Nacht - Buch 1)
Entfesselter Bodyguard (Hüter der Nacht – Buch 2)

Ein Grieche zum Heiraten

(Jenseits des Olymps - Buch 2)

Tina Folsom

Ein Grieche zum Heiraten ist ein fiktives Werk. Namen, Charaktere, Orte und Geschehnisse wurden erfunden. Jegliche Ähnlichkeit mit wirklichen Orten, Ereignissen, oder Personen, lebend oder verstorben, sind zufällig.

Deutsche Erstausgabe
Die Amerikanische Originalausgabe erschien 2011 unter dem Titel *A Scent of Greek*

Cover design: Leah Kaye Suttle
Cover Fotos: Period Images
Autoren Foto: (c) Marti Corn Photography

Für Mark

1

„Sie dürfen die Braut jetzt küssen!“

Dionysos beobachtete, wie sein bester Freund Triton, der Gott der Seeleute und Matrosen, die schöne Sophia in seine Arme nahm und sie länger, als es bei einer Hochzeit üblich war, küsste – vor allem, da bei dieser Hochzeit die Hälfte der Bewohner des Olymps versammelt war. Wenn er sie noch enger hielt, würde ihr weißes Brautkleid aus reiner Seide so zerknittern, dass es für immer ruiniert wäre, aber das Brautpaar schien das nicht zu kümmern, falls sie es überhaupt bemerkten.

Selbst Dio gefiel das Bild vor ihm: Tritons blondes Haar und seine sonnenverwöhnte Haut kontrastierten gut mit Sophias dunklen Locken. Doch obwohl die beiden Liebenden wie komplette Gegensätze aussahen, wusste Dio dennoch, dass sie füreinander geschaffen waren.

Mehr als ein Gast musste sich räuspern, bevor Triton – eher widerstrebend – seine Lippen von seiner Frau nahm und Dio zuzwinkerte. Dio schien es, dass obwohl sein bester Freund – und einstiger Schürzenjäger – nun hundert Prozent monogam war, er weder seinen Sinn für Humor noch seine Leidenschaft verloren hatte.

Zumindest konnte Dionysos sicher sein, dass sein Freund in dem goldenen Käfig, in den er sich gerade von dem sterblichen Priester hatte einsperren lassen, glücklich werden würde. Und es schien, als ob Triton der Käfig nichts ausmachen würde. Dio schüttelte den Kopf und warf einen Blick auf die Gäste, die jetzt an dem Paar vorbeigingen, um ihre Glückwünsche entgegenzubringen. Als Trauzeuge blieb er an Tritons Seite, gleichzeitig glücklich und traurig – glücklich, da er wusste, dass sein Freund wahre Liebe gefunden hatte, und traurig, da er seine Stellung als dessen bester Freund verloren hatte. Sophia stand Triton nun näher.

Sophias Villa war für die Hochzeit wundervoll geschmückt worden – man hatte keine Kosten gescheut. Nicht einmal auf dem Olymp hätte dieses Ereignis noch extravaganter ausfallen können. Das opulente Haus, das sie von ihrer Tante geerbt und in eine Pension umgebaut hatte, um die Erbschaftssteuer zahlen zu können, war für Ereignisse wie dieses wie geschaffen. Der Speisesaal mit seinen fast vier Meter hohen Decken war ausgeräumt worden, um für die vielen Gäste Platz zu machen, die für die Zeremonie angereist waren. Im angrenzenden Wohnbereich, der so groß wie ein Ballsaal war, erwartete die Gäste ein reichhaltiges Buffet mit feinsten Köstlichkeiten und ein paar noch verlockenderen Kellnerinnen. Blumen schmückten das ganze Haus – drinnen wie draußen – und der Duft von Rosen und Jasmin durchzog das Gebäude.

Dio beobachtete geduldig, wie Poseidon und Amphitrite, Tritons Eltern, ihren Sohn und ihre Schwiegertochter umarmten und vor Stolz strahlten. Selbst Orion, Tritons Halbbruder, verhielt sich höflich und schüttelte Tritons Hand. Jetzt, da Triton keine Konkurrenz mehr für Orion darstellte, wenn es um weibliche Aufmerksamkeit ging, schien Orion seinem Bruder gegenüber auch keine Feindseligkeiten mehr zu hegen.

Als Zeus sich dem Brautpaar näherte, versteifte sich Dionysos ebenso wie Triton. In seinem Designer-Smoking, seinen mit Diamanten besetzten Manschettenknöpfen und den italienischen Schuhen, sah Zeus aus wie ein Playboy, der gerade aus den Seiten des GQ-Magazins gestiegen war: heiß, imposant und er sah keinen Tag älter als fünfunddreißig aus. Seine Bartstoppeln ließen ihn verrucht erscheinen und warnten vor der Gefahr, die er darstellte. Es war eine Warnung, die jede Frau dieser Hochzeitsgesellschaft beherzigen sollte, jedoch bei Zeus' überwältigendem Charme in den Wind schlagen würde.

Der Gott der Götter gratulierte dem jungen Paar und küsste Sophia auf die Wange. Tritons Anspannung baute sich auf wie eine Ozeanwelle, sodass Dio sich physisch des Besitzanspruches seines Freundes bewusst wurde. Manchmal konnte dies ja liebenswert sein, aber im Moment wäre es nicht klug, dieser Empfindung nachzugeben. Dio legte eine Hand auf den Arm seines Freundes und warnte ihn, nichts Unkluges zu tun, obwohl er ihn nur zu gut verstand: Dios verdorbener Vater Zeus war für seine Liebe zu schönen Frauen bekannt, und nicht einmal die Anwesenheit von Hera, seiner starrköpfigen Frau, konnte Zeus dazu bringen, seine Hände bei sich zu behalten. Aber Dio hoffte, dass Zeus wenigstens genug Anstand hatte, um auf einer Hochzeit die Finger von der Braut zu lassen.

Um Zeus' Aufmerksamkeit in eine andere Richtung zu lenken, fühlte sich Dio genötigt ihn anzusprechen: „Zeus!" Dio nickte kurz, als sein Vater ihn wahrnahm. „Ich sehe, du hast deine Frau mitgebracht. Wie nett von dir."

Die Verengung von Zeus' Augen bestätigte, dass er nicht gerne an Hera erinnert wurde. „Deine Stiefmutter hat eine besondere Art, ahnungslose Menschen zu nötigen, sie einzuladen." Er warf einen Blick zu Sophia, die die Einsicht hatte, zu lächeln: ein charmantes, süßes Lächeln, gegen das nicht einmal Zeus immun zu sein schien.

„Ich dachte, es wäre angemessen, sie einzuladen. Sie scheint so eine nette Frau zu sein. Und außerdem sind wir ja alle verwandt", zwitscherte Sophia gutmütig.

Dio verzichtete darauf, seine Augen zu verdrehen, bemerkte jedoch, dass die Sehnen im Halse seines Vaters hervortraten, was zeigte, dass es ihn all seine Beherrschung kostete, seine abscheuliche Laune nicht an ihr auszulassen.

„Du hast recht, meine liebe Sophia", presste Zeus stattdessen hervor.

Zu wissen, dass Heras Anwesenheit bei der Hochzeit Zeus so verärgerte, ließ Dio fast taumelig vor Freude werden. Jeder, der seinen Vater stinksauer machen konnte, war willkommen. Und das schloss seine böse Stiefmutter mit ein.

„Eine große, glückliche Familie!" Dio grinste Sophia an, bevor er eine Bewegung in seinem Augenwinkel einfing und den Kopf drehte. „Ach, wenn das nicht die Person ist, von der wir gerade reden."

Nur weil er froh war, dass Heras Anwesenheit Zeus verärgerte, bedeutete dies nicht automatisch, dass er sich auch mit ihr abgeben wollte. Wenn jemand eine Chance hatte, auf seinem Scheiß-O-Meter noch höher zu klettern als sein Vater, dann war Hera da auf jeden Fall im Rennen.

Hera erschien in einem figurbetonten, langen, roten Kleid, ihr langes, dunkles Haar kunstvoll auf ihrem Kopf drapiert. Sie hob eine Augenbraue, bevor sie Zeus beiseite stieß und Sophia umarmte. Sie war schön. Guten Geschmack hatte er – das musste er seinem Vater lassen. Jedoch selbst Dio – der so wenig an Liebe und Zuneigung interessiert war wie ein Straßenverkäufer an einem Gewitter mit Regen, der auf seine Waren fiel – mochte Schönheit mit einem Hauch von Wärme. Doch Heras Schönheit war aus Eis: kalt – mit Aussicht auf Hagel.

„Herzlichen Glückwunsch, meine Liebste. Du hättest es viel schlimmer erwischen können als mit Triton." Hera machte eine Pause und warf Dio einen Seitenblick zu, ein sicheres Indiz dafür, dass sie sogleich eine giftige Bemerkung aus ihrem Handgelenk schütteln würde: „Sei froh, dass du dich nicht in Dionysos verliebt hast!"

Bevor Dio etwas erwidern konnte, nahm Triton Heras Hand und küsste sie. „Es freut mich, dass du dem zustimmst." Das Funkeln in seinen Augen bestätigte, dass Triton überglücklich war und Heras bösartigen Hieb, der für Dio bestimmt war, nicht registriert hatte.

„Deiner Braut stimme ich zu", antwortete sie spitz. „Die Wahl deines Trauzeugen lässt jedoch viel zu wünschen übrig. Das widerspricht dem Grundsatz, sich den besten seiner Freunde dafür auszusuchen, nicht wahr? Der beste Weiberheld vielleicht, obwohl ich glaube, dass dieser Titel seinem Vater zusteht."

„Autsch, du tust mir weh, Hera!", konterte Dio und hielt sich seine Hand an die Brust, als ob er einen Herzinfarkt erlitten hätte. Nicht, dass sie mit ihrer Bemerkung nicht einen Volltreffer erzielt hatte, denn er war, wenn es um Beziehungen ging, kein Stückchen besser als Zeus. Aus demselben Holz geschnitzt, nun ja, aus dem gleichen Knochen: dem Oberschenkelknochen, um genau zu sein. Aber er brauchte keine Erinnerung daran, wer oder was er war, vor allem nicht von Hera.

„Würdet ihr mich bitte entschuldigen? Es scheint so, als müsste ich etwas üben gehen, da gerade meine Qualifikation als Nummer Eins der Schürzenjäger in Frage gestellt wurde."

Er ignorierte Heras zusammengepresste Lippen und war nicht einmal im Entferntesten an Zeus' Reaktion interessiert. Er zuckte einfach mit den Schultern, als Triton den Kopf schüttelte.

Doch Sophia schenkte ihm ein charmantes Lächeln. „Die Bar ist offen", deutete sie an.

Stumm dankte Dio ihr für ihr Verständnis, denn so sicher wie die Sonne jeden Tag aufging, trocknete seine Kehle nach zwei Minuten in der Gegenwart seines Vater und seiner Stiefmutter aus wie bei einem Sandsturm in der Sahara.

Dio schlenderte ins Wohnzimmer, wo in einer Ecke eine Bar aufgebaut worden war, und ignorierte die Buffettische, auf denen herrlich aussehende Hors d'Oeuvres neben aufwändigen Blumenarrangements standen. Bald würden sich die Gäste auf das Essen stürzen wie die Heuschrecken auf ein Kornfeld, wenn auch mit weniger Anmut und Manieren. Er bedeutete dem Barmann, ihm ein Glas Zinfandel einzuschenken. Er war ja nicht umsonst der Gott des Weines. Denn wenn Dio sich mit einer Sache auskannte, dann war es mit Wein.

Er nahm das angebotene Glas und spülte damit die Überreste seines Gesprächs mit Hera und Zeus hinunter.

„Wer hat dir denn in deinen Wein gepinkelt?", fragte Eros frech, klopfte ihm dabei auf seinen teuren Armani-Anzug und hinterließ mit seiner mächtigen Hand wahrscheinlich eine bleibende Falte.

Dionysos drehte sich um und starrte den Gott der Liebe an. Genau die Person, die er gerade nicht sehen wollte. Zumindest hatte Eros den Anstand gehabt, seinen Bogen und Köcher zu Hause zu lassen. Er sah fast so aus, als fühlte er sich in seinem eleganten grauen Anzug wohl. Zeus hatte jeden gewarnt: Wenn einer den versammelten Menschen Anlass zur Vermutung gab, dass die Hälfte der Gäste Götter und andere unsterbliche Wesen waren, würde derjenige streng bestraft werden. Und sein Vater kannte sich mit Bestrafung aus.

„Verpiss dich!"

Ein weiterer Schlag auf seine Schulter kündigte die Ankunft des Götterboten Hermes an. „Neidisch?", fragte er und winkte in Tritons Richtung.

Dio zielte mit seinem Blick auf Hermes. „Auf einen goldenen Käfig? Ganz sicher nicht."

„Triton betrachtet es nicht als Käfig." Eros hatte die Kühnheit, ein Grinsen mit Hermes auszutauschen.

„Er sieht sehr glücklich aus“, fügte Hermes an. „Während du aussiehst, als hättest du Essig getrunken.“ Er winkte den Barmann heran. „Ein Glas Rotwein, aber nicht den gleichen, den er trinkt.“

„Der Wein ist völlig in Ordnung. Es ist die Gesellschaft, die stinkt.“

Eros trat einen Schritt näher. „Du sprichst doch nicht etwa von deinen zwei besten Freunden hier? Oder bist du auf einen Streit aus?“

Vielleicht war es das, was er brauchte, eine gute Schlägerei, damit er sich wieder normal fühlte. Die letzten Wochen hatten ihn ausgelaugt, während er Triton und Sophia bei den Hochzeitsvorbereitungen geholfen hatte. Aber als Tritons Trauzeuge hatte er sich verpflichtet gefühlt, mitzuhelfen und bestimmte Dinge für Triton zu erledigen – wie zum Beispiel die Handhabung der Gästeliste der Götter und die damit verbundene Besänftigung angegriffener Egos. Aber nicht einmal er hatte es verhindern können, dass Sophias Einladung bei Hera landete.

Als Hüterin der Ehe und Mutter Göttin hatte Hera eine besondere Verbindung zu allen Frauen. Sie hörte ihre Bitten, auch wenn sie nicht persönlich gerufen wurde.

„Wenn ich wüsste, dass du fair kämpfen würdest, hätte ich nichts gegen einen kleinen Faustkampf einzuwenden.“

Eros hob die Hände wie zur Kapitulation. „*Moi?* Nicht fair kämpfen?“ Dann blickte er Hermes an. „Hast du jemals schon so etwas gehört?“

Trotz allem musste Dio grinsen. Hermes brach eine Sekunde später in Lachen aus. Und genauso schnell war Dios schlechte Laune plötzlich wie weggeblasen. Seine Freunde schafften das immer. Darum liebte er sie. Es war nur schade, dass sie nun viel weniger von Triton sehen würden, da dieser jetzt in der – zugegebenermaßen sehr charmanten – Stadt Charleston leben würde. Auch Dio hatte eine kleine Junggesellenbude hier, die er gelegentlich bewohnte, so sehr mochte er die Stadt und die vielen Bars. Es wäre keine Zumutung, Triton von Zeit zu Zeit zu besuchen. Vielleicht würde sich also letztendlich doch recht wenig ändern.

„Hast du die schöne Rothaarige in der Menge bemerkt?“, fragte Hermes.

„Francesca? Sie ist Sophias beste Freundin. Aber verschwende deine Zeit nicht mit ihr!“ Dio nahm einen großen Schluck von seinem Wein.

„Du denkst, ich habe keine Chance?“

„Hängt von der Konkurrenz ab.“ Dio liebte es, seinen Halbbruder zu hänseln.

Hermes grinste. „Wenn du die Konkurrenz bist, gewinne ich auf jeden Fall.“

Eros lachte. „Ich bin gerne bereit, den Schiedsrichter zu spielen.“

Dio winkte ab. „Ich bin nicht an ihr interessiert, aber mach nur und konkurriere mit Zeus.“

Die Luft entwich Hermes, als hätte jemand eine Nadel in einen Luftballon gesteckt. „Das ist einfach unfair. Warum schlägt er immer als Erster zu?“

„Schafft er nicht immer“, unterbrach Dio und lächelte in sich hinein. Das köstliche Häppchen, das er für sich selbst gewählt hatte, war noch nicht in Zeus’ Peripherie getreten, und wenn Dio es verhindern konnte, dann würde sein Vater sie nie zu Gesicht bekommen, zumindest nicht, bis Dio mit ihr fertig war.

„Und was soll das jetzt wieder heißen?“, forderte Hermes ihn heraus.

Eros ließ einen wissenden Blick über ihn schweifen. „Es sieht so aus, als ob unser lieber Freund ein Opfer gefunden hat, das Zeus’ geschultem Auge bisher entgangen ist.“

Denn eine Schönheit wie sie würde sofort Zeus’ Aufmerksamkeit auf sich ziehen.

Dio zwinkerte dem Gott der Liebe zu. „Und das ist alles, was ich euch verrate.“

„Wer ist sie? Ist sie hier?“, fragte Hermes eifrig und reckte seinen Hals, um seine Augen über die Menschen schweifen zu lassen, die bereits im Wohnzimmer waren und sich jetzt um eine gute Position in der Schlange vor dem Buffet bemühten.

„Sehe ich dumm genug aus, um jemanden aus der Hochzeitsgesellschaft zu wählen, wenn Zeus sie dann ganz bestimmt für sich in Anspruch nimmt, sobald er sie sieht?“

„Ah, vielleicht eine der Kellnerinnen?“, warf Eros ein.

„Nein, auch nicht eine der Kellnerinnen. Wenn Zeus sie sieht, kann nicht einmal Francescas Schönheit ihn davon abhalten, meinem Mädchen nachzusteigen.“ Nicht, dass sie schon *die Seine* war. Die schöne Ariadne hatte sich bisher seinen Avancen widersetzt und nur ein paar keusche Küsse erlaubt. Sie hatte behauptet, sie wolle ihn zuerst näher kennenlernen. Genau wie Dio sie auch kennenlernen wollte: auf biblische Art und Weise.

„Dein Mädchen? Dio, soll das heißen, du hast deine *Nur-für-eine-Nacht-Regel* abgelegt?“ Hermes setzte sein *Du-willst-mich-wohl-verarschen* Gesicht auf.

Dio schüttelte den Gedanken ab, als wäre er giftig. „Mach dich nicht lächerlich! Siehst du mich in absehbarer Zeit in Richtung Kirche gehen? Sobald ich sie gehabt habe, lege ich sie auch schon wieder ab. Die Wochen, in denen ich sie ausgeführt habe, werden sich heute Abend auszahlen.“

Eros legte seine Hand auf Dios Unterarm. „Stopp! Willst du damit sagen, dass du sie noch nicht gefickt hast?“

Dio schluckte schwer. Seinen Freunden gegenüber zuzugeben, dass er eine Frau nicht beim ersten Versuch ins Bett bekommen hatte, war so, als gäbe er eine monumentale Niederlage zu. „Ich genieße die Jagd.“ Was nicht ganz unwahr war. Ariadne langsam zu verführen hatte seinen Reiz. In der Tat gefiel ihm der Nervenkitzel einer langsamen Verführung immer mehr. Und aus irgendeinem seltsamen Grund genoss er dieses ungewohnte Gefühl.

Hermes brach in herzhaftes Lachen aus. „Endlich eine Frau, die nicht sofort ihr Höschen fallen lässt, wo du deinen Finger krümmst.“

Wut sammelte sich in Dio an. Er fühlte sich gezwungen, seine sexuelle Leistungsfähigkeit gegen Hermes’ Angriff zu verteidigen. „Glaube mir, heute Abend wird sie ihr Höschen fallen lassen, oder ich bin mit ihr fertig!“

„Klingt wie eine Herausforderung.“ Eros hob sein Glas zu einem Pseudo-Prosit.

„Das ist eine Tatsache!“ Heute Abend würde sich Ariadne ihm hingeben. Er würde in ihre süße Hitze sinken und schließlich seine Leidenschaft für sie entfesseln, sie zu nie gekannten Höhen bringen und sie um mehr fiebern lassen. Und dann würde er es wieder tun, bis zum Sonnenaufgang. Denn wenn die Nacht vorbei war, würde er sie gesättigt verlassen und sich der unerklärlichen Anziehungskraft, die sie auf ihn ausübte, entziehen. Es war diese Anziehungskraft, die ihn gezwungen hatte, sie zu umwerben, obwohl er doch in der Regel nur One-Night-Stands hatte. Mit Ariadne war es anders. Seit zwei Wochen spielten sie schon dieses kleine Spiel und gingen zum Abendessen und Tanzen aus, aber jedes Mal, wenn er weiter gehen wollte, hatte sie ihn gestoppt. Bei jeder anderen Frau hätte er mit seinen Verführungsversuchen sofort aufgehört und wäre zur Nächsten gezogen, nicht bereit, seine Zeit mit ihr zu verschwenden. Aber Ariadne hielt seine Aufmerksamkeit länger als gewohnt wach.

Er starrte seine beiden Freunde an. „Heute Abend gehört sie mir. Und ab morgen werde ich mich der nächsten Frau widmen.“ Er hob sein Glas. „Darauf könnt ihr zählen!“

Als er seinen Freunden zuprostete, schweifte sein Blick in die Ferne und kollidierte mit Heras. Der finstere Blick ihrer eisigen blauen Augen bestätigte, dass sie jedes einzelne Wort seines Gespräches mit seinen Freunden mit angehört hatte.

Die Mutter Göttin war nicht erfreut.

2

Ariadne drehte sich vor dem Spiegel in ihrem Wohnzimmer.

„Du putzt dich ja schön heraus!"

Bei dem Kompliment ihrer Freundin Natalie, fing sie deren Blick im Spiegel auf und machte ein zweifelndes Gesicht. „Bist du sicher?"

Ariadne warf einen kritischen Blick auf ihr Outfit. Sie trug ein pastellblaugrünes Sommerkleid mit Blümchenmuster, das von Spaghetti-Trägern gehalten wurde. Die Empire-Taille bildete einen schönen Blickfang für ihre mittelgroßen Brüste und sorgte dafür, dass das weiche Material luftig-leicht bis zu den Knien floss und dabei von ihren runden Hüften ablenkte. Gebärfähig, das war es, wie ihre Mutter ihre Hüften nannte. Ariadne nannte sie einfach zu breit.

„Oder sollte ich lieber das Rote tragen?" Zweifel kamen in ihr auf.

Natalies Hand auf ihrem Arm ließ Ariadne zurück zu ihrer Freundin blicken. „Das Rote schreit ja schon fast *Schlampe*. Und ich dachte, du wolltest dafür sorgen, dass er weiß, dass du eine anständige Frau bist."

Sie nickte. „Du hast recht."

„Außerdem, wenn ihr beiden erst einmal für eine Weile zusammen seid, kannst du ihn immer noch mit dem roten Kleid überraschen, und glaube mir, er wird über dich herfallen. Und bis dahin weiß er, dass er dich behalten will, und er wird keinen falschen Eindruck von dir haben."

Ariadne umarmte ihre Freundin. Was würde sie ohne Natalie tun? Ihre Freundin hatte ihr schon durch die schlimmsten Zeiten hindurch geholfen, und jetzt war sie an ihrer Seite bei etwas, wovon sie hoffte, dass es die beste aller Zeiten werden würde.

„Bist du dir sicher, dass es Dio gefallen wird?"

Natalie zwinkerte. „Er wird dich regelrecht verschlingen. Und das ist doch das, was du heute Abend willst, oder?"

Sie nickte, aber die Nervosität, die sie schon den ganzen Tag in Erwartung dieses Abends verspürte, verschwand nicht. „Vielleicht sollte ich noch ein wenig warten. Es ist zu früh. Wir kennen uns erst seit zwei Wochen."

Natalie pfiff durch ihre Zähne. „Wenn du noch länger wartest, dann wird er das Interesse verlieren. Du musst ihm zeigen, dass du ihn willst, oder er wird sich denken, dass du ihn nicht magst. Männer brauchen ein bisschen physische Zuneigung. Und wenn du ihm die nicht gibst, wird er woanders hingehen. Du hast mir doch selbst gesagt, wie männlich er ist. Glaubst du wirklich, ein Mann wie er verzichtet länger als zwei Wochen auf Sex?"

Der tadelnde Blick, den Natalie ihr zuwarf, brachte Ariadne dazu, ihre Angst hinunterzuschlucken. Nicht jeder Mann war wie ihr Ex-Verlobter. Dio musste anders sein. In den letzten zwei Wochen hatte er sich als ein äußerst aufmerksamer Mann erwiesen, der sie mit Blumen und teuren Abendessen verwöhnt hatte. Sie hatten romantische Spaziergänge entlang der Küste gemacht und zu Burt-Bacharach-Liedern getanzt. Sie wusste, dass Dio ein Romantiker war, und da war es doch ganz normal, dass er mit ihr schlafen wollte. Und es war auch normal, dass sie das gleiche wollte.

„Ich kenne dieses Stirnrunzeln."

Bei Natalies Worten hob Ariadne ihren Kopf. „Es tut mir leid, ich habe einfach Angst. Was, wenn er tut, was Jeff –"

„Vergiss den Scheißkerl sofort!" Der scharfe Ton in Natalies Stimme ließ sie aufhorchen. „Ich will den Namen dieses Mannes nie wieder hören. Verstehst du? Was Jeff getan hat, war verwerflich. Es ist vorbei. Zeit für einen Neuanfang. Dio ist ein guter Mensch. Also, mach dich fertig!" Sie blickte auf ihre Uhr. „Um Gottes willen, ich muss los, oder mein Koch legt noch ein Ei. Wir haben für heute Abend jede Menge Reservierungen."

Ariadne nickte. „Es tut mir leid, dass ich dich so lange aufgehalten habe. Du musst wieder zur Arbeit zurück. Vielen Dank für alles."

Natalie lächelte. „Wozu sind Freundinnen denn da?" Dann zog sie Ariadne in eine kurze Umarmung. „Schnapp ihn dir, Ari! Und erzähl mir morgen alles, und ich meine: alles!"

Ariadne fühlte, wie sie bei dem Gedanken, ihr Sexleben vor ihrer Freundin darzulegen, errötete. Wenn heute Abend alles nach Plan ging, und sie und Dio wirklich die Nacht miteinander verbrachten, dann war sie sich nicht sicher, ob sie dies mit irgendjemandem teilen wollte, nicht einmal mit ihrer besten Freundin. Wenn Dios Küsse ein Vorgeschmack darauf waren, wie heiß er im Bett war, dann würden sie heute Abend die Laken in Flammen setzen.

Als die Eingangstür hinter Natalie zufiel, begutachtete Ari ihr Spiegelbild noch einmal. Ihr dunkelblondes Haar fiel über ihre Schultern, und ihre grünen Augen wurden von kaum merklichem Make-up betont. Ihre Lippen waren mit nur einem Hauch von transparentem Lippenstift bedeckt. Sie wollte nicht mehr auftragen, wohl wissend, dass Dio sie küssen würde und damit sofort den Lippenstift wieder abwischen würde.

Heute Abend würde sie den ersten Schritt machen, um ihren Glauben an die Männer wiederzugewinnen. Dios Verhalten ließ darauf schließen, dass er mehr als nur eine Affäre mit ihr wollte. So wie er seinen Blick über sie schweifen ließ, wenn sie zusammen waren, und besonders, wenn er dachte, dass sie ihn nicht beobachtete, sandte Wärme durch ihren Körper. Es lag so viel Zuneigung und Sehnsucht in seinem Blick, dass sie wusste, dass er der richtige Mann für sie war, ein Mann, der sie wertschätzen würde. Ein Mann, der sie lieben würde.

Heute Abend würde sie sich ihm hingeben, ihm zeigen, dass sie bereit war, dieser Beziehung eine faire Chance zu geben. Sie würde die Vergangenheit für immer vergessen.

Als es an der Tür klingelte und Dio damit seine Ankunft ankündigte, waren die Schmetterlinge in ihrem Bauch auf Dauer eingezogen. Vielleicht konnte Dio diese kleinen Kerle mit seiner Berührung vertreiben.

Ari drückte den Summer, um die Haustür zu öffnen und nahm ein paar gleichmäßige Atemzüge, bevor sie die Tür zu ihrer Wohnung öffnete.

Dio sah atemberaubend aus. Seine Kleidung war sportlich: Eine verwaschene Jeans, die eng an seinen Oberschenkeln anlag zeigte jeden Muskel seines durchtrainierten Körpers. Dazu trug er ein weißes Hemd. Die beiden oberen Knöpfe waren offen und enthüllten einen Hauch von dunklem Haar auf seiner Brust. Wenn jemand lässige Kleidung wie eine Million Dollar aussehen lassen konnte, dann war es Dio. Sein dunkles Haar war länger als es zur Zeit Mode war, aber es trug zu seinem robusten männlichen Aussehen bei.

„Du siehst fantastisch aus." Seine Stimme klang heute heiserer, als sie ihn jemals hatte sprechen hören. Er nahm ihre Hand, führte sie zu seinem Mund und drückte einen Kuss in ihre Handfläche. „Ich konnte es nicht erwarten, dich zu sehen." Seine blauen Augen sahen sie durchdringend an, und das darin liegende Versprechen war deutlich zu erkennen.

„Dio." War ihre Stimme wirklich dieses Echo, das sie in ihrem Kopf hörte? Hatte sie schon all ihre Sinne verloren, nur dadurch, dass sie ihn ansah?

Ohne zu wissen, wie es geschehen war, hatte er sie plötzlich an seinen Körper gezogen. Oder hatte sie sich in seine Arme geworfen? Der Atem stockte ihr in der Brust, als seine Lippen nur einen Zentimeter über ihren schwebten.

„Irgendetwas ist heute anders. Trägst du ein neues Parfüm?"

Ari schüttelte den Kopf. „Ich trage nichts." Sie fing das Flackern in seinen Augen auf und spürte plötzlich eine Flamme in ihrem Bauch hochlodern, da sie erst jetzt verstand, was sie gesagt hatte. „Ich meinte ..."

„Der Stoff des Kleides ist so dünn, ich kann die Umrisse deines Körpers spüren, jede einzelne Kurve. Spürst du mich auch?" Er legte seine Hand über die Kurve ihres Hinterns und drückte sie sanft gegen sich.

Ihr Atem stockte, als sie den harten Umriss seiner Erektion spürte, wie er gegen ihren Bauch drückte. In einem Versuch, nicht zu stöhnen, zog sie ihre Unterlippe zwischen ihre Zähne.

„Das nehme ich als ein ja", flüsterte Dio ihr sanft ins Ohr, bevor er seine Lippen auf ihren Hals senkte und mit offenem Mund Küsse auf ihre erhitzte Haut setzte. „Meine süße Ariadne, weißt du, dass du die größte Versuchung für mich bist, der ich je gegenüber gestanden bin? Wenn ich in deiner Nähe bin, kann ich an nichts anderes mehr denken."

Sie versuchte, nicht zu schwanken und legte ihre Hände auf seine Schultern, aber die Hitze, die sie unter ihren Handflächen spürte, machte sie nur noch schwindliger. Keuchte sie schon? „Dio.“ Dieser Mann reduzierte ihre Sprache auf einsilbige Sätze.

Er hob seinen Kopf nicht, sondern brummte lediglich, während er weiterhin ihren Hals küsste und ihren Hintern mit seiner Hand streichelte.

„Wir müssen ... die Reservierung ... das Restaurant“, brachte sie heraus und versuchte, die Kontrolle über sich zurückzugewinnen, die sie in dem Moment verloren hatte, als er sie an sich gedrückt hatte.

Schließlich hob er seinen Kopf und musterte sie, seine Augen von Leidenschaft verdunkelt. „Es tut mir leid. Du hast recht. Wir sollten gehen.“ Er räusperte sich, als ob auch er versuchte, wieder die Kontrolle über sich zu gewinnen. „Entschuldige, dass ich dich so überfallen habe.“

Sie hatte es nicht wie einen Überfall empfunden. Weit davon entfernt! Es war ein sinnlicher Angriff gewesen, ein Angriff, den sie das nächste Mal nicht mehr würde abwehren können und gegen den sie sich nicht wehren *wollte*. „Du musst dich nicht entschuldigen.“

Er schmeichelte ihr mit einem breiten Lächeln und nahm ihren Arm, um sie nach draußen zu führen.

„Wohin gehen wir heute Abend?“

„Zu einem kleinen Bistro in der Nachbarschaft. Nichts Protziges, es ist ruhig und intim.“ Er betonte das letzte Wort und warf ihr einen Seitenblick zu. Dann schüttelte er den Kopf. „Bei den Göttern, du bist so schön!“

Sie lachte aus Nervosität. Während Dio nie geizig mit Komplimenten war, war die Art, wie er sie heute Abend damit überschüttete, anders als sonst. Fast so, als hätte er gerade erst realisiert, dass die unbeschwerten Komplimente, die er ihr normalerweise machte, der absoluten Wahrheit entsprachen.

„Du bist heute Abend ganz anders“, sagte sie. Wusste er, dass sie sich entschieden hatte, heute Nacht mit ihm zu schlafen, falls er einen Versuch machte intim zu sein? War es ihr ins Gesicht geschrieben?

„Wie anders?“

„Intensiver.“

„Ist das gut?“ Er führte ihre Hand an seine Lippen und küsste sie.

„Ja.“

Plötzlich blieb er stehen, drehte sich zu ihr und drückte sie an die Wand eines Gebäudes. „Baby, ich bin nicht sicher, ob ich es heute Abend bis durchs Abendessen schaffe.“

Ihre Brust hob sich, als sie nach Luft rang, um antworten zu können. „Bist du nicht hungrig?“

„Oh doch, ich bin hungrig.“ Seine Augen teilten ihr seinen Hunger mit. Und das Verlangen, das sich in ihnen widerspiegelte, schien stärker zu sein, als sie es jemals gesehen hatte. „Aber nicht auf Essen. Ich bin hungrig nach dir. Aber ich habe Angst, dass es dich erschrecken wird, wie sehr ich dich will.“

Bei seinem Eingeständnis machte ihr Herz einen aufgeregten Salto. Sie nahm all ihren Mut zusammen und streichelte mit ihrer Hand über seine Wange. „Würde ein Kuss das Warten überbrücken?“

„Wir könnten es ja mal versuchen.“

Dann war sein Mund auf ihrem, und seine Lippen stupsten gegen ihre. Seine Zunge leckte und bat um Einlass. Ohne Vorbehalt öffnete sie ihre Lippen für ihn und lud ihn ein. Wärme durchflutete sie, und Zungen aus Feuer rankten sich um ihren Körper. Seine Hände schienen überall zu sein, als seine Zunge sich mit ihrer duellierte und er sie in einem verlockenden Rhythmus streichelte, weich und stark zugleich.

Zärtlichkeit und Leidenschaft verbanden sich in seinem Kuss und sorgten für einen unwiderstehlichen Cocktail aus Emotionen. In ihrem Kopf verschwammen Bilder ihres bevorstehenden Liebesspiels, einer Beziehung und einer gemeinsamen Zukunft. Und ihr Körper brannte vor Verlangen nach ihm, loderte mit einer ungezügelten Lust, die sie noch nie erlebt hatte. Es war, als ob er diese Gefühle in ihr heraufbeschwor: mit der Magie seiner Zunge, die sie erkundete, seinen Lippen, die an ihr knabberten, und seinem Körper, der sich in einem Tanz so alt wie die Zeit gegen ihren rieb.

Wenn sie so heiß werden konnte, wenn sie voll bekleidet war, dann konnte sie sich kaum vorstellen, was passieren würde, wenn sie allein mit ihm in ihrer Wohnung war, wo sie sich gegenseitig die Kleider vom Leibe reißen konnten. Schon jetzt konnte sie kaum atmen, und ihr Herz schlug so schnell, dass sie befürchtete, es könnte aus ihrer Brust direkt in seine Hand springen, in die Hand, die er gerade auf ihre Brust legte, um sie zu liebkosen. Als er mit dem Daumen über ihre Brustwarze strich und diese augenblicklich hart werden ließ, riss sie ihren Mund von seinem.

„Wir müssen aufhören“, flüsterte sie und versuchte, ihren Atem wiederzuerlangen.

Dio atmete genauso schwer wie sie. Er lehnte seine Stirn gegen ihre, und sein Atem geisterte über ihre Haut, während er sprach. „Ich weiß. Aber später. Versprich es mir ... Ich brauche dich, Ariadne.“

Sie nickte kaum wahrnehmbar. Er brauchte sie; wie diese Worte sie erwärmten. „Ja.“ Ihr Herz donnerte noch immer in seiner Hand, der Hand, die er noch nicht von ihrer Brust entfernt hatte. Als sie ihre Schultern nach hinten drückte, schien er sich dieser Tatsache bewusst zu werden und nahm sie von ihr.

„Du raubst mir meinen Verstand.“

Sie hob ihren Kopf und entdeckte einen Anflug von Verzweiflung in seinen Augen.

3

Dionysos schaffte es kaum durchs Abendessen. Der Kuss in der dunklen Gasse hatte ihn noch heißer gemacht, als er bei seiner Ankunft in Ariadnes Wohnung ohnehin schon gewesen war. Er hatte sich vorgenommen, es heute Abend cool angehen zu lassen, sie mit Komplimenten zu überschütten, ob er sie nun ernst meinte oder nicht, und den geschliffenen Verführer zu spielen. Aber nein, dieser Plan funktionierte nicht allzu gut: Er benahm sich wie ein sechzehnjähriger Jüngling bei seiner ersten Verabredung, plapperte über dumme Dinge, gab naive Bemerkungen von sich, und küsste sie wie ein Mann, der am Verdursten war. Darin lag nicht viel Raffinesse!

Bei den Göttern, was war mit ihm geschehen? Hatte er sich in einen kompletten Idioten verwandelt? Er musste sich wieder in den Griff bekommen!

Dio versuchte, sich zusammenzureißen und es besser zu machen, aber anstatt sie wie ein Mann von Welt zu unterhalten und sie mit seinem Wissen über fast alles zu beeindrucken, fütterte er sie buchstäblich mit einem Teil seines eigenen Essens und leckte sogar ihre Finger, als ein Tropfen Grieß darauf gelandet war. Wie erbärmlich das war! Er war ein Gott, aber er benahm sich wie ein verliebter Narr.

Als er Ariadne zu ihrer Wohnungstür begleitete, schlug sein Herz schwer in seiner Brust. Er hoffte, dass sie ihr Versprechen, das sie ihm zu Beginn des Abends gegeben hatte, nicht geändert hatte, nachdem er sich während des Abendessens wie ein kompletter Idiot verhalten hatte.

„Möchtest du reinkommen?“ Ihre Stimme war fast schüchtern, doch ihre Worte zauberten das gewaltigste Grinsen auf sein Gesicht, an das er sich je erinnern konnte.

„Gerne.“

In dem Moment, als sich die Tür hinter ihm schloss, zog er sie in seine Arme.

„Kann ich dir etwas anbieten? Kaffee ... Tee ...“

„Ja, das kannst du.“ *Du kannst dich mir auf einem Silbertablett anbieten*, kam ihm in den Sinn. Stattdessen antwortete er: „Noch einen Kuss.“

Ihre Arme schlangen sich um seinen Hals, und sie zog seinen Kopf näher zu sich. Dio gefiel, dass sie die Initiative ergriff. Es schien, als ob Ariadne sich ihm gegenüber endlich öffnete.

„Ich will dich“, flüsterte sie.

Nach außen hin klammerte er sich an seine mühsam erkämpfte Kontrolle, während in seinem Inneren alles Männliche in ihm brüllte. „Gut, denn ich will dich auch."

Er hob sie in seine Arme und trug sie zum Schlafzimmer. Es war nicht schwer zu finden. Neben dem offenen Wohnzimmer mit der Küche gab es nur zwei andere Türen: Eine führte ins Bad, die andere ins Schlafzimmer.

„Was machst du?", fragte sie, lächelte ihn jedoch an und schlang ihre Hände um seinen Nacken.

Dio neigte seinen Kopf zu ihr und drückte einen sanften Kuss auf ihre verführerischen Lippen. „Was ich schon an dem Tag, als ich dich in deinem Weingeschäft getroffen habe, hätte tun sollen. Ich hätte dich in den Lagerraum führen sollen, dich ausziehen und mit dir Liebe machen sollen, bis du kommst. Und dann hätte ich es gleich nochmal tun sollen, nur für den Fall, dass du das erste Mal ohnmächtig geworden wärst."

Sie zu treffen, war ein Glückfall gewesen. Er war über die kleine Weinhandlung gestolpert und hineingegangen, um eine Kiste seines Lieblingsweins zu bestellen, bevor ihm überhaupt aufgefallen war, dass die Besitzerin die verlockendste Frau war, der er seit langer Zeit begegnet war. Sie hatte sofort etwas in ihm entfacht, und als er seine Bestellung aufgegeben hatte, um den Wein in seine Junggesellenwohnung geliefert zu bekommen, verwickelte er sie in ein langes Gespräch über Wein. Zuerst hatte sie gezögert, aber dann hatte er sie überredet, mit ihm auszugehen. Er hatte ihr eingeredet, dass sie nichts zu verlieren hatte. Im Gegenteil: Sie würde einen befriedigten Kunden gewinnen. Wobei *befriedigen* das ausschlaggebende Wort war. Ja, er hätte sie gleich damals vernaschen sollen.

„Aber keine Sorge, ich werde mein Versehen jetzt korrigieren." Er spürte, wie ihr Herz bei seinen Worten schneller zu schlagen begann.

„Gott helfe mir", murmelte sie.

Tatsächlich würde ihr ein Gott helfen: Es würde Dionysos' Vergnügen sein, sie zu beglücken. Jetzt hatte er sich wieder unter Kontrolle. Die Art und Weise, wie Ariadnes Augenlider flatterten und ihr Herzschlag durch ihren Körper hallte, zementierte das Wissen, dass sie ihn wollte und sich ihm heute Abend hingeben würde. Dieses Mal würde sie ihn nicht stoppen und sich zurückziehen. Und dieses Mal würde er nicht unbefriedigt nach Hause gehen, um mit seiner eigenen Hand Befriedigung zu finden, so wie er es die letzten zwei Wochen getan hatte.

Heute Nacht würde er sich von ihr nehmen, was er brauchte, und dann endlich mit seinem Leben weitermachen. Selbst als der Gedanke sich in seinem Kopf formte, rebellierte etwas in ihm. Es war ein fremdes Gefühl, also schob er es zurück in die finsteren Tiefen seines Geistes. Nichts würde heute sein Vergnügen mit der süßen und sinnlichen Frau in seinen Armen trüben.

Heute Nacht ging es um Lust und Leidenschaft, Begehren und Verlangen. Nichts anderes zählte.

Dio stieß die Tür des Schlafzimmers mit dem Fuß zu und legte Ariadne auf das Doppelbett, das mit einer rosa Bettdecke bedeckt war. Nicht gerade seine Wahl in Sachen Dekor, aber es passte zu Ariadnes sanftem Gemüt und dem Hauch von Unschuld, der sie umgab. Vielleicht war es das, was ihn zuerst zu ihr hingezogen hatte: das Gefühl, dass sie tief im Herzen unschuldig war.

Nicht, dass sie nicht über einen erstaunlichen Körper verfügte, wie er gerade dabei war, herauszufinden. Bereits zu Beginn dieses Abends, als er sie in der Gasse an sich gedrückt hatte, hatte er gespürt, wie sich jede ihrer Kurven an die harten Flächen seines Körpers geschmiegt hatte.

Als er sie jetzt aus ihrem Kleid schälte, färbten sich nicht nur ihre Wangen, sondern ihr ganzer Körper rosa. „Bei den Göttern, du bist schön!“ Und bei Zeus, wenn er dies nicht wirklich so meinte!

Ihre Brüste waren von dem durchsichtigen Material ihres Push-up-BHs bedeckt. Nicht, dass sie einen BH brauchte: Ihr Busen fühlte sich fest und stark in seiner Hand an und hatte die perfekte Passform für seine Handflächen. Er wollte nichts Üppigeres als das, womit Ariadne beschenkt war. Ihr Körper war perfekt proportioniert, ihre Taille schlank, aber nicht dürr, ihre Hüften großzügig, aber nicht übermäßig voll. Und der dunkelblonde Fleck, der durch den hauchdünnen Stoff ihres Slips leuchtete, deutete auf einen sauber getrimmten Streifen von Locken hin, der genau die Stelle markierte, die er nun erkunden wollte.

Dio bemerkte ein leichtes Zittern ihres Körpers. Aber er wusste, dass es ihr nicht an Wärme mangelte. Er selbst fand die Hitze im Raum erstickend und riss an seinem Hemd, um sich davon zu befreien.

Mit dem verängstigten Blick eines Rehs beobachtete sie ihn, als er den obersten Knopf seiner Jeans öffnete. Er hielt in seiner Bewegung inne, um sie zu beruhigen. „Baby, du hast nichts zu befürchten. Du musst es mir nur sagen, und ich werde dir jegliches Vergnügen schenken, das in meiner Macht steht.“ Und diese Macht waren außergewöhnlich. Als Gott hatte er unvergleichliche Ausdauer, und dies würde er ihr heute beweisen.

Ihre Wimpern senkten sich leicht, als ob es ihr peinlich war, zu beobachten, wie er sich auszog. „Ich war schon lange mit niemandem mehr zusammen.“

Warum ihm dieses Eingeständnis gefiel, verstand er nicht. „Ich mache, was immer du willst. So langsam und sanft, wie es dir gefällt. Ich will dir ein gutes Gefühl bereiten.“

„Das meinst du wirklich, nicht wahr?“ Ihr Blick vereinte sich mit seinem, und er erkannte darin ihre Verletzlichkeit, ihre Besorgnis und die Prise Angst, die sie fest an ihre Brust gedrückt hielt. Er versprach sich sofort, dass er diese Angst ein für alle Mal beseitigen würde.

Dio zog seine Hose aus, während seine Boxershorts weiterhin seine Erektion verhüllten. Dann senkte er sich aufs Bett und zog sie in seine Arme. „Natürlich meine ich das. Für einen Mann ist es der größte Turn-on, einer Frau das größte Vergnügen bereiten zu können, das es gibt.“ Außerdem waren die meisten Frauen nach einem monumentalen Orgasmus übermäßig dankbar. Begeistertes Blasen resultierte häufig aus dieser Art von Dankbarkeit. Bei dem Gedanken, von ihrem süßen Mund gefangen genommen zu werden, drängte sein Schwanz schon jetzt, aus seinem Gefängnis entlassen zu werden.

Mit seinem Daumen streichelte er über ihre Lippen, dann über ihr Kinn und ihren Hals. Er machte eine kurze Pause, als er sie hart schlucken sah, dann setzte er seinen Weg nach Süden fort und glitt mit dem Daumen unter den Stoff ihres BH. In dem Moment, als seine Finger mit ihrer Brustwarze Kontakt aufnahmen, spannte sich ihr Atem an.

„Richtig, Baby, konzentriere dich nur auf deine Atmung! Ich kümmere mich um den Rest.“

Der Gedanke, diese süße Frau in der Erforschung ihrer Sinnlichkeit zu leiten und sie zu lehren, zu welchen Freuden ihr Körper fähig war, ließ seinen Schwanz sogar noch mehr anschwellen. Und so wie Ariadnes Herz gegen seine Hand schlug, mit der er ihre BH-bedeckte Brust streichelte, wusste er, dass sie gegen die gleiche kaum zu zügelnde Leidenschaft ankämpfte.

Als er langsam seinen Kopf zu ihrer Brust senkte und den Stoff beiseite schob, um ihren dunkelrosa Nippel zu entblößen, erhitzte sich sein Körper. Er sog einen Hauch von Luft ein und mit ihm den Duft ihrer Erregung. Und was für ein süßer Duft es war: eine Mischung aus Jasmin, Frau und Unschuld. Nicht einmal er als Gott verfügte über ausreichende Kräfte, so einem Ruf zu widerstehen.

Dios Zunge leckte forsch über ihren kleinen harten Kern und entlockte ihr damit ein ersticktes Stöhnen. „Baby, halte dich nicht zurück! Wenn du schreien willst, dann schrei.“

„Dio, du machst mich so ... Ich kann nicht ... es ist so ...“ Offenbar fiel es ihr schwer, einen zusammenhängenden Satz zu bilden.

Er lächelte in sich hinein, schloss seine Lippen um die rosige Spitze und saugte sie in seinen Mund, während er fortfuhr, über ihren gefangenen Nippel zu lecken. Es machte nichts, dass sie sich unter ihm wand, als ob dieses kleine Vergnügen schon zu viel für sie war. Er würde nicht aufhören, bis sie heute Abend in seinen Armen vor Ekstase erbebte. Und selbst dann ...

Dio drückte sie tiefer in die Laken und schenkte ihren Brüsten seine ganze Aufmerksamkeit, befreite erst eine, dann die zweite Brust von dem BH, bevor er ihre Unterwäsche auf den Boden warf. Wenn er ein Mitspracherecht bei der Sache hätte, würde sie nie wieder einen BH tragen. Jetzt wo er ihre Brüste mit seinen Händen knetete, erkannte er, dass er mit seiner Vermutung recht gehabt hatte: Sie waren fest und saßen hoch auf ihrem Brustkorb und bezeugten damit ihre Jugend und ihren gepflegten Körper. Ari brauchte die Unterstützung eines BH nicht.

„Ich könnte deine Brüste die ganze Nacht lang lecken und würde nie genug davon bekommen“, gestand er zwischen Küssen und Knabbern. „Sie fühlen sich in meinen Händen perfekt an.“

Dann hob er seinen Blick, um sie anzusehen und bemerkte, dass Ariadne ihn beobachtete. „Magst du, dass ich an ihnen sauge?“

Ihre Lippen öffneten sich, und sie befeuchtete ihre Unterlippe mit ihrer rosa Zunge. Ihre Antwort war mehr ein Atemzug als ein Stöhnen. „Ja. Tu es noch mal!“

Dio schenkte ihr sein eingeübtes schelmisches Lächeln und senkte seinen Kopf zurück zu ihren Zwillingshügeln. Als er die beiden Spitzen zusammenpresste und abwechselnd an der einen und dann an der anderen Brustwarze saugte, änderte er seine Position. Er hob ein Bein über ihren Schenkel und drückte dabei ihre Beine auseinander. Sein Schwanz drängte gegen ihre Hüfte, und der Kontakt – selbst durch den Stoff seiner Boxershorts – sandte einen Schock durch seinen Körper, als träfe ihn einer von Zeus’ Blitzen.

„Fuck!“, entfuhr es ihm. Wenn dieser indirekte Kontakt mit ihrem Körper ihn schon auf eine solche Talfahrt sandte, dann würde er nicht länger als zwei Sekunden andauern, wenn er erst einmal in ihr drinnen wäre Und das durfte nicht passieren, denn was er wirklich wollte, war, so lange wie nur menschenmöglich in Ariadnes süßem Körper zu verweilen. Schon jetzt wusste er, dass mit ihr Liebe zu machen der siebte Himmel werden würde.

Ariadne spreizte ihre Oberschenkel weiter und hakte ein Bein über seine Schenkel, als wollte sie ihn dort gefangen halten. Als ob er überhaupt entkommen wollte! Wenn sie nur wüsste, dass er nicht die Absicht hatte, ihr Bett zu verlassen, bis sie beide ganz und gar befriedigt waren.

Langsam glitt er an ihrem Körper hinab, setzte weiche Küsse auf ihren Bauch und tauchte seine Zunge in ihren Bauchnabel, bevor er sich weiter nach Süden bewegte. Ihr anerkennendes Stöhnen spornte ihn weiter an und gab ihm die Erlaubnis, ihre Kurven, ihre Haut und ihr Fleisch zu erkunden.

Als er gegen eine Stoffbarriere prallte, die wie eine Schildwache vor ihrem Geschlecht stand, zog er spielerisch mit seinen Zähnen daran und entlockte ihr damit ein weiches Lachen. Er sah auf und begegnete ihrem Blick. Ihre Augen leuchteten vor Freude.

„Ich wusste nicht, dass du so ... so ...“

„... stark bin?“, half er ihr und erhielt ein leises Lachen als Antwort. „Wild?“

Sie schüttelte den Kopf.

„Heiß?“

Ein weiteres Kopfschütteln folgte. Aber je mehr sie sich weigerte, seine körperlichen Fähigkeiten anzuerkennen, desto mehr genoss er den Austausch.

Er grinste und zerrte an dem Stoff wie ein Hund, der seinen Knochen nicht loslassen wollte. „Sexy?“

Das brachte sie dazu, laut aufzulachen. „Ich wollte verspielt sagen“, würgte sie zwischen dem Lachen heraus.

„Verspielt?“ Er sah sie gespielt böse an. „Weißt du nicht, dass so eine Respektlosigkeit bestraft werden muss?“

Ihr Körper wurde ruhig. „Wie?“ Ihre Augen leuchteten plötzlich mit Interesse.

„So.“ Er zog den Stoff ein paar Zentimeter nach unten, bevor er gegen ihr Geschlecht blies. Ihr stockte der Atem, und das bestätigte ihm, dass sie seiner Bestrafung zustimmte. „Und so.“ Dio befreite sie vollständig von ihrem Höschen und ließ sich zwischen ihren gespreizten Schenkeln nieder.

„Und dann natürlich so.“ Er neigte seinen Kopf zu ihrem glitzernden Venushügel und inhalierte ihre Erregung, um diesen Moment auszukosten. Doch er konnte sich nicht lange zurückhalten. Seine Zunge kam hervor und leckte an ihrem Spalt, um ihre Säfte aufzufangen.

„Oh, Dio!“

„Schh, Baby, ich kümmere mich um dich.“ Und dann war sein Mund zurück und seine Lippen strichen über ihr feuchtes Fleisch. Seine Zunge registrierte ihre Aromen und katalogisierte sie für eine spätere Exploration. Er schob seine Hände unter ihren Hintern, um mehr von ihr zu bekommen. Sie war ein prächtiger Schmaus, köstlicher als er es erwartet hatte. Ihr Geschmack war so reichhaltig wie Wein, der viele Jahre in alten Eichenfässern gereift war, und so süß wie Ambrosia. Die Kombination war ein berauschender Duft, einer, an dem er sich schnell betrinken konnte.

Trotz der Tatsache, dass er schon mit vielen Frauen zusammen gewesen war – Sterblichen und Göttinnen – war er noch nie mit einer Frau zusammen gewesen, deren Körper so einen Reiz auf ihn ausgeübt hatte und deren Geschmack ihn zu solchen Höhen peitschte. Ariadne war etwas Besonderes. Liebe mit ihr zu machen, erfüllte all seine Bedürfnisse, sogar die, deren er sich bisher nicht bewusst gewesen war.

Dio hob seinen Kopf für einen Moment und sah, wie Ari ihren Kopf in das Kissen presste und sich ihr Körper in Ekstase gegen seine Hand drückte. „Bei den Göttern, du bist ein Anblick!“ Als er den Mund auf sie zurücksenkte, suchte er ihre Klitoris und strich mit seiner Zunge darüber. Sie hob fast vom Bett ab und stöhnte gleichzeitig ungezügelt. Also tat er es wieder und wieder, leckte über das geschwollene Bündel von Fleisch und saugte es zwischen seine Lippen.

„Oh Gott!“

Während er ihre Klitoris in seinem Mund hielt und seine Zunge darüberschweifte, presste er die Lippen zusammen. Eine Sekunde später spürte er sie explodieren. Er reduzierte den Druck etwas, damit sie ihren Orgasmus genießen konnte. Ihre Muskeln zogen sich zusammen und die daraus resultierenden Wogen schlugen gegen seinen Mund und sandten Wellen durch seinen Körper. Ihm war sofort bewusst, wie rein sie war: keine Jungfrau, nein, aber eine Frau reinen Herzens. Ihre Reaktion auf ihn war so ehrlich, so offen, dass er diesen Moment noch mehr wertschätzte.

Er rutschte hoch und streifte sich gleichzeitig seine Boxershorts ab. Sein geschwollener Schaft dankte es ihm, und die Luft, die an seine Haut wehte, fühlte sich wie eine Erlösung an.

„Dio, du bist erstaunlich!“, flüsterte Ariadne hingebungsvoll und zog ihn an sich, ihre Hand in seinen Haaren vergraben. Ihre Lippen öffneten sich in Erwartung seines Kusses, und in dem Moment, als ihre Lippen seine berührten, loderten die Flammen des Feuers in seinem Bauch höher.

Augenblicke später riss er seine Lippen von ihren, unfähig noch mehr von diesem sinnlichen Ansturm zu ertragen. „Ich muss in dir sein.“

Sie nickte. „Ja.“

Als er sich über sie legte, hielt ihre Hand auf seiner Brust ihn auf. Verwirrt erstarrte er.

„Kondom“, sagte sie.

Fuck, er hatte dieses lästige Ding komplett vergessen. Sie hatte keine Ahnung, dass er ein Gott war und deshalb bestimmen konnte, dass sein Samen unfruchtbar war, wenn er eine Frau nicht schwängern wollte. Theoretisch brauchte er kein Kondom, aber er wollte keinen Verdacht erregen, deshalb spielte er mit. „Wo?“ Er ließ seinen Blick über den Nachttisch schweifen, aber abgesehen von einem Buch und einem Wecker war dieser leer.

„In der obersten Schublade.“

Dio drehte sich zur Seite und öffnete die Schublade. Eine kleine Packung Kondome begrüßte ihn. *Normal* stand darauf. *Normal*? Auf keinen Fall! Er würde das Ding nicht mal überstreifen können. Auf keinen Fall würde es intakt bleiben, wenn er erst einmal in ihr wäre.

„Hast du sie gefunden?“

„Ja, alles klar.“ Mit einer schnellen Bewegung seines Handgelenks nutzte er seine göttliche Macht und tauschte die Schachtel mit einer anderen aus. Jetzt stand *Magnum* darauf. Er lächelte in sich hinein. Das war schon besser. Er öffnete das Folienpaket und streifte sich das Kondom über, bevor er sich ihr wieder zuwandte. Sofort fing er Ariadnes Blick auf, der sich auf seine Leistengegend senkte. Er sah ein fast nicht wahrnehmbares Zusammenzucken, als sie seinen Schwanz begutachtete.

„Du bist so groß.“ Und ihre Worte schienen nicht als Kompliment gemeint zu sein, wenn er bedachte, wie sie dabei die Stirn runzelte.

Dio streichelte ihre Wange und strich mit seinem Daumen über ihre Haut. „Ariadne, du hast nichts zu befürchten. Ich werde zärtlich sein. Du bestimmst das Tempo. Okay?“ Warum er ihr dieses Zugeständnis anbot, wenn er sich doch kaum noch beherrschen konnte, wollte er wirklich nicht erforschen. Aber es war ihm wichtig, dass sie sich mit ihm wohlfühlte.

„Okay“, flüsterte sie und zog ihn näher.

Als er dieses Mal über sie glitt, hielt sie ihn nicht auf, sondern spreizte ihre Beine, damit er sich zwischen ihnen niederlassen konnte. Er stützte sich auf seinen Ellbogen und Knien ab, bedacht darauf, nicht sein ganzes Gewicht auf sie zu legen. Er war ein großer Mann, und Ariadne war im Vergleich zu ihm zierlich. Dennoch wusste er, dass sie ihn trotz ihres zarten Körpers in sich aufnehmen konnte.

„Führe mich hinein! Ganz langsam, Baby!“

Als er spürte, wie ihre Hand seine Erektion ergriff, biss er die Zähne zusammen und kämpfte gegen den bevorstehenden Orgasmus an, den die Berührung ihrer Hand schon fast auslöste. Als sie die Spitze seiner Erektion an ihrem Eingang platzierte, benetzte ihn ihre Feuchtigkeit. Langsam stieß er vorwärts und spürte die Spitze seines Schwanzes in sie eindringen und die Wände ihres engen Kanals ihn wie eine Faust drücken.

Dio biss die Zähne zusammen. „Bei den Göttern!“

„Mehr!“

„Ja!“, rief er erleichtert aus. Er drang tiefer und tiefer ein und stieß in den Himmel. Mit einem kontinuierlichen Gleiten drang er in ihre enge Scheide, bis er vollkommen darin versunken war. Seine Atemzüge waren schwer und unregelmäßig.

Er hatte noch nie etwas so Perfektes gespürt.

„Ist alles okay? Tu ich dir weh?“

„Ja. Nein!“

Er versuchte sofort, sich aus ihr herauszuziehen, doch Ariadne schlang ihre Beine um seinen Hintern und grub ihre Fersen in ihn. Verwirrt suchte er ihre Augen.

„Ja, es ist alles okay, und nein, du tust mir nicht weh.“

Erleichtert drückte er seine Stirn gegen ihre. „Gut. Versprich mir, dass du mir sagst, wenn sich etwas nicht gut anfühlt.“

Sie lächelte. „Entspann dich, Dio! Du fühlst dich gut an.“

Er schmunzelte. „Wie gut?“

Spielerisch schlug Ariadne mit der Faust gegen seine Schulter. „Angelst du nach Komplimenten?“

Er zog seine Hüften zurück, bis er fast vollständig aus ihrer engen Scheide heraus war, um dann wieder hineinzustoßen. „Angeln hatte ich nicht im Sinn.“

Als er den nächsten Stoß lieferte, teilten sich ihre Lippen mit einem Seufzer, und ihre Lider sanken auf Halbmast. Schweiß bildete sich bereits auf seinem Hals, während er versuchte, seine Kontrolle zu behalten, denn zu fühlen, wie sie sich so frei in seinen Armen hingab, hob ihn aus den Angeln seiner seelischen Fesseln.

Sein Körper fand seinen eigenen Rhythmus, katapultierte ihn in ein Inferno, in dem nichts anderes zählte als Ariadnes Herz, das gegen seinen Körper schlug, ihr Atem, der über sein Gesicht wehte, und ihre Fingernägel, die sich in seine Haut gruben. Selbst als er sie härter ritt, als sein Schwanz immer wieder in sie stieß und seine Zunge jeden Stoß imitierte, wusste er, dass dies nicht nur eine hektische Paarung oder ein schneller, harter Fick war, wie er ihn in der Regel bevorzugte. Er fühlte sich mit ihr auf einer Ebene verbunden, die nicht physisch war. Eine Analyse seiner Gefühle blieb ihm erspart, da sich ihre Muskeln plötzlich um ihn zusammenzogen und ihn über den Rand trieben.

Als er in den Abgrund der Schwerelosigkeit und des Vergnügens stürzte und sie in seinen Armen hielt, bildeten seine Lippen nur zwei Worte: „Meine Liebe.“

4

Ariadne kuschelte sich an ihn und schnurrte wie eine Katze, die gerade königlich gespeist hatte. Geschockt schlang Dio seinen Arm um sie, als sie ihren Kopf in die Beuge seines Halses schmiegte. In ihren Armen hatte er den erstaunlichsten Orgasmus seines Lebens erlebt, doch anstatt sich befriedigt und gesättigt zu fühlen, spürte er Panik aufkommen. Er hatte sie *meine Liebe* genannt. Was – zum Hades – war in ihn gefahren?

Er hatte etwas gespürt, ein Gefühl, das so seltsam und unbekannt war, dass er nicht in der Lage war, es zu begreifen. Es hatte ihn wie eine Breitseite getroffen, während es die Steuerung seiner Sinne übernommen hatte: Kein Wunder also, dass er den Kosenamen ausgesprochen hatte und es tatsächlich in jenem Augenblick auch so gemeint hatte. Das Gefühl hatte ihn geblendet, aber er konnte nicht zulassen, dass es Wurzeln in seinem Geist schlug. Es war gefährlich zu glauben, dass er tatsächlich zu solchen Emotionen fähig wäre. Nein, irgendetwas stimmte nicht mit ihm. Vielleicht hatte er etwas gegessen, das ihm nicht bekommen war. Es war vermutlich nur eine vorübergehende Sache. Das musste es sein.

„Ich wusste, es würde mit dir so sein", murmelte sie.

„Mmm hmm." Dio suchte nach einer Artwort, aber sein Verstand war noch nie so leer gewesen. War es die Wärme ihres Körpers, die sein Gehirn in Brei verwandelt hatte, oder war er noch immer betrunken von ihrem Geschmack?

„Ich wusste, dass wenn ich erst einmal den richtigen Mann gefunden habe, alles perfekt sein wird. Und das ist es jetzt auch." Sie zog einen langsamen Kreis um seine Brustwarze herum und ihr Fingernagel erregte ihn mehr als menschenmöglich war. „Meine Mutter hatte in einem Punkt recht."

Er musste fragen, was sie damit meinte. Immerhin musste er irgendwann irgendetwas zu ihr sagen. Er konnte nicht einfach wie ein Murmeltier daliegen. „Womit hatte sie recht?"

„Dass wenn du die richtige Person triffst, mit der du zusammengehörst, alles perfekt sein wird. So wie es bei uns ist."

Dio erstarrte. Das konnte nicht wahr sein. Ariadne konnte unmöglich denken, dass dies mehr als nur eine Affäre war. Nicht einmal das, sondern nur ein *One-Night-Stand*. Wann hatte er ihr jemals den Eindruck gegeben, dass er an einer Beziehung interessiert wäre? Bei dem Wort zog sich etwas in seinem Solarplexus schmerzlich zusammen. Warum hatte er sie *meine Liebe* genannt? Und warum hatte er sich so mit ihr verbunden gefühlt, als er mit ihr Liebe gemacht hatte? Hier: Er konnte es noch nicht einmal ficken nennen! Verdammt! Wie erbärmlich war das? Wann hatte er sich in einen vernarrten Idioten verwandelt?

Ja, mit diesem Bild stimmte ernsthaft etwas nicht. Er war immer noch in Ariadnes Bett und kuschelte mit ihr, um Hades' willen! Und sein Körper machte keinerlei Anstalten, sich zu bewegen, aufzustehen und sich anzuziehen und von hier abzuhauen. Aber er wusste, dass er dies tun musste. Er konnte nicht zulassen, dass die Dinge, die ihm durch den Kopf gingen, ihn veränderten. Er war, wer er war: ein Frauenheld und ein Verführer. Niemand würde das ändern. Es war besser, wenn es jetzt zu einem klaren Bruch mit ihr kam, bevor noch mehr Worte über eine Beziehung durch das Zimmer flogen und bevor er ihr Hoffnungen machte, wenn es keine gab.

Und bevor er sie ernsthaft verletzte, genau wie sein Vater alle Frauen verletzt hatte, mit denen er jemals zusammen gewesen war. Und er war der Sohn seines Vaters, ob er es wollte oder nicht.

Obwohl er hasste, was er jetzt tun musste, zwang er sich, es trotzdem zu tun. „Schlaf, meine Süße!" Seine Überzeugungskraft, eine Macht, die jeder Gott besaß, lullte sie in den Schlaf.

Wie ein Dieb in der Nacht verließ er ihr Bett. Als er einen Blick zurück auf Ariadnes schlafenden Körper warf, verkrampfte sich seine Brust. Sein Körper rebellierte und verlangte, in ihre Arme zurückzukehren, um mit ihrem Körper an seinen geschmiegt zu schlafen. Der Drang war so stark, dass er schwankte und sich mit einer Hand an der Wand abstützen musste, um nicht zu stürzen. Ari schwächte seine Entschlusskraft, obwohl sie nur im Schlaf vor ihm lag, verletzlich und so schön wie ein Sommertag. Aber er musste um Ariadnes willen widerstehen. Sie würde ohne ihn besser dran sein.

So schnell wie seine zitternden Glieder es ihm erlaubten, kleidete sich Dio an. Gleichzeitig fragte er sich, ob er ihre Erinnerung an ihn auslöschen sollte. Aber das zufriedene Lächeln, das selbst im Schlaf ihre Lippen umspielte, hielt ihn davon ab. Er wollte ihr nicht ihre Erinnerungen rauben. Sie hatten heute einander Vergnügen geschenkt, und er wollte ihr diese Erinnerungen nicht nehmen, obwohl er wusste, dass es besser wäre.

Als er hinaus in die Nacht schlich und vor etwas davonlief, das er nicht verstand, drehte sich Dios Magen um. Er hatte noch nie irgendwelche Probleme damit gehabt, eine Frau zu verlassen. Das Wissen, dass er Ariadne weh tat, vergrößerte seine Schuld und verstärkte das Gefühl in seiner Brust nur noch mehr – das Gefühl, dass er einen großen Fehler machte. Den größten Fehler seines Lebens.

~ ~ ~

Ariadne streckte ihre Arme über den Kopf, als ihr Bewusstsein zurückkehrte und der Schlaf vom Erwachen in den Hintergrund gedrängt wurde. Langsam kehrten die Erinnerungen an die letzte Nacht zurück und ließen ein Lächeln auf ihrem Gesicht erscheinen. Ihr ganzer Körper summte noch von den Nachwirkungen ihres Liebesspiels mit Dio. Sie war von der Intensität der Empfindungen, die er in ihr hervorgezaubert hatte, überwältigt. Sie hatte sich noch nie so geliebt gefühlt.

Noch bevor sie die Augen öffnete und das Sonnenlicht sah, das durch die teilweise geschlossenen Jalousien strömte, wusste sie schon, dass sie alleine war. Sie warf einen Blick auf die Uhr auf ihrem Nachttisch und schoss hoch. Kein Wunder, dass Dio bereits verschwunden war: Es war schon nach acht Uhr und höchste Zeit, sich für die Arbeit fertigzumachen, wenn sie nicht zu spät kommen wollte. Dio hatte wahrscheinlich auch in die Arbeit gemusst.

Für einen Moment hielt sie inne. Es war seltsam, aber er hatte nie erwähnt, was er beruflich machte, außer, dass er Investitionen verwaltete und viel für seine Arbeit reisen musste. Ari lächelte vor sich hin: Als der perfekte Gentleman hatte er immer Fragen über ihr Leben und ihre Interessen gestellt und selten über sich selbst gesprochen. Er war eine willkommene Abwechslung zu den anderen Männern, die sich so wichtig nahmen, dass sie nur über ihre eigenen Leistungen sprechen wollten. Jetzt, wo sie darüber nachdachte, erinnerte sie sich, dass Dio immer von Fragen über sein Leben abgelenkt hatte, fast so, als gäbe es eine Menge Schmerz in seiner Vergangenheit und er darum nicht darüber reden wollte.

Ari wusste viel über Schmerzen. Sie hatte vor über einem Jahr sehr gelitten, und sie hatte bis jetzt gebraucht, um in ihrem Leben wieder neu anzufangen und die Enttäuschungen und den Kummer hinter sich zu lassen. Und dabei war sie Dio begegnet. Manchmal gingen die Dinge eben doch gut aus.

Ari schwang ihre Beine aus dem Bett und eilte ins Badezimmer. Sie hatte keine Zeit, jetzt zu träumen, aber auch das konnte sie nicht davon abhalten zu lächeln. Als sie in die Dusche trat und das warme Wasser über ihren Körper rieseln ließ, war sie sich jeder Zelle ihres Körpers bewusst. Dio hatte jeden Zentimeter ihrer Haut berührt und geküsst, und insbesondere die Stelle zwischen ihren Beinen, die jetzt synchron mit ihrem Herzschlag pochte.

Sie verkniff sich die Enttäuschung darüber, dass Dio sie nicht geweckt hatte, als er weggegangen war, aber vielleicht wollte er einfach nur rücksichtsvoll sein. Sie musste kurz nachdem sie Liebe gemacht hatten, eingeschlafen sein, denn sie konnte sich – auf Teufel komm raus – nicht daran erinnern, ob sie danach gesprochen oder gekuschelt hatten. Sie war in der Regel nicht jemand, der schnell einnickte, aber sie hatte sich auch noch nie zuvor von einem Mann so befriedigt gefühlt. Ihr Körper war so entspannt gewesen, dass es bestimmt normal war, dass sie schnell eingeschlafen war.

Ohne viel Aufhebens beendete sie ihre Dusche und trocknete sich ab. Vielleicht beim nächsten Mal würden sie und Dio mehr Zeit haben, könnten miteinander duschen und dann zurück ins Bett gehen. Ari schüttelte den Kopf und begann ihr Haar zu föhnen. Sie hatte sich in so eine Träumerin verwandelt. Nach dem Debakel mit Jeff hatte sie aufgehört, sich Sachen zu wünschen, von denen sie glaubte, dass sie sie niemals haben könnte. Sie hatte sich nutzlos und der Liebe unwürdig gefühlt. Die Demütigung, die sie damals ertragen hatte, war ein Gefühl, das sie nie wieder durchleben wollte. Die einzige Möglichkeit, sich davor zu schützen, war gewesen, ihr Herz zu verschließen und andere auf Distanz zu halten. Aber Dio hatte ihre Rüstung durchbohrt und die Mauern eingerissen, die sie um sich errichtet hatte.

Zum ersten Mal seit vielen Monaten verließ Ari ihr Haus beschwingt und unbeschwert.

Der Weg zu ihrem Laden war kurz, und als sie ankam, wartete ihre Assistentin Lisa am Eingang auf sie. Das Sommerkleid, das Lisa trug, ließ sie sogar noch jünger erscheinen als sie war – ganze 22 Jahre – oder vielleicht war es einfach die Tatsache, dass sie sehr hübsch und leicht gebräunt war. Als Tochter eines Winzers aus Kalifornien war sie für einen Monat für ein Praktikum nach Charleston gekommen und hatte dann gefragt, ob sie ein weiteres Jahr bleiben könnte, da sie die Stadt liebte und die Einwohner charmant fand.

Ari wusste, dass sie Hilfe im Geschäft benötigte, wenn sie nicht sieben Tage die Woche arbeiten wollte, also hatte sie Lisa sofort eingestellt. Das Mädchen hatte eine großartige Art mit Kunden umzugehen und war außerordentlich charmant. Und sie kannte sich mit Wein aus. Da sie außerdem aus Kalifornien war, konnte sie höhere Preisnachlässe mit einigen der kalifornischen Weingüter aushandeln. Sie kannte viele der Besitzer persönlich und war mit deren Söhnen und Töchtern aufgewachsen.

Aber abgesehen davon liebte Ari Lisas sprudelnde Persönlichkeit.

„Tut mir leid, ich habe heute Morgen meinen Schlüssel vergessen", begrüßte Lisa sie. „Wir werden heute sehr viel zu tun haben. Ich bin so froh, dass du pünktlich da bist. Heute kommt die Lieferung aus Dry Creek."

Ari zog ihren Schlüssel aus der Handtasche und sperrte auf. „Guten Morgen, Lisa. Was ist passiert? Du bist doch normalerweise nicht vergesslich."

Lisa folgte ihr in den Laden, und Ari machte die Lichter an.

„Ich war letzte Nacht aus und hatte meinen Schlüssel in meiner anderen Handtasche."

Aris Weinhandlung war nicht groß, aber sie verfügte über eine gute Auswahl an einheimischen und internationalen Weinen, und sie war bekannt für ihren guten Kundenservice. Nachdem sie den Laden von dem alten Ehepaar, das das Geschäft über dreißig Jahre lang geführt hatte, übernommen hatte, hatte sie eine Menge Änderungen vorgenommen.

Neben den hölzernen Regalen entlang der Wände gab es eine kleine Kostproben-Ecke mit einem Tresen. Der dunkle Granit war ihre Idee gewesen, weil darauf Flecken nicht sofort auffielen. Sie benutzte die Ecke für regelmäßige Weinverkostungen, eine Idee, die sie Lisa zu verdanken hatte. Diese Verkostungen brachten neue Kunden in den Laden, die sonst zu eingeschüchtert waren, um Fragen über Wein zu stellen. Indem sie ihnen etwas über die verschiedenen Weinsorten beibrachte, gewann sie viele neue loyale Kunden.

„Brauchen wir Brot und Käse?“, fragte Lisa.

„Ich habe das letzte Brot gestern verbraucht. Aber schau im Lagerraum nach, ob noch Käse übrig ist.“

Während Lisa nach hinten ging, wo in einem Raum, der so groß wie die Verkaufsfläche war, viele Kisten Wein lagerten, ging Ari zum Computer und loggte sich in das Verkaufsprogramm ein: eine weitere Verbesserung, die sie eingeführt hatte. Das neue Computerprogramm registrierte nicht nur Verkäufe und rechnete Kreditkarten ab, es war auch an ihr Inventar-System angeschlossen und verfolgte genau, welche Flaschen noch auf Lager waren. Es ersparte ihr bei Nachbestellungen viel Zeit.

„Lisa“, rief sie in Richtung der offenen Tür.

„Ja?“

„Wann erwartest du die Lieferung aus Dry Creek?“

„Zwischen elf und eins.“ Lisa kam aus dem Lagerraum heraus. „Und wir haben keinen Käse mehr. Soll ich gleich zum Einkaufen gehen, bevor es hier hektisch wird?“

Ari nickte. „Ja, und kaufe auch noch ein paar Cracker und –“ Das Klingeln des Telefons unterbrach sie. Sie griff nach dem Hörer und brachte ihn an ihr Ohr. „– und Mineralwasser“, setzte sie ihre Anweisung an Lisa fort.

„In Vino Veritas“, meldete sie sich mit einem Lächeln am Telefon. „Wie kann ich Ihnen helfen?“ Der neue Name für das Geschäft war ihre eigene Idee gewesen. Und jedes Mal, wenn sie ans Telefon ging und sich damit meldete, fühlte sie ihre Brust mit Stolz anschwellen. Dies war ihr Baby, etwas, das sie auf eigene Faust geschaffen hatte.

„So, was ist passiert?“, zwitscherte Natalie am anderen Ende der Leitung, ohne sie überhaupt zu begrüßen. „Erzähl mir alles!“

Ari verdrehte die Augen. „Kurzen Moment mal.“ Sie legte das Telefon zur Seite und öffnete die Kasse. „Lisa, du brauchst Geld.“ Sie fischte zwei Zwanziger aus der Schublade und reichte sie Lisa.

Nachdem Lisa die Ladentür hinter sich geschlossen hatte, nahm Ari das Telefon wieder auf. „Guten Morgen, Natalie.“

„Ja, ja, guten Morgen. Also, sag mir, was passiert ist!“ Offensichtlich wollte ihre Freundin heute Morgen keine Zeit mit nutzlosen Nettigkeiten verschwenden, wenn es doch pikante Neuigkeiten gab.

Ari konnte nicht umhin zu grinsen. „Wir sind ausgegangen. Er hat mich zu diesem kleinen Restaurant mit –“

„Fang nur nicht so an!“, warnte Natalie. „Du weißt genau, was ich wissen will. Habt ihr’s getan?“

Sie nahm einen tiefen Atemzug. Sie hätte schwören können, dass sie noch immer den Duft von Dios Aftershave riechen konnte. „Es war sehr schön.“

„Schön? Sehr schön? Das ist alles, was du mir auftischst? Ich bin deine beste Freundin! Deine einzige Freundin, wenn ich das hinzufügen darf! Oh, Mädchen, bei dir ist aber so was von einer Standpauke von mir fällig, wenn du jetzt nicht sofort damit rausrückst!“

„Okay, okay“, kapitulierte Ari. Die Erinnerung daran, dass Natalie ihre einzige wahre Freundin war, wirkte immer. „Es war wundervoll. Wir gingen zurück zu meiner Wohnung, und er war ... er war so ...“

„Wundervoll?“, half Natalie, und Ari konnte das Grinsen deutlich in ihrer Stimme hören. „Einzelheiten, Ari, Einzelheiten!“

Sie musterte die Tür und hoffte insgeheim, dass der erste Kunde kommen würde, sodass sie einen legitimen Grund hätte, das Gespräch kurz zu halten, aber niemand betrat den Laden. Alles, was sie tun konnte, war Natalie hinzuhalten. „Er sah wirklich sehr muskulös aus, weißt du.“ Mit dieser Aussage verriet sie nicht viel, und es war auch keine Lüge. Er hatte nackt wirklich gut ausgesehen. Dio hatte einen wunderschönen Körper. Selbst der bloße Gedanke, ihre Fingerspitzen über seine nackte Haut gleiten zu lassen, sandte wohlige Schauder durch ihren Körper.

„Du meinst, er hatte einen Waschbrett-Bauch?“

Ari unterdrückte ein Kichern, erleichtert, dass ihre Ablenkungstaktik funktionierte. „Fast wie Arnold Schwarzenegger in seinen jungen Jahren. Aber viel weniger eingebildet.“

Natalies Lachen hallte durchs Telefon. „Das hoffe ich doch schwer.“ Sie hielt einen Moment inne. „Und hoffentlich auch treuer!“

Ari spürte, wie ein Gefühl der Wärme sie durchflutete. Die Art und Weise, wie Dio sie gestern Abend angesehen hatte, bestätigte ihr, dass er ihr treu sein würde. So viel Lust und Liebe war in seinem Blick gelegen, dass sie sich auf keinen Fall irren konnte. „Da bin ich mir sicher.“

„Ist er die ganze Nacht geblieben?“ Natalies nächste Frage kam wie aus der Pistole geschossen. „Denn wenn er die ganze Nacht geblieben ist, dann ist das ein gutes Zeichen.“

„Weißt du, ich bin mir nicht sicher. Ich bin so schnell eingeschlafen. Aber ich bin mir ziemlich sicher, dass er die ganze Nacht da war.“ War er das? Oder war er gegangen, nachdem sie eingeschlafen war?

„Was meinst du damit, du bist ziemlich sicher? Bist du mit ihm aufgewacht oder nicht?“

Ari schluckte die aufsteigenden Zweifel hinunter. „Als ich aufgewacht bin, war er weg, aber“, fügte sie hastig hinzu und fühlte, dass sie sich rechtfertigen musste, „... ich habe verschlafen, und er musste wahrscheinlich auch zur Arbeit, also kann ich es ihm nicht verübeln, dass er früh los ist.“

„Aha!“

Ärger machte sich in ihr breit. „Was?“

„Also, lass mich mal etwas klarstellen: Du bist dir nicht sicher, ob er die Nacht mit dir verbracht hat, weil er – als du aufgewacht bist – schon verschwunden war. Habt ihr zumindest danach gekuschelt?“

Ari zögerte. Sie erinnerte sich, dass sie ein paar Worte mit ihm ausgetauscht hatte, aber danach konnte sie sich an nichts erinnern. „Ah ... nun ...“

„Also nein. Das beantwortet dann auch gleich meine nächste Frage. Er hat also nicht das *L*-Wort gesagt, oder?“

Ari fühlte Hitze in ihre Wangen steigen. Sie hasste es, wenn Natalie immer sofort alles analysierte und Zweifel in ihr wachrief. „Männer sagen so was nicht sofort. Das weißt du genauso gut wie ich!“

„Okay, damit hast du schon recht.“ Doch dieses Zugeständnis stoppte ihre Freundin auch nicht. „Hat er dich schon angerufen?“

„Es ist neun Uhr dreißig in der Früh! Natürlich hat er mich noch nicht angerufen. Glaubst du nicht, das würde ein wenig nach Verzweiflung riechen?“ Obwohl sie es süß gefunden hätte, wenn Dio sie heute Morgen angerufen hätte. Sie hätte es sogar sehr lieb gefunden.

„Ah, Verzweiflung. Pfeif auf Verzweiflung!“, sagte Natalie. „Es wäre angebracht gewesen. Immerhin hattet ihr gestern Nacht Sex. Das Mindeste, was er tun könnte, wäre, dir eine Nachricht auf dem Kissen zu hinterlassen oder dich in aller Früh anzurufen.“

Ari hatte keine Nachricht gesehen. Und sie hatte danach gesucht. Nur für den Fall, dass er ihr eine Nachricht hinterlassen hatte. Vielleicht war er zu sehr in Eile gewesen, in die Arbeit zu kommen.

„Ich bin sicher, dass er später am Nachmittag anruft.“

„Das hoffe ich.“

„Natalie, ich muss aufhören und arbeiten. Wir erwarten eine große Lieferung, und ich muss noch Platz im Lager machen.“

„Okay, aber ruf mich an, sobald du von ihm hörst!“

„Mach ich.“ Ari legte den Hörer auf und strich ihr Haar zurück. Für fünfzehn Minuten war sie im siebten Himmel gewesen, doch jetzt hatte sie Zweifel. Sie fühlte sich wie eine sechzehn-jährige Schülerin, die sich fragte, ob der Fußballstar ihrer Schule nochmals mit ihr ausgehen würde. Mit einer ungeduldigen Geste versuchte sie, sich von dem dummen Gedanken zu befreien. Natürlich würde Dio sie anrufen. Sie hatten gestern Nacht Liebe gemacht, und sie hatte die Aufrichtigkeit in seinen Augen gesehen. Sie musste sich keine Sorgen machen.

5

Ariadne stieß einen tiefen Atemzug aus, nachdem sie ihren Anrufbeantworter abgehört hatte. Dio hatte den ganzen Tag nicht angerufen, nicht im Laden, nicht auf ihrem Handy und nicht zu Hause. Eine schnelle Begutachtung ihrer Wohnung bestätigte, dass sie keine Nachricht von ihm übersehen hatte.

Er hatte sich nicht gemeldet.

Die Zweifel, die nach ihrem Gespräch mit Natalie aufgekommen waren, nagten jetzt noch mehr an ihr. Unbehagen breitete sich in ihr aus und trotz der schwülen Hitze bekam sie eine Gänsehaut. Sie konnte nicht herumsitzen und warten, bis er sich meldete. Das war einfach zu jämmerlich. Nein, sie musste etwas tun. Vielleicht gab es ja einen guten Grund, warum er nicht angerufen hatte.

Entschlossen, sich von dieser Sache nicht entmutigen zu lassen, wandte sich Ari zurück zur Eingangstür und verließ ihre Wohnung. Sie konnte einfach in ein paar Bars gehen, die Dio regelmäßig frequentierte und sehen, ob er da war. Das wäre harmlos. Ihn auf dem Handy anzurufen wäre zu verzweifelt. Außerdem waren ein paar dieser Barbesitzer ihre Kunden, und sie konnte vorgeben, dort vorbeizuschauen, um sie über die neue Weinlieferung zu informieren.

Bei der ersten Bar gab es kein Anzeichen von Dio und laut Barmann war er den ganzen Tag nicht in der Bar gewesen. Vielleicht sollte sie es seltsam finden, dass ihn viele der Barmänner in der Stadt kannten, aber für einen Weinkenner wie Dio war es normal, dass er oft die Bars aufsuchte, die den besten Wein hatten.

Das war ihr zuerst an ihm aufgefallen, als er ihren Laden betreten hatte: Sein Wissen über Wein war sehr umfangreich, auch wenn er nicht damit angab. Sie hatten sich über die verschiedenen Rebsorten und ihre Vor- und Nachteile unterhalten sowie über die verschiedenen Methoden der Herstellung. Aber sie würde lügen, wenn sie behauptete, dass sein Wissen über Wein sie angezogen hatte. Nein, es waren seine Augen gewesen, die Art und Weise wie sie blau wie der Morgenhimmel funkelten. Aber er hatte mehr als nur wunderschöne Augen.

Dio hatte eine Ausstrahlung, eine Aura, die von Macht und Stärke, Entschlossenheit und Entschiedenheit sprach. Er wusste, was er wollte, und wenn er sie ansah, wusste sie, dass er sie wollte. Das machte sie mehr an als alles, was sie bisher kannte.

Ariadne betrat die *Vat* Bar, wo die Happy-Hour-Menge sich an die Bar drängte. Die Hintergrundmusik war leise, sodass diese Bar ein wenig ruhiger war als die erste, die sie aufgesucht hatte. Als sie sich in dem Raum mit den hohen Tischen, Barhockern und Nischen umsah, hörte ihr Herz fast auf zu schlagen, als sie Dio an einem der Tische sah. Er trank ein Glas Wein und war in ein Gespräch mit zwei jungen Frauen vertieft, die auf den Barhockern saßen.

Am Tisch direkt hinter ihnen erkannte Ari zwei ihrer Stammkunden, die sich bei ein paar Gläsern Wein unterhielten. Mit leicht schlotternden Knien ging sie in Richtung Dio. Wie eine Lokomotive, die einen steilen Berg hinunterstürzte, hämmerte ihr Herz in ihrer Brust. Vielleicht waren die beiden Frauen alte Freundinnen von ihm, oder vielleicht arbeitete er mit ihnen und sie waren nach der Arbeit noch zusammen auf einen kurzen Drink hierher gegangen.

Die Tatsache, dass die beiden lachten, weil Dio gerade etwas gesagt hatte, musste nicht bedeuten, dass er mit ihnen flirtete. Vielleicht hatte er ihnen nur einen Witz erzählt. Es konnte alles ganz unschuldig sein. Doch je näher sie herantrat, umso mehr verengte sich ihre Kehle in dem Wissen, dass etwas nicht in Ordnung war.

Warum hatte er nicht angerufen? Warum war er stattdessen in einer Bar und trank mit zwei viel zu hübschen Frauen, die sowohl zehn Jahre jünger als auch zwanzig Kilo leichter als sie waren? Sie blickte in ihre frischen Gesichter. Waren sie überhaupt alt genug, um Alkohol trinken zu dürfen?

Als Ari nur ein paar Meter von Dios Tisch entfernt war, drehte Dio seinen Kopf und starrte sie an. Seine Augen weiteten sich, sein Kiefer schien zu erstarren. Das Lachen war wie aus seinem Gesicht gewischt. Er machte keine Anstalten, sie zu umarmen oder zu küssen.

Ari fühlte einen kalten Schauer über ihren Rücken laufen, als sich ihre Blicke trafen. Kalte Feuchtigkeit verteilte sich auf ihren Handflächen.

„Oh, hallo. Ich hatte nicht erwartet, dich hier zu sehen“, sagte er, als seien sie nur entfernte Bekannte.

Ari schluckte den Kloß in ihrem Hals hinunter. „Du hast nicht angerufen.‘

Sein Blick schweifte von ihr ab. „Ich habe nicht gesagt, dass ich anrufen würde.“ Dio nahm einen großen Schluck aus seinem Glas.

„Ich ... uh ... glaubst du, wir könnten unter vier Augen reden?“

Seine Augenbrauen zogen sich zusammen. „Hmm, Ariadne ... vielleicht ...“, stammelte er.

Nervosität mischte sich in seine sonst selbstbewusste Haltung. Sie hatte ihn noch nie so gesehen: Er sah aus, als fühlte er sich unbehaglich.

„Wenn es jetzt gerade nicht passt“, begann sie. „Vielleicht willst du später bei mir vorbeikommen ...“

Er räusperte sich. „Das hatte ich nicht vor ... ich kann nicht. Wirklich, ich kann einfach nicht.“ Er presste seine Lippen zusammen.

Ari starrte ihn an und bemerkte, dass sein Gesicht plötzlich zu einer Maske aus Eis wurde. Seine Augen imitierten das kalte Blau eines gefrorenen Sees. Sie riss ihren Blick von ihm und schaute an ihm vorbei. Dabei fing sie die Blicke ihrer beiden Kunden auf, die eindeutig ihrem Gespräch lauschten.

„Aber gestern Nacht ...“ Ihre Stimme brach ab. Wie konnte sie ihm erklären, was sie wirklich sagen wollte? Dass sie glaubte, dass sie etwas Besonderes hätten und dass sie mit ihm allein sein wollte? Dies war nicht der richtige Ort, um solch private und intime Dinge zu besprechen.

„Letzte Nacht war großartig. Aber, es ist nicht ... Es wird zu nichts führen.“ Seine brutalen Worte fühlten sich wie ein Schlag ins Gesicht an.

Wie konnte er derselbe Mann wie letzte Nacht sein? Der Mann, der jetzt vor ihr stand, hatte nichts mit dem zärtlichen Liebhaber gemein, der sie vor Vergnügen hatte aufschreien lassen und sie angeblickt hatte, als ob er sie liebte. Hatte sie ihn falsch interpretiert? Wie konnte sie sich so geirrt haben?

Der Raum schien sich plötzlich zu drehen, als würde sie auf einem Karussell stehen. Ihre Augen blickten zu dem Tisch hinter ihm, wo sich ihre Kunden von ihren Stühlen erhoben hatten. Sie drehte ihren Kopf zur Tür, und ihr Blick schweifte kurz über die Bar und die Person dahinter. Gabrielle, die Besitzerin, beobachtete sie, aber Ari erkannte sie kaum, da die Tränen in ihren Augen ihr die Sicht nahmen und alles verschwimmen ließen.

Als Gabrielle hinter der Bar hervorkam, unternahm Ari einige vorsichtige Schritte und wäre fast zusammengebrochen, hätte Gabrielle nicht rechtzeitig nach ihr gegriffen.

„Lass uns in mein Büro gehen. Ich glaube, du musst dich hinsetzen.“ Gabrielle führte sie zu einer Tür, auf der *Privat* stand. Ariadne musste so schnell wie möglich Dios Gegenwart entkommen, bevor sie komplett zusammenbrach.

~ ~ ~

Dio hatte sich noch nie so miserabel gefühlt. Er war nicht darauf vorbereitet gewesen, sich mit Ariadne auseinanderzusetzen. Seit er mitten in der Nacht aus ihrem Bett geflüchtet war, fühlte er sich wie ein Scheißkerl. Wieder einmal hatte er den einfachsten Weg gewählt und sie verlassen, weil er ein Feigling war, der nicht zugeben konnte, dass sich vielleicht etwas zwischen ihnen entwickeln könnte. Denn der Gedanke, dass er Emotionen empfinden könnte, die tiefer waren als die oberflächlichen Gefühle, die er normalerweise entwickelte, machte ihm Angst. Er wollte nicht seinen Gefühlen ausgeliefert sein. Er hatte miterlebt, wie seine Mutter Semele Zeus nachgetrauert hatte, nachdem dieser das Interesse an ihr verloren hatte. Der Kummer, den sie durchlebt hatte, hatte ihn körperlich geschmerzt. Er wollte keine Frau so lieben, wie seine Mutter seinen Vater geliebt hatte, der diese Gefühle nicht erwidert hatte.

Die Sterblichen glaubten das Gerücht, dass Semele, nachdem sie Zeus in seiner göttlichen Gestalt gesehen hatte, gestorben war. Es war weit entfernt von der Wahrheit, doch vielleicht wäre es besser gewesen, anstatt mit ansehen zu müssen, wie sie langsam an einem gebrochenen Herzen starb.

Seine Mutter war jahrelang unglücklich gewesen und hatte gegen alle Hoffnung gehofft, dass Zeus zu ihr zurückkehren würde. Aber sein Schurke von Vater hatte bereits mehrere andere Frauen nach ihr gehabt.

Was, wenn er, Dio, genauso war wie sein Vater? Was, wenn er nicht fähig war zu lieben? Genauso wenig wie sein Vater zu wahrer Liebe fähig war. Würde das nicht bedeuten, dass die Frau, die sich in ihn verliebte, dazu verdammt wäre, an einem gebrochenen Herzen zu sterben? Und obwohl Dio sich noch nie darum geschert hatte, ob er ein paar Herzen brach, konnte er aus irgendeinem Grund den Gedanken nicht ertragen, dass eines dieser Herzen Ariadnes Herz sein könnte.

Es war besser, wenn er die Sache beendete, bevor sie richtig begonnen hatte. Ari konnte unmöglich schon in ihn verliebt sein und würde mit Sicherheit schnell über ihn hinwegkommen. Und die Vernarrtheit, die er für sie empfand? Er war sich sicher, dass dies nur ein vorübergehender Zustand war. Ein paar Gläser Wein und mit ein paar willigen Sterblichen flirten, das würde ihm dieses Gefühl schnell wieder austreiben.

Dio richtete seinen Blick wieder auf die beiden Frauen, mit denen er sich unterhalten hatte, konnte jedoch seine gute Laune nicht wieder gewinnen. Er hatte keine Lust mehr, mit den zwei dummen Frauen zu flirten, die ihn ins Visier nahmen, als wäre er ihre nächste Mahlzeit. Hatten sie denn nichts von seinem Gespräch mit Ari verstanden? Hatten sie noch nicht kapiert, was für ein Mistkerl er war? Dass sie ihm nicht trauen konnten?

„Entschuldigt mich“, bat er und wandte sich ab.

Seine Augen suchten die Bar ab, aber Ariadne war verschwunden. Er sollte versuchen, mit ihr zu reden und ihr seine Gründe erklären. Sie war eine kluge Frau. Sie würde verstehen, warum sie diese Beziehung nicht weiterführen konnten. Wenn er ihr nur zu verstehen geben könnte, dass er nicht gut für sie war, vielleicht würde sie ihn dann nicht hassen. Warum das für ihn wichtig war, dessen war er sich nicht sicher. Um Hades’ willen, in letzter Zeit war er sich wegen nichts mehr sicher.

Außer einer Sache: Er schuldete Ariadne eine Erklärung, und sie würde heute Abend eine bekommen. Und wenn sie dann immer noch verletzt war, nachdem er ihr klargemacht hatte, dass sie auf ein Arschloch wie ihn gut verzichten konnte, würde er ihre Erinnerungen an ihn einfach löschen.

Dio steuerte auf die Toiletten zu, um sich kaltes Wasser auf sein Gesicht zu spritzen. Bevor er jedoch die Tür zur Herrentoilette öffnen konnte, packten ihn zwei Kerle von hinten und schoben ihn durch die Hintertür auf den Parkplatz hinaus.

„Was verdammt noch mal soll das?“ Dio schüttelte ihren Griff ab und drehte sich auf den Fersen um.

Er funkelte die beiden Schläger an. Sie gehörten nicht zu der Sorte von Kerlen, mit denen er normalerweise in Kneipenprügeleien verwickelt war. Zuerst einmal waren sie älter, nicht wie die jungen Typen, die keinen Alkohol vertrugen und schließlich einen Streit anzettelten. Die beiden waren gut gekleidet und schienen ziemlich nüchtern zu sein. Er erkannte sie. Sie waren am Tisch neben ihm gesessen. Und er war sich absolut sicher, dass er sie nicht in irgendeiner Weise beleidigt hatte.

„Ich glaube, wir bringen dir jetzt Manieren bei, du Arschloch“, kündigte einer der Männer an.

“Lass deine Pfoten von mir! Ich habe euch keinen Grund gegeben, mich anzumachen.“ Mit einer ungeduldigen Bewegung machte Dio einen Versuch sich umzudrehen, aber der zweite Mann stürzte sich plötzlich auf ihn.

„Du Wichser hast Ari weh getan. Jetzt bekommst du es mit uns zu tun. Sie ist eine nette Frau. Niemand tut Ari weh und kommt ungeschoren davon.“

Ach, Scheiße! Wie hatte Ariadne es so schnell geschafft, ihre Freunde auf ihn zu hetzen? Und warum sollte sie das tun? Er hatte nicht erwartet, dass sie so niederträchtig war. Ein seltsames Gefühl der Enttäuschung bohrte sich wie ein Messer durch ihn. Nicht, dass er eine Tracht Prügel nicht verdient hätte. Vielleicht war das genau das, was er jetzt brauchte.

Dio deutete in Richtung des Größeren der beiden. „Dann zeig mal was du kannst!“

Innerhalb von Sekunden prallten Fäuste aufeinander, als Dio sich mit Aris Freund einen Kampf lieferte. Dio konterte mit Schlägen und Fußtritten so schnell er sie empfing. Allerdings konnte der Kerl nicht viel Schaden anrichten, da Dio seine überlegenen göttlichen Kräfte einsetzte. Es war wirklich kein fairer Kampf.

„Willst du deinem Freund nicht helfen?“, hetzte Dio den anderen Kerl auf. „Sieht so aus, als hätte er genug.“ Er grinste den Mann höhnisch an, aber dieser schluckte den Köder nicht.

„Zwei gegen einen ist nicht fair“, antwortete der Typ und hielt sich aus dem Kampf heraus.

Es schien, als müsse er stärkere Geschütze auffahren, damit der Kerl sich einmischte. Als Dio seinem Gegner einen weiteren Aufwärtshaken zum Kinn versetzte, fuhr er fort: „Ari bekam genau das, was sie verdient hat. Sie wollte gefickt werden, also habe ich sie gefickt. Ihr hättet hören sollen, wie sie vor Vergnügen gestöhnt hat.“ Bei den Göttern, er fühlte sich wie ein Schweinehund, so etwas Herzloses zu sagen.

Die Augen des zweiten Kerls blitzten endlich vor Wut auf. Einen Augenblick später stürzte dieser sich auf Dio und schwang ihm seine geballte

Faust ins Gesicht. Dios Kopf schnellte zur Seite, und er hörte ein Knacken. Blut füllte seine Nase und lief sein Gesicht hinunter. Scheiße, das tat weh, aber wenigstens war dieses Gefühl besser als das, was er zuvor empfunden hatte: brennende Schuldgefühle, weil er Ariadne verlassen und ihr weh getan hatte.

„Ist das alles, was du hast?" Dio wischte sich das Blut von seinem Kinn und seiner Nase und ließ ein spöttisches Grinsen sehen.

Als Reaktion stürzten sich die beiden Kerle nochmals auf ihn und wollten ihn mit ihren Faustschlägen erneut treffen.

Sterbliche! Man konnte sie so leicht provozieren.

„Arschloch!", schrie einer und landete einen harten Hieb in Dios Magen, der ihm für einen Moment die Luft aus dem Brustkorb drückte. Der andere nutzte die Gelegenheit, trat mit seinem Fuß in Dios Kniekehle und warf ihn damit aus dem Gleichgewicht. Dio landete auf seinem Hintern. Bevor er zur Seite rollen und wieder aufspringen konnte, landete der größere seiner beiden Angreifer hart auf seinem Bauch und drückte ihn auf diese Weise zu Boden Der zweite Mann kam zu Hilfe und schlug mit seinen Fäusten auf Dios Gesicht ein.

Der Geschmack von Blut in seinem Mund und seiner Nase war ekelerregend, und der Druck in seinem Kopf wurde immer stärker. „Verdammte Arschlöcher!" Das war nicht mehr lustig.

Mit letzter Kraft schleuderte Dio die beiden mit einem Energiestrahl von sich, sodass sie einige Meter von ihm entfernt auf ihren Hinterteilen landeten. Als sie sich aufsetzten, tauschten sie einen schnellen Blick aus, bevor sie aufsprangen. „Scheiße! Lass uns von hier abhauen!"

Und dann liefen die Weicheier in die dunkle Gasse. „Feiglinge!", rief Dio ihnen nach, als er sich aufsetzte. Er fühlte sich schwindlig und hielt in seiner Bewegung inne. „Ach, fuck! Ich fühle mich wie aufgewärmte Scheiße!"

„Perfekt, denn genau so siehst du auch aus!", kommentierte eine weibliche Stimme trocken.

Dionysos drehte seinen Kopf und entdeckte Hera, die nur ein paar Meter von ihm entfernt stand. Sie trug sterbliche Kleidung – eine sehr eng anliegende Lederhose und ein Spitzen-Bustier um genau zu sein – anstatt ihrer sonst üblichen weich fließenden Tunika.

„Genießt du den Anblick?", grummelte er.

„In der Tat, das tue ich. Der Anblick deines eingeschlagenen Gesichts macht etwas mit mir. Genau hier." Sie drückte ihre Hand gegen ihren Solarplexus und gab ihm ein zuckersüßes Lächeln.

„Ich nehme an, es ist nicht Mitleid."

Hera gab ein sehr ungöttliches Schnauben von sich. „Verkaufe mich nicht für dumm! Wir müssen reden."

„Seit wann haben du und ich etwas miteinander zu bereden?"

„Seit gestern." Sie spitzte ihre Lippen. „Ich habe gesehen, was du letzte Nacht getan hast."

Wut stieg sofort in seinem Magen hoch. Er neigte seinen Kopf und kniff die Augen zusammen. „Haben die Götter nicht erst kürzlich vereinbart, sich aus den Schlafzimmern anderer Götter herauszuhalten, wenn es sie nicht persönlich betrifft?"

Die Tatsache, dass Hera seine intime Begegnung mit Ariadne beobachtet hatte, ärgerte ihn. Was sie gehabt hatten war privat und etwas, das er mit niemandem teilen wollte, etwas, das er wertschätzen und bewahren wollte. Verdammt, wie hatte er es nur so mit Ariadne vermasseln können? Er musste es wiedergutmachen, und zwar schnell, bevor die Situation noch schlimmer wurde.

Hera hob ihre Hand, als ob sie ihre Fingernägel inspizieren wollte. „Ach das. Ja, ich glaube mein untreuer Mann hat so ein Gesetz erlassen. Aber natürlich trifft so was auf mich nicht zu. Und außerdem betrifft mich diese Angelegenheit persönlich."

Dio versuchte aufzustehen, aber zu seiner Überraschung war er dazu nicht in der Lage. Es fühlte sich an, als ob ihm jemand gegen die Brust drückte und ihn zurückhielt. Was zum Hades? Er schleuderte einen wütenden Blick auf Hera. Was hatte das Miststück vor?

„Und mach dir keine Mühe aufzustehen! Ich fürchte, diese beiden Kerle haben dich zu Brei geschlagen, und du bist zu schwach."

„Ich hab es ihnen gegeben!", protestierte Dio. „Mir geht es vollkommen gut."

„Das kann möglicherweise schon stimmen, aber hast du einmal darüber nachgedacht, wie Ariadne sich fühlt? Ich kann sie selbst jetzt weinen hören."

Sein Bauch zog sich schmerzhaft zusammen, und er wünschte sich, er könnte es auf die Wunden seiner Angreifer schieben, doch er wusste, dass die Ursache seines Schmerzes nicht physisch war. Die Erkenntnis, dass Ariadne um ihn weinte, tat weh. „Es geht dich nichts an, Hera, also halte dich da raus!"

„Kann ich nicht. Als Göttin habe ich eine gewisse Verantwortung. Und ein Teil davon ist, sicherzustellen, dass kein Sterblicher von einem Gott misshandelt wird."

„Ich habe sie nicht misshandelt. Ich habe nur –"

„Unterbrich mich nicht ständig! Du bist wie dein Vater! Kann nie die Klappe halten, wenn er lieber zuhören sollte!"

Dio wehrte sich gegen ihre Kräfte, aber sie war älter und stärker als er, und solange sie wollte, würde sie die Zügel in der Hand halten. Sie war eine Olympische Göttin, und alle Olympier hatten mehr Macht als die anderen Götter. Zeus war zwar der stärkste unter ihnen, doch selbst Hera konnte mehr Macht ausüben, als Dionysos je hoffen konnte zu besitzen. Er war ihr ausgeliefert und hasste sie dafür noch mehr. „Verdammtes Miststück!"

Hera zuckte mit den Achseln. „Du kannst mich nennen, wie du willst. Ich bin daran gewöhnt. Aber ich werde nicht zulassen, dass du dieser Sterblichen noch mehr weh tust."

„Was geschehen ist, ist geschehen", zischte er, während sich gleichzeitig ein Knoten aus Schuld in seinem Bauch bildete.

„Es kann repariert werden."

„Misch dich nicht in meine Angelegenheiten ein! Oder du wirst es bereuen", warnte er, wusste jedoch, dass seine Drohung nur wenig Gewicht hatte. „Wenn Zeus das herausfindet, dann wird er –"

„Dann werde ich wohl dafür sorgen müssen, dass er es nicht herausfindet, nicht wahr?" Sie schenkte ihm ein hinterhältiges Lächeln.

„Glaubst du wirklich, ich würde dich nicht verpfeifen? Wenn du das glaubst, dann kennst du mich wohl überhaupt nicht." In der Welt der Götter war kein Schlag zu niedrig oder zu hinterhältig, wenn es darum ging, sich an einem anderen Gott zu rächen – oder an einer Göttin.

Mit einer Geste gespielten Schocks legte Hera ihre Hand auf ihren Mund „Oh, nein, wie schrecklich! Nun, ich glaube, dann muss ich das unbedingt verhindern." Plötzlich veränderte sich ihr Ton. „Wenn du dich nämlich nicht erinnern kannst, wer du bist, dann wirst du auch nicht in der Lage sein, deinen Vater oder deine Freunde um Hilfe zu rufen."

„F –"

„Sag nicht schon wieder *fuck*! Ich hasse dieses Wort. Es geht mir auf den Geist." Dann hob sie beide Hände zum Himmel. „Ich werde dir eine Lektion erteilen. Dieses Mal wirst du sie anders behandeln, weil ich dieses Mal dafür sorge, dass du nicht weißt, was für ein Arschloch du wirklich bist. Dieses Mal wirst du derjenige sein, der sich nach *ihr* verzehrt, und sie wird dich an der Nase herumführen. Dann wirst du am eigenen Leibe erfahren, wie sich das anfühlt. Ich kann dir deine göttlichen Kräfte zwar nicht wegnehmen, aber ich kann dafür sorgen, dass du dich nicht erinnerst, sie zu besitzen. Und jetzt, mein lieber Junge, Dorn in meinem Auge, wirst du in einen tiefen Schlaf fallen, und wenn du wieder zu dir kommst, wirst du keine Ahnung haben, wer du bist oder was dir passiert ist. *Wer ist Dionysos?*, wirst du fragen." Dann lachte sie, und der Klang ihrer Stimme hallte zwischen den Gebäuden und den wenigen Autos auf dem Parkplatz wider.

Ach, Scheiße! Es war sein letzter klarer Gedanke, bevor die Dunkelheit ihn verschlang und in die Tiefe zog.

6

Ariadne trocknete ihre Tränen und warf Gabrielle einen dankbaren Blick zu. „Danke. Ich bin normalerweise nicht so nah am Wasser gebaut, aber das hat mich wie aus dem Nichts getroffen." Mit Dios Kälte konfrontiert zu werden war zu viel für ihre angeknackste Psyche.

Gabrielle tätschelte ihre Hand. „Glaub mir, es hätte mich genauso getroffen. Wenn es dich beruhigt, dann werde ich ihn aus meiner Bar rausschmeißen."

„Das musst du nicht tun. Ich wette, er ist einer deiner besten Kunden."

Gabrielle zuckte die Achseln. „Spielt keine Rolle. Du bist meine beste Lieferantin. Manchmal muss man eben eine Wahl treffen."

Ari nickte. Gabrielle kaufte Wein von ihr, seit sie ihr Geschäft eröffnet hatte, und ihre professionelle Beziehung war immer freundschaftlich gewesen. Allerdings überraschte es sie, dass Gabrielle ihr anbot, Dio den Zugang zu ihrer Bar zu verbieten, nur weil er sie verletzt hatte. Manche Menschen konnten sie immer noch überraschen. „Es geht mir schon besser."

„Komm, ich begleite dich hinaus. Wir gehen durch die Hintertür. Er muss ja nicht sehen, dass du geweint hast."

Dankbar für ihr Verständnis drückte Ari ihre Hand. Zurück durch die Bar zu gehen und Dio möglicherweise nochmals zu sehen, wenn er weiter mit den beiden Frauen flirtete, war etwas, das sie jetzt nicht ertragen konnte. „Ich schicke dir eine Kiste der neuen Lieferung aus Dry Creek gratis."

„Das ist doch nicht nötig. Ich bin froh, dass ich helfen konnte. Typen wie er sollten mit so etwas nicht davon kommen." Gabrielle führte sie durch einen Flur und vorbei an einem Vorratsraum, bevor sie in einem Foyer mit mehreren Türen standen. Zwei davon waren Zugangstüren zu den Toiletten, die dritte führte nach draußen.

„Danke", sagte Ari.

„Ich komme mit raus. Ich will sowieso schnell eine rauchen. Leider darf man ja in der Bar nicht mehr rauchen, seit die Stadt das Rauchverbot erlassen hat."

Als sie nach draußen auf den dunklen Parkplatz gingen, fühlte Ari trotz der warmen Nachtluft kalte Schauder über ihre Haut laufen. Sie zitterte sofort und rieb sich die Arme.

„Was zum Teufel?", entfuhr es Gabrielle.

Ari folgte ihrem Blick. Etwa zehn Meter entfernt von der Tür sah sie einen Mann auf dem Boden liegen, doch die Sicht auf seinen Oberkörper war von Gabrielle verdeckt.

„Gott, wie ich es hasse, wenn die Betrunkenen es nicht einmal bis nach Hause schaffen. Und die Happy Hour ist noch nicht mal vorbei!“, schimpfte sie. „Lass uns mal sehen, ob wir ihn aufwecken können.“

Ari folgte ihr und näherte sich dem Mann. In dem Moment als ihr Blick an Gabrielle vorbei auf den Betrunkenen fiel, sah sie zuerst, dass er blutete und offensichtlich niedergeschlagen worden war. Dann erkannte sie den Mann.

„Oh Gott, nein!“ Ari fiel neben ihm auf die Knie.

„Wenn man das nicht Karma nennt“, murmelte Gabrielle neben ihr.

Sie ignorierte Gabrielles Kommentar, obwohl ein winziger Teil von ihr zustimmte. Der andere, mitfühlendere Teil konnte nicht anders, als zusammenzuzucken: Dios Gesicht sah aus, als ob es mit einem Rammbock eingeschlagen worden wäre. Um seine Augen herum waren Schwellungen, seine Nase schien gebrochen zu sein, und seine Lippen waren aufgeplatzt. Blut sickerte aus seiner Nase und aus den Schnitten auf seinem Gesicht. Seine Fingerknöchel waren ebenso blutig und bewiesen, dass derjenige, mit wem auch immer er gekämpft hatte, auch ein paar Verletzungen erlitten hatte.

„Wir müssen ihm helfen. Ruf einen Krankenwagen!“

Gabrielle legte ihr die Hand auf den Arm. „Er sieht nicht so schlecht aus. Ich glaube nicht, dass wir Sanitäter brauchen.“

Ari warf ihr einen ungläubigen Blick zu. Wie konnte sie so etwas sagen? „Er sieht schrecklich aus. Er braucht einen Arzt.“ Sie fischte in der Handtasche nach ihrem Handy und zog es heraus.

Einen Augenblick später legte sich Gabrielles Hand um ihr Handgelenk. „Wenn wir einen Krankenwagen rufen, dann kommt auch die Polizei. Und das kann ich mir im Moment nicht leisten.“

„Wovon redest du?“

„Nach der riesigen Schlägerei letzte Woche hat sich das Gewerbeaufsichtsamt eingeschaltet und mich verwarnt. Die behalten mich jetzt im Auge. Wenn ich nicht in meiner Bar für Ruhe und Ordnung sorgen kann, dann entziehen sie mir meine Schanklizenz.“

Aris Stirn legte sich in Falten. „Das kann doch nicht dein Ernst sein.“

„Das ist mir todernst. Und außerdem wird er schon wieder. Schau, er bewegt sich ja bereits. Sieht aus, als ob er zu sich kommt.“ Gabrielle zeigte auf Dio. „Außerdem geschieht es ihm recht dafür, wie er dich behandelt hat. Du hast keinerlei Verpflichtung, dich um ihn zu kümmern.“ Sie stand auf und wischte sich die Hände an ihrer Hose ab.

„Wir können ihn doch nicht einfach so liegen lassen.“

„Du kannst machen, was du willst. Wenn du ihm also helfen willst, dann mach nur! Aber wenn ich du wäre, wüsste ich, was ich tun würde. Lass ihn leiden!“ Ein dünnes Lächeln erschien auf ihren Lippen. „Männer lassen sich ständig in Schlägereien verwickeln. Ich habe schon Schlimmeres gesehen, glaub mir! Er wird morgen wieder ganz in Ordnung sein. Ein paar Pflaster sind alles, was er braucht. Und vielleicht etwas Eis.“

Sie drehte sich um und verschwand wieder in der Bar.

Ari atmete schwer aus. Sie wollte nicht der Grund dafür sein, dass Gabrielle ihre Schanklizenz verlor. Sie würde niemandem so etwas antun wollen. Oder hatte Gabrielle bei der Warnung des Gewerbeaufsichtsamtes übertrieben? Konnte es wirklich so schlimm aussehen?

Ari blickte zurück auf Dio, der sich jetzt regte und ein tiefes Stöhnen von sich gab. Sie zog ein Taschentuch aus ihrer Handtasche und tupfte die Wunden auf seinen Lippen ab. Der Stoff war sofort von Blut getränkt, und er wandte seinen Kopf schnell zur Seite, um ihre Berührung zu vermeiden.

„Autsch!“ Seine Augen flogen auf. Das intensive Blau stand in krassem Gegensatz zu seinem blutigen Gesicht, als er sie jetzt anstarrte.

„Halt still, oder es wird noch mehr weh tun!“, riet sie ihm, verärgert über sein Verhalten. *Undankbarer Mistkerl!* Er sollte froh sein, dass sie ihm half!

Dio ergriff ihre Hand und hielt sie davon ab, ihm noch einmal mit dem Taschentuch zu nahe zu kommen. Als er sich in eine sitzende Position hochzog, breitete sich ein Ausdruck von Schmerz auf seinem Gesicht aus. Tiefe Falten bildeten sich auf seinem normalerweise faltenlosen Gesicht. Als er schließlich sprach, schien es mit großer Anstrengung zu sein.

„Was ist passiert?“

„Es sieht so aus, als ob du zusammengeschlagen worden wärst. Du bist wahrscheinlich in eine Schlägerei geraten“, murmelte sie.

Dio ließ ihre Hand los und wischte sich über sein Gesicht. Als er seine Verletzungen eine nach der anderen prüfte, zuckte er zusammen. „Ach, Mist!“ Dann fuhr er sich mit der Hand durch sein zerzaustes Haar und starrte sie an. Seine Augen durchdrangen sie, als ob er sie zum ersten Mal sah. Sie wanderten von ihrem Gesicht zu ihrem Oberkörper und zu ihren Beinen, dann wieder nach oben.

„Warst du dabei, als es passiert ist?“ Seine Stimme war etwas undeutlich, als ob seine blutige Lippe es unmöglich machte, klare Worte zu bilden.

Ari schüttelte den Kopf. „Wir – ich habe dich danach gefunden.“

Er nickte, dann starrte er auf das blutige Taschentuch, das sie noch immer in ihrer Hand hielt. „Und wem darf ich für meine Rettung danken?“

Sie fühlte, wie sich ihre Stirn in Falten legte, als sie den Sinn seiner seltsamen Worte auszumachen versuchte. „Was meinst du damit?“

Dio versuchte zu lächeln, aber stattdessen stöhnte er nur. „Dein Name. Ich will deinen Namen wissen, damit ich mich richtig dafür bedanken kann, dass du einem Fremden geholfen hast.“

Der Schock ließ sie erstarren und für einige Sekunden sprachlos werden. Wie konnte er nur so grausam sein und so tun, als würden sie sich nicht kennen? Sie starrte ihn an, aber ein überraschter Blick war seine einzige Antwort. Wie konnte er sie so angaffen, als ob er nicht einmal wüsste, wer sie war?

Mit einer ruckartigen Bewegung erhob sie sich. „Ich kann nicht glauben, dass du so etwas tust." Und sie hatte versucht, nett zu sein, indem sie ihm half.

„Was tun?" Als er ebenfalls aufstehen wollte, zuckte er jedoch vor Schmerz zusammen.

„Du tust so, als ob du mich nicht kennen würdest!"

„Aber ich kenne dich doch nicht." Dann grinste er und seine geschwungenen Lippen brachten eines seiner verheerendsten Lächeln zustande. „Aber ich hätte nichts dagegen, dich näher kennenzulernen."

„Dio! Du ... du –"

Er packte ihre Hand. „Wer ist Dio?"

Ihr nächster Atemzug blieb in ihrer Brust stecken. Konnte es möglich sein? Nein, diese Dinge passierten doch nicht wirklich, oder doch? Sie warf einen Blick auf die Verletzungen, die er sich zugezogen hatte. Dann hob sie ihre Hand und strich über seinen Hinterkopf und ließ dabei ihre Finger über seinen Schädel wandern.

Er sah sie völlig verwirrt an. „Was soll das?"

Wenn er sich während des Kampfes den Kopf angeschlagen hatte, dann machte er ihr vielleicht wirklich nichts vor. Vielleicht hatte er eine Gehirnerschütterung und war verwirrt.

„Ich suche nach einer Beule."

„Wieso das denn?"

„Um zu sehen, ob du dir den Kopf angeschlagen hast."

Er nahm ihre Hand in seine und zog sie von seinem Kopf. „Es geht mir gut. Aber du hast meine Frage nicht beantwortet. Wer ist Dio?"

„Du."

Er schüttelte den Kopf. „Glaub mir, ich würde wissen, wenn mein Name Dio wäre. Was für ein blöder Name!"

„Na, da stimmen wir ja dann überein", grummelte sie, dann hob sie herausfordernd ihr Kinn. „Also, wenn du nicht Dio heißt, wie heißt du dann?"

Er öffnete seinen Mund, schloss ihn dann aber sofort wieder. Ein verwirrter Ausdruck breitete sich über seinen Gesichtszügen aus, dann vertieften sich die Falten auf seiner Stirn. „Äh ..." Er musterte den Himmel, als ob er von dort oben eine Antwort erwartete, bevor er wieder ihre Augen suchte. „Ich weiß nicht, wie ich heiße."

Wieder strich er sich mit der Hand durch sein Haar, nun mit einem Hauch von Ungeduld. „Ich habe keine Ahnung, wer ich bin und wie ich hierher gekommen bin."

Bei seinen Worten begannen sich die Rädchen in Ariadnes Gehirn zu drehen. Hatte er im Kampf sein Gedächtnis verloren? Sie hatte keine Beule auf seinem Kopf gespürt, aber vielleicht musste er keine Beule haben. Jede Art von Trauma könnte einen Gedächtnisverlust hervorgerufen haben. Vielleicht hatte der Angreifer Dio mit solcher Kraft geschlagen, dass etwas in seinem Gehirn durcheinander geraten war. Mit Sicherheit waren seine äußerlichen Verletzungen blutig genug, um anzunehmen, dass er so einen Hieb erhalten haben könnte.

Als sie in seinem Gesicht nach einer Antwort suchte, konnte sie andere Gedanken nicht davon abhalten, in ihren Verstand einzudringen. Was, wenn dies ihre Chance auf einen Neubeginn war? Vielleicht hatten sie eine zweite Chance. Konnten sie ganz neu anfangen und reparieren, was zwischen ihnen falsch gelaufen war? Wenn sie nur wüsste, warum Dio mit ihr Schluss gemacht hatte. Hatte sie es ihm zu leicht gemacht? Immerhin hatte er sie verlassen, nachdem sie mit ihm geschlafen hatte. Vielleicht hätte sie ihn länger warten lassen müssen, damit er wusste, dass sie es wert war. Vielleicht war es das.

Oder vielleicht könntest du ihn lehren, dich mit Respekt zu behandeln?

Woher kam dieser Gedanke? Vielleicht von dem gleichen Ort, der ihr jetzt vorschlug, dass dies die perfekte Gelegenheit war, ihm eine Lektion zu erteilen und ihn dazu zu bringen, dass er sich in sie verliebte, während sie dieses Mal auf cool schalten würde.

Obwohl sie versuchte, die Ideen, die sich in ihren Geist einschlichen, zu verdrängen – sie war kein rachsüchtiger Mensch – kamen diese nichtsdestotrotz. Sie waren ihr fremd, als ob sie nicht ihre eigenen waren.

Wenn er nicht wusste, wer er war, und wenn er sie nicht erkannte, dann würde er nicht wissen, was er ihr angetan hatte, wie weh er ihr getan hatte. Wäre es dann nicht unfair, mit seinen Gefühlen zu spielen, wenn er gar nicht wusste, dass er sie verletzt hatte?

Unfair?, spottete die Stimme in ihrem Kopf. *War er denn zu dir fair?*

Ari biss sich auf die Lippe. Es war wahr, er hatte sich wie ein Scheißkerl benommen!

Erteile ihm eine Lektion! Biege ihn nach deinem Willen zurecht! Bringe ihn dazu zu tun, was du willst! Du hast die Macht!

Sie konnte der eindringlichen Stimme in ihrem Kopf nicht widerstehen und öffnete ihren Mund, bevor sie überhaupt wusste, was sie sagen wollte. „Dein Name ist Dio. Und ich bin deine Verlobte, Ariadne."

Verlobte? Warum hatte sie das gesagt?

Als die Worte heraus waren, versuchte sie, sie zurückzunehmen, aber dann fing sie seinen anerkennenden Blick auf. „Bei den Göttern, bin ich ein glücklicher Hurensohn!"

~ ~ ~

Hera lächelte schwermütig in den Teich, auf dessen Oberfläche sie Dionysos und Ariadne auf dem Parkplatz sah, wo sie ihn vor weniger als einer Stunde zurückgelassen hatte.

„Glücklich? Du kennst noch nicht mal die Hälfte deines sogenannten Glücks, mein lieber Dionysos“, murmelte sie vor sich hin.

Wenn er dachte, er könnte diese sterbliche Frau genauso behandeln, wie er es schon einmal getan hatte, dann hatte er nicht mit Heras Einfallsreichtum gerechnet. Dieses Mal würde Ariadne nicht das unglückliche Opfer dieses Schürzenjägers werden. Dafür würde sie sorgen. Sie hatte bereits einige Vorschläge in den Geist der jungen Frau gesetzt, damit diese wusste, was sie tun musste, um dem Gott des Weines eine Lektion zu erteilen, die dieser so dringend nötig hatte.

Leider hatte Ariadne ein weiches Herz – sie dazu zu bringen, Dio anzulügen und ihm zu sagen, dass sie seine Verlobte war, hatte einen massiven Kraftaufwand von Hera erfordert. Es war immer schwierig, ehrenvolle und reine Menschen zu beeinflussen. Sie klammerten sich zu sehr an ihre Skrupel.

Es war viel einfacher gewesen, die beiden Kunden von Ariadne zu beeinflussen, damit sie Dionysos angriffen. Alles, was sie hatte tun müssen, war, den Ärger in ihren Köpfen zu verstärken, dass sie sich fühlten, als wären sie Ariadnes Brüder, die sie beschützen müssten.

Aber sie würde Ariadne auch noch auf ihre Seite ziehen: Bald würde das Mädchen mit Dionysos’ Gefühlen spielen, wie er mit ihren gespielt hatte. Dann würde ihr übler Stiefsohn endlich selbst ein gebrochenes Herz haben. Und all die Frauen, die *er* verletzt hatte, würden gerächt sein.

Ariadne würde ohne Schaden überleben. In der Tat würde sie sich zu einer stärkeren Frau entwickeln, die nicht zulassen würde, dass ein Mann sie jemals wieder herumschubste.

Und solange Hera Ariadnes Güte und ihre unerträglichen Skrupel unterdrücken konnte, indem sie ihr ihre eigenen Gedanken und Anregungen aufdrängte, würde alles prima klappen. Und die zweite Chance mit Dionysos, an die Ariadne zu glauben schien? Alles hing davon ab, ob die Liebe auf einem Untergrund von Lug und Trug erblühen und ihre Wurzeln tief genug schlagen konnte, um den Ort zu erreichen, wo Reinheit und Wahrheit begraben waren. Hera bezweifelte, dass eine solche Leistung möglich war.

7

Dio beäugte seine schöne Samariterin und genoss den Anblick. Ihre langen, dunkelblonden Haare fielen über ihre Schultern. Ihre grünen Augen blitzten ihn mit mehr als nur einer Frage an. Ihre Kurven waren voller als die anderer Frauen. Anderer Frauen? Nun, er hatte sicher andere Frauen gehabt. Sein Körper musste gewisse Sinneserinnerungen bewahrt haben.

Sie war schön, seine Verlobte. Er probierte den Namen aus. „Ariadne." Seine Zunge schien das Wort zu erkennen. Er hatte den Namen früher schon einmal ausgesprochen. Er fühlte sich richtig an.

„Und ich bin Dio." Ja, irgendwie hatte der Name etwas Vertrautes an sich, jetzt als er ihn laut aussprach, jedoch kam keine wirkliche Erinnerung in ihm auf. Er fühlte sich wie ein neugeborenes Baby ohne Erinnerungen. Sein Gehirn versuchte etwas zu finden, woran er sich festhalten konnte, doch die Ranken von Informationen blieben außerhalb seiner Reichweite.

„Ich erinnere mich an nichts", gab er zu.

„Bist du dir sicher?" Ihre Augenbrauen zogen sich zusammen, und Sorgenfalten bildeten sich auf ihrer Stirn.

„Ich weiß gar nichts. Wenn du mir nicht meinen Namen gesagt hättest, würde ich nicht einmal wissen, wie ich heiße. Es ist so, als ob mein Gedächtnis vollkommen ausgelöscht worden wäre. Es sieht aus wie ein weißes Blatt Papier."

Sie zögerte, dann drückte sie seine Hand. „Wie fühlt sich dein Kopf an?"

„Gut."

„Ich glaube, wir sollten dich ins Krankenhaus bringen, damit sie dich untersuchen. Vielleicht hast du eine Gehirnerschütterung."

Aus irgendeinem Grund gefiel ihm der Gedanke, in ein Krankenhaus zu gehen, nicht. Hatte er dort eine schlechte Erfahrung gemacht, oder warum ließ ihn der Gedanke daran rebellieren? Er ließ sich von seinem Instinkt leiten, als er ihr antwortete. „Nein. Es geht mir gut. Ich brauche kein Krankenhaus."

„Aber, Dio –"

Er lehnte ihren Protest ab. „Kein Krankenhaus. Ich verspreche dir, ich bin in Ordnung." Obwohl er die Worte gesprochen hatte, um sie zu beruhigen, wusste er instinktiv, dass sie der Wahrheit entsprachen. Er wusste, dass es ihm morgen wieder gut gehen würde. Es würde keine nachhaltigen Auswirkungen seiner Verletzungen geben. Zwar schmerzte sein Gesicht von den Schnittwunden und Prellungen, jedoch erkannte er, dass diese nur oberflächlich waren.

„Wenn du es sagst“, räumte Ariadne widerwillig ein.

„Lass uns nach Hause gehen.“ Dann machte er einen Schritt in Richtung Ausfahrt des Parkplatzes, blieb jedoch sofort wieder stehen. „Ich habe keine Ahnung, wo wir wohnen.“ Er fühlte sich verletzlich, als er sein Manko zugab. Hatte er sich jemals verletzlich gefühlt? Hatte er jemals jemanden um Hilfe gebeten?

„Komm, es ist nicht weit!“ Ihre Stimme schien ein wenig unsicher zu sein, aber er schrieb es der Tatsache zu, dass sie wohl um seine Gesundheit besorgt war. Jede gute Verlobte würde dies sein, oder etwa nicht?

Als sie schweigend nebeneinander durch die Nacht schritten, blickte Dio sie wieder an. Etwas an ihr war ihm vertraut. Vielleicht war seine Amnesie nur vorübergehend, und er fing schon langsam an, sich wieder an Sachen zu erinnern. Sicherlich würde nach ein paar Stunden der Ruhe wieder alles zu ihm zurückkommen. Er hoffte es jedenfalls. Es wäre eine Schande, sich nicht daran erinnern zu können, wie er sich in diese wunderschöne Frau an seiner Seite verliebt hatte, oder sich nicht daran zu erinnern, wie sie zum ersten Mal Liebe gemacht hatten.

Bei dem Gedanken an ihren Körper unter seinem versteifte sich sein Schwanz. Oh ja, er spürte deutlich die Anziehungskraft zwischen ihnen. Sein Körper erinnerte sich an sie, und er hätte schwören können, dass sich sein Schwanz daran erinnerte, wie er sich in ihre süße Wärme senkte. Er zweifelte nicht daran, dass sie erst vor kurzem in seinen Armen gelegen war und dass sie sich gegenseitig Vergnügen bereitet hatten.

Dio griff nach ihrer Hand und drückte sie. Sie warf ihm einen schnellen Seitenblick zu, als ob seine Handlung sie überraschte. Suchte er normalerweise keinen Körperkontakt? Er konnte es sich nicht vorstellen. Er bezweifelte, dass er seine Hände länger als fünf Minuten von ihr lassen konnte.

„Erzähl mir von dir! Es tut mir leid, aber ich erinnere mich an nichts. Ich wünschte, es wäre anders. Es tut mir so leid.“ Er warf ihr einen gequälten Blick zu und bedauerte, dass er sich nicht an sie erinnern konnte. Alles, was er wusste, war, dass er sich zu ihr hingezogen fühlte. Und wegen der Reaktion seines Körpers auf ihren wusste er auch, dass er sie begehrte. Zumindest hatte sein Gedächtnisverlust nicht seine Gefühle für sie verändert.

Ariadne räusperte sich. „Ich besitze eine kleine Weinhandlung in der Stadt.“

Wein? Das klang vertraut. „Ich erinnere mich an Wein.“ Er fühlte sich fast dumm es zu sagen, aber er hoffte, dass wenn er die Dinge bekräftigte, an die er sich erinnerte, sein Gedächtnis vielleicht schneller zurückkommen würde. „Erzähl mir mehr!“

„Es ist nur ein kleines Geschäft. Ich habe eine Mitarbeiterin. Sie geht sehr geschickt mit den Kunden um. Sie hilft mir sehr mit all den Veränderungen im Geschäft. Sie brachte mich auf die Idee, Weinverkostungen im Laden anzubieten, um neue Kunden zu gewinnen. Und sie kennt sich gut mit Wein aus."

„Ich kenne mich auch mit Wein aus", platzte er heraus.

„Das stimmt."

Lag da eine gewisse Spannung in ihrer Stimme? „Tue ich das nicht?"

„Du trinkst viel."

„Oh!" Ein Gefühl der Verlegenheit durchflutete ihn. War er ein Säufer? War er deshalb in die Schlägerei geraten und verprügelt worden? Weil er betrunken gewesen war? Dio schüttelte den Kopf. Abgesehen von dem dumpfen Schmerz in seinem Kopf, den er seinen Verletzungen im Gesichtsbereich zuschrieb, fühlte er sich nicht betrunken. In der Tat fühlte er sich sehr klar im Kopf, naja, so klar wie sich jemand mit nichts im Kopf fühlen konnte. „Ich bin nicht betrunken."

„Das sagte ich auch nicht." Der defensive Ton in ihrer Stimme verblüffte ihn.

„Es tut mir leid", sagte er schnell. „Ich fühle mich nur so seltsam. Bitte hab Geduld mit mir! Ich bin sicher, es wird bald alles wieder zurückkommen."

Ariadne nickte, hielt aber ihre Augen auf den Weg vor sich gerichtet, während sie ihn entlang eines schmalen Gehwegs zwischen zwei Reihen von Häuschen führte. Er begutachtete den schmalen Gehweg, der nur für Fußgänger und vielleicht gelegentlich für ein Fahrrad gedacht war. Die kleinen Häuschen waren aus Stein gebaut und sahen historisch aus. Es war malerisch. Er konnte sich vorstellen, hier zu leben.

„Wo sind wir?"

„Fast da."

„Nein, ich meine, in welcher Stadt sind wir?"

Sie blickte zu ihm auf. „Bist du dir sicher, dass du nicht einen Arzt aufsuchen willst? Du kannst dich nicht mal an den Namen dieser Stadt erinnern. Das kann nicht gut sein."

Er schüttelte den Kopf. „Ich brauche keinen Arzt. Also, wo sind wir?"

Sie seufzte. „In Charleston."

Der Name klang irgendwie vertraut. „In den USA", fügte er für sich selbst an.

Ariadne blieb stehen und drehte sich zu ihm. „Natürlich in den USA." Dann runzelte sie ihre Stirn wieder. „Warum würdest du denken, dass du in einem fremden Land bist?"

Dio zuckte die Achseln. „Ich weiß es nicht." Er wollte ihr nicht seinen Verdacht mitteilen, aber als er die Vereinigten Staaten erwähnt hatte, hatte er gespürt, dass er außer Englisch noch andere Sprachen sprach. Und irgendwie wusste er, dass Englisch nicht seine Muttersprache war. Aber er wusste nicht, welche Sprache es war: Zu viele fremdsprachige Wörter purzelten plötzlich in seinem Kopf umher. „Ich versuche nur, meinem Gedächtnis dadurch zu helfen, dass ich Sachen wiederhole", lenkte er ab.

Sie schien seine Erklärung zu glauben und ging weiter. Er wollte sie nicht weiter beunruhigen. Irgendwie musste er herauszufinden, was mit ihm los war, ohne es für sie noch schwieriger zu machen, als es ohnehin schon war. Es war bestimmt nicht leicht für eine Frau, plötzlich festzustellen, dass ihr Verlobter sie nicht mehr erkannte. Und wenn es seine Schuld war, in die Schlägerei geraten zu sein, dann hoffte er, dass sie der Typ Frau war, der leicht vergab. Dies brachte ihn auf etwas anderes.

„Du hast gesagt, du weißt nicht, was passiert ist. Waren wir nicht zusammen, bevor ich zusammengeschlagen wurde? Du musst doch in der Nähe gewesen sein, oder? Warum wärst du sonst so schnell da gewesen?"

Sie zuckte fast unmerklich zusammen, fing sich aber schnell wieder. Hatten sie kurz zuvor gestritten?

„Natürlich waren wir zusammen. In der Bar. Wir ... ich meine, du ... du gingst gerade auf die Toilette." Sie nahm einen tiefen Atemzug. „Und als du nach einer ganzen Weile nicht zurückgekommen bist, habe ich jemanden nach dir sehen lassen, aber du warst nicht in der Toilette. Also habe ich nach dir gesucht. Aber ich habe nicht gesehen, wer dir das angetan hat."

Er nickte. Es klang plausibel. „Jemand muss mich provoziert haben", vermutete er.

„Ja, ja."

„Was soll das bedeuten? Bin ich gewalttätig?" Er drehte sich zu ihr und packte sie an den Schultern. „Sag mir, bin ich ein gewalttätiger Mann?"

Sie starrte ihn stumm an und plötzlich wurde ihm klar, wie fest seine Hände ihre Schultern umklammerten. Er lockerte sofort seinen Griff. „Es tut mir leid. Es ist nur ... ich bin frustriert, weil ich nicht weiß, wer ich bin und was ich vor heute Abend getan habe. Verstehst du das? Es ist so, als ob mir mein Leben geraubt worden wäre." Er wandte seinen Blick ab und versuchte, die Dunkelheit hinter ihr zu durchdringen.

Als sie plötzlich ihre Hand auf seine Wange legte und ihn zärtlich streichelte, ließ er langsam seine Augen über ihr Gesicht schweifen.

„Ich verstehe", flüsterte sie.

Aber Dio hörte ihre Worte kaum, denn alles, woran er denken konnte, war die Wärme ihrer Hand auf seiner Wange und ihr Gesicht so nah an seinem. Ohne nachzudenken zog er sie näher, und einen Augenblick später berührten seine Lippen die ihren. Es war nur ein Hauch von einem Kuss, aber der Kontakt ihrer Lippen brachte ihn zu vollem Bewusstsein. Ja, Ariadne war seine Frau, seine Verlobte. Alles würde in Ordnung kommen, sobald er sein Gedächtnis wieder zurückgewonnen hatte.

Mit einem Lächeln auf den Lippen ließ er von ihr ab. „Lass uns nach Hause gehen." Dann könnte er sie in seine Arme schließen und alle ihre Sorgen auslöschen. Zwar wäre er wahrscheinlich nicht in der Lage, sie wegen seiner verletzten Lippen viel zu küssen, doch der Rest seiner Ausrüstung war

Top in Schuss. Selbst der dumpfe Schmerz in seinem Kopf war in den Hintergrund gedrängt worden und seine Nase pochte jetzt nur noch ein wenig.

„Wir sind da", sagte Ariadne ein paar Momente später und blieb stehen.

8

Ariadne blinzelte in der Dunkelheit und las die Hausnummer auf dem niedlichen zweistöckigen Häuschen. Wenn sie ihrem Gedächtnis trauen konnte, wohnte Dio hier. Sie erinnerte sich an die Adresse, da er eine Kiste Wein hierher hatte liefern lassen, aber sie war noch nie zuvor hier gewesen. Soviel sie in der Dunkelheit sehen konnte, gab es zwei Briefkästen, also gab es im Haus offenbar zwei Wohnungen.

„Deinen Schlüssel“, sagte sie und streckte ihre Hand aus.

Er runzelte überrascht die Stirn. „Hast du keinen Schlüssel? Ich meine, leben wir nicht zusammen?“

„Nein, natürlich nicht.“

„Aber wir sind verlobt.“ Er sagte das, als ob es die natürlichste Sache der Welt wäre, dass verlobte Paare zusammen lebten. Wenn sie wirklich verlobt wären, dann würden sie wahrscheinlich auch zusammen leben. So viele Paare taten das heutzutage. Gab es einen besseren Weg, jemanden vor der Ehe richtig kennenzulernen?

„Wir sind noch nicht verheiratet“, fügte sie hinzu.

„Du solltest zumindest einen Schlüssel zu meiner Wohnung haben.“

„Das hast du mir nie angeboten.“ Und warum auch? Sie kannten sich ja erst seit zwei Wochen.

Plötzlich überkam sie ein Anfall von Übelkeit. Was würde passieren, wenn Dio sein Gedächtnis in ein paar Stunden wiedererlangte und ihre ganze Scharade auffliegen würde? Sie hätte ihn nie anlügen sollen.

Werd jetzt nicht schwach!, tadelte die Stimme in ihrem Kopf. *Er braucht eine Lektion.*

Nein, sie musste ihm die Wahrheit sagen. Sie wappnete sich und blickte ihn wieder an, aber die Worte, die aus ihrem Mund kamen, waren nicht die, die sie geplant hatte. „Also, wo sind deine Schlüssel?“ Warum war sie so ein Feigling?

Er kramte in seiner Hosentasche herum und zog einen Schlüsselbund hervor, aber er gab ihn ihr nicht, sondern schloss die Tür stattdessen selbst auf. Einen Augenblick später leuchtete das Licht im Foyer auf, und Ariadne folgte ihm hinein.

„Oben oder unten?“, fragte er.

Panik stieg in ihr auf. Sie musterte die Tür zu ihrer Rechten, wo ein Messing-Buchstabe leuchtete. *B* hieß es einfach, was bedeutete, dass Apartment *A* oben sein musste. Aber sie erinnerte sich deutlich, dass auf seiner

Bestellung weder A noch B notiert gewesen war. Er hatte nur die Hausnummer angegeben. Krampfhaft drehten sich die Rädchen in ihrem Kopf. Würde er oben oder unten wohnen? Wenn sie ihn in die falsche Wohnung führte, würde er ihr nie glauben, dass sie verlobt waren.

Sie ließ ihre Augen über seinen Körper schweifen und trotz seiner zerknitterten Kleidung und der Blutflecken darauf, wusste sie, dass sie teuer war. Der Wein, den er bestellt hatte, war auch nicht billig gewesen, und wann immer er sie ausgeführt hatte, hatte er darauf bestanden zu zahlen. Die Restaurants, die er gewählt hatte, waren die besten der Stadt. Nein, sie war sich ziemlich sicher, dass Dio recht gut bemittelt war. Würde er also wirklich im Erdgeschoss wohnen, wo er den Geräuschen von oben ausgesetzt wäre?

„Oben natürlich“, behauptete sie und hoffte, dass sie mit ihrer Vermutung richtig lag.

Ihre Absätze hallten auf den hölzernen Stufen, als sie ihm die schmale Treppe nach oben folgte. Sie war froh, dass er vor ihr ging. Wenn sie Unrecht hatte und sein Schlüssel nicht passte, dann würde sie zumindest nicht zwischen seinem Körper und der geschlossenen Tür gefangen sein und sich der Inquisition stellen müssen. Sie könnte einfach abhauen. Und vielleicht wäre dies sowieso die bevorzugte Vorgehensweise in diesem Fall, da sie offensichtlich nicht den Mut aufbringen konnte, ihm die Wahrheit zu sagen. Sie warf einen vorsichtigen Blick über ihre Schulter und begutachtete ihren Fluchtweg. Gleichzeitig wünschte sie sich, dass sie keine Stöckelschuhe getragen hätte.

Feigling!, züchtigte sie ihre innere Stimme. *Erinnere dich, du wolltest ihm doch eine Lektion erteilen, weil er dir weh getan hat.*

Ari schluckte ihre Zweifel hinunter und hob ihren Kopf.

So ist es besser!

Wenn sie jetzt nur diese lästige Stimme in ihrem Kopf abstellen könnte, wäre alles perfekt.

Das Klicken des Schlosses und der Klang der alten Türscharniere ließ sie den Atem ausstoßen, den sie angehalten hatte. Zufallstreffer, Sherlock! Es schien, dass die vielen Stunden, die sie damit verbracht hatte, Kriminalromane zu lesen, ihr logisches Denken geschärft und sich schließlich ausgezahlt hatten. Zwei und zwei zusammenzuzählen hatte sie zur richtigen Wohnung geführt.

„Kommst du nicht rein?“ Dio hielt die Tür für sie auf. Aus der Wohnung hinter seinen breiten Schultern flutete Licht auf die Stufen.

„Klar, natürlich.“ Ari trat über die Schwelle und hörte, wie er hinter ihr die Tür schloss.

Die Wohnung war nicht groß. Es gab keine Diele. Stattdessen stand sie bereits in der offenen Küche, oder vielmehr der Kochnische, die in ein gemütlich eingerichtetes, aber völlig männliches Wohnzimmer überging: Ein großer Flachbildfernseher beherrschte eine Wand und davor stand eine überdimensionale schwarze Ledercouch. Geschmackvolle moderne Drucke schmückten die Wände, und Teppiche versteckten den abgenutzten und wahrscheinlich originalen Holzboden.

Sie beobachtete, wie Dio die Wohnung inspizierte wie ein neuer Mieter am Tag der offenen Tür. Er schritt auf eine offene Tür zu.

„Das Schlafzimmer“, hörte sie ihn sagen.

Ari blieb im Wohnzimmer stehen, fest entschlossen ihm nicht ins Schlafzimmer zu folgen. Nein, das war definitiv ein Raum, wo sie nicht die Absicht hatte, mit ihm alleine erwischt zu werden.

„Willst du’s nicht sehen?“, fragte er und drehte sich zu ihr um.

„Schon gesehen“, log sie.

Dio kam zurück ins Wohnzimmer. „Ich nehme an, ich bin der einzige, für den all dies hier neu ist.“

Sie schenkte ihm ein schwaches Lächeln. „Ich glaube, wir sollten erst einmal deine Wunden reinigen und sehen, ob du Verbände brauchst.“ Das Mindeste, was sie für ihn im Austausch dafür tun konnte, dass sie ihn betrog, war, sich um seine Verletzungen zu kümmern.

Ari machte auf den Fersen kehrt und ging zum Badezimmer. Je früher sie sich um seine Wunden kümmerte, desto schneller konnte sie seine Wohnung verlassen und ihr donnerndes Herz unter Kontrolle bringen. Sie hatte gehofft dass nach der Art und Weise, wie er sie behandelt hatte, er nicht länger diesen Reiz auf sie ausüben würde. Leider war das nicht der Fall. Jetzt, wo seine Arroganz wie eine tote Haut von ihm abgefallen und er verletzlich war, fühlte sie sich fast so, als müsse sie ihn beschützen. Er brauchte sie jetzt, denn er wusste nichts über sein altes Leben.

Als Dio hinter ihr in das kleine Badezimmer trat, spürte sie seine Gegenwart körperlich. Sie beschäftigte sich mit der Suche nach einem Erste-Hilfe-Kasten, fand jedoch keinen. Typisch. Ein sauberes Handtuch und warmes Wasser würden genügen müssen.

Sie hob ihre Lider und beobachtete, wie er sein Gesicht im Spiegel inspizierte.

„Mist, ich sehe schrecklich aus!“

Sie kicherte. „Nicht immer.“ Die Worte waren heraus, bevor sie sie aufhalten konnte. Und es war wahr; Dio war ein gut aussehender Mann, obwohl sein Gesicht im Moment in einem schlechtem Zustand war. Aber unter den Spuren, die die Schlägerei hinterlassen hatte, lag mehr Schönheit, als ein Mann besitzen sollte.

Er grinste sie an. „Ich bin froh, das zu hören. Ich würde es hassen, wenn du mich nur aus Mitleid genommen hättest, wo du doch jeden Mann hättest haben können.“ Er ließ einen anerkennenden Blick über ihr Gesicht schweifen. Bei seinem versteckten Kompliment fühlte Ari Wärme in ihre Wangen steigen. Meinte er dies wirklich? Aber wenn es so war, warum hatte er dann mit ihr Schluss gemacht? Es ergab keinen Sinn.

„Setz dich auf die Toilette, damit ich an dein Gesicht heran kann!“

Als sie sich mit einem feuchten Handtuch in ihrer Hand zu ihm drehte, saß Dio da wie ein guter Junge und sah sie erwartungsvoll an. Seine Beine waren etwas gegrätscht. Sie hatte keine andere Wahl, als sich zwischen seine Schenkeln zu stellen, um nahe genug zu kommen und sein Gesicht behandeln zu können.

Das Blut auf seinen Lippen und um die Augen und seine Nase war schon verkrustet. Ari legte sein Kinn auf ihre Hand und rieb den nassen Rand des Handtuchs sanft in kleinen Kreisen über seine Haut, um das Blut zu entfernen, ohne zu viel Druck auf die Schnittwunden und Prellungen zu geben.

Als sie das Blut an seinem Auge wegwischte, zuckte er zusammen und zog sich zurück, aber sie ließ sein Gesicht nicht los.

„Halte still oder es wird noch länger dauern!“

„Danke, dass du das machst.“

„Mhm.“ Er hatte keine Ahnung, wie schwer es für sie war, ihn zu berühren. Es erinnerte sie an die vorangegangene Nacht, und sie wollte im Moment nicht daran erinnert werden, nicht jetzt, wo ihre Gefühle in einem solchen Aufruhr waren, wo sie ihn in einem Moment verletzen und im nächsten mit ihm Liebe machen wollte.

„Wie nenne ich dich normalerweise?“

„Was meinst du?“ Ari konzentrierte sich auf den Schnitt neben seinem rechten Auge.

„Wie zum Beispiel *Schatz* oder *Liebling* oder *Baby*?“, fragte er.

Beim Klang der Zärtlichkeiten spürte sie Wärme durch sich strömen. Eine bittersüße Erinnerung kam wieder zu ihr zurück: Er hatte sie letzte Nacht *meine Liebe* genannt. „Du nennst mich Ariadne.“

Seine Augenbrauen hoben sich überrascht. „Ich glaube, das müssen wir ändern.“

„Das ist mein Name, und niemand hat sich jemals darüber beschwert“, protestierte sie und versteifte sich leicht. Naja, vielleicht hatte Dio trotz seines Gedächtnisverlusts seine Arroganz doch nicht ganz verloren. Einige Charakterzüge waren wohl dauerhaft, Amnesie hin oder her.

Dio legte plötzlich seine Hände auf die Rückseiten ihrer Schenkel. „Es ist ein schöner Name. Aber ich denke, ich würde dich gerne *Baby* nennen. Es fühlt sich richtig an.“

Ari erstarrte in ihren Bewegungen. Er wollte ihr einen Kosenamen geben? „Warum?“

Ein verwirrter Blick huschte über sein Gesicht. „Muss es dafür einen Grund geben, außer dass ich dich offensichtlich liebe, wenn man bedenkt, dass wir verlobt sind?“

„Aber woher weißt du, dass du mich liebst? Du hast dein Gedächtnis verloren.“

„Ich kann es spüren." Er hob eine Hand von ihrem Oberschenkel, ergriff damit ihre und legte sie an seine Brust. Unter ihrer Handfläche schlug sein Herz in einem schnellen Rhythmus. „Wenn ich in deiner Nähe bin, schlägt mein Herz schneller."

Sie versuchte ihre Hand wegzuziehen, aber er hielt sie mit seiner gefangen. „Das ist wahrscheinlich wegen des Traumas, das du erlitten hast."

Er schüttelte den Kopf. „Nein, und weißt du, warum ich weiß, dass das nicht der Fall ist?"

Ari hielt den Atem an. Hatte er sein Gedächtnis bereits wiedererlangt und verspottete sie jetzt? Sie wagte es nicht, ihm zu antworten, und einen Augenblick später führte er ihre Hand seinen Oberkörper hinab, bis ihre Handfläche die heiße pulsierende Länge seiner Erektion spürte. Ihre Blicke trafen sich. „Ich weiß es, weil ich hart bin, wenn ich in deiner Nähe bin."

Sie zog ihre Hand zurück. Sie konnte sich nicht wieder in diese Richtung bewegen, so verlockend es auch war. Es hatte das erste Mal nicht funktioniert.

„Du musst nicht schüchtern sein, Baby." Er hob seine Hand an ihr Gesicht und streichelte ihre Wange. „Ich weiß, dass ich mich nicht an unser gemeinsames Leben erinnern kann, aber du musst dich nicht einmal eine einzige Sekunde lang sorgen, dass ich dich nicht mehr liebe." Er zog sie näher. „Meine Lippen sind etwas angeschlagen, und mein Gesicht sieht katastrophal aus, aber der Rest meines Körpers arbeitet perfekt. Lass uns ins Bett gehen, Baby, und ich werde dafür sorgen, dass du nicht einmal bemerkst, dass ich mein Gedächtnis verloren habe."

Was seine Worte bedeuteten war klar. Falls sie noch Zweifel gehabt hätte, was er wollte, wischte er diese nun mit seinen Händen weg, indem er über ihr Hinterteil streifte und sie anzüglich streichelte. Bevor sie dem köstlichen Gefühl seiner Berührung erliegen konnte, entzog sie sich seiner Umarmung.

„Wir können das nicht tun!" Denn welche Garantie hatte sie, dass er mit ihr zusammen bleiben würde, sobald sie mit ihm geschlafen hatte?

„Natürlich können wir das", sagte er und erhob sich, um sie wieder an sich zu ziehen.

Ari stemmte die Hände gegen seine Brust, damit er sie nicht näher an sich drücken konnte, während ihr Verstand fieberhaft daran arbeitete, eine Erklärung zu finden, warum sie nicht mit ihm ins Bett hüpfen konnte, obwohl sie ihm gesagt hatte, dass sie verlobt seien.

„Wir haben beschlossen zu warten", platzte sie heraus.

„Warten? Warten auf was?"

Sie suchte nach einem anderen Wort. „Wir sind enthaltsam."

„Enthaltsam?" Dios Stirn verzog sich, als ob er dieses Wort auch nicht verstünde.

„Ja", bestätigte sie, als sich eine Idee in ihrem Kopf formte. „Wir haben beschlossen, dass wir bis zu unserer Hochzeitsnacht abstinent bleiben."

9

„Abstinent?“ Das Wort hallte in Dios Kopf wider. Er musste da bestimmt etwas falsch verstanden haben. Vielleicht hatten seine Ohren in der Schlägerei einen Schlag erhalten und verzerrten jetzt sein Gehör. Mit diesem Wort stimmte einfach etwas nicht. Er wusste instinktiv, dass er nie so etwas vereinbart haben würde, vor allem nicht, da sein Körper so intensiv auf Ariadne reagierte.

Während der ganzen Zeit, seit sie den Parkplatz verlassen hatten, war er hart gewesen. Wie sollte er es jemals einen einzigen Tag lang in ihrer Gegenwart mit so einem Steifen aushalten? Einen Moment lang fragte er sich, ob sie – da er keine Erinnerungen an sie hatte – wie eine neue Frau für ihn war und sie ihn daher so erregte. Konnte das sein? Konnte diese Tatsache zu seiner riesigen Erektion geführt haben? Aber er verwarf den Gedanken schnell wieder. Da er mit Ariadne verlobt war, konnte er sich nicht vorstellen, *nicht* ständig in einem erregten Zustand herumzulaufen, wenn sie in seiner Nähe war.

Ari war wunderschön mit einem so sinnlichen Körper und solch üppigen Kurven, dass er wusste, dass er sich in ihr vergraben musste. Es war einfach unmöglich, dies nicht zu wollen.

„Du meinst, wir haben noch nie ...?“ Er ließ die Frage im Raum hängen, denn er konnte solch eine unglaubliche Vorstellung nicht einmal aussprechen.

Sie wich seinem prüfenden Blick aus und täuschte Interesse an dem blutigen Handtuch in ihrer Hand vor. „Nein, wir haben vereinbart, dass es besser wäre zu warten, bis wir verheiratet sind. Wir sind beide sehr religiös.“

„Wir sind religiös?“ Religiös war nicht genau das, was er im Moment verspürte.

Ariadne nickte und machte sich daran, das Handtuch im Waschbecken auszuwaschen. Das Wasser färbte sich rot von seinem Blut. „Du hast gesagt, dass es dann noch besser sein würde, wenn wir erst einmal verheiratet sind.“

Es sollte besser sein zu warten? Auf gar keinen Fall. „Ich habe meine Meinung geändert!“

Ihre Haltung versteifte sich. „Das kannst du nicht einfach machen. Wir waren uns einig. Du kannst dich nur nicht daran erinnern.“

Frustriert ballte Dio seine Fäuste. „Lass uns das nochmals besprechen!“

„Da gibt’s nichts zu besprechen, Dio.“ Sie wrang das Handtuch aus und hängte es über eine Seite des Waschbeckens. „Ich gehe jetzt besser.“ Sie drängte sich an ihm vorbei.

„Aber du bist noch nicht fertig.“ Er deutete auf sein Gesicht, während sein Blick in den Spiegel fiel. Aber er sah nicht so schlimm aus, wie er erwartet hatte. Nun, da sein Gesicht von dem Blut gereinigt war, bemerkte er, dass die Schnittwunden und Prellungen harmlos waren. Die Schwellung um sein Auge war ebenso unbedeutend, obwohl er hätte schwören können, dass er kaum in der Lage gewesen war, sein Auge zu öffnen, als er auf dem Parkplatz zu sich gekommen war.

„Leg einfach etwas Eis drauf!“

Dann fegte sie aus dem Badezimmer. Ein paar Sekunden später schloss sich die Wohnungstür hinter ihr. Verblüfft stand Dio in der Mitte des winzigen Badezimmers und fuhr sich mit der Hand durchs Haar.

Sie hatte ihn ohne einen Gute-Nacht-Kuss verlassen. Wie war das möglich? War sie auf ihn sauer? Es schien so. Ab und zu hatte sie ein wenig verärgert ausgesehen, jetzt, wo er darüber nachdachte. Vielleicht hatten sie, kurz bevor er verprügelt worden war, gestritten. Das würde ihr Zögern erklären und auch die Tatsache, warum sie nicht bei ihm bleiben wollte. Denn auch wenn sie vereinbart hatten, vor der Ehe keinen Sex zu haben, war er sich sicher, dass sie sich zumindest küssten und berührten. Auf keinen Fall hatte er den süßen Geschmack ihres Mundes und ihres sinnlichen Körpers noch nicht gekostet.

Es war egal, warum er jemals dieser lächerlichen Idee, vor der Ehe auf Sex zu verzichten, zugestimmt hatte: Das würde sich jetzt ändern. Sein Körper sehnte sich danach, sich mit ihr zu vereinen und irgendwie musste er ihr begreiflich machen, dass er nicht warten konnte. Hatte sie Angst, dass wenn sie erst einmal mit ihm ins Bett gegangen war, er das Interesse an ihr verlieren würde und sie nicht mehr heiraten wollte? Konnte das der Grund sein, warum sie nicht auf seine Forderungen einging? Und er war davon überzeugt, dass er Forderungen gestellt hatte, obwohl er keine Erinnerung daran hatte.

Das erinnerte ihn an ein anderes Problem: Warum konnte er sich nicht einmal an die winzigsten Dinge in seinem Leben erinnern? Und warum machte er sich nicht mehr Sorgen darüber? Seltsamerweise versetzte ihn sein Gedächtnisverlust nicht in die Art von Panik, die er unter diesen Umständen erwartet hätte. Obwohl er nichts über Ariadne und ihre Beziehung zu ihr wusste und trotz der Leere, die er spürte, wenn er sich an seine Vergangenheit zu erinnern versuchte, fühlte er sich seltsam zufrieden. Nun, so zufrieden wie ein Mann, der schon seit Gott-weiß-wie-lange keinen Sex mehr gehabt hatte, sein konnte.

Vielleicht brauchte er einfach etwas Ruhe. Morgen früh könnten all seine Erinnerungen wieder zurück sein und sein altes Leben würde wiederhergestellt sein. Er versprach sich jedoch, dass er nicht weiter abstinent bleiben würde: Er würde alles in seiner Macht Stehende tun, um Ariadne zu verführen und in sein

Bett zu locken. Schließlich würde sie seine Frau werden, und es konnte nicht falsch sein, die Ware zu probieren, bevor er den endgültigen Kauf tätigte.

~ ~ ~

Dios Schlaf war alles andere als erholsam. Geplagt von seltsamen Träumen wälzte er sich die ganze Nacht hin und her. Seine Träume waren von Monstern und seltsamen Fabelwesen bewohnt, doch sie erschienen ihm vertraut und wirkten seltsam tröstlich.

Donner grollte und Blitze erhellten den Nachthimmel, die Wellen des Ozeans waren aufgewühlt, und die tosende Brandung krachte ans Ufer, wo ein seltsames Geschöpf, halb Mensch, halb Fisch, eine Muschel an seinen Mund legte und eine besänftigende Melodie spielte. Die Wellen beruhigten sich ebenso wie Dio, der Trost in dem Wissen fand, dass er von Freunden umgeben war. Und in der Ferne sah er Ariadne, doch sie lief nicht auf ihn zu, sondern von ihm weg, während Tränen ihre Wangen hinunterströmten.

Dio schoss in seinem Bett hoch und riss die Augen auf. Sonnenlicht strömte durch die halb offenen Fensterläden herein und flutete den Raum in gleißende Helligkeit. Es war ein strahlender Sommertag. Das Gewitter in der Nacht zuvor hatte nur in seinen Träumen existiert. Keine Wolke trübte den perfekten Himmel. Und wenn sein Zimmer Aussicht aufs Meer gehabt hätte, hätte er gesehen, dass nicht eine einzige Welle die ruhige Wasseroberfläche aufwühlte.

Für einen kurzen Moment saß er einfach in dem Bett, das er nicht erkannte, in einem Raum, der ihm nicht vertraut war. Er schloss seine Augen und versuchte, seinen Geist zurück in die Vergangenheit zu schicken, um seine fehlenden Erinnerungen zu finden, aber alles, an das er sich erinnern konnte, war der Augenblick, als er auf dem Parkplatz aufgewacht war und wie Ariadne sich um ihn gekümmert hatte.

Bei dem Gedanken an Ari hob sich die dünne Bettdecke über seinem Unterleib wie ein kleines Zelt. Das hätte er sich denken können: Er war schon wieder so hart wie eine Eisenstange und etwa halb so intelligent. Seine Hand wanderte zu seiner Erektion und streichelte darüber, um den Schmerz, den er fühlte, zu lindern, aber seine Hand war kein Ersatz für das, was er wirklich wollte.

Mit einem frustrierten Schnauben sprang er aus dem Bett und marschierte zur Dusche. Vielleicht würde ihm eiskaltes Wasser helfen. Er fragte sich, wie er in der Vergangenheit seine tobenden Hormone unter Kontrolle gebracht hatte. Sicherlich hatte er eine Methode entwickelt, um sich nicht ständig wie ein Pulverfass fühlen zu müssen, das jederzeit hochgehen konnte, wenn er mit Ariadne zusammen war. Er wünschte sich, er könnte sich zumindest an dieses bisschen Information erinnern.

Als er am Waschbecken vorbeiging und gerade nach dem Duschvorhang greifen wollte, erstarrte er und wirbelte mit seinem Kopf in Richtung Spiegel. Der Schock katapultierte ihn gegen die Wand hinter sich.

Bei den Göttern!

Er näherte sich vorsichtig dem Spiegel, drehte sein Gesicht erst zu der einen, dann zur anderen Seite. Aber egal wie lange er sein Gesicht studierte, er fand keinerlei Beweise für die Verletzungen, die er sich in der Nacht zuvor zugezogen hatte. Der Schnitt über seinem Auge hatte nicht einmal eine Narbe hinterlassen, und seine Lippen waren vollkommen glatt. Er fuhr sich mit dem Finger über den Mund, fand aber keine Schürfwunden und keine Unebenheiten. Alles sah und fühlte sich vollkommen geheilt an, als ob die Schlägerei am gestrigen Abend gar nicht stattgefunden hätte.

Als sich diese Erkenntnis bei ihm einstellte, drängten sich schreckliche Gedanken in sein Bewusstsein: Was, wenn er den ganzen Vorfall nur geträumt hatte? Was, wenn er nie verprügelt worden war? Und was, wenn Ariadne einfach nur eine Ausgeburt seiner Fantasie war?

Bei diesem Gedanken setzte sein Herz für einen Schlag aus. Das wäre nicht nur beunruhigend, sondern geradezu erschreckend.

Er machte kehrt und eilte aus dem Badezimmer. Seine Augen suchten nach seiner Hose. Er fand sie auf einem Stuhl im Schlafzimmer und durchwühlte die Taschen. Erleichterung durchflutete ihn, als er sein Handy fand und es herauszog. Er gab den ersten Buchstaben ihres Namens ein, in der Hoffnung, dass er ihre Nummer einprogrammiert hatte. Der erste Name, der erschien, war Apollo, dann Ares, und als er weiter durch die Namen scrollte, die mit A anfingen, fand er sie: Ariadne Taylor. Zumindest der Name war echt. Jetzt musste er nur noch sicherstellen, dass sie es war und nicht irgendeine Frau, die er in seinen Träumen erfunden hatte.

Er drückte auf die Taste und ließ sein Handy die Nummer wählen, während er mit angehaltenem Atem wartete.

„Hallo?“ Es war die gleiche Stimme, die er geträumt hatte. Das musste sie sein.

„Ariadne? Ich bin’s, Dio.“

Es gab eine kurze Pause, aber die Spannung, die in der Stille lag, ließ die Wartezeit länger erscheinen. „Guten Morgen. Wie fühlst du dich?“

„Besser, denke ich“, antwortete er zögernd.

„Erinnerst du dich jetzt?“

Erleichtert darüber, welche Richtung das Gespräch nahm, sagte er: „Ich erinnere mich nur, dass du dich letzte Nacht um mich gekümmert hast und dann gegangen bist. Ich habe dich vermisst.“

„Oh.“

„Ist das ein *oh, ich vermisse dich auch,* Baby?“

„Ja. Natürlich.“ Aber ihre Stimme klang nicht sehr überzeugend.

Er wagte eine wilde Vermutung. „Du bist immer noch sauer auf mich, nicht wahr?“

„Wer sagt, dass ich sauer auf dich bin?“

„Du bist gestern Nacht einfach gegangen. Hör zu, was auch immer passiert ist, es tut mir leid. Ich bin sicher, dass ich etwas gesagt habe, das dir nicht gefallen hat, und wenn ich mich daran erinnern könnte, wäre ich wahrscheinlich entsetzt.“ Vielleicht hatte Ari versucht, ihn von der Schlägerei abzuhalten, die seinen Gedächtnisverlust verursacht hatte.

„Äh, warum ruhst du dich nicht etwas aus?“

„Ich will dich sehen!“ Sein Herz schlug bis in seine Kehle, und er spürte, wie der Gedanke, sie zu sehen, ihn erregte.

„Ich kann jetzt nicht.“

Er ließ sich nicht so leicht abwimmeln. „Dann heute Abend!“

Er hörte ein kurzes Zögern in ihrer Stimme. „Ich werde heute Abend mal vorbeikommen.“

„Gut.“

Dann klickte es in der Leitung. Sie hatte aufgelegt.

10

„Du hast *was* gemacht?“ Natalie unterbrach ihre Arbeit, den Geschirrspüler hinter der Theke auszuräumen, und starrte sie entsetzt an.

Das Restaurant war immer noch leer und die Mittagsgäste würden erst in einer Stunde eintrudeln, aber Ari wollte ihre Freundin erwischen, wenn sie nicht zu beschäftigt war, sondern Zeit zum Reden hatte. Immerhin ging es hier um etwas Wichtiges.

„Ich habe ihm gesagt, dass wir verlobt sind.“

„Du bist verrückt! Vollkommen verrückt!“ Ihre große, brünette Freundin stemmte die Hände in die Hüften. Sie war nicht gerade dürr und konnte ziemlich imposant aussehen, wenn sie dies tat. Aber Ari wusste, dass ihre beste Freundin harmlos war – so harmlos wie ein angriffslustiger Stier, der von einem Matador angestachelt wurde, eben sein konnte.

„Du hättest einen Krankenwagen rufen sollen, damit ein Arzt ihn hätte behandeln können. Was ist, wenn er eine Gehirnerschütterung hat? Was, wenn er über Nacht ins Koma gefallen ist?“

„Er hat mich vor einer Stunde angerufen. Und er klang gesund.“

„Aha! Wenn er dich angerufen hat, dann bedeutet das, dass er deine Nummer kennt, also hat er sein Gedächtnis wieder.“

Ari rutschte auf ihrem Barhocker hin und her. „Er hat von seinem Handy aus angerufen. Ich habe gesehen, wie er meine Nummer eingespeichert hat. Ich habe sie ihm gegeben, als wir uns kennengelernt haben. Es bedeutet also gar nichts, dass er meine Nummer kennt.“

„Und woher weißt du, dass er sein Gedächtnis nicht später wiedererlangt? Was willst du denn dann tun?“, forderte Natalie sie heraus.

Ari stieß einen heftigen Atemzug aus und fuhr sich mit einer Hand durchs Haar. „Woher soll ich das wissen? Dafür habe ich ja dich!“

„Ari, Ari, du spielst mit dem Feuer. Er hat dich schon einmal verletzt. Wer sagt, dass er es nicht wieder tun wird?“ Natalie hatte recht.

Ari hatte ihr erzählt, was am Abend zuvor in der Bar passiert war und wie er sie so kaltschnäuzig hatte abblitzen lassen. Die Erinnerung an die Szene verursachte ihr immer noch Übelkeit, aber sie versuchte, das Gefühl zu verdrängen.

„Dieses Mal wird es anders sein, weil er nicht einmal weiß, was für ein Scheißkerl er war.“

„Ja, ja“, murmelte Natalie leise. „Und deshalb soll das nun richtig sein, was du jetzt machst? Manchmal verstehe ich dich wirklich nicht. Wie kannst du dich wieder in die gleiche Situation bringen?“

Ari schlug mit der Faust auf die Theke. „Es wird nicht wieder die gleiche Situation sein! Dieses Mal werde ich die Oberhand behalten. Ich werde bestimmen, was passiert. Und ich kann ihn beeinflussen, weil er gar nicht weiß, wer er ist.“ Obwohl sie versuchte, sich davon zu überzeugen, dass er es verdiente, so behandelt zu werden, verschwanden jedoch ihre Skrupel in Bezug auf ihre Täuschung nicht.

„Wirklich?“ Natalie warf ihr einen ungläubigen Blick zu. „Heißt das, du würdest wieder mit ihm schlafen?“

Bei dem Gedanken an Dios nackten Körper stieg Wärme in ihren Wangen auf. „Nein!“ *Doch!* Sie wollte ihn wieder. Sie wollte ihn wider ihr besseres Wissen. Sie erinnerte sich, wie er sie angesehen hatte, als sie miteinander geschlafen hatten. Sein Blick war voller Zuneigung gewesen, und sie konnte nicht glauben, dass das eine Täuschung gewesen war. Vielleicht waren die Dinge einfach zu schnell für ihn gelaufen. Vielleicht war sie zu früh anhänglich geworden. Dieses Mal würde sie darauf achten, nicht noch einmal den gleichen Fehler zu machen.

„Und wie willst du sicherstellen, dass das nicht geschehen wird? Insbesondere, da du ihm gesagt hast, dass ihr verlobt seid.“

„Ich habe ihm gesagt, dass wir warten wollen.“

„Warten?“ Natalie blieb der Mund offen stehen.

„Ja, dass wir abstinent sind.“

Natalies Augen weiteten sich wie Untertassen. „Du willst mich wohl verarschen. Lass mich das mal klarstellen: Du erzählst ihm, dass ihr zwei vereinbart habt, keinen Sex zu haben? Für wie lange?“

„Bis wir verheiratet sind.“

Natalie brach in Gelächter aus.

„Was?“, fragte Ari fordernd nach. „Was ist daran so lustig?“

Natalie hob ihre Hand, um darauf hinzuweisen, dass sie noch einen Moment benötigte, um sich zu sammeln. Als ihr Lachen endlich verstummte, wurde Natalies Ausdruck ernst. „Du glaubst doch nicht wirklich, dass das funktionieren wird. Ein Kerl wie Dio stimmt so einer Idee nicht einfach zu. Verdammt, 99 Prozent aller Männer, die ich kenne, würden solch einem Unsinn nie zustimmen! Wir leben nicht mehr in den Fünfziger Jahren, und selbst damals …“

„Er wird's akzeptieren müssen. Ich mache die Regeln.“

Natalie schüttelte ungläubig den Kopf. „Welche anderen Regeln hast du noch?“

Ari zuckte die Achseln, da sie sich ein wenig ratlos fühlte. Wie würde sie überhaupt in der Lage sein können, ihren Plan tatsächlich durchzuziehen? „Dies ist unser Neubeginn. Siehst du das nicht? Außerdem“, fügte sie hinzu,

„braucht er eine Lektion.“ Diese Worte hatten sie die ganze Nacht lang in ihren Träumen geplagt.

„Was für eine Lektion?“ Natalie wandte sich wieder dem Geschirrspüler zu, nahm die sauberen Gläser heraus und stellte sie in die Regale an der Wand.

„Ich weiß es nicht. Ich will nur sichergehen, dass er lernt, wie man eine Frau richtig behandelt.“

„Ja, viel Glück damit!“ Eine große Portion Sarkasmus lag in den Worten ihrer Freundin.

„Du glaubst wohl, ich bringe das nicht zustande, oder?“ Ärger stieg in Ari hoch. Nicht einmal ihre Freundin hatte genug Vertrauen in sie. Es war schlimm genug, dass sie selbst an sich zweifelte. Wie war sie nur auf diese Idee gekommen? Alles, was sie wirklich wollte, war, eine zweite Chance mit Dio zu bekommen.

„Die Sache wird auffliegen.“

„Du bist so eine Pessimistin.“

„Ich bin nur Realistin. Eines Tages wird er sein Gedächtnis wieder zurückgewinnen, und dann wird er stinksauer auf dich sein. Und was hast du dann damit erreicht?“

„Bis dahin wird er sich verändert haben.“ Und er würde sich hoffentlich so sehr in sie verliebt haben, dass er ihr ihre Täuschung verzeihen würde.

„Lass mich dir mal etwas über Männer erzählen: Sie ändern sich nicht! Sie sind, wie sie sind. Also lieben wir sie entweder so wie sie sind oder gar nicht. Glaub nicht, dass du den größten Schürzenjäger in einen zahmen Kater verwandeln kannst!“

Nein, sogar Ari wusste, dass sie ihn nicht wirklich zähmen konnte, aber könnte sie ihn zumindest in den Mann verwandeln, der sie liebte? Könnte sie den Moment noch einmal erleben, als Dio sie *seine Liebe* genannt hatte?

11

Dio verließ das Haus und notierte sich im Kopf seine Adresse, um sicherzugehen, dass er später wieder dorthin zurückfinden würde. In seiner Brieftasche hatte er einen Führerschein sowie mehrere Kreditkarten auf den Namen Dionysos Theos gefunden. Großartig: Er hatte nicht nur einen vollkommen ungewöhnlichen Vornamen, auch sein Nachname klang nicht viel besser. Und sein Führerschein hatte ihn auch erstaunt: Er war in Kalifornien ausgestellt worden und enthielt eine Adresse in Napa. Bedeutete dies, dass er hier nur zu Besuch war? War Charleston vielleicht gar nicht sein fester Wohnsitz?

Aus irgendeinem Grund wollte er das Ariadne gegenüber nicht erwähnen. Es war besser, wenn er erst selbst mehr über sein Leben herausfand, bevor er ihr mitteilte, was er entdeckt hatte. Er spürte den merkwürdigen Drang, bestimmte Aspekte seines Lebens verbergen zu müssen, und dieser Gedanke beunruhigte ihn. Warum würde er etwas vor seiner Verlobten verbergen wollen?

Nach fünfzehn Minuten erreichte er den ersten Ort, den er sich auf einem Stück Papier notiert hatte. Er hatte sämtliche Schubladen seines Schreibtisches durchwühlt und beschlossen, alle Adressen aufzusuchen, die er auf Visitenkarten, Notizen und Rechnungen gefunden hatte. Vielleicht würde ihm etwas Vertrautes auffallen, wenn er diese Orte besuchte, etwas, das seinem Gedächtnis auf die Sprünge helfen würde. Es war einen Versuch wert. Außerdem war es besser, als in seiner Wohnung herumzusitzen und nachzugrübeln, was er mit Ariadne anstellen wollte: Jede seiner Ideen beinhaltete sie beide in verschiedenen Stadien der Nacktheit. Es war schon heiß genug in seiner Wohnung, er musste mit seinen Gedanken nicht noch mehr Hitze hinzufügen.

Dio sah von seiner Adressliste auf und betrachtete das Gebäude vor sich. Es war ein Blumenladen, aber das Schild an der Tür wies darauf hin, dass das Geschäft wegen eines Notfalls in der Familie geschlossen war. Er spähte durch das Fenster, aber der Laden war nichts Besonderes. War er öfter hierher gekommen und hatte Blumen für Ariadne gekauft? Der Gedanke, dass er ein aufmerksamer Verlobter war, gefiel ihm.

Ganze fünf Minuten stand er vor dem Laden und ließ die Eindrücke auf sich wirken. Er atmete die Luft ein, las die Schriftzüge auf den großen Fenstern und auf der Markise darüber und ließ seinen Blick über die Geschäfte und Wohnungen daneben schweifen. Aber nichts erschien ihm vertraut.

Mit einem Seufzer konsultierte Dio seinen Stadtplan und machte sich auf den Weg zur nächsten Adresse auf seiner Liste. Er hatte mehr als ein Dutzend Adressen aufgeschrieben und wenn er sich beeilte, würde er wahrscheinlich sechs davon heute schaffen. Und wenn er Glück hatte, würde er sich bei einer dieser Adressen an etwas erinnern und so sein Gedächtnis wiedererlangen. Er musste nur Geduld haben.

Doch als der Abend nahte, musste er sich geschlagen geben. Bei keiner dieser Adressen hatte es irgendwelche Anzeichen gegeben, dass er schon jemals dort gewesen war. Kein Gefühl eines déjà-vus machte sich breit, nicht einmal ein Hauch einer Erinnerung. Aber er durfte nicht aufgeben. Ariadne würde heute Abend seine Fragen beantworten, wenn sie ihn besuchte.

Dio versuchte, der Anspannung in seinem Körper Herr zu werden und nahm eine Flasche Rotwein aus seinem Weinkühlschrank. Er entkorkte sie, und während er sich ein Glas einschenkte, fragte er sich, ob er ein großer Weinliebhaber war, wenn er bedachte, dass er einen Weinkühlschrank mit mehreren Dutzend Flaschen besaß. Als er den ersten Schluck trank und den Wein in seinem Mund schwenkte und mit Luft vermischte, explodierte das Aroma der Trauben auf seiner Zunge: Dunkle Kirschen und Schokolade mit einem Hauch von Gewürzen rollten über seine Kehle. Das schmeckte ihm – das schmeckte ihm sogar sehr! Doch da war noch etwas anderes: Bilder leuchteten in seinem Geist auf, zuerst sehr schwach, aber wenn er noch einen Schluck nahm, vielleicht würden dann noch mehr Erinnerungen zurückkehren.

Er setzte seine Lippen wieder an das Glas und trank noch einen Schluck der reichhaltigen, roten Flüssigkeit. Er ließ den Wein jeden Winkel seines Mundes erreichen, bevor er ihn schluckte. Dio schloss die Augen und ließ die Eindrücke, die der Wein ihm schenkte, auf sich wirken. Ein schwacher Umriss eines Hügels erschien vor seinem geistigen Auge. Wolken hingen tief am Himmel. Sein Blick wanderte über das Bild und nahm Olivenbäume und niedrige Büsche wahr. Dann zwang ihn sein inneres Auge nach oben zu blicken und etwas in den Wolken zu suchen. Der Schock ließ ihn zurückschrecken. Er packte die Küchentheke und öffnete die Augen. Dort auf der Wolke hatte er einen Mann in einem kurzen, weißen kittelähnlichen Überwurf gesehen. Er hatte einen Köcher und einen Bogen über seiner Schulter hängen gehabt und Dio zugewunken.

Halluzinierte er? War das vielleicht eine Begleiterscheinung der Amnesie? Dio schüttelte den Kopf. Nein, das Bild war deutlich gewesen und der Mann kam ihm vertraut vor. Es konnte keine Halluzination sein. Vielleicht ein Traum?

Dio leerte das Glas und goss sich ein weiteres ein. Er musste experimentieren. Vielleicht brauchte er nur mehr Wein, um diese Erscheinungen auszulösen. Es war offensichtlich, dass der Geschmack des

Weines Erinnerungen zurückbrachte, die mit seiner Vergangenheit zu tun hatten. Das war zumindest ein Anfang.

Bis die Flasche fast leer war, hatte er die seltsame Vision mehrmals hervorgezaubert, jedes Mal klarer und mit mehr Einzelheiten. Aber er konnte sich noch immer nicht daran erinnern, wer der Mann auf der Wolke war, obwohl er sich nun fast sicher war, dass es einer seiner Freunde sein musste.

Dio wollte gerade den letzten Rest Wein in sein Glas gießen, als es klingelte. Er erinnerte sich daran, dass Ariadne versprochen hatte vorbeizukommen, also drückte er den Summer und öffnete die Wohnungstür. Ihre leichten Schritte hallten durch das Treppenhaus und einen Augenblick später erschien sie auf den letzten verbleibenden Stufen vor seiner Tür.

Er lächelte sie an und bemerkte sofort, wie müde sie aussah. Als er sie in seine Arme zog, leistete sie keinen Widerstand. „Hey, Baby. Was ist los?“

„Ich bin einfach nur müde. Es war ein langer Tag im Geschäft.“

„Setz dich, bevor du zusammenbrichst!“ Er zog sie hinein und schloss die Tür hinter ihr. Als sie sich auf die Couch fallen ließ, folgte er ihr und ließ sich zu ihren Füßen nieder.

Dann ergriff er ihren Fuß.

„Was machst du denn?“

„Dich zum Entspannen bringen.“ Er zog ihr beide Schuhe aus und stellte sie auf den Boden, dann setzte er sich neben sie auf die Couch und drehte sie zur Seite, sodass ihre Füße in seinem Schoß lagen. Sanft nahm er einen Fuß zwischen seine Handflächen und massierte ihn.

„Oh, das tut gut“, murmelte Ariadne.

Ari ließ ihren Kopf gegen die hohe Armlehne der Couch sinken und schloss die Augen. Es tat ihr gut, endlich nicht mehr auf ihren Füßen zu stehen. Sie hatte mit sich selbst gerungen, ob sie Dio heute Abend überhaupt noch besuchen sollte, da sie zu müde und zu erschöpft war, um ihm gegenüberzutreten. Doch die Stimme in ihrem Kopf hatte nicht nachgegeben, bis sie sich auf den Weg zu seiner Wohnung gemacht hatte.

Es war so, als ob sie von einer fremden Kraft angetrieben würde, die stärker war als sie. Vielleicht war ihr inneres Selbst einfach robuster als ihre äußere Hülle. Hatte ihre Mutter ihr nicht immer vorgeworfen, dass sie einen eisernen Willen hatte? Und sie hatte dies nicht als Kompliment gemeint. Aber vielleicht würde sich ihr starker Wille jetzt endlich auszahlen.

Durch die Berührung von Dios Händen fühlte sie sich wie im siebten Himmel, während er ihre schmerzenden Füße massierte. Seine Hände waren nicht rau oder schwielig, im Gegenteil, seine Haut war weich und sein Griff fest. Nur zwei Nächte zuvor hatte sie die gleichen Hände auf anderen – intimeren – Körperstellen gespürt. Die Erinnerung an die intimen Berührungen ließ sie erbeben.

„Besser?“ Seine melodische Stimme erreichte ihre Ohren und sandte ein aufgeregtes Flattern in ihren Schoß. Sie wollte ihn dafür verfluchen, was er mit ihren Gefühlen anstellte, aber ihn wegzuschieben und auf dieses sinnliche Vergnügen zu verzichten war ein zu hoher Preis für ihre Würde. Sie würde sich damit zufrieden geben müssen, ihn heute wie ihren persönlichen Sklaven zu behandeln.

„Ich war den ganzen Tag auf den Beinen“, wich sie seiner einsilbigen Frage aus. Sie hob ihre Lider, und ihr Blick traf sich mit seinen blauen Augen. Ihr Herz kam ins Stottern. Sie hatte ihn kaum angesehen, seit sie hereingekommen war, um der Versuchung, ihn zu berühren auszuweichen, aber jetzt, da er sie mit seinen Augen gefangen hielt, konnte das Offensichtliche ihrer Aufmerksamkeit nicht mehr entgehen.

„Deine Verletzungen sind ja schon verheilt!“

Ari schoss von der Armlehne hoch und ließ ihre Augen über jeden Quadratzentimeter seiner Haut schweifen, aber es gab keinen einzigen blauen Fleck mehr auf seinem Gesicht, keinen Schnitt, keinen Makel und keine Schwellung. Wie war das möglich? Letzte Nacht hatte er ausgesehen, als ob sein ganzes Gesicht durch die Mangel gedreht worden wäre.

Dio zuckte mit den Schultern und grinste. „Ich heile eben schnell.“

Ihr Mund stand immer noch vor Erstaunen offen. „Das ist medizinisch doch gar nicht möglich.“

„Ich habe dir ja gesagt, dass ich kein Krankenhaus brauche. Das meiste Blut stammte wohl von dem Typen, der mich angegriffen hat. Alles hat schlimmer ausgesehen, als es war.“

Natürlich könnte ein Teil des Blutes von dem anderen Kerl gewesen sein, aber das erklärte nicht, warum die Schwellungen um seine Augen herum verschwunden waren und seine aufgeschnittenen Lippen makellos erschienen. „Hast du gestern Nacht Eis auf die Verletzungen gelegt?“

„So wie du’s mir gesagt hast.“

Sie nickte. „Vielleicht war es wirklich nicht ganz so schlimm, wie es aussah.“ Doch sie konnte es immer noch nicht glauben. Sie hatte erwartet, dass sein Gesicht für mindestens vier oder fünf Tage geschwollen sein würde. Wenn sie daran zurückdachte, wie er ausgesehen hatte, als sie ihn auf dem Parkplatz gefunden hatte…

„Du siehst also, es gab nichts zu befürchten.“

Sie schnaubte. „Sagt der Mann ohne Gedächtnis. Gibt’s da etwas Neues?“ Ari spannte sich instinktiv an. Was, wenn er sich bereits wieder an einige Dinge erinnern konnte? Sie musterte ihn mit halb-gesenkten Wimpern und versuchte, seinen Gesichtsausdruck zu deuten.

„Überhaupt nichts. Deshalb bin ich froh, dass du jetzt hier bist. Ich dachte, vielleicht könntest du mir ein paar Dinge über mich erzählen. Vielleicht erinnere ich mich dann schneller an alles.“

Sie schluckte. Wollte sie ihm wirklich dabei helfen, sein Gedächtnis wiederzuerlangen, wenn ihr ganzer Plan davon abhing, dass er nicht wusste, wer er war – oder was noch wichtiger war, was für ein Mistkerl er war?

„Ich weiß wirklich nicht, wo ich anfangen soll."

Dios Hände streichelten gemächlich ihre Knöchel. „Wie haben wir uns kennengelernt?"

Um sich in der Zukunft nicht zu verheddern, entschied sie sich, bei der Wahrheit zu bleiben, oder zumindest einer Version davon. „In meinem Laden. Du bist hereingekommen, um Wein zu kaufen. Und dann hast du mich zum Abendessen eingeladen."

„Einfach so?"

Sie lächelte. „Du kannst sehr überzeugend sein." Er hatte nicht aufgegeben, bis sie zugesagt hatte. Das hatte ihr an ihm gefallen. Er hatte ihr das Gefühl gegeben, dass er sie wirklich wollte.

Seine Finger strichen höher an ihrem Unterschenkel hinauf, die Berührung immer noch leicht und sanft. Dennoch schickte er damit eine Welle von Wärme ihre Beine entlang.

„Bin ich das?" Er schenkte ihr ein verschwörerisches Lächeln und beugte sich näher zu ihr. „Wie überzeugend?"

Sie runzelte die Stirn. Sie hätte sich denken sollen, dass er diese Situation in Richtung Sex lenken würde. Sie konnte es buchstäblich in ihren Knochen spüren. Das Funkeln in seinen Augen war ein klares Anzeichen von Begierde, und die Art und Weise, wie seine Hände sich nun bereits bis zu ihren Knien spielerisch hoch gearbeitet hatten, spiegelten das wider, was sie in ihnen sah. Sie zog sich etwas zurück. „So überzeugend jetzt auch wieder nicht." Dann nahm sie einen tiefen Atemzug und versuchte, seine verführerische Berührung auszublenden. „Wir haben angefangen, miteinander zu gehen. Und dann haben wir uns verlobt."

„So einfach? Wie lange kennen wir uns schon?"

„Sieben Monate." Sie hoffte, dass ihre Antwort überzeugend klang. Verlobten sich Menschen so schnell?

„Klingt schnell."

Ari zuckte die Achseln. „Es ist alles relativ."

„Ich nehme an, das bedeutet, dass wir uns sehr lieben?" Seine Hand verließ plötzlich ihr Knie, und glitt unter den Saum ihres Rockes.

Sofort legte sie ihre Hand auf seine, um ihn davon abzuhalten, seine Hand noch höher zu bewegen. „Sehr. Und wir respektieren einander. Deshalb haben wir uns entschieden zu warten."

Dios Augenbrauen zogen sich zusammen, und sein Mund verzog sich zu einer dünnen Linie. „Ja, das sagtest du schon gestern Nacht. Aber ich verstehe es nicht. Wenn wir uns so sehr lieben, warum warten wir dann? Ich kann mir nicht vorstellen, dass ich dem jemals zugestimmt habe."

„Das hast du aber“, sagte sie hastig, während ihr Verstand nach einer überzeugenden Erklärung suchte. Was hatte sie ihm gestern Nacht aufgetischt? Etwas über Religion. „Wir sind beide sehr religiös.“

Er rückte näher an sie heran. Ihre Beine lagen jetzt über seinem Schoß, und er beugte seinen Oberkörper zu ihr. Seine Augen sandten ihr einen Blick, der ihr Inneres aufwirbelte wie ein Hurrikan. „Ich fühle mich im Moment nicht besonders religiös.“

Der Atem stockte ihr in der Brust. „Das ist wahrscheinlich nur ein Nebeneffekt deines Gedächtnisverlusts.“

Dio schüttelte den Kopf. „Nein. Ich bezweifle sehr, dass ein Gedächtnisverlust meine Gefühle für dich ändern könnte. Also, wenn ich dich jetzt will, warum sollte ich dich dann vorher nicht gewollt haben?“

Ihre Kehle wurde trocken. Gott helfe ihr, wenn er sie jetzt küsste. Sie würde nicht in der Lage sein, sich zurückzuhalten, nicht wenn er sie so ansah, als wolle er sie verschlingen. „Es ist nicht so, dass du mich nicht wolltest ...“

Er kniff die Augen zusammen. „Willst du damit sagen, dass *du* mich nicht willst?“

Angesichts des dunklen Sturms, der in seinen Augen tobte, beschloss sie, ihn zu beschwichtigen. „Natürlich will ich dich. Aber es gibt noch andere Dinge, die wir berücksichtigen müssen.“

Sein Gesicht verwandelte sich in eine Maske der Verwirrung. „Was für Dinge?“

Ari sah weg und versuchte verzweifelt, einen plausiblen Grund zu finden, warum sie vereinbart hätten, vor der Hochzeit keinen Sex zu haben. Ihre Augen fielen auf den Kaffeetisch, wo ein leeres Glas Wein neben einer fast leeren Flasche stand. Sie erkannte die Sorte und den Jahrgang. Es war einer der Weine, den er in ihrem Laden gekauft hatte. Hatte er heute Abend die ganze Flasche getrunken? Ein Gedanke platzte plötzlich in ihren Kopf.

„Es ist wegen deines Alkoholproblems.“

Mit einem Ruck nahm er seine Hände von ihren Schenkeln. Es war sowohl eine Erleichterung als auch ein Verlust.

„Mein was?“ Seine Stimme klang etwas lauter als zuvor.

„Dein Problem mit Alkohol.“

„Willst du damit sagen, dass ich Alkoholiker bin?“ Sein Kopf schnellte in Richtung der leeren Flasche. „Ich hatte ein wenig Wein. Aber ich habe kein Alkoholproblem.“

Sie richtete sich auf und stellte ihre Beine auf den Boden, während sie auf die Flasche deutete. „Das ist nicht nur ein wenig Wein. Das ist eine ganze Flasche.“

„So, das ist es also“, fasste er den Tatbestand ruhig zusammen. „Du verweigerst mir Sex, weil du glaubst, dass ich ein Problem mit Alkohol habe.“

„So war es nicht. Wir haben vereinbart –“

„Nein, du hast es beschlossen! Ich bezweifle, dass ich in dieser Angelegenheit jemals ein Mitspracherecht hatte. Es sieht für mich eher so aus, als ob du mir ein Ultimatum gestellt hast. Stimmt's? Ich bekomme Sex, wenn ich aufhöre zu trinken?"

Die Räder in ihrem Gehirn drehten sich wie verrückt. Vielleicht war dies die Lösung für ihr Problem: Solange sie ihn davon überzeugen konnte, dass sie nicht mit ihm schlafen würde, wenn er nicht mit dem Trinken aufhörte, war sie vor ihm und ihrer eigenen Begierde sicher. Eines der wenigen Dinge, die sie wirklich über Dio wusste, war, dass er guten Wein sehr zu schätzen wusste. Ja, er trank mehr als andere Männer, aber er schien in der Lage zu sein, Alkohol gut zu vertragen, denn sie hatte ihn noch nie betrunken erlebt.

„Wir waren uns einig, dass wir heiraten werden, wenn du das Trinken unter Kontrolle hast. Und wenn wir verheiratet sind, dann werden wir Sex haben."

Ari bemerkte die Wut, die in ihm aufstieg. Er schoss von der Couch hoch und stand plötzlich über ihr.

„Zwei Bedingungen, wie ich sehe. Zuerst muss ich mir das Trinken abgewöhnen, und dann willst du auch noch einen Ring am Finger. Und nur dann gehst du mit mir ins Bett. Warum hast du dich überhaupt mit mir verlobt, wenn du doch anscheinend so wenig Respekt für mich und für das hast, was mir wichtig ist?"

Dio stürmte zur Tür.

„Wo gehst du hin?"

Er sah sie über seine Schulter hinweg an. „Ich gehe aus. In Anbetracht der Tatsache, dass du nicht bereit bist, mit mir zu schlafen, was kann ich denn anderes tun als zu trinken? Hast du dir das schon mal durch den Kopf gehen lassen?"

Die Tür schlug eine Sekunde später zu.

Verdammt! Das war nicht gut gelaufen.

Mach dir keine Sorgen, er ist einfach ein Hitzkopf! Er wird sich beruhigen, versicherte ihr die Stimme in ihrem Kopf.

12

Als er das erste Glas in der schmuddeligen Bar, auf die er gestoßen war, hinuntergekippt hatte, fühlte sich Dio etwas besser. Aber seine Wut über Ariadnes Anklage hatte nicht nachgelassen – und sie würde auch nicht nachlassen. Wie konnte Ariadne erwarten, dass er in Zukunft auf Wein verzichten würde? Heute hatte er entdeckt, dass Wein das einzige zu sein schien, was Erinnerungen in ihm auslöste. Warum sollte er also davon ablassen? Was, wenn dies die einzige Möglichkeit war, um sich von seiner Amnesie zu erholen?

Dio schüttelte den Kopf und bestellte ein weiteres Glas. Was Ari von ihm forderte war inakzeptabel. Tief drinnen wusste er, dass er nicht der Typ Mann war, der jemals ihren Bedingungen zugestimmt hätte. Nur ein vernarrtes Weichei würde so etwas tun. Und er gehörte nicht zu dieser abscheulichen Spezies. Er hatte zwar sein Gedächtnis verloren, aber dennoch wusste er, was er wollte.

Er begehrte Ariadne und sehnte sich danach, sie zu berühren und sich in ihr zu vergraben, aber er war kein Idiot, der sich von einer Frau herumschubsen ließ, selbst wenn er sie liebte.

Es musste einen anderen Grund geben, warum sie nicht mit ihm schlafen wollte, denn ihre Behauptung, dass sie warten wollte, weil er ein Alkoholproblem hatte, klang einfach zu unglaublich. Verdammt noch mal, sie besaß ein Weingeschäft! Von allen Menschen müsste gerade sie seine Liebe zu Wein verstehen und wissen, dass er, soweit er es beurteilen konnte, kein Säufer war. Nein, sie war aus irgendeinem anderen Grund wütend auf ihn und – um Hades' willen – er würde dahinterkommen!

Um Hades' willen? Wo hatte er nur diese merkwürdigen Ausdrücke her?

Er kippte das nächste Glas genauso schnell hinunter wie das erste und bestellte ein weiteres. Zu früh für seinen Geschmack machte die Bar zu, aber vielleicht war es auch gut so. Er taumelte zurück zu seiner Wohnung, wo seine Beine fast unter ihm nachgaben, als er sich die Treppe hinaufschleppte. Doch er schaffte es gerade noch ins Wohnzimmer.

Das letzte, was er sah, waren die Blumen auf dem Küchentisch. Er hatte sie für Ariadne gekauft und sie damit überraschen wollen, hatte aber keine Gelegenheit dazu gehabt.

Vielleicht war es besser so. Es war nicht nötig, ihr noch mehr Gründe dafür zu liefern, dass sie dachte, er sei ein vernarrter Idiot, der alles tun würde, was sie verlangte.

In seinem Kopf fing sich alles an zu drehen, und der Alkohol in seinem Blut holte ihn schließlich ein. Er fiel mit dem Gesicht vorwärts auf die Couch und verlor das Bewusstsein.

~ ~ ~

Irgendetwas traf sein Auge, sodass es zuckte. Immer noch nicht richtig wach zwinkerte Dio mit einem Auge, denn er wurde von einem hellen Sonnenstrahl getroffen. „Helios, ich hasse dich im Moment!", murmelte er.

Einen Augenblick später schoss er aus seiner Bauchlage hoch. Was für einen Mist verzapfte er jetzt wieder? Wer zum Teufel war Helios? Ein Gedanke tauchte auf und verschwand gleich darauf so schnell wieder, dass nichts davon zurückblieb. Hatte er Chemie studiert? Vielleicht hatte er Helium gemeint, aber warum?

Dio sah an sich herab und bemerkte, dass seine Kleidung zerknittert war. Großartig! Er hatte in seinen Klamotten geschlafen. Das war ein ausreichender Beweis dafür, dass er gestern Nacht zu betrunken gewesen war, um klar zu denken. Als er versuchte, sich zu erheben, protestierte sein Körper. Scheiße, sein Kopf tat ihm weh! Vielleicht war das letzte Glas doch eins zu viel gewesen. Er wäre der erste, der das zugeben würde. Aber alle Gläser davor waren in Ordnung gewesen.

Er machte einen weiteren Versuch aufzustehen und schwankte stark, nachdem er sich endlich erhoben hatte. Das war nicht gut. Als ob er ihm zustimmen wollte, grollte sein Bauch. Er brauchte etwas zu essen. Vielleicht ging es ihm dann besser.

Auf unsicheren Füßen tappte er zur Kochnische. Jede Bewegung löste ein Gefühl wie ein Mini-Erdbeben in seinem Kopf aus. Als er das Schränkchen über der Spüle öffnete, knirschte der Klang der alten Scharniere laut hinter seinen Schläfen. Sein Blick fiel auf die Vorräte, die der Schrank enthielt, aber außer einer ungeöffneten Flasche Tabascosoße und einer Flasche Olivenöl konnte er nichts Essbares entdecken. Der Inhalt des nächsten Schrankes fiel nicht besser aus.

Dio stützte sich an der Theke ab, bevor er die Kühlschranktür öffnete und dort hineinspähte. Fast vollkommene Leere begrüßte ihn. Anscheinend kochte er nicht viel. Nur eine Flasche Mineralwasser stand im Kühlschrank.

Sein Magen knurrte erneut. „Ja, ja!" Was würde er jetzt nicht alles für einen Teller mit Oliven, Feta-Käse und anderen köstlichen Häppchen geben!

Mit einem Fluch knallte er die Tür so fest zu, dass sogar die Schränkchen klapperten. Er drehte sich um und wollte gerade unter die Dusche gehen, damit er die Wohnung ansehnlich verlassen konnte – er musste schließlich etwas Essbares finden – als er wie angewurzelt stehen blieb.

Scheiße!

Vor ihm auf der Theke, die nur Augenblicke zuvor leer gewesen war, stand nun ein Teller mit all den Sachen, die er sich gewünscht hatte. Er sog einen tiefen Atemzug ein. Das Zeug roch köstlich. Aber es konnte doch unmöglich echt sein. Wahrscheinlich hatte er Halluzinationen!

Zögernd streckte er seine Hand aus und berührte den Rand des Tellers. Seine Finger spürten das Porzellan. Es fühlte sich echt an. Er wich zurück. Was zum Teufel war hier los? Er war sich zu hundert Prozent sicher, dass die Platte zuvor nicht dort gestanden war. Wie konnte sie also jetzt da sein?

Irgendetwas stimmte nicht mit ihm. Das war die einzig mögliche Erklärung.

Dio fuhr sich mit der Hand durchs Haar, während er sein Gehirn nach einer anderen Erklärung durchkämmte. Es traf ihn wie aus dem Nichts: Die Erinnerung, die er gestern gehabt hatte, als er Wein getrunken hatte. Der Mann auf der Wolke. War dies auch eine Halluzination gewesen? Wenn auch eine sehr lebendige?

Schreckliche Gedanken machten sich breit: Hatte Ariadne doch recht? Hatte er wirklich ein Alkoholproblem? Was, wenn das der Grund für die Halluzinationen war?

Die erste Halluzination hatte er gehabt, als er den ersten Schluck Wein getrunken hatte. Er hatte sie als eine Erinnerung interpretiert, aber was, wenn er sich geirrt hatte? Was, wenn durch das Trinken des Weines einfach nur Bilder produziert wurden, die nicht echt waren? Und was, wenn die Tatsache, dass er einen riesigen Kater hatte, dafür verantwortlich war, dass er seltsame Dinge sah, Dinge, die so lebendig waren, dass er sie sogar anfassen und riechen konnte? War er verrückt?

Er musste etwas dagegen tun, bevor es zu spät war.

13

Dio blieb an der offenen Tür zum Konferenzraum stehen und spähte hinein. Mehr als drei Dutzend Leute waren bereits versammelt. Einige saßen auf den Stühlen, die dem Podium zugewandt waren, andere Personen standen noch herum und unterhielten sich miteinander. Die Vormittagssonne strömte durch die großen Fenster herein, die eine belebte Straße flankierten.

„Ich bin froh, dass du das tust", sagte Ariadne neben ihm.

Er warf ihr einen Seitenblick und ein dünnes Lächeln zu. Er hatte ihr nicht von den Halluzinationen erzählt, damit sie sich nicht damit brüsten könnte, dass sie von Anfang an recht gehabt hatte. Aber er hatte sich für seinen Ausbruch in der Nacht zuvor entschuldigt und zugegeben, dass er Hilfe brauchte. Es war das härteste, was er je hatte zugeben müssen. Trotz seines Gedächtnisverlusts war er sich dessen sicher. Er konnte sich nicht vorstellen, je um Hilfe gebeten zu haben.

„Ich fühle mich hier fehl am Platz."

Sie legte ihre Hand auf seinen Unterarm, und ihre Berührung beruhigte ihn etwas. „Es ist der erste Schritt. Ich bin stolz auf dich."

Er versuchte, nicht weiter nachzuforschen, wie ihre Worte auf ihn wirkten, und deutete auf den Raum. „Wir sollten besser hineingehen. Ich glaube, es fängt gleich an."

Dio nahm ihre Hand und suchte im hinteren Teil des Raumes nach zwei leeren Stühlen. Er entschied sich für die, die dem Gang und dem Ausgang am nächsten lagen, nur für den Fall, dass er das Treffen nicht ertragen konnte und diesem idiotischen Unterfangen entkommen wollte.

Ein paar Köpfe drehten sich zu ihnen um, als sie beim Zurückrücken der Stühle ein kratzendes Geräusch auf dem Boden verursachten. Die anderen Anwesenden sahen Dio neugierig an, doch er ignorierte ihre Blicke. Ein unbehagliches Gefühl machte sich in ihm breit. Er fühlte sich in dieser Umgebung unwohl, da er wusste, dass er im Grunde nicht hierher gehörte.

Er wollte sich gerade an Ariadne wenden, um ihr mitzuteilen, dass sie wieder gehen sollten, als ihn eine Stimme von vorne unterbrach.

„Willkommen zum wöchentlichen Treffen der Anonymen Alkoholiker!"

Scheiße! Die Worte prallten gegen seinen Kopf, fühlten sich fremd und falsch an. Sein ganzer Körper rebellierte dagegen, hier zu sein, aber er hatte die Chance zur Flucht verpasst. Er war gefangen.

„Ich sehe unsere Gruppe wächst von Woche zu Woche."

Dio hätte sich am liebsten in ein Loch verkrochen. Wenn Teleportation nicht nur eine Erfindung aus Science-Fiction-Filmen wäre, würde er die Methode jetzt anwenden. Komisch: Er erinnerte sich an Filme, oder hatte der Gedanke, sich wegbeamen zu wollen, diese Erinnerung ausgelöst?

Der Moderator ließ seinen Blick im Raum umherschweifen. „Gibt es irgendwelche Neulinge hier, die sich gerne vorstellen möchten?"

Er lächelte einladend einem kahlköpfigen Mann mittleren Alters zu, der in der dritten Reihe saß. „Irgendjemand?"

Dio beobachtete, wie der arme Kerl zögernd von seinem Stuhl aufstand. Der Knoten in Dios Magen zog sich vor Mitgefühl noch enger zusammen.

„Ich bin Simon, und ich bin Alkoholiker", antwortete der Mann, bevor er sich wieder ganz schnell hinsetzte.

„Willkommen, Simon."

Die Begrüßung wurde von den anderen im Raum wiederholt.

Dio versuchte, tiefer in seinen Stuhl zu rutschen, um dem Blick des Gruppenleiters zu entkommen, aber auch im Sitzen war Dio fast einen Kopf größer als die Leute, die vor ihm saßen. Es gab keine Möglichkeit, nicht bemerkt zu werden.

„Sonst noch jemand?"

Obwohl Dio äußerlich starr wirkte, durchzuckten ihn innerlich Stiche panikartiger Angst. Ariadne stupste ihn an und flüsterte: „Du schaffst das."

Er stand noch zögerlicher auf als der andere Kerl und starrte geradeaus. Er vermied es, jemanden im Raum anzusehen und richtete seine Augen stattdessen auf einen Fleck auf der gegenüberliegenden Wand. Gleichzeitig bemerkte er zum ersten Mal, dass er über eine perfekte Sehstärke verfügte – nicht nur das, es war sozusagen wie Superman-Sehkraft. „Mein Name ist Dio."

Er machte Anstalten, sich wieder hinzusetzen, aber Ariadnes Hand auf seiner Hüfte hielt ihn davon ab. Er sah sie an und bemerkte, dass sie ihren Kopf schüttelte. „Sag's schon!", flüsterte sie.

Dio schluckte schwer. Musste er das wirklich sagen? Funktionierte das so? Zuerst demütigten sie ihn und machten ihn nieder, und dann bauten sie ihn wieder auf? Er spürte die Blicke der anderen Anwesenden auf sich. Der anderen Alkoholiker. Bei den Göttern, wie er dieses Wort hasste! Es passte nicht zu ihm.

„Ich bin Alkoholiker", presste er hervor und erstickte dabei fast an den Worten – als ob sein Wesen und die Bausteine, aus denen er bestand, gerade von einer Abrissbirne demoliert worden wären.

Dio ließ sich zurück in seinen Stuhl fallen und fühlte sich schlechter als je zuvor in seinem Leben. Nur Ariadnes Hand auf seiner linderte seinen Schmerz ein wenig. Er musterte sie. Jetzt schuldete sie ihm etwas, und er würde es sich holen, das schwor er sich. Und zwar schnell. Wenn sie wollte, dass er mit diesem schrecklichen Spiel weitermachte, dann würde sie ihm etwas im

Gegenzug anbieten müssen. Und er hatte nicht vor, bis zu seiner Hochzeitsnacht darauf zu warten.

~ ~ ~

Hera wandte sich von dem Teich und dem Spiegelbild darin ab. Sie kicherte. Mit anzusehen, wie Dionysos sich vor so vielen Sterblichen demütigte, zauberte ein Lächeln auf ihr Gesicht.

„Das wird dich lehren“, murmelte sie vor sich hin.

„Wird wen was lehren, meine Liebe?“, unterbrach sie Zeus. Sie hatte ihn nicht kommen spüren.

„Ach nichts, mein Lieber“, antwortete sie leichthin, obwohl sie sich von ihm ertappt fühlte, und drehte sich mit unschuldigem Blick zu ihm um.

Aber Zeus war zu scharfsinnig. Er schnappte ihr Handgelenk, stoppte damit ihren Rückzug und zog sie an sich. „Nein, nein, so leicht kommst du mir nicht davon, meine verschlagene Frau. Was für ein hinterlistiges Spiel hast du jetzt wieder angezettelt? Wer hat es heute versäumt, sich gut mit dir zu stellen und hat sich deshalb deinen Zorn zugezogen?“

„Wenn du nicht aufpasst, mein untreuer Ehemann, könnte es sein, dass du als Nächster dran bist“, zirpte Hera zuckersüß ihre unverhohlene Warnung.

Zeus grinste und ließ sie los. „Ich bezweifle, dass dies mit viel Spaß für uns beide verbunden wäre. Allerdings ...“ Er wischte mit der Hand über den Teich, um das Spiegelbild zurückzurufen, das sie nur wenige Augenblicke zuvor studiert hatte. „. . . könnten wir beide etwas Spaß gebrauchen.“

Als er das Spiegelbild auf dem Teich sah, fluchte er und starrte sie wutentbrannt an. „Mein Sohn?“

„Einer deiner vielen Söhne“, korrigierte sie ihn rechthaberisch und süffisant zugleich.

„Aha, also ist Rache für meine Untreue der Grund, warum du dich in Dionysos’ Leben einmischst“, folgerte er sofort.

Sie schüttelte den Kopf. „Du nimmst dich selbst zu wichtig. Als ob sich immer alles nur um dich drehen würde. Ich verrate dir ein Geheimnis.“ Sie rückte näher und hob ihre Lippen an sein Ohr: „Das tut es nicht!“

„Und was hat Dionysos denn so Schlimmes getan, das dir so missfällt?“

„Die Frage ist: Was hat er *nicht* getan?“, berichtigte sie ihn.

Zeus stieß einen verärgerten Atemzug aus. „Hera, meine Liebe, du weißt doch, wie ich kryptische Bemerkungen hasse, also lass uns auf den Punkt kommen! Was hast du vor?“

„Ich bringe ihm bei, sich wie ein richtiger Mann zu benehmen.“

Zeus hob interessiert eine Augenbraue an. „Und wie willst gerade du das anstellen?“

„Schau zu und vielleicht kannst auch du daraus noch etwas lernen, mein Lieber!“ Und vielleicht würde ihr fehlgeleiteter Mann wirklich noch etwas aus

Dionysos' Fehlern lernen, da er ja offensichtlich nichts aus seinen eigenen gelernt hatte.

„Wie du weißt, lerne ich viel besser in einer horizontalen Position“, gab er schlagfertig zurück und zog sie auf den Boden, wo er sie so geschickt über sich positionierte, dass er seine harte Erektion unter seiner Tunika gegen ihren weichen Kern drücken konnte.

„Wie ich sehe hat mein Mann heute noch keine Dirne gefunden, mit der er seine lustvolle Ader befriedigen kann.“

Zeus' Hände lockerten zielstrebig die Schärpe ihrer Tunika. „Doch, ich habe eine Dirne gefunden. Und in etwa dreißig Sekunden wird sie nackt und keuchend um Erlösung bitten.“

Sie sollte ihn wegen seiner arroganten Worte einfach abweisen, aber ihr Körper sehnte sich schon danach, von seinem prächtigen Schwanz aufgespießt zu werden. „Wie kannst du behaupten, dass du sie befriedigen kannst?“, fragte sie stattdessen.

Zeus riss ihr die Tunika vom Leibe und entkleidete sich selbst mit einem magischen Schnipsen seiner Finger. „Wie? So!“, versicherte er ihr siegessicher und stieß seinen Schwanz nach oben, um tief in sie einzudringen.

Diesmal musste Hera ihrem Mann zustimmen. Und für eine kurze Weile konnte sie doch ihre Aufmerksamkeit von Ariadne abwenden. Was sollte schließlich bei Tageslicht schon Schlimmes passieren können?

14

„Hinten im Raum gibt es Kaffee und Kuchen für diejenigen, die noch bleiben und sich unterhalten wollen. Wir sehen uns alle nächste Woche wieder!", verabschiedete der Moderator seine AA-Gruppe.

Ariadne spürte, wie Dio neben ihr ausatmete und etwas vor sich hinmurmelte. „Entschuldige, was meintest du?"

Er blickte sie an und räusperte sich. „Ich hatte schon Kaffee. Wir können gehen."

Sein gequälter Gesichtsausdruck sprach Bände. Es war bestimmt nicht einfach für ihn gewesen. Dennoch war sie stolz auf ihn. Er bemühte sich wirklich, sich ihre Worte zu Herzen zu nehmen und auf ihre Vorschläge einzugehen. Tief drinnen war Dio wirklich ein guter Mensch. Vielleicht hatte er schlechte Erfahrungen mit Beziehungen gemacht und hatte sich deshalb am Tag, nachdem sie miteinander geschlafen hatten, so verhalten. Konnte sie es ihm wirklich verdenken? Ihre eigenen Erfahrungen hatten sie auch vorsichtiger werden lassen.

„Also, wohin gehen wir jetzt?", riss Dio sie aus ihren Gedanken. „Ich könnte dich zum Mittagessen ausführen!"

Ari zwang sich zu einem Lächeln und schob ihre Gedanken beiseite. „Das wäre schön." Als sie aufstand, klingelte ihr Handy. „Entschuldige." Sie fischte es aus ihrer Handtasche und erkannte sofort die Nummer auf dem Display. Es war die ihres Geschäfts. „Ja, Lisa?"

„Tut mir leid, dich zu stören, Ariadne, aber die Lieferung mit den chilenischen Weinen ist gerade angekommen, und sie stimmt nicht mit dem überein, was wir bestellt haben. Ich glaube, es wäre besser, wenn du vorbeikommst."

„Ist der Lieferant noch da?"

„Ja. Ich habe noch nichts unterzeichnet."

Ari stieß einen erleichterten Atemzug aus. „Gut, unterschreibe nichts! Und lass ihn nicht weg! Ich bin in zehn Minuten da!" Sie beendete das Gespräch und steckte das Handy weg, während sie Dio einen entschuldigenden Blick zuwarf.

„Was ist los?", fragte er mit besorgter Stimme.

„Das Mittagessen muss leider ausfallen. Es gibt ein Problem im Geschäft. Ich rufe dich später an."

Dio legte eine Hand auf ihren Arm. „Lass mich mitkommen! Ich möchte mir sowieso dein Geschäft ansehen."

Sie zögerte einen kurzen Moment und fragte sich, ob bei ihm Erinnerungen ausgelöst würden, wenn sie ihn mit in ihre Weinhandlung nahm. Gleichzeitig verfluchte sie sich jedoch: Sie konnte ihn nicht ständig daran hindern, bekannte Orte aufzusuchen, in der Hoffnung, dass sein Gedächtnis ein für allemal verloren bliebe. Das wäre ziemlich egoistisch, und außerdem hatte sie keine Ahnung, wie und wann sein Gedächtnis zurückkehren würde. Es könnte auch spontan geschehen und nichts damit zu tun haben, ob er vertraute Orten und Sachen sah oder nicht.

„Natürlich."

Als sie hinaus in die Sonne traten, nahm Dio ihre Hand in seine. Der Kontakt war nur leicht, machte sie aber plötzlich wieder nervös. Warum reagierte sie so intensiv auf ihn?

„Das ist wirklich eine nette Stadt. Wie lange wohne ich schon hier?"

Unvorbereitet auf seine Frage, raste ihr Herz. „Wie lange?" Sie geriet ins Stocken. Wäre es egal, wie sie darauf antwortete? „Seit ein paar Jahren."

„Wo habe ich vorher gewohnt?"

„Darüber hast du nie viel erzählt."

Er verzog sein Gesicht. „Willst du damit sagen, dass du bereit bist, einen Mann zu heiraten, der dir nicht einmal gesagt hat, wo er herkommt?"

Ari suchte hektisch nach einer glaubwürdigen Antwort. „Nein, nein, natürlich nicht."

„Du meinst, du bist nicht bereit, mich zu heiraten?"

Irritiert zog sie ihre Hand aus seinem Griff. Gott, wie sie es hasste, ihn ständig zu belügen. „Versuche nicht, mich zu verwirren!"

„Wie verwirre ich dich denn?"

„Mit all deiner Fragerei."

Er stieß einen Atemzug aus und fuhr sich mit der Hand durch sein volles Haar. „Aber ich muss doch Fragen stellen. Wie soll ich sonst herausfinden wer ich bin?" Dann sah er sie mitleiderregend an, und seine Augen baten um Verständnis.

Reue stieg in ihr hoch. „Es tut mir leid. Ich habe es nicht so gemeint. Es ist einfach … all das, es ist ... es ist sehr anstrengend!" Das war die Lösung: Eine plausible Erklärung für ihr Verhalten, und sie lag auch gar nicht so arg weit von der Wahrheit entfernt. Wie hätte sie wissen sollen, dass ständig lügen zu müssen stressig war? „Ich weiß nicht, wie ich mit all dem umgehen soll. Damit, dass du dein Gedächtnis verloren hast." *Damit, dass ich dir was vormache*, wollte sie schreien.

Dio ergriff ihre Hand und brachte sie an seine Lippen. Sanft drückte er einen Kuss darauf. „Ich verstehe. Aber ich will nicht, dass du dich darum sorgst. Ich werde mich schon wieder erinnern, da bin ich mir sicher."

Das war genau das, worüber sich Ari Sorgen machte: Wenn er sein Gedächtnis zu früh wiedererlangte, wäre das katastrophal. Und was, wenn sein

Gedächtnis ganz weg bliebe? Würde ihre Beziehung wieder so ausgehen wie zuvor? Würde sie sich noch mehr in ihn verlieben? Doch worüber sie sich am meisten sorgte war dies: Wenn er sich wieder erinnern würde, wer er war, und herausfände, was sie getan hatte, würde er sie dann hassen?

„Schau nicht so düster drein! Es wird sich schon alles wieder einrenken."

Dio warf Ariadne einen prüfenden Blick zu. Etwas war nicht in Ordnung. Immer wenn er sie über seine Vergangenheit ausfragte, wurde sie nervös. Gab es etwas in seiner Vergangenheit, das sie ihm nicht mitteilen wollte? Der Gedanke bereitete ihm Unbehagen und kroch wie eine Schlange über seinen Rücken. Vielleicht war es besser, wenn er versuchte, auf eigene Faust zu ermitteln um die Wahrheit herauszufinden.

Später würde er da weitermachen, wo er aufgehört hatte und zu den nächsten Adressen gehen, die er in seiner Wohnung gefunden hatte. Er hoffte, dass eine davon eine Erinnerung in ihm auslösen würde. Doch während er mit Ariadne zusammen war, sollte er die Zeit besser nutzen, zum Beispiel, indem er versuchte ihr näher zu kommen. Da er nachgegeben hatte, um sich seinem sogenannten Alkoholproblem zu stellen, war es nun an der Zeit, dass sie etwas tat, was er wollte. Quid pro quo.

Als Ariadne plötzlich vor einem Laden stehen blieb, las Dio das Schild über der Tür. *In Vino Veritas* stand dort. Sofort übersetzte er die Worte im Kopf: Im Wein liegt die Wahrheit. Ja, er sprach Latein, aber er war sich instinktiv bewusst, dass es nicht seine Muttersprache war. Genauso wenig wie Englisch. Er hatte offenbar eine klassische Ausbildung genossen.

Dio folgte Ariadne in den Laden, schloss die Tür hinter sich und sperrte damit den Verkehrslärm aus. Hunderte von Flaschen lagen übersichtlich angeordnet in verschiedenen Regalen oder waren in Vitrinen ausgestellt. Sie griffen nach ihm, um ihn wie einen verlorenen Sohn zu begrüßen. Ein Gefühl des Erkennens durchflutete ihn und hüllte ihn wie ein warmes Handtuch nach einer kalten Dusche ein.

Sein Blick wanderte über die Flaschen, und seine Augen streichelten ihren Inhalt durch das dunkle Glas, das die kostbare Flüssigkeit enthielt. Zum ersten Mal, seit er von Amnesie leidend aufgewacht war, fühlte er sich entspannt und zufrieden. Die Weinflaschen sprachen ihn fast in Ehrfurcht an, als ob sie seine Untertanen wären und er ihr König. Dio schüttelte bei dieser dummen Vorstellung seinen Kopf. Offensichtlich hatte das Treffen mit den Anonymen Alkoholikern sein Gehirn durcheinander gebracht. Er würde auf keinen Fall zu einem weiteren Treffen gehen.

Dort hatte er sich so unwohl wie noch nie in seinem ganzen Leben gefühlt – das hieß für ihn: seit der kurzen Zeit, an die er sich erinnern konnte. Der Gedanke, den Wein für immer aufzugeben, war für ihn unerträglich. Warum sollte jemand so etwas tun wollen? Wein war Leben, Wein war Spaß und sogar gesund. Und außerdem, warum verlangte Ariadne von ihm, das Trinken aufzugeben, wenn sie selbst ein Weingeschäft besaß? Nein, wenn es Zeit für das nächste AA-Treffen war, würde er Ari sagen, dass er alleine hingehen wollte. Sie sollte nicht mitbekommen, dass er nicht die Absicht hatte, daran teilzunehmen.

„Hallo, Dio, schön Sie wiederzusehen!“, riss ihn eine Stimme hinter ihm aus seinen Gedanken. Er drehte sich auf dem Absatz um und erblickte die junge Frau, die ihn soeben begrüßt hatte.

„Hallo!“ Er konnte sich nicht an ihren Namen erinnern, genauso wenig wie er wusste, ob sie sich tatsächlich schon einmal begegnet waren.

„Lisa“, sagte sie. „Sie wissen wahrscheinlich meinen Namen nicht ...“

„Es tut mir leid, aber –“

„Lisa, äh, könntest du mir bitte helfen?“, bat Ariadne und deutete auf den Lieferanten, der an einer Tür stand, die vermutlich in den Lagerraum führte.

„Entschuldigen Sie mich bitte“, sagte Lisa und gesellte sich zu ihrer Chefin.

Dio verspürte den Drang, nützlich zu sein, und unterbrach Ariadne, bevor sie sich zu tief in ihrer Arbeit vergraben konnte. „Ariadne, soll ich uns allen etwas zum Mittagessen holen? Es sieht so aus, als ob keine von euch beiden heute Zeit haben wird, zum Mittagessen auszugehen.“ Er deutete auf die vielen Kisten Wein, die am Eingang zum Lagerraum herumstanden. Einige waren geöffnet, andere noch geschlossen.

„Das wäre wunderbar. Danke.“ Ariadne lächelte ihn an, bevor sie sich wieder über die Papiere in ihrer Hand beugte.

Er ertappte sich dabei, wie er ihr Lächeln erwiderte und ihr hübsches Gesicht bewunderte. Nach dem Mittagessen würde er sich um ein ganz besonderes Dessert bemühen.

Als Dio von dem kleinen italienischen Restaurant zurückkam, wo er mehrere Pastagerichte und Salate zum Mitnehmen gekauft hatte, war der Weinlieferant weg, und Lisa und Ariadne waren dabei, die schweren Kisten in den Lagerraum zu schaffen. Er stellte das Essen auf die Theke und eilte zu ihnen.

„Lasst mich das machen!“, bot er hilfsbereit an und übernahm eine Kiste direkt aus Ariadnes Armen. „Warum fangt ihr beide nicht schon mal mit dem Essen an, und ich schließe mich euch an, sobald ich die Weinkisten ins Lager gebracht habe?“

„Sie haben für mich auch etwas mitgebracht?“, fragte Lisa überrascht.

„Natürlich. Sie müssen doch etwas Fleisch auf ihre Knochen bekommen.“ Er zwinkerte ihr zu. Das Mädchen war viel zu dünn für seinen Geschmack. Ariadnes üppige Kurven waren da schon eine ganz andere Sache. Als sein Blick bewundernd über Aris Hüften und ihre Brüste schweifte und dann auf ihrem Gesicht zu ruhen kam, bemerkte er ihren verärgerten Ausdruck. Hatte er etwas Falsches gesagt? Sie konnte doch unmöglich seinen Kommentar Lisa gegenüber falsch verstanden haben. Oder neigte er etwa dazu, mit anderen Frauen zu flirten? „Also, ihr beide, ihr esst jetzt erst mal was!“

Er war bereits auf dem Weg in den Lagerraum, als Ariadne ihm noch nachrief: „Aber du weißt doch gar nicht, wohin sie gehören!“

„Sortiert nach Land, dann nach Weinsorte, und dann nach Jahrgang?“ So war sein eigener Weinkeller organisiert. *Sein eigener Weinkeller?* Wo sollte er einen Weinkeller haben? In seiner kleinen Wohnung in Charleston gab es dafür keinen Platz. Alles, was er hatte, war ein Weinkühlschrank. Doch er wusste mit hundertprozentiger Sicherheit, dass er einen Weinkeller besaß. Irgendwo.

„Ja, genau so“, bestätigte Ariadne.

Der Geruch des Essens zog in den Lagerraum, während er eine Kiste nach der anderen hineintrug und abstellte. Bald knurrte sein Magen, und er war froh, als endlich die letzte Kiste an Ort und Stelle war.

Er kam aus dem Lagerraum heraus und hielt für einen Moment inne, um zu beobachten, wie Ariadne und Lisa ihr Mittagessen genossen. Obwohl Lisa ein hübsches, junges Mädchen war, wurde sein Blick sofort von Ariadne und ihrer hinreißenden Figur magisch angezogen. Alles an ihr war reifer als das frische Mädchen an ihrer Seite. Reif zum Pflücken. Und was für eine reichhaltige Ernte sie sein würde!

Sein Unterleib reagierte bei diesem Gedanken heftig. Wenn er nicht bald seine Hände auf sie legen könnte, würde er in Flammen aufgehen.

„Habt ihr mir was übrig gelassen?“ Er marschierte zu ihnen hinüber und spähte in die Kartons.

„Du hast viel zu viel mitgebracht“, behauptete Ariadne.

„Ich bin sehr hungrig.“ Auf mehr als nur Essen. Dio zwang sich, Nudeln auf einen Pappteller zu häufen, und fing dann an zu essen. Je früher er sein Hauptgericht gegessen hatte, desto eher konnte er sich um seinen Nachtisch bemühen. Doch das hielt ihn nicht davon ab, schon einmal mit seiner Nachspeise zu liebäugeln.

Lisa aß gerade den letzten Löffel Pasta von ihrem Teller, als die kleine Glocke über der Tür klingelte und die Ankunft eines Kunden ankündigte. „Ich gehe schon.“

„Ich helfe dir aufräumen“, bot Dio gleichzeitig Ariadne an.

„Schon erledigt.“ Ari griff nach einem der leeren Kartons genau in dem Moment, als er dasselbe tat. Ihre Hände berührten sich. Sie gab ein nervöses Kichern von sich, bevor sie den Karton in den Papierkorb hinter sich warf. Die restlichen Schachteln und Pappteller folgten. „Fertig.“

„Willst du überprüfen, ob ich die Kisten richtig eingeordnet habe?“, fragte Dio, während sich ein Plan in seinem Kopf bildete.

„Ja, lass mich nachsehen, damit ich sie später auch finde.“

Er folgte ihr in den Lagerraum und schloss leise die Tür hinter sich. Er brauchte kein Publikum für das, was er vorhatte. Als sie vor ihm durch die

Gänge zwischen den Regalen auf die gegenüberliegende Wand des Raumes zuging, bewunderte Dio die verführerischen Kurven ihrer Hüften und die elegante Linie ihrer Beine. Er wusste genau, was er mit ihren langen Beinen tun wollte. Sie sahen stark und gut durchtrainiert aus, und er konnte sich wunderbar ausmalen, wie sie sich um seine Hüften schlangen, während er in sie hineinstieß.

Trotz der Kühle des Raumes bildete sich eine dünne Schweißschicht auf Dios Stirn und Nacken. Sein Herz raste und pumpte Blut in seinen Schwanz, in Erwartung dessen, was er plante.

Ariadne blieb vor den Kisten stehen und begutachtete sie. Dio näherte sich von hinten und legte seine Hand neben ihrer Schulter an die Kiste dahinter. „Habe ich alles richtig gemacht?“ Er senkte die Stimme, sodass er verführerischer klang, als er jemals mit ihr gesprochen hatte.

„J-ja. Es ist alles in Ordnung.“ Sie stotterte leicht, bezeugte damit, dass sie sich seiner Nähe und vielleicht sogar seiner Absicht bewusst war.

„Sag mal, Baby, haben wir uns jemals hier drinnen geküsst?“ Er legte seine Hand auf ihre Schulter und drehte sie zu sich um.

„N-nein.“ Sie schlug ihre Augen nieder, als ob sie seinem Blick nicht begegnen wollte, vielleicht aus Angst davor, was sie darin sehen würde: Lust, die am Überkochen war.

Er nahm ihr Kinn in seine Hand und hob ihr Gesicht zu ihm. „Warum nicht?“

„Wir ... wir ... ich weiß es nicht.“ Ihre Augen sahen an ihm vorbei, als ob sie nach einem Ausweg suchte. Es gab keinen.

„Das müssen wir aber sofort ändern.“ Ohne Eile senkte er seinen Kopf zu ihr. „Wir küssen uns doch, nicht wahr?“

„J-ja.“

Als sie antwortete, spürte er eine Woge der Macht in ihm aufwallen. „Gut. Denn ich habe das Gefühl, dass ich dich gerne küsse. Und im Moment fühle ich mich total ausgehungert.“ Dann verringerte er die verbleibende Entfernung zwischen ihnen und mit einer federleichten Berührung strich er mit seinen Lippen über ihre.

Bei dem Kontakt stockte ihr Atem und das bestätigte ihm, dass sie sich körperlich zu ihm hingezogen fühlte. Er würde dieses Wissen nutzen, um sie von ihrer dummen Idee, Abstinenz zu üben, zu befreien. In ein paar Minuten würde sie um Erlösung keuchen.

Dios Hand glitt zu ihrem Nacken, als er seinen Kopf anwinkelte und seine Lippen nochmals über ihre gleiten ließ. Sein Oberschenkel streifte ihre Hüfte, und der Kontakt sandte eine Flamme von glühender Hitze durch seine Leistengegend. Unwillkürlich drückte er seinen anderen Oberschenkel zwischen ihre Beine, um gegen ihren Schamhügel zu pressen.

Ein Seufzer entkam ihrem Mund und prallte gegen seine Lippen. Er öffnete seinen Mund, um ihren Duft aufzunehmen und ihre Oberlippe zwischen seine Lippen zu ziehen. Langsam glitt seine Zunge über das weiche Fleisch. Sie erbebte unter seiner Berührung.

„Langsam, Baby“, gurrte er und tat dasselbe noch einmal.

Als sich Ariadnes Lippen einen Moment später öffneten, um Atem zu holen, drückte Dio seine Lippen fester gegen sie und ließ seine Zunge in sie gleiten. Erst langsam und mit gemessenen Bewegungen erforschte er ihre süße Höhle, kostete, berührte und streichelte. Ein unwillkürlicher Seufzer entwich seiner Brust. Bei den Göttern, er genoss sie zu küssen – mehr als er jemals für möglich gehalten hätte. Als er sie gegen die Kisten, die hinter ihr gestapelt waren, drückte, intensivierte er seinen Kuss und vergaß seine Absicht, sie langsam zu verführen.

Stattdessen hielt er sie gefangen, sodass ihr keine Atempause blieb und stellte seine Forderung. Seine Zunge initiierte einen leidenschaftlichen Tanz, auf den sie ohne zu zögern einging. Dies war nicht der Kuss einer Frau, der fleischliche Genüsse fremd waren. Der Kuss, den sie mit ihm teilte, war leidenschaftlich und alles verzehrend, und die Laute, die sie von sich gab, das weiche Stöhnen und Seufzen, das aus ihrer Brust stieg, gehörte nicht zu einer schüchternen Jungfrau.

Dio rieb seine Hüften gegen sie und ließ eine Hand genießerisch über ihren Oberkörper streifen. Als er mit seinem Daumen an ihrer Brust entlang streichelte, schlang Ariadne die Arme um seinen Hals und vergrub eine Hand in seinem Haar. Er genoss das Gefühl ihrer Finger, als sie sich in seine Kopfhaut gruben, um ihn näher zu sich zu ziehen.

Ermutigt durch ihre Reaktion legte er seine Hand auf ihre Brust und ertastete die Umrisse ihres BHs. Die Hitze unter seiner Handfläche brannte in seine Haut, aber er brauchte mehr. Bevor sie eine Chance hatte, ihn zu stoppen, falls sie dies vorgehabt hätte, zog er ihre Bluse aus dem Bund ihres Rockes und schob seine Hand darunter. Nun konnten seine Fingerspitzen ihre nackte Haut spüren – weich und warm.

Er ließ seine Hand langsam nach oben wandern, stieß gegen die Unterseite ihres BHs, bevor er den hauchdünnen Stoff beiseite schob und die harte Spitze ihres Nippels fand. Als seine Finger darüber strichen, entkam ihren Lippen ein ersticktes Stöhnen, dem ein Protest folgte: „Stopp!“

Aber das Wort war so sanft und von einem Drücken ihrer Hüften gegen seine begleitet, dass er ihre Forderung nicht ernst nehmen konnte. Er konnte bereits ihre Erregung riechen. Der süße Duft driftete in seine Nase und verwandelte seinen ganzen Körper in eine Maschine mit nur einem Ziel: Erlösung.

„Schh, Baby“, flüsterte er an ihren Lippen, als er kurz den Kuss unterbrach. Aber einen Augenblick später nahm er ihre Lippen noch heftiger, damit sie nicht in der Lage war, an Widerstand zu denken.

Seine Hand glitt unter den Stoff ihres BH und eroberte ihre reifen Nippel. Ihr Fleisch war fest und warm und reagierte sehnsüchtig auf ihn. Als er ihren Busen, der perfekt in seine Hand passte, geschickt knetete, wurde sein Schwanz so hart, dass er als Brechstange hätte verwendet werden können. Die Wärme und die Energie, die durch seinen Körper rasten, brachten seine Haut zum Schwitzen und trieben seinen Herzschlag in einen hektischen Rhythmus. Sein Atem war keuchend, als ob er einen Marathon gelaufen wäre, aber er konnte sich nicht von seinem Ziel abbringen lassen. Er musste Ariadne haben: jetzt, hier. Im Stehen, an die Kisten mit Wein gedrückt, würde er sie ficken, bis sie freimütig die dumme Idee von Abstinenz aufgeben würde. Und dann würde er sie nach Hause bringen und mit ihr Liebe machen, so wie es sich für einen Verlobten gehörte.

Dio riss seinen Mund von ihr, als er ihre Bluse nach oben schob, um ihre Brust seinem Blick freizugeben. Dann schob er den BH beiseite, befreite ihre schöne Brust und legte seine Lippen darauf. Er nahm den harten Nippel in seinem Mund gefangen und saugte hingebungsvoll daran.

Ariadne lehnte den Kopf gegen die Kisten, wobei sie ein überraschtes Keuchen von sich gab. Aber er würde ihr keine Chance geben, sich ihm jetzt zu entziehen. Während er noch gierig saugte und ihre Brustwarze mit seiner Zunge neckte, legte er seine Hand auf ihren Oberschenkel. Er fand den Saum ihres schwingenden Sommerrocks und schlüpfte darunter, bevor er seine Hand nach oben in Richtung des ultimativen Preises bewegte.

Sie trug keine Strumpfhose, ihre Schenkel waren für seine Berührung entblößt. Er streichelte die weiche Haut und bewegte seine Hand zwischen ihre Beine, die sie so bereitwillig breit machte. Als seine Finger ihr Höschen erreichten, erkannte er, dass dieses bereits feucht war.

Er entließ ihren Nippel aus seinem Mund. „Oh, Baby!“

Wollte sie ihn so sehr, wie er sie wollte? Dio saugte ihre Brust wieder in seinen Mund und schob einen Finger entlang des Saums ihres Höschens. Die Wärme, die ihn begrüßte, war fast zu viel in ihrer Intensität. Wenn er erst einmal mit seinem Schwanz in ihre wunderbaren Tiefen vorstieß, würde er wie ein einzelnes Blatt Papier entflammen, das achtlos ins Feuer geworfen worden war, und genauso schnell verbrennen.

Aber nicht einmal diese Vorahnung konnte ihn dazu bringen, es langsam anzugehen. Er konnte nicht mehr zurück, war nicht mehr in der Lage, seine Triebe zu kontrollieren. Nichts konnte ihn daran hindern, Ariadne jetzt zu der Seinen zu machen. Ihre Reaktion auf ihn war unverkennbar: Seine Berührung erregte sie, und sie wollte mehr. Er hatte nicht vor, ihr oder sich selbst dieses Vergnügen vorzuenthalten.

Dio schob ihr Höschen nach unten und wanderte vorbei an dem Nest ihrer Locken, bis er die Wärme und Feuchtigkeit spürte, die aus ihrem Kern quoll. Sein Finger rieb gegen ihre feuchten Schamlippen, dann bewegte er sie sanft weiter nach oben, um ihre Klitoris zu finden. Er drückte mit seinem mit ihrer Feuchtigkeit benetzten Finger dagegen und hörte sie stöhnen. In ein paar Minuten würde er sich in ihr versenken.

„Ari, hast du ...“ Die Stimme im Hintergrund verstummte. Ariadne erbebte in seiner Umarmung und versteifte sich.

„Entschuldigung“, fügte Lisa schnell hinzu, bevor sie die Tür lautstark wieder schloss.

Scheiße! Das Mädchen hatte ein schreckliches Timing.

Ari stieß ihn mit beiden Händen weg, damit er sie losließ. Er bemerkte ihr gerötetes Gesicht, als sie seinen Blick vermied und stattdessen hastig ihre Kleidung richtete. „Ich muss wieder an die Arbeit gehen.“

Eine Sekunde später eilte sie an ihm vorbei und verließ den Raum, ohne ihn eines weiteren Blickes zu würdigen.

15

Dio knallte die Tür zu seiner Wohnung zu und fluchte. Auf Griechisch. Von allen Sprachen ausgerechnet auf Griechisch! Das machte ihm sofort bewusst, dass Griechisch seine Muttersprache sein musste, aber nicht einmal diese Offenbarung konnte seine Frustration dämpfen.

Er war so nahe dran gewesen! Und dann hatte Ariadne ihn einfach wie einen unartigen Schuljungen stehen lassen. Sicher, er war unartig gewesen, aber sie war genauso unartig gewesen. Und jetzt ließ sie es so aussehen, als ob er der einzig Schuldige wäre. Er war empört.

Er ließ sich auf die Couch fallen und seine Beine stießen gegen den Wohnzimmertisch. Ein Stapel Zeitschriften fiel zu Boden.

Wie konnte sie ihm das nur antun? Hatte sie denn kein Herz? Wie hatte sie einfach so aufhören können, wenn er doch wusste, dass sie auch erregt gewesen war? Verdammt, er hatte sogar seinen Finger in ihrer Nässe gebadet. Es war keine Illusion gewesen. Sie hatte ungezügelt auf ihn reagiert. Er versprach sich, dass er das nächste Mal die Tür verriegeln würde, sodass niemand hereinplatzen und sie unterbrechen konnte. Dann gäbe es kein Entrinnen.

Mit einer ungeduldigen Bewegung erhob er sich und beugte sich zu den Zeitschriften auf dem Boden, sammelte eine nach der anderen auf und legte sie wieder auf den Tisch, als ihm eine weiße Karte ins Auge fiel. Er zog sie heraus. Die Außenseite zeigte zwei aufgeprägte goldene Ringe. Neugierig öffnete er die Karte und las, was auf der Innenseite geschrieben stand:

Triton Waters und Sophia Olympia Baker laden zu ihrer Hochzeit ein.

Darunter war das Datum und eine Adresse in Charleston angegeben. Dio blickte auf sein Handy, um das heutige Datum zu überprüfen, und schoss von seinem Sitz hoch. Die Hochzeit hatte einen Tag vor seinem Gedächtnisverlust stattgefunden. Die Einladung konnte also nur eins bedeuten: Diese Leute waren seine Freunde. Warum sonst würden sie ihn zu ihrer Hochzeit einladen? Bei solch guten Nachrichten musste er lächeln. Alles, was er jetzt tun musste, war zu dieser Adresse zu gehen und zu sehen, was er mit der Hilfe dieser Freunde über sich erfahren konnte.

Er fand die Adresse auf seinem Stadtplan, schob die Einladung in seine Brusttasche und verließ die Wohnung.

Das Haus an der Battery Street war eine imposante, dreistöckige Villa mit großen Terrassen auf einer Seite und einem weitläufigen Garten hinter einer hohen Mauer. Das Schild am Eingang wies darauf hin, dass das Gebäude eine

Pension war. Dios Hoffnung schrumpfte sogleich wieder. Das konnte eindeutig nicht das Haus des Paares sein, das geheiratet hatte. Wahrscheinlich war es nur der Ort für die Zeremonie gewesen. Und es gab keine Garantie dafür, dass die Mitarbeiter der Pension ihm die Adresse des Paares geben würden. Er würde seinen ganzen Charme aufbieten müssen, um die Informationen aus ihnen herauszubekommen.

Als er das Foyer betrat und die etwas kühlere Luft im Inneren genoss, nahm er die Atmosphäre der Umgebung auf. Die Treppe, die in den ersten Stock hinaufführte, wo sich einem Schild zufolge die Rezeption befand, war aus dunklem Holz und knarrte unter seinen Füßen. Ein vertrauter Duft von frisch gebackenen Plätzchen wehte in seine Richtung und vermischte sich mit dem reichhaltigen Geruch von altem Holz. Er war schon einmal hier gewesen.

Oben an der Treppe angekommen, wandte er sich nach links und steckte seinen Kopf durch die erste offene Tür. Ein Mädchen von kaum siebzehn Jahren saß hinter einem Computer, ihr Handy an ihr Ohr geklebt. Es sah so aus, als müsste dieses eines Tages operativ entfernt werden.

„Das habe ich ihm auch gesagt", plauderte sie ins Telefon, während sie die Maus des Computers bewegte. „Wirklich? ... Verarsch mich doch nicht! ... Das ist ja verrückt!"

Ihm wurde sofort klar, dass sie ihn nie bemerken würde, wenn er nicht auf sich aufmerksam machte, da sie offensichtlich ein furchtbar wichtiges Gespräch führte. Dio machte einen weiteren Schritt in den Raum und räusperte sich. „Entschuldigen Sie bitte."

Das Mädchen warf ihm einen genervten Blick zu und sprach erneut in ihr Telefon. „Ich muss gehen und was tun!" Sie lauschte einen Moment ins Telefon. „Ja, so ein Mist!", fügte sie noch hinzu und legte auf.

„Kann ich Ihnen helfen?"

Ihr gelangweilter Ausdruck verhieß nichts Gutes für seine Strategie, sie mit seinem Charme dazu zu bringen ihm mitzuteilen, was er wissen wollte. Vielleicht würde Bestechung eher funktionieren. Sie ging bestimmt noch zur Schule, und so wie sie aussah, brauchte sie wahrscheinlich immer Geld, um Klamotten zu kaufen. Die Kleidung, die sie trug, konnte nicht billig sein.

Dio zwang sich ein falsches Lächeln auf sein Gesicht und schlenderte in Richtung ihres Schreibtisches. „Ganz sicher können Sie das." Er zog die Einladung heraus und zeigte sie ihr. „Wegen dieser Hochzeit ..."

Sie blickte darauf, dann zu ihm zurück. „Da sind Sie aber ein paar Tage zu spät dran. Können Sie das Datum nicht lesen?"

Großartig, diese Göre war nicht nur gelangweilt, sie war auch noch unhöflich! Dio zwang sich, freundlich zu bleiben. „Ich weiß, dass die Hochzeit bereits stattgefunden hat. Was ich gerne wissen möchte ist, wo ich das glückliche Paar finden kann."

Das Mädchen legte ihren Kopf zur Seite und warf ihm einen seltsamen Blick zu. „Ehemaliger Liebhaber?“ Sie grinste vielsagend und wirkte plötzlich viel älter.

Er schüttelte den Kopf. „Nur ein Freund.“ Dann fragte er: „Wir kennen uns nicht, Sie und ich, oder?“

Sie hob die Augenbrauen und klimperte unerwartet mit ihren Wimpern. Glaubte sie jetzt, dass er sie anmachte? „Ich bin nur auf Zeitarbeit hier, für eine Woche. Ich glaube nicht, dass wir uns schon begegnet sind. Und Triton und Sophia, die sind gerade nicht hier.“

„Das dachte ich mir schon. Wo sind sie denn?“

Sie lehnte sich in ihrem Stuhl zurück. „Auf ihrer Hochzeitsreise natürlich. Wo sonst?“

Daran hatte Dio nicht gedacht. Natürlich, das war logisch. „Oh. So ein Mist!“ Vielleicht würde das Mädchen etwas zuvorkommender werden, wenn er ihre Sprache sprach.

„Ja, total, nicht wahr?“

Er fühlte sich wie ein Narr, als er ihr zustimmte: „Total.“

„Aber keine Sorge. Sie sind in drei Tagen wieder da.“

Diese Nachricht klang gut. „Kann ich sie vorher irgendwie erreichen?“

„Nee. Die einzige, die ihre Nummer für den Notfall hat, ist Alice, und die ist gerade einkaufen gegangen. Ich bezweifle sowieso, dass sie Ihnen die Nummer geben würde. Sie lässt niemanden an die beiden ran, wenn Sie mich fragen.“

Wollte er wirklich fragen? „Alice?“

„Die Köchin. Sie kümmert sich um die Pension, während die beiden weg sind.“

„Triton und Sophia wohnen hier?“

„Die Pension gehört ihnen.“

Erleichterung breitete sich in ihm aus. Volltreffer! Er hatte Freunde, und sie lebten in Charleston. Alles, was er jetzt tun musste, war zu warten, bis sie wieder zurück waren. Obwohl er ungeduldig war, konnte er dies tun. „Sie kommen in drei Tagen wieder, haben Sie gesagt?“

Sie nickte. „Ja. Wollen Sie eine Nachricht hinterlassen?“

Sie schien erleichtert zu sein, als er den Kopf schüttelte. Offensichtlich wollte sie nicht mehr Arbeit tun, als sie bereits tat. Armer überarbeiteter Teenager!

„Nein, danke. Ich komme noch einmal wieder, wenn sie hier sind.“

Beschwingten Schrittes und innerlich jubelnd verließ er das Haus und trat hinaus in die Sonne. Er hatte endlich Fortschritte gemacht. Alles, was er jetzt brauchte, war ein wenig Geduld. Er hoffte, dass, sobald die Frischvermählten von ihrer Hochzeitsreise zurück waren, sie ihm helfen konnten, etwas Licht in seine Vergangenheit zu bringen.

16

Da er wusste, dass Ariadnes Laden am Sonntag geschlossen war, hatte Dio Vorkehrungen für ein Picknick mit ihr getroffen. Er wollte seiner kleinen Wohnung entfliehen und das sonnige Wetter mit ihr genießen. Er hatte einen Picknickkorb von einem Feinkostladen zusammenstellen lassen, da er selbst für solche Dinge zu ungeschickt war. Eine halbe Stunde, nachdem er den Korb abgeholt hatte, traf Ariadne in seiner Wohnung ein, und er rief ein Taxi, das sie zum Hampton Park in der Nähe der Zitadelle brachte.

„Das war eine nette Idee von dir!", lobte sie ihn jetzt, als sie auf der Decke lag, die er im Schatten einer großen Eiche ausgebreitet hatte. Mehrere Meter entfernt vergnügten sich andere Pärchen auf die gleiche Weise, und Kinder kickten einen Fußball herum, während andere Baseball spielten.

Dio rieb sich den Bauch und schmunzelte. „Essen ist immer eine gute Idee."

„Ja, du isst wirklich gerne", stimmte sie ihm zu und strich einige Krümel von ihren Shorts. Damit zog sie Dios Blick auf ihre langen und wohlgeformten Beine.

Er lachte. „Du hast auch nicht gerade wenig gegessen." Es gefiel ihm, dass sie nicht nur in ihrem Essen herumstocherte, sondern es auf die gleiche Weise verschlungen hatte wie er.

„Du hast dich noch nie darüber beklagt."

„Und das tue ich auch jetzt nicht", sagte er schnell, um jeglichen Zweifel im Keim zu ersticken. „Du hast eine fabelhafte Figur."

Sie errötete und blickte verlegen weg.

„Es ist wahr", versicherte er ihr. Er griff nach ihrer Hand und drückte seine Wange in ihre Handfläche. „Erzähl mir ein wenig mehr über dich!"

„Da gibt es nicht viel zu erzählen. Du hast mein Geschäft gesehen. Ich weiß nicht, was ich dir sonst noch erzählen soll."

Dio rollte sich auf die Seite und stützte seinen Kopf auf seinem Ellbogen ab. „Hast du Geschwister?"

Ariadne schüttelte den Kopf. „Ich bin ein Einzelkind. Meine Eltern wollten immer mehr Kinder, aber meine Mutter hatte ein paar Jahre nach meiner Geburt eine Hysterektomie. Krebs."

„Das tut mir leid. Ist sie wieder gesund?"

„Es geht ihr gut. Sie geht regelmäßig zu den Vorsorgeuntersuchungen. Sie ist stark." Der Hauch eines Lächelns huschte über ihr Gesicht.

Dio strich mit seinen Fingerknöcheln über ihre Wange. „Also kommst du von einem starken Stamm.“

Sie lachte. „Ich glaube, das kann man so sagen.“

„Wo leben sie?“

„In Idaho. Von dort komme ich her.“

„Dann bist du also ein Mädchen vom Lande.“

„Du meinst, leichtgläubig?“

„Nein!“ Er hatte nichts dergleichen gemeint. Im Gegenteil, seine Gedanken waren in eine andere Richtung geschweift: Sie schien so rein und unschuldig zu sein, so gutherzig. „Was ich meinte, war, dass du Werte hast, dass du ein starkes Gefühl für Recht und Unrecht hast, ein gutes Herz.“

Ein seltsamer Ausdruck lag auf ihrem Gesicht. „Siehst du mich so?“

Nicht ganz. Er sah sie auch als verlockend und sexy, aber er behielt diese Gedanken lieber für sich. Nach dem leidenschaftlichen Zwischenspiel im Lagerraum ihres Ladens wollte er ein bisschen unaufdringlicher sein, wenn es darum ging, wie sehr er sie begehrte. „Ich sehe dich in vielen verschiedenen Facetten.“ Und gerade jetzt sah sein Geist sie nackt und sich unter ihm in Ekstase windend.

Dio wischte sich eine Schweißperle von der Stirn.

„Du bist ein interessanter Mann, Dio“, sagte sie plötzlich.

„Den Göttern sei Dank dafür! Ansonsten hättest du dir wahrscheinlich jemand anderen ausgesucht?“

„Ausgesucht?“

„Von all den anderen Männern, die dich angebetet haben. Ich bin sicher, ich war nicht der Einzige, der dich umworben hat.“ Bei ihrer Schönheit und üppigen Figur wäre er überrascht gewesen, wenn es nicht noch andere Anwärter gegeben hätte, die er hatte abwehren müssen.

Sie schaute weg. „Bevor wir uns kennengelernt haben, bin ich nicht viel ausgegangen.“

Während ihm der Gedanke einerseits gefiel, machte er ihn gleichzeitig neugierig. Dann erinnerte er sich an etwas. „Weil du religiös bist?“

Ihm fiel auf, dass sie fast unmerklich zusammenzuckte. Dann zuckte sie die Achseln. „Ich bin noch keinem Mann begegnet, bei dem ich dachte, dass er es wert wäre.“

Ihre Worte brachten ihn zum Grinsen. Also dachte sie, dass *er* es wert wäre. Sein Blick schweifte an ihr vorbei, während er die Worte tiefer auf sich wirken ließ. Eine Bewegung in seinem Augenwinkel ließ ihn hochschrecken, gerade als ein Knacken seine Ohren erreichte.

„Oh, Scheiße!“, fluchte er und sprang im selben Moment auf.

Ari riss ihren Kopf herum in die Richtung, in die Dio lief, und sah sofort, was ihn so in Panik versetzt hatte. Ein Junge, der wahrscheinlich nicht älter als sechs oder sieben Jahre war, hing hilflos an einem Ast einer massiven Eiche. Der Ast war bereits halb durchgebrochen; dort, wo er aus dem Stamm herauswuchs, war er jetzt nur noch mit einem Stück Rinde damit verbunden – es war eine verdammt brenzlige Situation, da der Junge sich kaum noch halten konnte.

„Mami!“, schrie der Kleine verzweifelt. Seine Füße ruderten, als er versuchte, einen anderen Ast zu erreichen, aber seine Beine waren zu kurz, und er war nicht stark genug, um sich nach oben zu ziehen.

Ari schätzte die Entfernung zum Boden ab, während sie Dio hinterher sprintete. Der Junge hing mindestens fünfzehn Meter, wenn nicht mehr, über dem Boden. Wie er so hoch auf diesen Baum hatte klettern können, darüber konnte sie nur spekulieren.

Ein weiteres Knacken ließ ihr Herz für einen Moment aussetzen. Der Ast brach vollständig vom Baumstamm ab und fiel zusammen mit dem Jungen nach unten.

Sie konnte Dio nur noch verschwommen wahrnehmen, wie er nach vorne stürzte und den Jungen mit seinen ausgebreiteten Armen auffing, dann schnell aus dem Weg des herunterfallenden Astes sprang und sich mit dem Jungen in seinen Armen geschickt auf dem Boden abrollte.

Atemlos erreichte Ari den Ort, wo Dio mit dem Jungen gelandet war, zum gleichen Zeitpunkt wie ein paar andere Leute.

„Mami!“, jammerte das Kind. Gott sei Dank! Wenn er schreien konnte, war bestimmt alles in Ordnung.

„Bist du okay?“, hörte sie Dio den Jungen mit besorgter Stimme fragen. „Bist du verletzt?“

Sie beobachtete, wie Dio den Jungen sanft auf dem Boden neben sich absetzte.

„Sammy?“ Die Stimme einer Frau, die sich energisch einen Weg durch die Umstehenden bahnte, drang zu ihr durch, und ihr schriller Ton war Beweis für ihre Panik und die Sorge um ihren Sohn.

„Er ist in Ordnung“, beruhigte Dio die Frau sofort, während er mit seiner Hand über den Kopf des Jungen strich und dessen zerzaustes Haar glättete. „Stimmt’s, Sammy?“

Aris Herz schmolz bei dieser zärtlichen Geste.

„Er hätte sich das Genick brechen können!“, bemerkte ein männlicher Zuschauer.

Dio warf ihm einen verärgerten Blick zu. „Zum Glück bin ich rechtzeitig da gewesen.“

Die Mutter zog ihren Sohn in ihre Arme und drückte ihn fest an ihre Brust. „Oh, Sammy, wie oft habe ich dir schon gesagt, dass du nicht auf diese Bäume klettern sollst?“ Tränen standen in ihren Augen.

Sammy senkte seinen Blick. „Tut mir leid, Mami.“ Dann deutete er auf Dio. „Aber er hat mich aufgefangen.“

Ari konnte die Bewunderung in seiner Stimme hören und ihr eigenes Herz füllte sich mit Stolz. Dio hatte den Jungen gerettet.

Sammys Mutter setzte ihren Sohnes ab, hielt ihn aber nahe an sich gedrückt, als sie ihre Hand in Richtung Dio ausstreckte. Dieser war aufgesprungen und putzte gerade Blätter und Schmutz von seinen Shorts und seinem T-Shirt.

„Ich weiß nicht, wie ich Ihnen danken soll."

Dio nahm einfach ihre Hand und schüttelte den Kopf. „Jeder hätte das gleiche getan. Ich war einfach schneller."

Schneller? Ari hatte noch nie jemanden so schnell laufen sehen wie Dio. Und die Art, wie er den Jungen mit so einer Präzision gepackt hatte und sogar noch in der Lage gewesen war, dem herabfallenden Ast auszuweichen, war eine Handlung, die einem Spitzenathleten gleichkam.

Ari legte ihren Arm um seine Taille und drückte sich an ihn.

„Wofür ist das, Baby?" Er lächelte und zog sie noch fester zu sich heran.

„Das war unglaublich!"

Er legte seinen Finger unter ihr Kinn und hob ihr Gesicht an. „Ich habe nur geübt für die Zukunft, wenn wir unsere eigenen haben. Ich bin sicher, die Jungs werden ständig was anstellen, bei dem sie gerettet werden müssen."

Ari spürte Tränen aufkommen. „Du willst Kinder?"

Sie fühlte einen Ruck in seinem Körper, als er sich ein wenig zurückzog. „Du nicht?"

„Doch, ich will Kinder. Ich kann's nicht erwarten, Kinder zu haben", beeilte sie sich, ihm zu versichern. „Ich habe nur immer geglaubt, dass du keine willst." Das Thema war während ihrer zweiwöchigen Beziehung nie aufgekommen, aber irgendwie war sie immer davon ausgegangen, dass er an Kindern nicht interessiert war.

„Ich liebe Kinder. Sie sind wie kleine Wunder. Ich möchte eine große Familie." Er lächelte sie an, dann zwinkerte er ihr gutmütig zu. „Also, wie wäre es mit einem kleinen Kuss für deinen großen Helden?"

Sie konnte ihm nicht widersprechen und blickte tief in seine ozeanblauen Augen. Dies war der Dio, in den sie sich verliebt hatte, derjenige, der sie zum Lachen brachte, derjenige, den sie begehrte. „Wie wäre es mit einem riesigen Kuss für meinen Helden?"

Als seine Lippen ihre trafen, vergaß sie alles um sich herum. Jetzt hatte sie nur noch einen Wunsch: Dass all dies echt wäre und keine Täuschung! Und dass sie ihn nie angelogen hätte!

17

Ariadne betrat Natalies Restaurant. Es waren gerade keine Gäste anwesend, aber sie landete in einem Chaos. Es war später Nachmittag, und zwei Sanitäter kümmerten sich um eine Kellnerin, die auf dem Boden lag, ihr Bein in einem komischen Winkel nach hinten verdreht. Ihr Gesicht war schmerzverzerrt.

Ein Sanitäter war damit beschäftigt, das Bein der Frau gerade zu stellen, während der andere die Bahre vorbereitete. Als die Kellnerin vor Schmerz aufschrie, wandte Ari ihre Augen ab und suchte im Speisesaal nach Natalie. Sie fand sie an der Bar lehnend, ihr Gesicht aschfahl.

Ari ging zu ihr und legte eine Hand auf ihren Arm, sodass ihre Freundin sie wahrnahm.

„Ich habe ihr gesagt, sie soll nicht auf den Stuhl steigen. Ich wollte die Leiter holen, aber sie wollte nicht hören."

„Vielleicht ist es nicht so schlimm, wie es aussieht", versuchte Ari ihre Freundin zu beruhigen.

„Sie hätte sich den Hals brechen können." Ihre Augen huschten zurück zur Kellnerin. Sie hatte aufgehört zu schreien, und die beiden Sanitäter hoben sie jetzt auf die Bahre.

„Es wird bald wieder gut sein", versicherte ihr einer von ihnen. „Wir bringen Sie ins Krankenhaus. Dort werden Sie gut versorgt." Dann blickte er in Richtung Ari und Natalie und ließ ein schwaches Lächeln um seine Lippen spielen; doch er nickte beruhigend. „Wahrscheinlich nur ein gebrochenes Bein. Das ist zwar schmerzhaft, aber es fühlt sich wie ein sauberer Bruch an, und da wächst der Knochen wieder gut zusammen."

Natalie nickte. „Danke." Dann ging sie zu ihrer Mitarbeiterin und nahm deren Hand. „Du nimmst dir so viel Zeit, wie du brauchst, bist du wieder ganz in Ordnung bist, versprichst du mir das?"

Ein leises Stöhnen kam von der Kellnerin, bevor die Sanitäter sie zu dem wartenden Krankenwagen trugen.

Natalie drehte sich wieder zu Ari um und rang mit den Händen. „Sie wollte die Champagner-Gläser aus dem obersten Regal herunterholen." Natalie schloss die Augen und schauderte sichtbar. „Der Stuhl hat gewackelt, und sie fiel einfach nach hinten. Ich war nicht schnell genug, um sie aufzufangen."

Ari tätschelte ihrer Freundin die Schulter. „Sie hat Glück gehabt."

„Das stimmt. Um Gottes willen, jetzt muss ich irgendwie versuchen kurzfristig eine Kellnerin zu bekommen!"

„Ich würde dir ja gerne aushelfen, aber heute Abend kommt eine Gruppe zu einer Weinverkostung, ansonsten ...“

Natalie unterbrach sie. „Schon gut. Ich muss mal rumtelefonieren. Vielleicht kann mir Molly vom Grill drüben aushelfen, wenn sie nicht zu viel zu tun hat. Wir sind für heute Abend voll ausgebucht.“ Sie seufzte. „Na, und wie geht es dir dabei, Dio zu verwandeln?“, fragte Natalie.

Eine Verwandlung war nicht genau das, wie Ari es nennen würde. “So, so, la, la.“

Ihre Freundin hob argwöhnisch eine Augenbraue. „Das ist aber keine Antwort.“

Sie zuckte die Achseln. „Ich weiß wirklich nicht, was ich sagen soll. Manche Dinge scheinen gut zu funktionieren, aber dann ... Naja, am Samstag ging er zum Treffen der Anonymen Alkoholiker. Das ist zumindest ein Anfang.“

„Ein AA-Treffen? Du hast mir nicht gesagt, dass er Alkoholiker ist.“ Natalies schockierter Ausdruck wäre lustig gewesen, wenn Ari in der Stimmung gewesen wäre zu lachen.

„Natürlich ist er kein Alkoholiker, aber ich musste schnell denken und mir etwas einfallen lassen. Ich brauchte eine Ausrede.“

„Wofür?“

„Er hat mich bedrängt, mit ihm zu schlafen.“

Natalie kicherte. „Ich hab dir ja gleich gesagt, dass die Sache mit der Abstinenz nicht funktionieren würde.“

Ari stemmte ihre Hände in die Hüften. „Natürlich wird es funktionieren! Ich musste nur erst einen guten Grund finden. Ich glaube, er kauft es mir jetzt ab.“ Das hoffte sie zumindest. „Ich habe ihm gesagt, dass wir erst Sex haben werden, wenn er sein Alkoholproblem bewältigt hat.“

„Aber du hast doch gerade gesagt, dass er kein Alkoholproblem hat.“

„Genau.“

„Okay, jetzt komme ich nicht mehr mit.“

„Da er kein Alkoholproblem hat, kann er es auch nicht beheben, also werden wir keinen Sex haben.“ So ergab es durchaus Sinn.

Natalie runzelte ihre Stirn. „Und dann wundern wir uns, dass die Männer uns nicht verstehen. Warum wohl?“

„Du musst jetzt nicht sarkastisch werden. Was hättest du mir denn geraten? Er war voll drauf und dran. Ich musste etwas tun!“ Und wenn sie diese Ausrede nicht gefunden hätte, wäre sie wieder mit ihm im Bett gelandet und wäre wieder nicht weiter als zuvor.

„Ich weiß genau, was ich getan hätte: Ich hätte es genossen. Ich dachte, du hast mir gesagt, er sei gut im Bett. Warum genießt du es also nicht einfach und machst dir keine weiteren Sorgen darüber?“

„Das kann ich nicht.“ Sex war nicht genug. Nicht nach dem, was sie in Dio gesehen hatte, als er den kleinen Jungen gerettet hatte. Eines Tages würde er einen wundervollen Vater abgeben.

„Glaubst du wirklich, dass er so einfach aufgibt? Wenn er wirklich so heiß ist, wie du sagst, dann wird er es immer wieder versuchen.“

Ari fühlte Hitze in ihre Wangen steigen, als sie sich an den Vorfall im Lagerraum erinnerte. Ihr ganzer Körper brannte plötzlich. Sie wandte ihre Augen ab, da sie Natalies prüfendem Blick entgehen wollte.

„Oh, nein, er hat es wieder getan, stimmt’s?“ Natalies Stimme schnitt durch sie hindurch und legte ihre Schwäche bloß. „Dieser Hundesohn!“ In ihrem Schimpfwort klang viel zu viel Bewunderung durch, als dass es wirklich als Tadel hätte empfunden werden können.

„Er hat mich vor kurzem im Lagerraum erwischt“, gab Ari zu, wohl wissend, dass sie vor ihrer Freundin keinerlei Einzelheiten verbergen konnte. Natalie würde sie sowieso aus ihr herausbekommen. Sie konnte also beiden die Zeit sparen und gleich freiwillig damit herausrücken.

Natalies Augen leuchteten mit Interesse auf. „Und? Komm schon, lass mich dir nicht alles aus der Nase ziehen!“

„Er hat versucht, mich zu verführen. Glücklicherweise unterbrach Lisa ihn gerade noch rechtzeitig.“

„Ach, Mist!“ Natalie hustete. „Ich meine, zum Glück!“

„Das habe ich genau gehört. Auf wessen Seite stehst du eigentlich?“

„Auf deiner natürlich.“ Ihr Gesicht wurde plötzlich ernst. „Also, sag mal, bist du immer noch so darauf versessen, ihn in einen netten Kerl zu verwandeln?“

Ari nickte. Ein netter Kerl, der in sie verliebt sein sollte.

„Dann glaube ich, müssen wir was finden, um ihn müde zu machen, damit er nicht mehr an Sex denken kann.“

Ari horchte auf. Ihn müde machen? Klang wie Grundtraining beim Militär. Ausgezeichnet. „Hast du irgendeine Idee, wie wir das anstellen?“

Natalie lächelte wie ein Honigkuchenpferd. „Es sieht so aus, als bräuchte ich eine Kellnerin ...“

~ ~ ~

Dio starrte auf die kurze, schwarze Schürze in seiner Hand, dann wieder auf Natalie, die Frau, die Ari ihm vorgestellt hatte, bevor sie sich verabschiedet hatte, da sie für die Weinverkostung zurück in ihr Geschäft musste. Natalie, eine große Brünette Anfang Dreißig mit einer ansehnlichen Figur, blickte ihn mit ihren intelligenten braunen Augen scharfsinnig an.

„Ich soll Kellner sein?“ Wie war das möglich? Er fühlte sich nicht wie ein Kellner.

Dio ließ seinen Blick in dem kleinen Restaurant umherschweifen. Es gab etwa fünfzehn Tische und ein paar zusätzliche Plätze an der Bar. Es war ein gemütliches Bistro, warm und einladend gestaltet, mit dekorativen Gardinen an den Fenstern, die nur die untere Hälfte schmückten. Trotzdem konnte er sich nicht erinnern, je hier gearbeitet zu haben.

Natalie nickte zustimmend. „Und als Ari mir von deinem kleinen Unfall erzählt hat, war ich so großzügig und habe dir ein paar Tage freigegeben."

„Wirklich?" Er runzelte die Stirn und versuchte sein Los zu akzeptieren. So wie seine Wohnung eingerichtet war und angesichts der teuren Markenkleidung, die er trug, hätte er wetten wollen, dass er wohlhabend war. Wie konnte sich ein Kellner all das leisten, was er besaß? Seine Ledercouch allein sah aus, als kostete sie das gesamte Jahresgehalt eines Kellners. Es ergab einfach keinen Sinn.

„Ja. Aber jetzt ist es an der Zeit, dass du wieder an die Arbeit gehst. Körperlich bist du ja in Ordnung."

Natalie ließ ihre Augen über seinen Körper schweifen, länger als notwendig, wenn sie wirklich nur seine körperliche Gesundheit beurteilen wollte. Es fiel ihm auf, dass ihr gefiel, was sie sah. Ein Gedanke tauchte sofort auf: Hatte er jemals etwas mit seiner Chefin angefangen? Liebäugelte sie mit ihm wie mit einer verbotenen Frucht? Hatte er sie vielleicht sogar angebaggert, weil Ari nicht mit ihm schlafen wollte?

„Jetzt binde dir mal die Schürze um und lass uns loslegen! Wir haben für heute Abend jede Menge Reservierungen, deshalb müssen wir die Tische so schnell es geht bedienen und für die nächsten Gäste fertigmachen." Sie deutete auf einen Stapel von Ordnern auf dem Tresen. „Das sind die Speisekarten, und die Tageskarte findest du auf dem Schwarzen Brett hinter der Theke."

Er blickte auf die große Tafel, wo mehrere Gerichte farbig markiert waren. Ein Gericht fiel ihm sofort ins Auge: Meeresfrüchte auf Grieß. Es klang vertraut. Irgendwie wusste er, dass er dieses Gericht schon einmal gegessen hatte.

Er deutete auf die Tafel. „Ich glaube, das habe ich schon mal gehabt."

Natalies Blick folgte seinem ausgestreckten Finger. „Wahrscheinlich. Alle meine Mitarbeiter bekommen das zu essen, was auf der Speisekarte steht. Wir haben oft Meeresfrüchte auf Grieß. Das ist ein beliebtes Gericht in Charleston."

Dio nickte. Vielleicht würde die Arbeit in seinem alten Job Erinnerungen in ihm auslösen, auch wenn er sich nicht vorstellen konnte, dass es gute sein würden. Wie konnte als Kellner zu schuften etwas Gutes sein? Allerdings musste er sich mit irgendetwas beschäftigen, bis Triton und Sophia von ihrer Hochzeitsreise zurück waren und er sie über sein Leben ausfragen konnte. Und vermutlich brauchte er auch das Geld, das er hier verdiente.

Dio band sich die Schürze um die Hüften und ging an die Arbeit. Wie schwer konnte es schon sein? Alles, was Kellner taten, war Bestellungen aufzunehmen und dann das Essen an den richtigen Tisch zu bringen. Es war nicht Gehirnchirurgie. Trotz seiner Amnesie war er doch wohl zu diesem Job fähig.

~ ~ ~

Dio stellte die Teller vor die Gäste.

„Was ist das?“, fragte die dünne Frau und verzog angewidert ihren Mund.

„Das gebratene Lachs-Sandwich mit Pommes.“

Sie schob den Teller von sich weg, als ob er giftig wäre. „Sehe ich so aus, als äße ich Pommes?“

Dio ließ seine Augen über ihre dürre Figur wandern. Sie sah nicht so aus, als ob sie überhaupt etwas äße und sollte ihm lieber dankbar sein, dass er ihr ein paar zusätzliche Kalorien servierte. „Die sind sehr gut.“ Er hatte ein paar von ihrem Teller probiert, bevor er sie serviert hatte, damit er sich von ihrer Knusprigkeit überzeugen konnte.

„Ich habe den Salat ohne Soße bestellt, keine Pommes, kein Brötchen, und den Lachs gegrillt, nicht gebraten!“, fauchte sie.

Ungeduldig verlagerte Dio sein Gewicht von einem Bein auf das andere. Er hatte keine Zeit für diesen Mist. Die Leute vom Tisch nebenan hatten schon um die Rechnung gebeten. „Dann ist es doch kein gebratenes Lachs-Sandwich.“

„Ich habe kein gebratenes Lachs-Sandwich bestellt, sondern gegrillten Lachs-Salat!“

Verärgert beugte sich Dio über ihren Tisch. „Sie haben gerade gesagt, dass Sie das gebratene Lachs-Sandwich mit Salat, ohne Brötchen, und den Lachs gegrillt, nicht gebraten, bestellt haben. Also ändern Sie jetzt nicht plötzlich die Bestellung! Wir haben keinen gegrillten Lachs-Salat auf der Speisekarte!“ Konnten die Leute nicht einfach das bestellen, was auf der verdammten Speisekarte stand?

„Jetzt möchte ich aber sofort den Besitzer sprechen!“, zischte die Frau wütend.

„Wie Sie wollen!“

Dio drehte sich um, eilte zum nächsten Tisch und knallte die Rechnung darauf.

„Wir hatten noch keinen Nachtisch“, protestierte der Mann.

Dio schaute auf die Taille des Mannes und dann auf die allzu runden Kurven von dessen Frau. „Glauben Sie mir, Sie wollen kein Dessert. Ich empfehle stattdessen einen Spaziergang.“

Die Kinnlade des Mannes fiel herunter, und seine Frau schnappte entsetzt nach Luft. „Wie können Sie es wagen, uns zu beleidigen!“ Der Mann tätschelte beruhigend die Hand seiner Frau.

„Hey, ich sage ja nur, was gut für Ihre Gesundheit ist.“ Bei den Göttern, diese Leute waren aber empfindlich!

„Herr Ober!“, hörte er einen anderen Gast um seine Aufmerksamkeit bitten.

Erleichtert machte er auf seinen Fersen kehrt und ging zu einem Tisch, der neben der Tür stand. „Ja?“

„Ich brauche bitte etwas Senf.“

Dio nickte und griff nach dem Senf auf dem Tisch daneben. „Bitte sehr!“

„Entschuldigung, aber den brauche ich doch noch!“, protestierte der Kerl an diesem Tisch.

Dio warf ihm einen genervten Blick zu. „Sie hätten sich Senf auf Ihren Teller tun sollen, als Sie Gelegenheit dazu hatten. Ich habe Ihnen Ihren Burger schon vor zwanzig Minuten gebracht.“ Er ignorierte den nächsten Protest, der durch seine Worte ausgelöst wurde.

Er hasste diesen Job. Niemand schien mit dem zufrieden zu sein, was er tat. Wie hatte er jemals einen einzigen Tag in diesem Job überlebt? Dies konnte unmöglich der Beruf sein, den er sich freiwillig ausgesucht hatte.

Als der letzte Gast endlich das Restaurant verließ, war Dio so weit, dass er jemanden hätte erwürgen können. Er warf seine Schürze auf den Tresen. Nichts stimmte. Er konnte nicht glauben, dass dies sein Leben war. Jemand musste etwas durcheinandergebracht haben, denn er fühlte sich definitiv nicht wie ein Kellner.

„Bist du dir sicher, dass ich ein Kellner bin?“, fragte er Natalie, die den Tresen abwischte.

Sie zuckte die Achseln. „Ich habe nie behauptet, du bist ein guter.“

18

Obwohl er nach seinem ersten Tag zurück in der Arbeit erschöpft und müde war, nahm er einen Umweg nach Hause, um bei Ariadnes Laden vorbeizuschauen. Er war überrascht, im Inneren noch Licht zu sehen und blieb stehen. Sofort alarmiert, spähte er hinein. War ihr nach der Weinprobe etwas passiert? Die Weinverkostung hätte schon vor mehr als einer Stunde zu Ende sein sollen.

Das Geschäft wirkte verlassen. Dio versuchte die Tür zu öffnen, aber sie war verschlossen. Hatte Ariadne einfach vergessen, das Licht auszuschalten? Besorgt klopfte er mit seinen Fingerknöcheln gegen das Glas und verlagerte nervös sein Gewicht von einem Bein auf das andere. Die warme Nachtluft fühlte sich plötzlich kalt und unangenehm an. Was, wenn etwas Schlimmes geschehen war?

Seine Gedanken rasten und stellten sich das Schlimmste vor: Ein Mann, der an der Weinverkostung teilgenommen hatte, könnte zurückgeblieben sein, nachdem alle anderen Teilnehmer gegangen waren. Was, wenn er versucht hätte, Ariadne anzumachen und dann wütend geworden wäre, als sie ihn abgewiesen hatte? Denn sie hätte ihn mit Sicherheit abgewiesen. Verdammt, sie wollte nicht einmal körperliche Intimität mit ihm, Dio, und er war ihr Verlobter.

Dio hob gerade seine Hand, um nochmals zu klopfen, als die Tür zum Lagerraum aufging. Als er Ari herauskommen sah, fiel ihm sofort ein Stein vom Herzen. Sie blickte ihn erschrocken an, als sie ihn vor der Tür stehen sah, fing sich aber sofort wieder und ging auf ihn zu.

Er wartete ungeduldig, bis sie die Tür entriegelte, und trat ein, als sie ihm öffnete.

„Was machst du –"

Er schnitt ihre Frage mit einem Kuss ab und zog sie in seine Arme. Sein Herz raste so schnell wie ein Eilzug, aber das Gefühl ihres Körpers an den seinen gepresst beruhigte ihn etwas.

„Den Göttern sei Dank, du bist in Ordnung!"

Sie zog sich leicht von ihm zurück. „Warum denn nicht?"

„Es ist spät. Du solltest nicht alleine so spät noch im Laden sein. Jemand könnte eindringen ..." Er zog sie noch fester an sich, nicht bereit, sie aus dem Schutz seiner Arme zu lassen.

„Jemand *ist* eingedrungen."

Ein Schock schoss durch seinen Körper, und er bereitete sich auf einen Kampf vor. „Wo ist der Schweinehund?" Er ließ sie los und suchte den Laden nach dem Eindringling ab.

Ein Glucksen von Ariadne ließ seinen Blick zu ihr zurückschnellen.

„Was ist so lustig?"

„Du!"

„Wo ist der Eindringling?"

Ariadne zeigte mit dem Finger auf seine Brust. „Genau hier! Du bist derjenige, der eingedrungen ist."

Dio öffnete seine Fäuste, als sein Blick ihren traf. „Du hast einen seltsamen Sinn für Humor, weißt du das?"

Sie nickte. „Und du bist total macho!"

Er zuckte die Achseln. „Männer sind eben so, wenn sie ihre Frauen beschützen wollen." Dann zog er sie wieder an seine Brust und legte einen Arm um ihre Taille. „Also, wie wär's mit einem kleinen Kuss für den furchtlosen Retter?"

„Du hast mich doch vor nichts gerettet!"

„Hätte ich aber können." Wenn wirklich jemand hier gewesen wäre, der sich an sie rangemacht hätte, hätte er das Arschloch zu Brei geschlagen.

„Es gab nichts zu retten." Ihr perlendes Lachen hallte im Laden wider.

Dio konnte nicht zulassen, dass sie sich über ihn lustig machte, also tat er das einzige, von dem er wusste, dass es sie stoppen würde: Er eroberte ihre bebenden Lippen mit seinen und erstickte ihr Lachen mit einem wilden Kuss.

Verdammt, dieser Mann konnte küssen! Ari spürte, wie ihre Knie weich wurden, und schmiegte sich an ihn, um nicht zu fallen. Dio schien dies als Ermutigung aufzufassen, seinen Kuss zu vertiefen, oder vielleicht war es auch die Tatsache, dass sie ihren Kopf zur Seite neigte, um ihm einen besseren Zugang zu gewähren. Egal, was es war, es war töricht, ihm zu erlauben, sie so zu küssen, wenn sie doch wusste, wohin seine Küsse führen würden.

Bevor noch irgendetwas passieren konnte, entzog sie sich ihm.

Als sie ihn anblickte, waren seine Augen dunkel vor Verlangen. Sie räusperte sich, nicht sicher, ob sie in der Lage sein würde, ein vernünftiges Wort herauszubringen.

„Wie war dein Abend?", fragte er und kämmte ihr mit seiner Hand durchs Haar.

Die liebevolle Geste linderte den Aufruhr ihrer Gefühle etwas, den sein Kuss hervorgerufen hatte, und beruhigte ihren galoppierenden Herzschlag. „Es war eine interessierte Gruppe. Den Leuten schien es zu gefallen."

„Gut. Also bekommst du neue Kunden."

„Ich denke schon."

„Haben sich alle anständig benommen?"

„Anständig?“ Neugierig hob sie die Augenbrauen. Er war doch wohl nicht besorgt, dass einer der Männer der Gruppe etwas zu freundlich werden könnte?

„Ja. Ich meine, diese Typen, sie trinken Wein, sie machen Witze, eine Sache führt zur anderen, und ... vielleicht sollte ich dir bei diesen Gruppen helfen.“

„Bist du eifersüchtig?“

Seine Antwort kam wie aus der Pistole geschossen: „Natürlich nicht!“ Der Ausdruck in seinen Augen schimpfte ihn einen Lügner.

„Du bist ein schrecklicher Lügner!“

Dio packte sie am Arm und zog sie an sich. „Ich lüge nicht!“ Wut lag in seiner Stimme, und Ari zuckte instinktiv zurück. Sie hatte ihn noch nie gewalttätig werden sehen, aber wer konnte schon wissen, was der Verlust seines Gedächtnisses ihm angetan hatte.

„Es tut mir leid“, sagte er schnell und ließ sie los. „Ich würde dir nie wehtun.“ Er fuhr sich mit der Hand durchs Haar. „Es ist nur ... zu wissen, dass ich nicht da bin, wenn irgendein Kerl dich anmachen könnte ... das bringt mich um!“

„Wie kommst du überhaupt auf die Idee, dass irgendein Kerl versuchen könnte, mich anzumachen?“

Sein Blick war voller Verwirrung. „Du machst Witze! Baby, du bist wunderschön! Ich kann das sehen, genauso wie jeder andere auch. Warum sollte dich nicht jeder Mann in dieser Stadt wollen? Verdammt, ich weiß nicht einmal, warum du mich genommen hast. Ich bin nur ein Kellner.“

Sie legte ihren Finger auf seine Lippen und hielt ihn davon ab, noch mehr zu sagen. Wenn sie mutig wäre, dann würde sie ihm jetzt sagen, dass all dies eine Lüge war, dass er kein Kellner war, und dass sie nicht verlobt waren. Aber sie war nicht mutig. Es war leichter, weiter zu lügen und für eine Weile in einer Traumwelt zu leben, in einer Welt, in der Dio ihr gehörte.

„Du bist du. Und wenn ich mit dir zusammen bin, fühle ich mich wohl.“ Und das waren die ersten ehrlichen Worte, die sie seit langem zu ihm gesagt hatte. Denn trotz der Dinge, die er ihr angetan hatte, sehnte sie sich nach seiner Gesellschaft und nach seiner Nähe.

Er hob seine Hand, um ihre Wange zu streicheln. „Ich fühle das gleiche.“ Dann lächelte er. „Komm, ich begleite dich nach Hause!“ Er zwinkerte ihr verschwörerisch zu. „Vielleicht kann ich dich auf dem Weg vor jemandem retten, sodass du mich endlich als deinen Ritter in glänzender Rüstung siehst.“

„Wo ist dein Pferd, mein edler Ritter?“, scherzte sie und ging zur Theke, um ihre Handtasche hervorzuholen.

„Kein Pferd und kein Wagen. Ich kann dich tragen, wenn du das möchtest!“, antwortete er galant.

Ari drehte sich zu ihm um und bemerkte, wie seine Augen sehnsüchtig über ihren ganzen Körper wanderten. Sein Blick war bewundernd und liebevoll. Genau so hatte er sie damals angesehen, in jener Nacht, als sie sich geliebt hatten. Bei dem Gedanken daran erzitterte sie.

„Ich bin soweit." Sie betätigte den Lichtschalter.

Als sie auf dem Bürgersteig entlanggingen, nahm Dio ihre Hand in seine. „Ich fürchte, du musst mir zeigen, wo's lang geht, da ich mich nicht erinnere, wo du wohnst."

„Stört es dich?" Sie fragte sich, wie schwer es für ihn sein musste, sich mit seinem Gedächtnisverlust abzufinden. Wenn sie in seiner Situation wäre, würde sie alles versuchen, um eine Antwort zu finden.

„Dass ich nicht weiß, wo du wohnst? Natürlich. Weil es bedeutet, dass ich nicht einfach so bei dir vorbeikommen kann, um dich zu überraschen."

„Ich meine die Amnesie."

„Ja, sicher. Aber ich glaube nicht, dass ich mein Gedächtnis mit Gewalt zurückbekommen werde. Es muss von selbst passieren."

„Du bist außergewöhnlich gelassen. Ich wäre zu einem Arzt gegangen, um zu sehen, ob der mir helfen könnte." Nicht, dass sie ihn auf irgendwelche Ideen bringen wollte, aber sie wollte sich auch nicht ständig darüber Sorgen machen, dass er sein Gedächtnis wiedererlangte.

„Ich mag keine Ärzte. Ich weiß nicht warum, ich weiß nur, dass ich sie nicht mag."

Sie war erleichtert, dass er nicht geneigt war, ihrer Idee nachzugehen. Dennoch dachte sie, dass es klüger wäre, das Thema zu wechseln. „Wie war die Arbeit?"

Er warf ihr einen Seitenblick zu. „Ich glaube, ich bin kein guter Kellner. Ich verstehe gar nicht, warum Natalie mich eingestellt hat."

„Was ist passiert?"

„Frag lieber nicht! Außerdem denke ich, dass ich mich viel besser als Ritter in glänzender Rüstung eignen würde. Vielleicht sollte ich den Beruf wechseln."

„Es gibt nicht viele Stellen für Ritter."

„Wie wär's mit Retter von Jungfrauen in Not?", schlug er vor und zwinkerte ihr schelmisch zu.

„Wie viele Jungfrauen willst du denn retten?"

„Nur eine!"

Als sie seinen Blick auffing, sah sie den Schalk darin, doch gleichzeitig auch Wärme. „Was, wenn das Mädchen nicht gerettet werden muss?"

„Jeder muss vor etwas gerettet werden. Selbst du."

Sie warf ihm einen schnellen Blick zu und fragte sich, ob er etwas über ihre Vergangenheit erraten hatte. Aber sie verwarf diesen Gedanken gleich wieder. Es war unmöglich, dass er über den Fehler, den sie mit Jeff gemacht hatte, Bescheid wusste. Niemand hatte sie damals gerettet, bevor es zu spät gewesen war und sie die schlimmste Erniedrigung ihres Lebens hatte erfahren müssen.

„Also sag mir, Baby, wovor soll ich dich retten?“

Sie schüttelte die Erinnerungen an ihre Vergangenheit ab und antwortete mit einer abweisenden Handbewegung. „Ich bin völlig okay.“

„Oh, ich weiß, dass du okay bist.“ Seine Augen streiften langsam über sie, ein Blick, der mehr ein Streicheln war. „Sehr okay sogar. Aber das ist nur das Äußere. Was hast du da drinnen versteckt?“

Er sah sie mit einem Röntgenblick an. Wollte er wirklich wissen, was in ihr vorging? Und wenn es so war, war sie bereit, ihm von ihren Ängsten und Hoffnungen zu erzählen? Könnte sie ihm diese jemals anvertrauen?

„Du willst meine Frage nicht beantworten, oder?“

„Nein!“

„In Ordnung. Dann muss ich wohl irgendwie selbst nachforschen.“

Sie hob den Kopf und bemerkte, dass sie an dem kleinen Mehrfamilienhaus angekommen waren, in dem sie wohnte. „Wir sind da.“

Dio blieb neben ihr stehen und blickte zu dem dreistöckigen Gebäude hoch. „Bin ich schon mal hier gewesen?“

„Sehr oft“, log sie. Doch das einzige Mal, als er bei ihr gewesen war, war an dem Abend, als sie Liebe gemacht hatten. „Vielen Dank, dass du mich nach Hause begleitet hast.“

Er schüttelte den Kopf. „Lass mich für einen Moment mit hochkommen!“

„Ah.“ Das war nicht gut. Wenn sie ihn in ihr Apartment ließ, würde er nur die Gelegenheit nutzen, sie wieder zu küssen und vielleicht sogar noch mehr anzustellen. Und was, wenn sie ihn dieses Mal nicht stoppen konnte? Ja wirklich, wem machte sie da etwas vor? Was, wenn *sie selbst* nicht aufhören konnte? Dio war der attraktivste Mann, der ihr je begegnet war, und wenn er sie küsste oder berührte, geriet ihr Entschluss, nicht mit ihm zu schlafen, immer mehr ins Wanken.

„Ich verspreche dir, ich will nur einen Blick auf deine Wohnung werfen und sehen, ob ich mich an irgendwas erinnere. Ich weiß, dass du nicht willst, dass ich bleibe.“ Die Aufrichtigkeit in seinen Augen war so tief, dass nur ein sehr verliebter Mann oder ein sehr treuer Hund sie so zu Stande bringen konnte.

„Okay. Aber nur ein paar Minuten!“

Er nickte. „Kein Problem. Ich bin sowieso total erschlagen.“

Ari schloss die Haustür auf und ging hinein, Dio auf ihren Fersen. Sie stieg vor ihm die Treppe hinauf und achtete darauf, dass ihre Stöckelschuhe nicht zu viel Lärm auf den hölzernen Stufen machten, um die Nachbarn nicht zu wecken.

Ihre Wohnung war noch genauso unordentlich, wie sie sie am Morgen verlassen hatte. Sie war so in Eile gewesen, ins Geschäft zu gelangen, dass sie nicht einmal ihre schmutzige Kleidung in den Wäschekorb geworfen hatte. Als sie einen BH und ein Unterhemd auf der Couch entdeckte, griff sie schnell danach.

„Schau dich ruhig um!“ Ari ging ins Bad, die Unterwäsche in der Hand, und schloss die Tür hinter sich. Sie warf die Sachen in den Wäschekorb und ärgerte sich über sich selbst. Es sollte keine Rolle spielen, dass ihre Wohnung unordentlich war, aber aus irgendwelchen unerfindlichen Gründen wollte sie einen guten Eindruck machen. Obwohl er dies nicht verdiente. Und doch musste sie gleichzeitig zugeben, dass die Person, in die sich Dio seit dem Unfall verwandelt hatte, genau die Art von Person war, die sie mochte. Er war rücksichtsvoll, höflich, liebevoll und verletzlich.

Sie war sich sicher, dass es diese Verletzlichkeit war, die sie jetzt anzog. Es war so, als ob die Mauer, die es um ihn herum gegeben hatte, als sie sich kennengelernt hatten, nicht mehr da wäre. Seine Gefühle schienen vollkommen offen für sie dazuliegen. Und alles, was sie sah, war seine Begierde und Zuneigung für sie. Vielleicht war sie zu streng mit ihm gewesen, und es war an der Zeit, ihm doch noch eine Chance zu geben.

Ari schaute in den Spiegel und bemerkte ihr gerötetes Gesicht. Schnell spritzte sie sich etwas kaltes Wasser ins Gesicht, als ihr Blick auf eine Flasche Mundwasser auf dem Waschbecken fiel. Sie zuckte die Achseln und blickte nochmals in den Spiegel.

„Er hat sich gut benommen“, sagte sie zu ihrem Spiegelbild und rechtfertigte damit ihre nächste Tat. Sie griff nach dem Mundwasser, nahm einen kleinen Schluck und gurgelte. Ein paar Küsse würden doch nicht schaden. Aber sie würde nicht zulassen, dass die Dinge außer Kontrolle gerieten.

Zufrieden mit ihrer Argumentation öffnete sie die Tür und ging zurück ins Wohnzimmer, auf der Suche nach Dio. Sie schritt ins Schlafzimmer und spähte hinein, aber es war leer. Langsam drehte sie sich um. War er ohne ein Wort gegangen?

„Dio?“, rief sie, ging um die Couch im Wohnzimmer und blieb überrascht stehen. Dort auf ihrer Couch ausgestreckt lag Dio mit geschlossenen Augen.

„Dio?“

Da er nicht reagierte, legte sie eine Hand auf seine Schulter und rüttelte leicht an ihm. „Schläfst du?“

Doch er rührte sich nicht, und ein weiteres Rütteln an seiner Schulter holte ihn auch nicht aus seinem Schlaf. Er schlief tief und fest, und es gab nichts, was sie dagegen tun konnte. Ihre Vorfreude auf ein wenig Schmusen mit Dio war reine Zeitverschwendung gewesen.

19

Nachdem er auf Ariadnes Couch eingeschlafen war, hatte Dio sie nicht mehr gesehen und nur kurz am Telefon mit ihr gesprochen. Ihre Arbeitszeiten stimmten einfach nicht überein. Ariadne war ans Geschäft gebunden, da es Lisas freier Tag war, und Dio arbeitete sowohl die Mittags- als auch die Abendschicht im Restaurant. Am nächsten Tag sah es nicht besser aus.

Am dritten Tag, als Dio spät aufwachte, fiel sein Blick auf die Hochzeitseinladung, die er als Gedächtnisstütze auf seinen Nachttisch gelegt hatte. Er musste an diesem Tag nur die Abendschicht im Restaurant arbeiten, und obwohl er Ariadne sehen und mit ihr zum Mittagessen gehen wollte, wusste er, dass es wichtiger war, mit Triton und Sophia zu sprechen und herauszufinden, was sie über ihn wussten. Er hoffte, dass er nicht nur ein entfernter Bekannter von ihnen war.

Nach einer schnellen Dusche zog er sich Khaki-Shorts und ein Polo-Shirt an und verließ seine Wohnung.

Die Sonne stand schon hoch am Himmel. Er hatte das Restaurant am Abend zuvor um elf Uhr verlassen und war völlig erschöpft und ausgelaugt ins Bett gefallen, als er nach Hause gekommen war. Wenn dies sein Leben sein sollte, dann musste er etwas daran ändern. Die Arbeit als Kellner würde ihn letztendlich umbringen. Es musste etwas anderes finden, das ihm lag. Er war doch klug und sprach mehrere Sprachen. Warum arbeitete er überhaupt als Kellner?

Dio dachte immer noch über sein Schicksal nach, als er bei der Pension ankam. Er trat durch die offene Tür und ging die Treppe hinauf in Richtung Rezeption. Als er den Flur erreichte und hinter sich Schritte hörte, drehte er sich um.

Eine hübsche, dunkelhaarige junge Frau Ende Zwanzig kam aus der Küche, ein breites Lächeln auf ihrem Gesicht. „Dionysos! Was für eine schöne Überraschung! Du kommst gerade rechtzeitig zum Mittagessen."

Sie umarmte ihn herzlich und küsste ihn auf die Wange.

Erleichtert, dass die Frau ihn erkannte, meinte er: „Du musst Sophia sein."

Für einen Moment runzelte sie die Stirn. Dann zuckten ihre Lippen mit einem Lächeln. „Sehr witzig. So lange waren wir jetzt auch wieder nicht weg!" Sie drehte sich zur Küche um. „Triton?"

„Was brauchst du, agapi mou?", antwortete eine männliche Stimme.

Dio erkannte die Stimme nicht, aber er verstand den Kosenamen, den der Mann verwendet hatte. Und er wusste, was er bedeutete: meine Liebe. Der

Mann hatte griechisch gesprochen – Dios Muttersprache. Das waren gute Neuigkeiten. Er würde seinen beschissenen Job verwetten, dass er mit diesem Mann eng befreundet war.

„Dionysos ist hier."

Ein großer blonder Mann mit sonnenverwöhnter Haut und durchtrainiertem Körper kam eine Sekunde später aus der Küche. Er war in Shorts und T-Shirt gekleidet. „Hey, Dio, schön dich zu sehen! Willst du mit uns essen? Ich wollte gerade eben ein paar Meeresfrüchte auf den Grill werfen."

Dio lächelte. Dies waren seine Freunde und so wie es aussah, sogar enge Freunde. „Gerne." Doch er fühlte sich immer noch wie ein Dieb, der sich irgendwo hineingeschlichen hatte, wo er nicht hingehörte, denn er erkannte weder Sophia noch Triton.

„Ich hole einen zusätzlichen Teller. Könntest du dich um den Wein kümmern, Dio?", bat ihn Sophia, als sie Triton zurück in die Küche folgte.

Dio trat in die riesige Küche und sah sich um. Wenn Sophia wollte, dass er sich um den Wein kümmerte, dann waren seine Freunde mit Sicherheit nicht wegen seines Trinkens besorgt. Ehrlich gesagt, das war eine Erleichterung. Er hatte seit dem Treffen der Anonymen Alkoholiker kein Glas Wein mehr getrunken, aber der Wein fehlte ihm; und Dio wusste, dass es nicht richtig sein konnte, dass er für immer auf Wein verzichten sollte.

„Dio, der Wein", erinnerte Triton ihn, als er Garnelen, kleine Tintenfische und Fischstücke auf eine große Platte häufte, während Sophia einen Teller und Besteck aus einem Schrank holte. Dio blickte sich in der Küche auf der Suche nach Weinflaschen um.

„Stimmt etwas nicht?", fragte Triton und warf ihm einen neugierigen Blick zu.

Dio rieb sich den Nacken. Vielleicht sollte er sofort mit der Wahrheit herausrücken und es hinter sich bringen. „Vielleicht könntest du mir sagen, wo du den Wein aufbewahrst. Ich kann mich nicht erinnern."

Triton hob verwundert eine Augenbraue, dann deutete er in Richtung eines Schrankes. Die Schranktür sprang auf und enthüllte ein Weinregal dahinter. Dio fuhr erschrocken zurück und knallte mit seiner Hüfte gegen den Tresen hinter sich.

„Scheiße!" Wie war die Tür einfach aufgegangen, wenn doch niemand den Griff berührt hatte? Verdammt noch mal, was war denn hier los?

Sowohl Triton als auch Sophia hielten inne und starrten ihn an, als ob er verrückt wäre. War er das? Waren die Halluzinationen, die er vor ein paar Tagen gehabt hatte, wieder gekommen? Und – zum Hades – er hatte noch nicht einmal Wein getrunken!

„Warum bist du so nervös?", fragte Triton.

Dio blickte zurück zu dem offenen Schränkchen und den Weinflaschen darin. Vielleicht gab es eine einfache Erklärung. Die Türscharniere könnten kaputt sein und bei dem geringsten Luftzug im Raum aufgehen. Das musste es sein. „Ich bin nur erschrocken, als die Tür aufsprang, ohne dass sie jemand berührt hat."

„Na und? Ich habe sie geöffnet."

Dio drehte seinen Kopf zu Triton. „Du hast das verdammte Ding überhaupt nicht angefasst."

Triton wechselte einen Blick mit Sophia. Dann stellte er die Platte in seiner Hand ab. „Okay. Raus mit der Sprache! Was geht hier vor? Niemand außer uns Dreien ist hier, um Zeuge meiner Kräfte zu werden. Nicht einmal Zeus würde etwas einzuwenden haben. So, vielleicht sagst du mir also jetzt, was mit dir los ist." Er warf seiner Frau einen Blick zu. „Sonst macht sich Sophia noch Sorgen um dich."

Tritons Worte schlitterten in Dios Gehirn umher. Kräfte? Zeus? Wovon sprach er? War dieser Mann wirklich sein Freund? Was, wenn er verrückt war? Konnte er ihm wirklich anvertrauen, dass er sein Gedächtnis verloren hatte? Was, wenn der Kerl ihm einfach nur etwas vormachte, weil er wusste, dass Dio seine Aussagen weder bestätigen noch dementieren konnte?

„Ich warte."

Dio blickte tief in Tritons ozeanblaue Augen und bemerkte seine Ungeduld. Aber direkt dahinter sah er noch etwas anderes: Sorge. Es war dieses Wissen, das ihn schließlich sprechen ließ.

„Ich leide unter einer Amnesie."

Es gab einen Moment der Stille, bevor Triton in Gelächter ausbrach. Sophia stimmte mit ein, aber Dio konnte den Humor in dieser Situation nicht erkennen. „Ich weiß nicht, wer ich bin."

Triton unterdrückte sein Lachen. „Das ist wirklich lustig, Dio! Du hättest mich schon fast davon überzeugt. Aber wie wir beide wissen, können Götter ihr Gedächtnis nicht verlieren."

„Selbst ich weiß das", fügte Sophia mit einem Schmunzeln hinzu.

„Götter? Ich sage euch, ich habe mein Gedächtnis verloren. Ich bin eines Nachts zusammengeschlagen worden und als ich wieder zu mir kam, konnte ich mich an nichts erinnern, was vor der Schlägerei passiert ist. Fragt meine Verlobte! Sie wird es bestätigen, wenn ihr mir nicht glaubt."

Plötzlich hörten sowohl Triton und Sophia auf zu lachen und tauschten einen besorgten Blick aus.

„Dio, wenn du dich nicht in den letzten fünf Tagen verlobt hast, hast du keine Verlobte."

Panik traf ihn wie aus dem Nichts. Triton musste falsch liegen. Vielleicht war er doch kein so enger Freund, wie Dio zuerst gedacht hatte. „Da irrst du dich. Ariadne ist meine Verlobte. Wir sind seit ein paar Monaten verlobt." Und er würde sie nicht aufgeben.

„Und wie willst du das wissen, wenn du wirklich unter Gedächtnisverlust leidest? Siehst du nicht, dass mit deiner Geschichte irgendwas nicht stimmt? Selbst Eros hätte sich was Besseres einfallen lassen können."

Dio hatte keine Ahnung, wer Eros war, aber das war jetzt gerade nicht wichtig. „Ari hat es mir gesagt. Sie sagte, dass wir seit ein paar Monaten verlobt sind." In Wahrheit hatte Ariadne ihm erzählt, dass sie sieben Monate miteinander gegangen waren, bevor sie sich verlobt hatten, und er hatte es versäumt, sie zu fragen, wann die Verlobung stattgefunden hatte.

Triton schüttelte den Kopf. „Vergiss es, Dio! Lasst uns essen. Ich bin am Verhungern." Er verließ die Küche. Dio blieb ihm auf den Fersen, als Triton die Außentreppe in den Garten hinunterging, wo ein Tisch unter einem großen Schirm gedeckt war. Ein paar Meter entfernt stand ein Grill.

„Du musst mir glauben. Der einzige Grund, warum ich hier bin, ist, weil ich eine Hochzeitseinladung von euch beiden gefunden habe. Ich dachte mir, ihr könntet mir helfen herauszufinden, wer ich bin."

Triton stellte den Teller mit rohem Fisch neben den Grill und hob den Deckel. „Also gut. Dann spiele ich eben für ein paar Minuten mit. Du willst wissen, wer du bist?"

Dio nickte eifrig. „Ja. Alles was ich weiß ist, was ich in meiner Wohnung gefunden habe. Auf meinem Führerschein steht Dionysos Theos."

Triton grinste. „Da hast du dir einen sehr passenden Namen für deinen Aufenthalt hier in der sterblichen Welt ausgesucht: der Gott Dionysos."

„Was meinst du mit der sterblichen Welt? Und wer ist dieser Gott?"

„Du." Triton drückte seinen Finger auf Dios Brust. „Du bist Dionysos, der Gott des Weines und der Ekstase. Bist du jetzt zufrieden? Können wir nun dieses lächerliche Spiel beenden?"

„Das ist kein Spiel." Dio fuhr sich mit der Hand durchs Haar. „Wie kann ich dir nur klar machen, dass ich nicht ein einziges Wort von dem verstehe, was du mir erzählt hast? Warum machst du dich über mich lustig? Wenn wir wirklich Freunde sind, warum kannst du mir dann nicht die Wahrheit sagen?"

Hinter ihm hatte Sophia das zusätzliche Gedeck auf den Tisch gestellt. „Er hat dir die Wahrheit gesagt, Dionysos. Du solltest ihn besser kennen, als Triton der Lüge zu bezichtigen."

Dio drehte sich zu ihr und bemerkte ihren besorgten Blick. Vielleicht würde sie Mitleid mit ihm haben, wenn er lange genug bettelte. „Sophia, wir sind befreundet, richtig?"

Sie nickte und setzte sich. Dio gesellte sich zu ihr an den Tisch.

„Würdest du mir dann bitte zuhören?"

„Sicher."

„Geh nicht auf ihn ein!", warnte Triton, als er den Fisch auf den Grill legte.

„Mal sehen, was er zu sagen hat. Also, los!"

„Danke. Also, wie ich schon sagte, geriet ich in eine Kneipenprügelei –“

„Das klingt nach dir“, unterbrach ihn Triton.

Sophia warf ihm einen scheltenden Blick zu, den Triton mit einem Schulterzucken beantwortete.

„Jemand hat mich zusammengeschlagen, ich bin ohnmächtig geworden und habe mir vermutlich den Kopf angeschlagen, denn als ich aufwachte, hatte ich keine Ahnung, wer ich war oder was passiert war. Glücklicherweise war meine Verlobte Ariadne da. Sie hat mich wieder zusammengeflickt und nach Hause gebracht. Wenn sie nicht da gewesen wäre, hätte ich nicht einmal gewusst, wo ich wohne.“

Dio lächelte in sich hinein. Bei den Göttern, er war so dankbar, dass sie sich um ihn gekümmert hatte.

„Alles, was ich über mich weiß, ist das, was sie mir über mich erzählt hat. Sie hat sogar dafür gesorgt, dass meine Chefin wusste, dass es mir nicht gut ging. Sie hat mich bei der Arbeit entschuldigt.“

Sophias Mund blieb offen stehen. „Deine Chefin? Dio, du arbeitest doch nicht!“

„Natürlich arbeite ich. Ich bin Kellner in diesem kleinen Restaurant in der Innenstadt. Es heißt –“

„Kellner?“ Mit der Grillzange in der Hand näherte sich Triton dem Tisch. „Du arbeitest als Kellner?“

Dio nickte, peinlich berührt. Er fühlte sich wie ein Niemand, zuzugeben was er machte. „Im Moment ja. Aber ich glaube, ich kann vielleicht etwas anderes machen und etwas Besseres finden, weißt du, vielleicht einen Management-Job oder so.“

„Sag mal, was hast du in den letzten paar Tagen getan?“, fragte Triton mit einem seltsamen Ausdruck auf seinem Gesicht.

„Hauptsächlich gearbeitet. Ich musste während der letzten Tage sowohl die Mittags- als auch die Abendschicht arbeiten. Heute muss ich nur die Abendschicht arbeiten, deshalb hatte ich Zeit, vorbeizukommen.“

Triton nickte Sophia zu. „Ich glaube, er sagt die Wahrheit.“

„Das befürchte ich auch“, stimmte sie zu.

„Das ist nicht gut.“

Dio hob seine Arme. „Was ist daran nicht gut, dass ich die Wahrheit sage?“

„Willst du’s ihm sagen, oder soll ich?“, meinte Sophia.

„Agapi mou, das benötigt mehr Fingerspitzengefühl als ich besitze“, gab Triton zu und kehrte zum Grill zurück, um den Fisch herunterzunehmen.

Sophia griff nach Dios Hand und drückte sie. „Wenn das, was du uns erzählt hast, wahr ist, dann stehen wir vor einem großen Problem. Was Triton dir gesagt hat, ist die Wahrheit: Du bist der Gott des Weines und der Ekstase, und wenn du dein Gedächtnis verloren hast und deine Pflichten als Gott nicht erfüllen kannst, wird sich ein Ungleichgewicht in der Welt einstellen. Die

Trauben werden absterben, und der Wein wird sich in Essig verwandeln. Wir müssen dafür sorgen, dass du dich wieder erinnerst, wer du bist."

Triton stellte die Platte mit den gegrillten Meeresfrüchten in die Mitte des Tisches und setzte sich. „Ich hätte es nicht besser erklären können."

Dio schüttelte den Kopf. Er war ein Gott? Unmöglich. „Götter gibt es nicht." Was für komische Hippies waren die beiden denn?

„Oh doch. Aber die Sterblichen wissen das nicht."

„Und was seid ihr zwei?", wollte Dio nun wissen, immer noch nicht in der Lage, die Informationen zu verdauen. Es musste eine andere Erklärung geben.

„Sophia ist sterblich, aber ich bin der Gott der Seeleute und Matrosen. Poseidon ist mein Vater."

Der Name klang vertraut, aber Dio schrieb es der Tatsache zu, dass er wahrscheinlich Mythologie oder Geschichte studiert hatte, und wenn er bedachte, dass er Griechisch sprach, war es nicht ungewöhnlich, dass er den Namen kannte. „Tut mir leid, Triton, aber ich kann nicht glauben, was du da sagst. Es ist unmöglich. Ich bin ziemlich zusammengeschlagen worden und habe mein Gedächtnis verloren. Das ist alles, was ich weiß. Aber ich bin kein Gott."

Triton legte ein paar Fischstücke und Garnelen auf seinen Teller und lud ihn dann mit Salat voll. „Iss!"

Dio füllte seinen Teller und begann zu essen. Nur weil er die Geschichten der beiden nicht glaubte, bedeutete das nicht, dass er hungrig bleiben musste.

„Nachdem du zusammengeschlagen wurdest, da hat dein Gesicht doch ziemlich ramponiert ausgesehen, oder?", fragte Triton.

Dio fand die Frage seltsam, antwortete aber trotzdem. „Mein Auge war geschwollen, und ich hatte eine aufgeplatzte Lippe und ein paar Prellungen."

„Und am nächsten Morgen?" Triton zwinkerte seiner Frau zu. „Lass mich raten: Dein Gesicht sah makellos aus."

Dio schob unwillkürlich seinen Stuhl zurück und ließ seine Gabel auf den Teller fallen. „Woher weißt du das?" Dann beugte er sich wieder vor und nahm seine Gabel in die Hand. „Ich nehme an, es war nicht ganz so schlimm, wie ich zuerst dachte. Ich heile wahrscheinlich schnell." Das hatte er sich an jenem Tag auch eingeredet, obwohl er die Situation seltsam gefunden hatte.

„Bei Göttern heilen Verletzungen innerhalb weniger Stunden. Zumindest bedeutet das, dass du trotz deiner Amnesie immer noch deine göttlichen Kräfte besitzt."

Das würde die Sache erklären, jedoch war das nicht Beweis genug für Dio. „Vielleicht. Aber ich könnte auch ein ganz normaler Mensch sein, der schnell heilt."

„Du willst Beweise?"

„Glaubst du wirklich, dass ich dir deine fantastische Geschichte ohne Beweise abkaufen würde?“ Dio schob ein Stück Tintenfisch in den Mund und kaute. “Übrigens, gutes Essen!”

„Habe alles heute Morgen gefangen.“

„Du angelst?“

Triton grinste. „Ich tauche.“

Sophia kicherte. „Triton liebt es, Fische mit der Hand zu fangen.“

Das war eine weitere Lügengeschichte, dessen war Dio sich sicher. Dieses Paar wurde von Minute zu Minute dreister mit seinen Behauptungen. „Na klar!“

„Oh, wir haben den Wein vergessen“, meinte Sophia plötzlich. „Triton, kannst du mal?“

„Dio hätte ihn bringen sollen“, wehrte Triton ab.

Dio schob seinen Stuhl zurück. War es nicht unhöflich, einen Gast zu bitten, wie ein Lakai Dinge zu holen? Er wollte gerade aufstehen, als Triton seine Hand auf seinen Arm legte und ihn zurückhielt.

„Kein Grund aufzustehen. Hol einfach die Flasche!“

Verwirrt starrte Dio ihn an. „Genau das hatte ich ja vor. Also, wenn du nichts dagegen hast.“ Er warf einen kritischen Blick auf Tritons Hand, die noch immer auf seinem Unterarm lag.

„Benutze deine Kräfte!“ Triton blickte kurz im Garten umher. „Wir sind alleine. Es ist sicher.“

Dio hatte genug von diesem Spiel. „Was für verdammte Kräfte?“

„Du kannst die Flasche herzaubern. Stell dir nur vor, dass sie hier ist, und sie wird erscheinen.“

„Ich kann mir nicht einfach etwas wünschen und –“ Dio hielt inne. In der Nacht nach seiner Sauftour hatte er sich Essen gewünscht und plötzlich hatte er eine Platte mit Köstlichkeiten in seiner Küche vorgefunden. Hatte er das getan? War es doch keine Halluzination gewesen?

„Also erinnerst du dich ...“

Bei Tritons Worten fuhr Dio von seinen Gedanken hoch. „Nein, ich erinnere mich nicht, aber etwas Seltsames ist vor ein paar Tagen geschehen. Ich wollte etwas zu essen haben. Und ich dachte, ich sah es aus dem Nichts erscheinen. Aber es kann nicht echt gewesen sein. Ich hatte einen Kater und habe es mir vermutlich nur eingebildet.“

„Du hast es hergezaubert, ohne zu wissen, was du getan hast. Tu es jetzt! Bring uns die Flasche, denn ich brauche jetzt was zu trinken.“ Triton nickte ihm aufmunternd zu.

„Es wird nicht funktionieren.“ Trotz seiner Worte tat Dio, was Triton vorgeschlagen hatte. Er dachte an die Flasche Französischen Chardonnay, die er in der Küche gesehen hatte und stellte sich vor, dass sie auf dem Tisch stand.

Wie aus dem Nichts tauchte die Flasche plötzlich direkt vor ihm auf. Dio fiel fast von seinem Stuhl, aber Tritons Hand beschwichtigte ihn. „Scheiße! Habe ich das getan?“

Triton grinste und zeigte dabei seine weißen Zähne. „Glaubst du mir jetzt?“

Hatte er eine andere Wahl? „Scheiße! Ich bin wirklich ein Gott.“

20

Dionysos beobachtete, wie Triton in der Wohnung auf der zweiten Etage der Pension auf und ab ging. Sophia hatte sich entschuldigt, um sich um ankommende Gäste zu kümmern. Der private Bereich war modern, gleichzeitig jedoch warm und gemütlich eingerichtet mit einem nautischen Motiv, das sich in allen Zimmern wiederholte. Die Wohnung war nicht groß, aber da das Paar wahrscheinlich die meiste Zeit in den unteren Etagen mit den Gästen verbrachte, war ein kleiner privater Rückzugsbereich alles, was sie brauchten.

„Ich glaube, wir können die Möglichkeit, dass du dein Gedächtnis verloren hast, weil du dir den Kopf angeschlagen hast, ausschließen."

„Aber ich habe mir wahrscheinlich wirklich den Kopf angeschlagen", protestierte Dio.

„Was aber nicht zu einer Amnesie führen würde. Ein Gott kann nicht einfach so verletzt werden. Wir sind immun gegen die Krankheiten der Sterblichen."

„Aber ich habe geblutet." War das nicht eine Verletzung eines Sterblichen?

„Wir bewohnen sterbliche Körper, die wie alle anderen Körper funktionieren. Also bluten wir, essen wir, trinken wir und unser Bart wächst. Aber wir sind in der Lage, diese Körper mit unseren göttlichen Kräften zu heilen. Jede Verletzung ist nur temporär", erklärte Triton.

„Aber was ist dann mit mir los?" Ein Gott zu sein klang cool, aber was nützte es ihm, wenn er sich an nichts aus seinem Leben oder auch an nichts, wozu er in der Lage war, erinnern konnte?

„Wir werden dahinter kommen."

Dio nickte und rieb sich seinen Nacken. „Wie ist es, ein Gott zu sein?"

Triton schmunzelte. „Du liebst es."

Er konnte nicht verhindern, dass ein Grinsen auf seinen Lippen erschien. „Wirklich?"

„Kein anderer hat so viel Spaß als Gott wie du."

„Der Gott des Weines, Wahnsinn!" Dann erinnerte er sich an etwas. „Ich nehme an, das bedeutet, dass ich kein Alkoholproblem habe, oder?"

„Warum – um Hades' willen – solltest du ein Alkoholproblem haben?"

„Ariadne, meine Verlobte, glaubt es. Sie hat mich zu einem Treffen der Anonymen Alkoholiker geschleppt und –"

Tritons Lachen unterbrach ihn. „Also bei dem, was du sagst, sind zwei Dinge grundlegend falsch: Zuerst einmal gehörst du nicht in ein AA-Treffen, und zweitens hast du keine Verlobte.“

Dios Körper versteifte sich. „Der Aussage mit den Anonymen Alkoholikern stimme ich schon zu, aber Ari und ich, wir lieben uns.“ Und darüber gab es nichts zu diskutieren.

„Lieben?“ Triton trat einen Schritt näher und schüttelte den Kopf. „Dio, ich bin dein Freund, also nimm mir nicht übel, was ich dir jetzt sage, aber du hast noch nie jemanden außer dich selbst geliebt.“

„Nein!“ Er liebte Ariadne, und niemand konnte ihn vom Gegenteil überzeugen.

„Und ich garantiere dir, dass du nicht verlobt bist. Wer auch immer diese Ariadne ist, sie ist eine Betrügerin.“

Seine Ari log ihn an? Nein, das konnte er nicht glauben. Er *wollte* es nicht glauben. „Wenn du versuchst, einen Keil zwischen mich und Ari zu treiben, dann sind wir keine Freunde mehr. Hast du das verstanden?“ Er starrte Triton an, um ihm zu verstehen zu geben, dass er sie nicht aufgeben würde. Es musste sich um ein Missverständnis handeln, das sich schnell klären würde.

„Wir sind Freunde seit wir Kinder waren, und du lässt eine Frau zwischen uns kommen? Willst du, dass ich dir sage, wer du bist?“ Triton wartete nicht auf Dios Reaktion. „Du bist der schlimmste Frauenheld, den diese Welt je gesehen hat. Du bist schlimmer als ich war, bevor ich Sophia kennengelernt habe. Du verbringst jede Nacht mit einer anderen Frau. Du hast eine strikte Nur-für-eine-Nacht-Regel. Soll ich fortfahren?“

Dio wich ein paar Schritte zurück und stützte sich an der Wand hinter sich ab. Er schüttelte den Kopf. Triton fuhr dennoch fort: „Du hattest noch nie eine Beziehung. Alles, was dich interessiert, ist die Eroberung. Sobald du eine Frau im Bett hast, hast du bereits das Interesse an ihr verloren.“

„Du musst Unrecht haben!“ Er wollte nicht die Person sein, die sein Freund so ausführlich beschrieb. Er wollte nicht so ein Scheißkerl sein.

Triton schenkte ihm ein trauriges Lächeln. „Dio, du bist wer du bist. Das bedeutet nicht, dass du dich nicht ändern kannst. Aber der Dio, der letzte Woche bei meiner Hochzeit war, war die Person, die ich beschrieben habe. Dass du eine Verlobte hast, ist nicht möglich. Du kannst dich nicht in einer Woche um hundertachtzig Grad geändert haben.“

„Aber ich fühle mich nicht so, wie du mich beschreibst. Ja, der Wein und das alles schon. Da hast du schon recht. Ich fühle eine tiefe Verbindung zu Wein. Als ich in Ariadnes Weinhandlung war, fühlte ich mich wie zu Hause. Ich spürte, wie die Flaschen zu mir sprachen. Es war das seltsamste Gefühl, das ich je hatte.“ Dio erinnerte sich, wie er sich sofort wohl gefühlt hatte, als er den Laden betreten hatte. „Aber der Rest, es tut mir leid, der Rest deiner Geschichte klingt einfach nicht nach mir.“

„Wenn du dich an dein Leben erinnern könntest, würdest du wissen, dass ich die Wahrheit sage." Triton hielt einen Moment inne, um etwas zu überdenken. „Wir müssen irgendwie dein Gedächtnis wiederherstellen. Ich glaube, wir brauchen Unterstützung." Dann hob er seinen Kopf. „Hermes, beweg deinen Arsch hier runter! Es ist dringend!"

Einen Augenblick später erschien ein Mann wie aus dem Nichts in der Mitte des Zimmers. Dio fühlte, wie ein Adrenalinstoß durch seinen Körper schoss und sein Herz wie ein Presslufthammer hämmerte. Eines Tage würde er wegen dieser Typen noch einen Herzinfarkt bekommen.

Der Mann, vermutlich Hermes, trug das lächerlichste Outfit, das Dio jemals gesehen hatte: eine weiße Tunika, die bis zu seinen Knien reichte und mit einem goldenen Gürtel zusammengehalten wurde. An den Füßen trug er Sandalen. Dio schaute genauer hin: Waren dies Flügel an seinen Sandalen? Er blinzelte, fokussierte seine Augen noch einmal darauf, aber die Flügel blieben, wo sie waren – an den Sandalen dieses Kerls.

„Hey, Triton, Dio, was ist so dringend? Ich habe mich nicht mal umziehen können."

„Wir haben ein Problem: Dio leidet unter einer Amnesie."

Bei Tritons Ankündigung warf Hermes Dio einen überraschten Blick zu. „Du willst mich wohl verarschen!" Dann machte er einen Schritt auf ihn zu. „Ist das einer seiner Witze?"

Triton schüttelte den Kopf. „Nein. Er weiß wirklich nicht, wer er ist."

Dio stemmte seine Hände in die Hüften, darüber verärgert, ignoriert zu werden. „Hey Leute, ich bin im gleichen Raum wie ihr!"

Hermes warf ihm einen amüsierten Blick zu. „An seinem Benehmen hat sich allerdings nichts geändert."

War er wirklich mit diesem komischen Kerl befreundet? Er sah aus, als ob er ein Kleid trüge.

„Hey, Dio, ich kann förmlich sehen, was du denkst. Aber als Götterbote ist das eben mein Outfit." Er blickte auf seine Tunika und die Sandalen. „Glaub mir, du siehst in deiner Tunika auch nicht männlicher aus!" Dann schnippte er mit seinen Fingern und, voilà, er war in Jeans und T-Shirt gekleidet.

Dio schreckte nochmals zurück. „Verdammt! Ihr müsst mit diesem Scheiß aufhören!"

Hermes wechselte einen Blick mit Triton. „Er hat wohl wirklich sein Gedächtnis verloren."

„Irgendwelche Ideen, was wir dagegen tun können?", erwiderte Triton mit einer Gegenfrage.

„Du hast den richtigen Gott gerufen!" Hermes grinste. „Ich nehme an, dass Dio einen der Olympier verärgert hat und bestraft worden ist. Wir brauchen nur herauszufinden, wen."

„Was ist ein Olympier?", fragte Dio und fühlte sich dumm, weil er nicht wusste, wovon Hermes sprach.

„Ein Gott erster Klasse“, antwortete dieser. „Es gibt zwölf davon.“

„Bin ich einer von denen?“

Hermes lachte. „Das hättest du wohl gerne. Aber ich bin einer von ihnen, also dürfte ich in der Lage sein, das wieder rückgängig zu machen, was dir ein anderer Olympier angetan hat. Sofern unser lieber Vater seine Hände nicht im Spiel hat. Sonst sind wir aufgeschmissen.“

„Von wessen Vater redest du?“

„Von unserem.“ Hermes deutete auf sich und Dio.

„Wir sind Brüder?“ Dio ließ seinen Blick nochmals über Hermes schweifen. Der Kerl mit den geflügelten Sandalen war sein Bruder? Bizarr!

„Halbbrüder.“ Dann zwinkerte er ihm zu. „Und dicke Freunde.“

Wenn er ehrlich mit sich selbst war, musste Dio zugeben, dass ihm der Kerl fast genauso sympathisch war wie Triton. „Wie viele gute Freunde habe ich denn?“

„Drei: Triton, Eros und mich.“

Neugierig fragte er: „Und dieser Eros, was für ein Gott ist er?“

Triton grinste. „Die Römer nennen ihn Amor. Er ist der Gott der Liebe und wahrscheinlich gerade damit beschäftigt, seine Pfeile auf ahnungslose Sterbliche zu schießen.“

Dio schüttelte den Kopf. „Jungs, ich bin einfach total sprachlos. Ich meine, ich glaube euch. Wie könnte ich jetzt noch zweifeln, wo Hermes einfach so hier hereingeschneit ist? Aber das bringt mich auch nicht weiter bei meiner Suche, herauszufinden, wer ich bin.“

Hermes nickte, und sein Gesicht war nun ernst. „Okay, lasst uns die Fakten durchgehen. Triton, was sind die Fakten?“

„Er wurde in einer Bar verprügelt ...“

„Sonst noch was Neues?“, unterbrach Hermes ihn.

War er wirklich ständig in Prügeleien verwickelt? Dio fragte sich, was für ein Kerl er war, wenn er sich ständig mit anderen schlagen musste. Was hatte er zu beweisen?

„Und als er das Bewusstsein wiedererlangt hatte, konnte er sich an nichts erinnern. Seine sogenannte Verlobte hat ihn wieder zusammengeflickt.“

„Verlobte?“ Hermes warf ihm einen fassungslosen Blick zu.

Dio zuckte mit den Schultern. Er hatte diese Sache Triton bereits erklärt. „Fang du nicht auch noch damit an. Triton hat mir schon die Leviten gelesen.“

„In Ordnung. Später dann. Zurück zu den Fakten. Ich habe dich zuletzt bei der Hochzeit gesehen, und dort hast du mir von dieser Braut erzählt, mir der du es in jener Nacht treiben wolltest.“

Er wollte es mit jemandem treiben? Hatte er sich wirklich so derb ausgedrückt oder übertrieb Hermes? „Aber Ari und ich ... Ich meine, ich würde sie nie betrügen.“ Der Gedanke alleine war empörend.

Hermes rollte mit den Augen und deutete dann auf Triton. „Wenn du mir hinterher nicht die ganze Geschichte erzählst, werde ich ihm jetzt sofort seinen Hals umdrehen."

Tritons Lippen zuckten in einem unterdrückten Lächeln. „Einverstanden, wenn du ihn wieder normal machen kannst."

„Normal?", protestierte Dio. „Ich bin normal."

„Nein, bist du nicht", antworteten seine Freunde einstimmig.

Dio ignorierte ihren Hieb. „Habe ich noch etwas anderes bei der Hochzeit gesagt?"

„Nur, dass du mit ihr Schluss machen wolltest, sobald du sie im Bett gehabt hättest." Hermes legte seine Finger an die Lippen. „Hmm. Das erinnert mich daran, dass sich Hera in unserer Nähe aufgehalten hat." Er blickte Triton an. „Glaubst du, sie könnte Dio belauscht und beschlossen haben, ihm einen Strich durch die Rechnung zu machen?"

„Wie wir nur allzu gut wissen, hasst sie ihn wie die Pest. Sie wäre auf jeden Fall dazu fähig."

Hermes nickte zustimmend. „Und als eine Olympierin verfügt sie über genügend Kräfte, Dio das Gedächtnis zu rauben, ohne dass er etwas dagegen tun könnte."

„Und die anderen Olympier? Zeus war auch anwesend."

„Er war viel zu sehr damit beschäftigt, Francesca zu verführen. Poseidon war auch bei deiner Hochzeit."

Tritons Protest kam sofort. „Mein Vater würde so etwas nie tun!"

„Und Apollo?"

„Er war zu sehr damit beschäftigt, einer der Kellnerinnen nachzusteigen."

„Du hast recht. Es muss Hera gewesen sein. Wenn jemand wirklich rachsüchtig ist, dann sie." Hermes warf Dio einen Seitenblick zu. „Unsere Stiefmutter ist eine kaltherzige –"

„Sag es lieber nicht!", riet ihm Triton. „Wir wollen ihr ja keinen Grund geben, hier runterzukommen. Kannst du wieder rückgängig machen, was sie getan hat?"

Dio trat einen Schritt auf Hermes zu. „Kannst du das?"

„Natürlich." Ein Hauch von Selbstvertrauen lag in seiner Stimme, was Dio erleichtert aufatmen ließ. Bald würde er sich wieder an seine Vergangenheit erinnern, und seine Welt würde wieder in Ordnung sein. Dann würde er nur noch seine Freunde davon überzeugen müssen, dass er verliebt war, und er würde ihnen Ariadne vorstellen. Und alles würde perfekt sein.

„Also dann." Hermes ging auf Dio zu und blieb einen Schritt vor ihm stehen. Dann legte er seine Hände auf Dios Kopf und schloss die Augen.

Ein seltsames Gefühl der Wärme überkam ihn, als Energiestrahlen von Hermes' Fingerspitzen in Dionysos' Schädel drangen. Zuerst kämpfte er gegen die Invasion an, doch dann beruhigte ihn sein Freund mit sanfter Stimme. „Sachte, sachte. Lass dich einfach fallen!"

Dio zwang sich, sich zu entspannen und ließ die Starre aus seinen Schultern fließen, die sich gebildet hatte. Elektrische Spannung infiltrierte seinen Kopf und ergriff seinen Körper und Geist. Als Dunkelheit über ihn hereinbrechen wollte, tauchte plötzlich ein weißes Licht auf, kämpfte gegen das Dunkle an und drängte es schließlich zurück.

Dio riss die Augen auf. „Dieses verdammte Miststück!"

21

Dio kochte vor Wut. „Ich werde Hera den Kopf abreißen und ihn den Gorgonen zum Fraß vorwerfen!“

„Ich glaube, es hat funktioniert.“ Hermes grinste. *„Und vielen Dank auch, Hermes, für die Wiederherstellung meiner Erinnerung“,* sagte er voller Sarkasmus. *„Aber natürlich, Dionysos, war doch gar nicht der Rede wert.“*

Dio blickte seinen Freund an und vergaß für einen Augenblick seine Wut. Dann umarmte er ihn. „Danke! Was würde ich ohne euch tun?“ Er blickte über Hermes’ Schulter zu Triton. „Ohne euch beide.“

„Schön, dich wieder zu haben.“ Triton lächelte ihn an.

Er ließ Hermes los und konzentrierte sich wieder auf das Wesentliche. „Ich werde es Hera heimzahlen!“ Er erinnerte sich an jede einzelne Sekunde ihres Gespräches auf dem Parkplatz, wie sie ihn getadelt hatte, weil er Ariadne so mies behandelt hatte.

Ariadne!

„Ach, Scheiße!“ Die Wahrheit rammte ihn wie ein überladener Güterzug. „Dieses hinterhältige ... durchtriebene ... raffinierte ...“

„Ich glaube, das hast du bereits gesagt“, stellte Hermes trocken fest.

„Nicht Hera!“ Dio machte eine ungeduldige Handbewegung. „Ariadne. Meine *Verlobte*.“ Verlobte, von wegen! „Ich bin – verdammt noch mal – nicht verlobt!“

„Genau, wie ich es mir gedacht habe“, stimmte Triton zu. „Also, was hat es mit ihr auf sich?“

„Sie war diejenige, mit der ich es ... du weißt schon ...“ *Treiben wollte*, hatte er sagen wollen, konnte es aber nicht. Dio nahm eine Verschnaufpause und ließ sich auf das Sofa fallen. Ariadne hatte ihn angelogen. Nicht nur waren sie nicht verlobt, sie hatten auch schon Sex gehabt – ziemlich einmaligen Sex, an den er sich jetzt deutlich erinnerte. Sie hatten keine Abstinenz geübt, wie sie versuchte hatte, ihn glauben zu machen.

Warum – zum Hades – hatte sie all dies erfunden? Er hatte in jener Nacht mit ihr Schluss gemacht, also warum hatte sie sich danach überhaupt noch um ihn geschert? Er hatte sie verlassen, weil sie ohne ihn besser dran war. Zumindest hatte er das damals gedacht. Aber er war es falsch angegangen. Er hatte zu ihr gehen wollen, um ihr seine Gründe darzulegen, als ...

„Sie hat diese beiden Schlägertypen auf mich gehetzt, um mich zu verprügeln.“ Warum hatte sie das getan? Hatte sie es so eingerichtet, damit sie hinterher Krankenschwester spielen konnte, in der Hoffnung, dass er sich dann in sie verliebte?

„Wer? Hera?“, fragte Hermes verwirrt.

„Halte doch mit! Ariadne natürlich.“

Hermes schmunzelte. „Deine Verlobte hat dich verprügeln lassen?“

Dio starrte seinen Freund an und biss die Zähne zusammen. „Sie ist nicht meine verdammte Verlobte!“

„Vor zehn Minuten war sie es aber noch.“

Dio schoss von seinem Sitz hoch und stürzte sich auf Hermes, drückte ihn an die Wand und hielt ihn dabei an der Kehle fest. „Noch ein dummes Wort aus deinem Mund, und ich wische dir dein idiotisches Grinsen aus dem Gesicht. Aber auf Dauer!“ Es war schon schlimm genug, mit seinen eigenen Emotionen, die in ihm miteinander kämpften, zurechtkommen zu müssen. Er war nicht auch noch in der Stimmung, seine Handlungen vor seinen Freunden zu rechtfertigen.

„Dio, lass ihn los!“, befahl Triton gelassen. „Wir wissen doch, auf wen du wirklich wütend bist, und das ist nicht Hermes.“

Dio lockerte seinen Griff. „Entschuldige.“

Hermes gab ihm einen Schubs und stieß sich von der Wand ab. „Du warst viel netter, als du dich nicht erinnern konntest, wer du bist.“

Dio blieb wie angewurzelt stehen. War es wahr, dass er ein netterer Kerl gewesen war, als er unter Amnesie gelitten hatte? Oder hatte Ariadne versucht, ihn in einen Schoßhund zu verwandeln? „Wenn sie denkt, sie kann aus mir eine vernarrte Fußmatte machen, dann wird sie eine Überraschung erleben.“

„Von wem reden wir jetzt?“, fragte Hermes und zog sein T-Shirt gerade.

„Von der Frau, die Dio eingeredet hat, dass er verlobt ist, und wenn ich mich richtig erinnere, hat er auch behauptet, dass er in sie verliebt ist.“ Triton lehnte sich lässig an den Fensterrahmen.

„So eine Scheiße!“, protestierte Dio vielleicht ein bisschen zu laut, um zu verbergen, was hinter seinem Ausbruch wirklich lauerte. „Ich bin nicht in diese Frau verliebt, diese verdammte, hinterlistige, lügnerische ...“ Verdammt heiße, sexy Verführerin. „... Frau.“ Er nahm einen tiefen Atemzug. „Wie konnte sie es wagen, mich so anzulügen? Was habe ich ihr denn getan, das eine solche Doppelzüngigkeit rechtfertigten würde?“ Er kochte vor Wut. „Oh ja, ich gebe ihr eine Hochzeit! Aber ohne Bräutigam!“

Er bemerkte, wie Hermes und Triton wissende Blicke austauschten. „Was wollt ihr von mir?“

Hermes räusperte sich. „Wenn sie die Frau ist, mit der du in der Nacht von Tritons Hochzeit Sex hattest, dann glaube ich, warst du derjenige, der geplant hatte, am nächsten Morgen mit ihr Schluss zu machen.“

„Ja, natürlich!“ Er ging nie Beziehungen ein. Jeder wusste das. Ein kleiner Knäuel aus Schuld bildete sich in seinem Magen und arbeitete sich Richtung

Norden vor. Aus Ariadnes Reaktion am Tag, nachdem sie miteinander geschlafen hatten, konnte er nun schließen, dass sie sich dessen nicht bewusst gewesen war. Nein, sie hatte angenommen, dass das, was zwischen ihnen war, andauern würde.

„Sie hätte es wissen sollen.“ Aber es lag keine Überzeugung in seinen Worten, da die Erinnerungen an jene Nacht noch immer an ihm nagten. Mit ihr hatte er etwas gefühlt. Eine Nähe, die er genossen hatte, eine Wärme, von der er mehr wollte. Aber anstatt sich diesen Gefühlen zu stellen, hatte er die fremden Emotionen verscheucht und mit Ariadne Schluss gemacht. Was für ein herzloser Bastard er doch war.

„Ich vermute, sie dachte, dass sie sich dafür an dir rächen könnte, nachdem ihr klar wurde, dass du unter Amnesie leidest.“

Dio nickte langsam, dann ließ er sich zurück aufs Sofa fallen. Jetzt ergab das alles einen Sinn. Kein Wunder, dass sie nicht mit ihm schlafen wollte. „Sie hat mir gesagt, dass wir abstinent bleiben wollten.“

Triton und Hermes rissen ihre Köpfe zu ihm herum und starrten ihn ungläubig an. „Abstinent?“, fragten sie gleichzeitig.

Dio nickte grimmig. „Als ich unter Gedächtnisschwund litt, hat sie versucht, mich davon zu überzeugen, dass wir vereinbart hätten, bis zu unserer Hochzeit keinen Sex zu haben.“

„Schlau!“ Hermes schlug sich auf den Oberschenkel.

„Wenn das nicht Strafe genug ist, dann weiß ich auch nicht.“ Triton konnte sein Grinsen nicht unterdrücken.

„Ich glaube, sie hatte ihren Spaß.“ Hermes setzte sich in den Sessel gegenüber von Dio und legte die Füße auf den Wohnzimmertisch. „Kann man ihr wirklich nicht verübeln.“

„Wirklich nicht?“ Dio neigte seinen Kopf zur Seite. „Und die Tatsache, dass sie mir eingeredet hat, dass ich als Kellner in einem Restaurant arbeite? Weißt du, wie hart dieser Job ist? Meine Füße sind wie tot!“

„Du, ein Kellner? Das muss ich sehen!“ Dann warf Hermes Triton einen Blick zu. „Ich mag die Frau. Ich mag sie sogar sehr!“

„Auf wessen verdammter Seite stehst du eigentlich?“ Sollten seine sogenannten Freunde nicht ihm zustimmen? Ari hatte ihn gedemütigt, und Triton und Hermes lachten jetzt auf seine Kosten.

„Hör zu, Dio“, meinte Triton gelassen. „Lass uns diese Sache einfach hinter uns bringen. Ich rufe Eros und dann gehen wir vier heute Abend aus und amüsieren uns über die ganze Sache. Alles ist wieder in Ordnung.“

In Ordnung? Hatten die zwei denn keine Ahnung? Nichts war wieder in Ordnung. Die Frau, von der er geglaubt hatte, dass er sie liebte, war ein Lügnerin und Betrügerin. Sie hatte sich über ihn lustig gemacht und sich hinter seinem Rücken sicherlich tot gelacht, wahrscheinlich mit Natalie aus dem Restaurant, denn diese musste davon wissen, da sie ja vorgegeben hatte, dass

Dio dort arbeitete. Und seine Freunde erwarteten jetzt von ihm, dass er die Sache auf sich beruhen ließ?

„Ich kann heute Abend nicht ausgehen. Ich arbeite die Abendschicht im Restaurant.“

Hermes’ Kinnlade fiel herunter. „Hast du nicht gerade sehr deutlich gesagt, wie sehr du diesen Job hasst? Außerdem bist du ein Gott. Warum solltest du arbeiten wollen?“

Dio erhob sich von der Couch und ging zur Tür. „Wenn ich heute nicht zur Arbeit erscheine, wird Ariadne denken, dass etwas nicht stimmt.“

„Was – zum Hades – hast du vor?“, fragte Triton.

Dio warf einen Blick über seine Schulter. „Wenn ihr denkt, ich würde Ari einfach mit diesem Betrug davonkommen lassen, dann kennt ihr mich schlecht.“

Doch er konnte seinen Freunden gegenüber nicht eingestehen, dass er sich selbst nicht mehr kannte. Irgendwie hatte er sich verändert. Und im Moment wusste er nicht, wie er mit dem neuen Mann, der nun seinen Körper bewohnte, umgehen sollte.

22

Einen Tag später bat Dionysos Natalie um einen freien Abend. Er behauptete ihr gegenüber, dass er Ariadne mit einem selbst gemachten Abendessen überraschen wollte. Gemessen an dem Lächeln auf dem Gesicht seiner Chefin wurde ihm sein Verdacht bestätigt, dass Natalie an der ganzen Scharade beteiligt war. Die beiden mussten gut befreundet sein, wenn Natalie weiterhin vorgab, dass er in ihrem Restaurant Kellner sei. Also beschloss er, dick aufzutragen.

„Sie ist so lieb und unterstützt mich durch all dies hindurch so sehr", behauptete er. „Ich möchte ihr wirklich zeigen, wie dankbar ich ihr bin. Sie arbeitet zu hart, weißt du. Es ist an der Zeit, dass sie ihre Füße hochlegt und sich von jemandem bedienen lässt." Und wie er sie bedienen würde! Diese hinterhältige Frau würde heute Abend eine Kostprobe ihrer eigenen Medizin bekommen.

„Das ist so nett von dir." Natalie schmeichelte ihm fast schon zu sehr. „Warum können nicht alle Männer so wie du sein?"

Dio zwang seine Lippen, ein Lächeln zu formen. „Sie hat es verdient. Was würde ich nur ohne sie tun?" Ganz sicher würde er nicht als Kellner schuften oder für eine ganze Woche ohne Sex auskommen müssen!

Ganz zu schweigen von der Demütigung, die er erlitten hatte. Wenn einer der anderen Götter jemals erfuhr, was sie ihm angetan hatte, würden sie über ihn herziehen. Jeder auf dem Olymp würde sich vor Lachen am Boden wälzen. Und sie könnten ihrem Wortschatz ein neues Wort hinzufügen: Schadenfreude!

Als Dio nach der Mittagsschicht die Tür zu seiner Wohnung zuknallte, ließ er sich auf die Couch fallen. Er hatte viel zu tun. Er hatte Ari bereits auf dem Heimweg angerufen, um ihr mitzuteilen, dass er heute Abend mit ihr sprechen müsste. Sie hatte besorgt geklungen, aber er hatte nichts verraten.

„Diener!", rief er aus. Einen Bruchteil einer Sekunde später erschienen drei elfenhafte Feen in farbenfrohen Tuniken in seinem Wohnzimmer und verbeugten sich sofort vor ihm.

„Wir stehen zu deinen Diensten, oh mächtiger Gott Dionysos!", sagten die drei Feen im Chor.

Dio grinste. Das war schon besser. „Ich habe heute Abend einen ganz besonderen Gast. Räumt die Wohnung auf! Es soll alles makellos aussehen."

Die Diener verbeugten sich noch einmal und machten sich wie Derwische an die Arbeit. Ihre Bewegungen waren so schnell, dass Dio kaum sah, was sie taten. Wie durch Magie verschwanden Kleidung und Schuhe in Schränken Staubtücher wischten über Oberflächen; Zeitschriften und Zeitungen wurden fein säuberlich gestapelt und Kissen zurechtgeschüttelt, auch der Müll wurde aufgesammelt.

Die Feen waren für das menschliche Auge nur verschwommen wahrnehmbar, aber Dios überlegene Sehkraft war in der Lage, ihre Figuren zu erkennen. Obwohl er an die Diener gewohnt war, erstaunte ihn ihre Effizienz immer noch. Kein Wunder, dass diese Geschöpfe ausgewählt worden waren, die Diener der Götter zu sein. Jetzt, da sie um ihn herumwirbelten, merkte er erst, wie sehr er ihre Anwesenheit vermisst hatte.

Dio schloss seine Augen für ein paar Minuten und versuchte, seine Gedanken zu sammeln. Am Tag zuvor, als er mit Triton und Hermes zusammen gewesen war, hatte er vor Wut gekocht. Er war zu wütend gewesen, um ihnen richtig dafür zu danken, dass sie ihm geholfen hatten, sein Gedächtnis wiederzuerlangen.

„Oh mächtiger Gott Dionysos, welche anderen Aufgaben hast du für uns?“, fragten die Feen.

Dio öffnete seine Augen. „Deckt den Tisch für ein romantisches Abendessen. Ich will Blumen und Kerzen, die üblichen Sachen, die Frauen mögen.“

„Es soll geschehen.“

„Rote Rosen“, fügte Dio noch nachträglich hinzu.

„Wie du wünschst.“

Vor seinen Augen verwandelten die Diener den Esstisch zu einem Augenschmaus. Ein weißes Tuch bedeckte die Oberfläche. Silber-umrandete Teller wurden von glänzendem Besteck und Kristallgläsern eingerahmt. Rosenblätter waren auf dem Tischtuch ausgestreut worden, und zwei silberne Leuchter hielten rote Kerzen. Dio lächelte. Er hätte es selbst nicht besser machen können.

Als die Diener sich nochmals vor ihm verneigten, nickte Dio. „Sehr gut gemacht. Nun das Menü: Was schlagt ihr vor? Aphrodisierende Nahrungsmittel bitte.“

„Aphrodisierende Nahrungsmittel“, wiederholte eine Fee. „Spargel, Mandeln, Avocados, Bananen, Basilikum, Schokolade, Feigen –“

„Bereitet eine Vorspeise mit Avocados, dann ein mit gerösteten Mandeln verfeinertes Filet Mignon, das mit Spargel und einer Feigensoße serviert wird, und als Dessert eine Schokoladenmousse auf Bananen-Creme.“ Bei dem köstlichen Menü lief ihm schon selbst das Wasser im Munde zusammen.

Die Diener streckten ihre Arme aus, und einen Augenblick später erschienen mehrere Platten, die sie auf ihren Handflächen balancierten. Dio traf seine Auswahl. Es gab eine Schüssel mit Guacamole und daneben eine Platte mit perfekt geschnittenen Avocados, die mit einem dunklen Dressing beträufelt waren. Er deutete darauf. „Fügt etwas Basilikum hinzu und vergesst die Guacamole!“

Wie aus dem Nichts erschien fein gehackter Basilikum auf den Avocado-Scheiben, während der Guacamole-Teller verschwand.

Dann wandte er sich dem nächsten Teller zu. Das Filet sah perfekt aus. „Gut.“ Der Spargel daneben war geschält und gegrillt worden. „Sehr schön.“

Der Duft der Schokoladenmousse stieg ihm in die Nase. „Köstlich.“

Dann deutete er auf die Teller. „Serviert dies heute Abend um sieben Uhr! Unsichtbar bitte.“ Dann erinnerte er sich an etwas. „Und wenn ihr schon dabei seid, sorgt dafür, dass die Küche so aussieht, als hätte ich den ganzen Tag darin geschuftet. Das ist alles.“

Die Diener verbeugten sich und waren einen Augenblick später verschwunden.

Dio streckte seine Arme über seinen Kopf und gähnte. Einen romantischen Abend vorzubereiten war anstrengend. Jetzt brauchte ein erst einmal ein Nickerchen.

~ ~ ~

Als Ari Dios Wohnung betrat, sah es aus, als ob ein Blitzkrieg in seiner Küche stattgefunden hätte. Doch als ihr Blick auf den schön dekorierten Esstisch fiel, wusste sie sofort, warum er sie hergebeten hatte: Er wollte sie mit einem romantischen Abendessen verwöhnen. Und er hatte sogar selbst gekocht. Sie würgte ihre aufkommenden Schuldgefühle hinunter. Seit er niedergeschlagen worden war, hatte sie ihn belogen, und was machte Dio im Gegenzug? Er überhäufte sie mit Luxus wie einem selbst gekochten Abendessen. Sie sollte sich schämen. Wenn sie ihm jetzt alles gestand, würde er dann sehr wütend werden?

„Du siehst wunderschön aus.“ Dio drückte einen keuschen Kuss auf ihre Wange. „Es ist schon zu lange her, seit ich dich gesehen habe.“ Sein Arm schlang sich um sie und zog sie gegen seine Brust.

Bei dem Kontakt fühlte sie ihr Herz donnern. Er war so männlich und so kraftvoll und alles an ihm erinnerte sie an ihre gemeinsame Nacht, als ihre nackten Körper sich miteinander verbunden hatten. Hastig zog sie sich aus seinen Armen, damit sie sich nicht in eine läufige Hündin verwandelte.

„Das ist wunderschön.“ Sie ging ein paar Schritte auf den Esstisch zu. „Hast du das alles selbst gemacht? Für mich?“

Seine Schritte hallten auf dem hölzernen Boden wider, als er sich hinter ihr bewegte und seine Arme um ihre Taille schlang. „Ich wollte dich überraschen.“

Bildete sie sich das nur ein oder war seine Stimme noch tiefer und verführerischer als zuvor? Sie löste in ihr den Drang aus, sich an ihn zu lehnen und sich fallen zu lassen. „Das ist lieb von dir.“

„Ich hoffe, du hast Hunger."

Sie nickte, und er ließ sie schließlich los. Noch einen Moment länger, und seine Hände hätten sie zum Stöhnen gebracht. Warum sehnte sie sich plötzlich so sehr nach seiner Berührung?

Ari beobachtete, wie er hinter die Theke trat, die die Küche vom Wohn- und Essbereich trennte, und den Wein-Kühlschrank öffnete. Er nahm eine Flasche heraus und war dabei, sie zu entkorken, als ihr bewusst wurde, was er tat.

„Ich dachte, du würdest nicht mehr trinken." Die Worte waren heraus, bevor sie sie aufhalten konnte. Sie bemerkte, wie sich seine Schultern versteiften und bedauerte, dass sie diesen dummen Vorwand mit dem Alkoholproblem erfunden hatte. Hätte sie sich nicht eine andere Ausrede einfallen lassen können, warum sie nicht miteinander schlafen konnten?

„Der Wein ist für dich, nicht für mich." Er drehte sich zu ihr und lächelte. „Ich hoffe du magst Zinfandel."

Es war ihre Lieblingsrebsorte. Aber das war nicht der Grund, warum sie sich fühlte, als würden ihr jeden Moment die Tränen kommen. Dio war selbstlos, indem er ihr Wein anbot, obwohl er selbst keinen trinken würde. Er hatte wirklich angefangen, auf sie zu hören und ihre Wünsche zu respektieren.

Er schenkte ein Glas ein und reichte es ihr. Dabei streiften seine Finger die ihren und sandten einen elektrischen Schlag durch ihren Körper. „D-danke", stammelte sie.

Irgendwie war Dio heute Abend anders. Er schien mehr Selbstvertrauen zu haben, mehr von sich überzeugt zu sein. Sie fragte sich, ob es die Tatsache war, dass er sich mit seiner Amnesie abgefunden und beschlossen hatte, einfach damit zu leben. Es schien so, als ob er keine Sorgen auf der Welt hätte. Gleichzeitig war sein Blick intensiver, und sein Körper schien vor Energie regelrecht zu summen. Er war mehr wie der Dio, den sie zuerst kennengelernt hatte, der, in den sie sich verliebt hatte.

Sie hatte sich von seinem sicheren Auftreten und seiner Intensität angezogen gefühlt. Ein Teil seines Selbstbewusstseins schien wieder da zu sein, und obwohl sie sich Sorgen machte, dass er sich wieder in den gefühllosen Mann verwandeln würde, der er damals gewesen war, als er mit ihr Schluss gemacht hatte, fühlte sie sich trotzdem zu ihm hingezogen.

Beim Abendessen war Dio der perfekte Gastgeber. Und noch etwas anderes war erstaunlich. „Du bist ein toller Koch."

Er hob überrascht eine Augenbraue. „Willst du damit sagen, dass ich noch nie für dich gekocht habe?"

Sie schüttelte den Kopf und kaute auf dem Filet, erlaubte den verschiedenen Geschmacksrichtungen sich in ihrem Mund zu entfalten.

„In all den Monaten, die wir schon zusammen sind? Das kann ich kaum glauben."

Ari wich seinem prüfenden Blick aus und heuchelte Interesse an den Rosenblättern auf dem Tischtuch. „Du arbeitest immer so viel“, log sie. „Du hast nicht oft den Abend frei.“ Ein Knoten begann sich in ihrem Magen zu bilden, und das leckere Essen hatte nichts damit zu tun. Es war die Schuld, die an ihr nagte. Sie verhedderte sich mehr und mehr in ihren eigenen Lügen. Es würde nicht lange dauern, bis sie über eine davon stolpern würde und sich in ihrem eigenen Netz verfing.

„Das muss es wohl sein.“ Er legte seine Gabel auf seinen Teller, griff nach ihrer Hand und strich sanft mit seinem Zeigefinger über ihren Handrücken. „Ich verspreche, dass ich mir in Zukunft mehr Mühe geben werde. Außerdem koche ich gerne und wenn dir meine Zusammenstellungen wirklich schmecken, umso besser.“

Sein breites Lächeln reichte bis in seine Augen. Ari schluckte das letzte Stück Fleisch hinunter und zwang ein Lächeln auf ihre Lippen. Dio war der netteste Mann, und sie fühlte sich wie ein totales Miststück. Bestimmt hatte Dio seine Lektion inzwischen gelernt. Musste sie wirklich damit weitermachen? Und wem tat sie denn wirklich weh? Dio hatte keine Erinnerung an das, was er ihr angetan hatte. Sie verletzte damit nur sich selbst.

Gib jetzt nicht auf!, befahl die Stimme in ihrem Kopf. *Du hast ihn schon fast da, wo du ihn haben willst.*

Wo wollte sie ihn denn haben?

„Stimmt etwas nicht, Baby?“ Dios besorgte Stimme zog sie aus ihren Gedanken.

Sie schenkte ihm ein kurzes Lächeln. „Ich genieße nur das Essen so, dass ich einfach vor mich hin träume.“

„Und du hast noch nicht einmal das Beste probiert.“ Er stand auf und ging zum Kühlschrank, wo er zwei Teller herausnahm. Als er näher trat, erkannte sie die Speise darauf.

„Du hast dir die Mühe gemacht, *Mousse au Chocolat* zu machen?“ Ihr Mund blieb offen stehen, als sie die wunderschöne Schokoladencreme bewunderte.

„Alles selbst gemacht.“

Ihre Augen füllten sich mit Tränen. Wie konnte sie so gemein zu ihm sein, wenn er so lieb zu ihr war?

Dio stellte die Teller auf den Tisch und zog sie in seine Arme. „Schh, Baby, was gibt es denn da zu weinen?“

Ari schniefte. „Du bist so lieb.“

Er schmunzelte. „Natürlich, warum sollte ich denn nicht lieb zu meiner Verlobten sein?“ Dann hob er ihr Gesicht zu sich und strich mit seinen Lippen über ihre. „Sollen wir mit dem Nachtisch ein bisschen warten?“

Er wartete nicht auf ihre Antwort, sondern hob sie hoch und ging mit ihr zur Couch, wo er sich hinsetzte und sie in seinen Schoß zog. „Na, hat sich der Koch einen Kuss verdient?“

Ari nickte langsam. Ein Kuss konnte doch nicht schaden, oder? Und er hatte ihn verdient. Er war wahrscheinlich den ganzen Nachmittag mit der Vorbereitung des Abendessens beschäftigt gewesen. Das Mindeste, was sie tun konnte, war ihn zu küssen. Und außerdem waren sie verlobt, na ja, schein-verlobt.

Sie verschränkte ihre Hände hinter seinem Hals und hob ihren Kopf. „Danke für das Abendessen." Wenn sie gedacht hatte, dass dieser Kuss süß und kurz sein würde, dann hatte sie sich geirrt. In dem Moment, als ihre Lippen seine berührten, fühlte sie sich von seinem Geruch betäubt und wollte mehr.

Dio drückte sie gegen sich, seine Lippen fest und zugleich weich. Als er seinen Kopf zur Seite legte und sein Mund sich öffnete, verlor sie jeglichen Verstand und erlaubte ihm, den Kuss zu vertiefen. Seine Zunge leckte über ihre Lippen, sodass sie sie willig öffnete. Als er in sie eindrang und sie erforschte, erinnerte sie sich nur an eins: wie sie sich in jener Nacht geliebt hatten.

Er schmeckte vollkommen männlich, würzig und voller Kraft. Sein Atem war heiß und seine Zunge unerbittlich, als sie mit der ihren tanzte, ohne ihr eine Atempause zu gewähren. Aber sie begrüßte den Angriff auf ihre Sinne und ließ seine Essenz sie umhüllen.

Dios Hände streiften über ihren Rücken. Eine glitt höher und grub sich in ihr Haar, hielt die Rückseite ihres Kopfes, um sie näher an sich zu pressen, während die andere an ihrer Bluse zog, um sie aus ihrem Rock herauszuziehen. Als seine Hand unter den Stoff rutschte und die nackte Haut ihres Rückens berührte, keuchte Ari in seinen Mund.

Für einen Augenblick ließ er von ihr ab und seine Lippen schwebten so nahe über ihren, dass sie sich in Wahrheit nie von ihren trennten. „Bei den Göttern, fühlst du dich gut an!" Dann war sein Mund wieder auf ihrem, diesmal härter als zuvor, als ob er gerade erst erkannt hätte, wie gerne er sie küsste.

Seine Finger glitten unter ihren BH-Träger und strichen daran entlang, bis sie nach vorne wanderten, und sein Daumen die Unterseite ihrer Brust streichelte. Hitze flammte in ihr auf, als ob jemand sie in einen Ofen verwandelt hätte. Ihr Herzschlag verdoppelte sich, und ihr Atem ließ sie im Stich. Sie riss ihren Mund von seinem, um Luft zu holen.

„Ich liebe dich, Ari", bekundete Dio und strich mit seinem Daumen über ihre Brustwarze. Sie wurde sofort hart.

Ari schluckte Luft, als ob sie am Ertrinken wäre. Sie hatte diese Worte schon so lange von ihm hören wollen, und sie wollte sie glauben. Glaubte er wirklich, dass er sie liebte? Liebte er sie jetzt, wo er sich nicht an sein früheres Leben erinnerte? „Oh, Dio!"

Dio öffnete die Knöpfe ihrer Bluse und legte ihren BH frei. Dann beugte er seinen Kopf und küsste ihre Brustwarzen durch den hauchdünnen Stoff. Seine Zunge leckte über die harten Nippel und entlockte ihr ein ersticktes Stöhnen.

Er schob den Stoff ihres BHs beiseite, sodass seine Lippen auf ihre nackte Haut trafen. Er knabberte, saugte, leckte, erforschte, kostete, als ob er sich ein Abbild ihrer Brust machen wollte. Seine Hand eroberte ihren Busen und drückte sanft, als er mehr davon in seinen Mund zog. Gierig leckte er die Brustwarze, als ob er eine Kugel Eis schleckte. Seine andere Hand war nicht untätig.

Sie fühlte plötzlich, wie der Druck um ihren Brustkorb nachließ und erkannte, dass er ihren BH geöffnet hatte. Mit Leichtigkeit schob er den Stoff weiter nach unten und verschaffte sich mehr Zugang.

Ari hätte protestieren sollen, aber sie konnte kein einziges Wort herausbringen. Die Art und Weise, wie seine Lippen und Hände sie verehrten, verlangte ihre ungeteilte Aufmerksamkeit. Während er eine Brustwarze tief in seinen Mund saugte, spielten seine Finger mit der anderen und machten ihren Nippel so hart wie einen Diamanten.

Ihr ganzer Körper brannte vor Verlangen. Flammen schienen an ihrer Haut entlangzulecken, sie zu versengen, doch anstatt Schmerzen zu verspüren, spürte sie nur Vergnügen. Elektrische Ladungen rasten durch ihr Inneres, doch sie verletzten sie nicht, sondern machten ihren Körper schwindelig vor Ekstase.

Begierde ließ sie erbeben und die Nässe spüren, die sich zwischen ihren Beinen gebildet hatte. Sie wusste, was sie wirklich brauchte, wusste auch, dass Dio in der Lage war, ihr dies zu geben. Sie hatte noch nie solch sexuelle Befriedigung erlebt wie mit ihm, und sie wusste, dass er es wieder tun konnte. Er würde ihr wieder das größte körperliche Vergnügen bereiten, zu dem ihr Körper fähig war.

Als sie seine Hand nahm und sie von ihrer Brust zerrte, protestierte er mit einem lauten Grollen, das gegen ihre andere Brust hallte, hörte aber nicht auf, ihren Nippel zu lecken. Ari ignorierte seinen Protest und führte seine Hand an ihrem Körper hinunter, wo sie sie auf ihren Oberschenkel legte. Er schien zu verstehen, was sie brauchte und bewegte sich an ihrem Bein hinunter, bis er den Saum ihres Rockes erreichte. Dann rutschten seine Finger unter den Stoff und begannen die Rückreise.

Ari stieß einen erleichterten Seufzer aus. „Ja“, flüsterte sie und drückte sich näher an ihn heran. Sie fühlte die Härte, die sich gegen die Außenseite ihres Oberschenkels drängte und wusste, was es war. Dio war genauso erregt wie sie. Seine Erektion drückte hart und schwer gegen sie. Bei dem Wissen, was er mit seinem Schwanz tun konnte, lief ihr das Wasser im Munde zusammen. Er würde sie ausfüllen, sie reiten und sie wild machen.

Einen Augenblick später strich Dios Finger leicht gegen ihr Höschen – ihr sehr feuchtes Höschen. Ein unterdrücktes Stöhnen entkam seiner Kehle und prallte gegen ihre Brust. Dann rieb er mit seinen Fingern gegen die Barriere aus Stoff und sandte damit eine Welle der Lust durch ihren Körper. Sie brauchte ihn jetzt. Sie wollte nicht warten. Konnte es nicht.

Als seine Finger dort angelangt waren, wo der Stoff aufhörte und ihre Haut begann, wusste sie, dass sie bekommen würde, was sie wollte. Ein Finger tauchte zwischen Haut und Höschen ein, durchkämmte ihre feuchten Locken. Dann schloss sich ein zweiter Finger dem ersten an und beide glitten tiefer. Ihr Atem stockte, und ihr Körper versteifte sich in Vorfreude.

Dio ließ von ihrer Brustwarze ab und hob seinen Kopf von ihrer Brust. Zur gleichen Zeit zog er seine Hand aus ihrem Slip. „Wir sollten lieber unseren Nachtisch essen, bevor er schlecht wird."

Enttäuschung breitete sich wie ein Lauffeuer in ihr aus. „Nein, hör nicht auf!"

Er legte einen Finger auf ihre Lippen. „Du hattest recht, Ari. Es ist besser, wenn wir bis zu unserer Hochzeit warten. Stell' dir nur vor, wie toll unsere Hochzeitsnacht sein wird." Dann gab er ihr einen keuschen Kuss auf die Wange. „Ich kann's kaum erwarten."

Unglaube gesellte sich zu Enttäuschung, und gleichzeitig breitete sich Bedauern aus. Dio hatte sie zurückgewiesen, obwohl sie sich ihm angeboten hatte. Warum hatte sie jemals behauptet, dass sie vereinbart hätten zu warten? Es war die dümmste Idee, die sie je gehabt hatte.

23

Nachdem er Ariadne nach Hause begleitet hatte, verbrachte Dionysos eine beinahe schlaflose Nacht, in der er sich im Bett hin und herwälzte. Nicht mit ihr ins Bett zu gehen, wo sie praktisch darum gebettelt hatte, war das schwierigste, das er jemals in seinem ganzen Leben getan hatte. Aber es war Teil seines Plans. Er würde sie zu einer Frau machen, die nur von ihrer Lust und Begierde getrieben wurde. Er würde dafür sorgen, dass sie sich in ihn verliebte, und erst dann würde er ihr offenbaren, dass er über ihre Täuschung Bescheid wusste. Er würde sie demütigen, so wie sie ihn gedemütigt hatte. Dann wären sie quitt.

Das Problem mit seinem brillanten Plan war nicht, dass es ihm schwerfiel, sich davon abzuhalten, mit ihr zu schlafen, sondern dass er sich wie ein totales Arschloch fühlte, weil er sie so mies behandelte und sie so an der Nase herumführte. Als ob er Skrupel entwickelt hätte. Oder vielleicht war es einfach die Tatsache, dass er sein Verlangen nach ihr nicht zügeln konnte. Die Täuschung und die Spiele, die sie mit ihm getrieben hatte, linderten leider nicht die Sehnsucht, sie in seinen Armen zu halten. Er wollte sie immer noch küssen, sie berühren und mit ihr Liebe machen. Jetzt, da er sich an die Nacht erinnerte, die er in ihren Armen verbracht hatte, wusste er, wie wundervoll es war, mit ihr zusammen zu sein. Und das wollte er wiederholen.

Er wollte spüren, wie sie sich unter ihm wand. Er wollte ihren Herzschlag hören und ihren Atem gegen seine Lippen prallen fühlen. Und sie wieder kosten – bei den Göttern – wie sehr er das brauchte! Kein Wunder, dass er während seiner Amnesie gedacht hatte, er sei in sie verliebt. Sein Körper hatte sich vermutlich daran erinnert, wie es war, mit ihr zusammen zu sein, und hatte sich nach mehr davon gesehnt. Oder war dies mehr als nur eine Sinneserinnerung? Fühlte er wirklich Dinge, von denen er bisher gedacht hatte, dass er sie nicht fühlen konnte? Was, wenn alles, was sie ihm vorgemacht hatte, plötzlich Wirklichkeit geworden war?

Dio nahm einen tiefen Atemzug. Ihr Duft hing immer noch in seiner Wohnung. Er bezweifelte, dass er jemals ganz verwehen würde, egal wie viel Zeit verginge. Seine eigenen Hände rochen immer noch nach ihr. Es trieb ihn fast zum Wahnsinn, was es ihm unmöglich machte, sie aus seinen Gedanken zu verbannen. Nicht einmal nachdem er in der Dusche masturbiert hatte, während er sich vorgestellt hatte, dass sie mit ihm duschte, konnte er sie vergessen.

Er konnte nur hoffen, dass er, sobald er seinen Plan ausgeführt hatte, schließlich über seine Vernarrtheit hinwegkommen würde. Denn das musste es sein: eine Vernarrtheit, nichts anderes.

Es war fast Sonnenaufgang, als er endlich einschlief. Die Türklingel, die in der unteren Wohnung läutete, riss ihn aus seinem Schlaf. Als er den Kopf drehte und auf die Uhr schaute, schoss er aus dem Bett hoch. Scheiße! Er hatte verschlafen!

Er sprang aus seinem Bett, nahm die schnellste Dusche seines Lebens und wandte beim Rest seine göttlichen Kräfte an: ein Schnippen seiner Finger und er war ohne Handtuch trocken, ein weiteres und seine Haare waren gekämmt, und ein letztes bekleidete seinen nackten Körper. Da er schon viel zu spät dran war, teleportierte er in die Gasse hinter dem Restaurant und benutzte den Eingang durch die Küche, um ins Restaurant zu gelangen.

Luis, der Latino-Koch, der genauso breit wie groß war, warf ihm einen genervten Blick zu. „Wo zum Teufel bleibst du nur?"

„Hey, du bist nicht mein Chef!", fauchte Dio zurück. Wenn der Idiot ihn noch weiter verärgerte, würde er ihn in eine Kröte verwandeln.

„Nein, das bin ich!" Der knappe Ton von Natalies Stimme ließ keinen Zweifel, was ihre Laune betraf, aufkommen.

Er drehte sich langsam um und zauberte ein entschuldigendes Lächeln auf sein Gesicht. „Es tut mir so leid, Natalie, aber ich habe Ariadne nach unserem Abendessen nach Hause begleitet, und dann musste ich noch die Küche aufräumen." Das stimmte zwar nicht, da sich seine Diener darum gekümmert hatten, bis er wieder nach Hause zurückgekehrt war, aber er hoffte, dass Natalie umso weniger böse mit ihm sein würde, je mehr er es danach klingen ließ, als wäre dies nur passiert, weil er Ari etwas Gutes hatte tun wollen.

Widerstreitende Gefühle spiegelten sich in Natalies Gesicht wider, bis sie schließlich nickte. „Okay, okay. Das war nur schlechtes Timing. Der Speisesaal ist voll. Ich habe keine Ahnung, wo plötzlich all diese Leute hergekommen sind. Das sind nicht einmal unsere Stammgäste. Es muss eine Tagung oder Versammlung von *Supermodels* in der Stadt sein oder was ähnliches."

Dionysos ging an ihr vorbei. „Mach dir keine Sorgen! Ich kümmere mich schon drum." Er spähte durch die runde Glasscheibe der Tür ins Restaurant. „Ach, Scheiße!", fluchte er.

Natalie drückte eine Schürze in seine Hand, und er band sie sich geistesabwesend um seine Taille. „Siehst du, was ich meine? Und die wollen alle gleichzeitig bestellen."

Als ob das das größte Problem wäre! Er hätte gerne die gesamte Bevölkerung von Charleston bedient, aber die Gäste, die jetzt an den Tischen saßen, waren eine ganz andere Sache.

„Worauf wartest du noch? Geh schon!"

Natalie schubste ihn in die Höhle des Löwen. Wie Wölfe würden sie ihn verschlingen und wie Hyänen auf seine Kosten lachen. Denn wenn die Götter sich mit einer Sache auskannten, dann war es diese: Wie sie sich an der Demütigung eines anderen Gottes erfreuen konnten.

Jeder einzelne Tisch in dem kleinen Speiseraum war von einem Gast besetzt, den er kannte. Drei Nymphen saßen an einem Ecktisch, Orion teilte sich einen Tisch mit Aphrodite, während Helios, Apollo und Ares zusammen an einem anderen saßen. Die Göttinnen Eos und Selene hatten Plätze an der Bar eingenommen, und seine Freunde Eros und Hermes saßen am Tisch an der Tür. Wenigstens hatte er zwei Verbündete neben diesem Rudel von Wölfen, die gekommen waren, um sich an seiner Situation zu weiden.

Zumindest war er dankbar, dass weder Zeus noch Hera aufgetaucht waren, obwohl er sich sicher war, dass seine böse Stiefmutter sehr wohl wusste, dass er zu einem Kellner degradiert worden war. Natürlich könnte er den Job jederzeit hinschmeißen, aber das würde auch bedeuten, dass er seinen Plan aufgeben müsste, sich an Ariadne zu rächen, und dazu war er nicht bereit.

„Herr Ober, wir warten noch immer." Die ungeduldige Stimme ließ ihn seinen Kopf zu Orion, dem Gott der Jäger und Tritons Halbbruder, herumreißen. Aber nur weil Dio mit Triton befreundet war, bedeutete dies nicht, dass er mit Orion auskam. Nicht einmal Triton schaffte das.

Dios Lippen wurden zu einer schmalen Linie, als er eine abfällige Bemerkung zurückdrängte. Er sog einen tiefen Atemzug ein und ging zu Orions Tisch. „Ja?"

Sowohl Aphrodite als auch Orion kicherten, obwohl zumindest die Göttin der Schönheit genug Anstand hatte, ein wenig verlegen dreinzuschauen.

Orion erwiderte Dios strengen Blick. „Zwei Gläser eures Haus-Merlots, und ich nehme das Steak, *medium rare* gebraten."

Aphrodite deutete auf eine Stelle auf der Speisekarte. „Ich hätte gerne den Meeresfrüchte-Salat."

Dio schüttelte den Kopf. Wenn sie gekommen waren, um ihn in seinem Restaurant zu belästigen, dann würden sie nach seinen Regeln tanzen müssen. „Das Steak ist zäh. Und der Meeresfrüchte-Salat hat wenig Geschmack. Ich bringe euch beiden die Meeresfrüchte auf Grieß."

Orion öffnete seinen Mund und hob die Hand um zu protestieren, aber Dio schnitt ihm das Wort ab. „Entweder ihr nehmt das oder ihr fliegt raus!", knurrte er leise.

Die Pattsituation dauerte nur ein paar Sekunden, bis Aphrodite schließlich ihre Hand beschwichtigend auf Orions Arm legte und Dio mit einem warmen Lächeln bedachte. „Meeresfrüchte auf Grieß klingt einfach köstlich."

Dann marschierte Dio zu seinen Freunden und ließ sich auf den leeren Stuhl fallen. Eros grinste. „Was für'n Anblick, dich arbeiten zu sehen. Du kannst dir meine Überraschung vorstellen, als ich davon gehört habe."

„Halt die Klappe, Eros, oder ich hau dir eine drüber!"

„Er meint es ernst“, bemerkte Hermes trocken.

Eros verschränkte die Arme vor seiner breiten Brust. „Keiner versteht heutzutage noch Spaß.“

Dio ignorierte ihn und starrte stattdessen Hermes an. „Kann hier keiner mehr ein Geheimnis bewahren? Nicht einmal meine besten Freunde?“

Hermes’ gespielt unschuldiger Blick hätte dafür gesorgt, dass er seinen Job verloren hätte, wäre er Schauspieler gewesen. „Du hättest sagen sollen, dass du nicht wolltest, dass die Sache die Runde macht.“

Dio packte Hermes am T-Shirt und zog ihn näher. „Ich dachte, das wäre selbstverständlich. Vielleicht sollte ich mir andere Freunde suchen“, zischte er.

Hermes schüttelte seinen Griff ab. „Eros hat recht, du verstehst keinen Spaß mehr. Und außerdem, warum verdächtigst du immer mich? Wenn ich mich richtig erinnere, dann hatte unsere liebe Stiefmutter ihre Hand mit im Spiel. Sie könnte die Neuigkeiten genauso verbreitet haben.“

Dios Augenbrauen zogen sich zusammen. Hermes hatte wahrscheinlich recht. Hera war ein Miststück und wann immer sie eine Gelegenheit sah, ihn zu demütigen, nahm sie sie wahr.

„Ich habe gehört, dass sich die Sache hier um eine Frau dreht“, unterbrach Eros.

Dio blickte Eros an, als dieser sich lässig in seinem Stuhl zurücklehnte und seine Beine vor sich ausstreckte. „Und was geht dich das an?“

„Als Gott der Liebe habe ich eine gewisse Verantwortung. Also, wenn es sich hier um –“

„Es geht nicht um Liebe. Es hat nichts mit deinem Machtbereich zu tun. Also, verschwindet!“ Dio stand auf und machte eine scheuchende Handbewegung.

„Jetzt, wo wir schon da sind ...“ Eros warf einen Blick auf die Speisekarte vor sich. „Was kannst du empfehlen?“

„Meeresfrüchte auf Grieß“, sagte Dio automatisch.

„Das nehme ich.“

„Ich auch“, fügte Hermes hinzu. „Und einen Wein. Was empfiehlst du?“

Dio erinnerte sich, dass Orion den Haus-Merlot bestellt hatte, also beschloss er, dass jeder den gleichen Wein bekommen sollte. Zumindest konnte er dann unmöglich die Bestellungen verwechseln und sich blamieren. „Der Haus-Merlot ist ausgezeichnet. Ich bringe euch zwei Gläser.“

Ein Pfiff brachte ihn dazu, auf seinen Fersen kehrt zu machen und der ungeduldigen Gruppe gegenüberzutreten. Ares grinste ihn an. „*Garçon*, wir werden hier etwas ungeduldig.“

Mit zwei Schritten erreichte er Ares’ Tisch. „Ich bin nicht dein *Garçon*!“

Ares tauschte ein Grinsen mit Helios und Apollo aus. „Aber du bist heute unser Diener, nicht wahr? Also bediene uns!“

„Ich bin kein Diener!“

Ares sah demonstrativ auf Dios Schürze. „Musst du aber sein, denn du trägst eine Schürze."

Er und seine Tischnachbarn brachen in schallendes Gelächter aus. Der Klang ging Dio auf die Nerven. Gut, wenn sie bedient werden wollten, würde er sie bedienen – auf seine Art und Weise.

„Auf der Tageskarte haben wir heute Meeresfrüchte auf Grieß", brüllte er über ihr Lachen hinweg und brachte sie damit zum Schweigen.

„Klingt lecker", kommentierte Helios.

„Das nehme ich auch", sagte Apollo.

Ares nickte. „Das ist alles, *Garçon*."

Dios Hand ballte sich zu einer Faust und die Sehnen in seinem Hals schwollen an, aber er hielt sein Temperament im Zaum. Nachdem er die Bestellung am Tisch der Nymphen, der zwei Göttinnen an der Bar sowie den anderen drei Tischen, an denen ebenfalls Götter saßen, aufgenommen hatte, trat er in die Küche und gab die Bestellungen weiter.

„Meeresfrüchte auf Grieß für alle."

Natalie hob eine Augenbraue. „Für alle? Die wollen alle das Gleiche? Ist das eine Reisegruppe?"

„So was ähnliches." Während der Koch begann, sich um die Bestellungen zu kümmern, sah Dio wieder Natalie an „Und ein Glas Haus-Merlot für jeden."

„Das macht es einfach."

Dio folgte Natalie zur Bar, wo er zusah, wie sie den Wein einschenkte. Innerhalb von fünf Minuten hatte jeder Gast seinen Wein und wartete geduldig auf sein Essen. Dio versuchte, den Gesprächen nicht zuzuhören, aber sein ausgezeichneter Gehörsinn machte es fast unmöglich, nicht mitzuhören. Es schien, als ob die Nachricht über seine Erniedrigung durch eine sterbliche Frau die Titelgeschichte des Olympischen Merkurs gewesen wäre, wenn Götter eine Zeitung gehabt hätten. Aber so wie die Sache lag, war ein solches Mittel gar nicht notwendig, um die Nachricht zu verbreiten. Es war einfacher, es einer Klatschbase zu erzählen und innerhalb weniger Minuten würde jeder auf dem Olymp Bescheid wissen.

Dio stelzte in die Küche und holte die ersten Teller ab. Absichtlich bediente er Ares und dessen Freunde als Letzte. Als er die drei Teller auf seinen Armen balancierte, kam ihm ein teuflischer Gedanke. Sorgfältig setzte er den ersten Teller vor Helios und den zweiten vor Apollo, bevor er vorgab zu stolpern.

Mit einer schnellen Bewegung seines Handgelenks kippte Dio den Teller und torkelte in Richtung Ares. Die dampfende Speise landete im Schoß des Kriegsgottes, während Dio den Teller in der Hand behielt.

Ares schrie vor Schmerz und sprang auf. Er versuchte, das heiße, klebrige Zeug von seiner Leistengegend zu wischen, wo es wahrscheinlich gerade seine Kronjuwelen versengte. „Was zum Hades!"

Dio unterdrückte sein Grinsen. „Tut mir aber leid! Lass mich dir helfen, das abzukühlen.“ Er nahm Ares’ halb-volles Weinglas und schüttete den Inhalt über dessen Jeans.

Gekicher von den anderen Tischen verbreitete sich im Restaurant.

Ares starrte ihn an, sein Gesicht rot vor Wut. „Du Idiot!“

Dio grinste scheinheilig. „Du wolltest doch, dass ich dich bediene. Leider habe ich vergessen zu erwähnen, dass ich kein besonders guter Kellner bin.“

Das Lachen der anderen Götter folgte ihm, als er in die Küche zurückging. Jetzt waren die anderen Götter nicht mehr an *ihm* interessiert. Ares würde für die nächsten paar Stunden die Zielscheibe ihres Spottes sein.

24

Dio schlenderte am Ufer entlang und kickte einen Kieselstein ins Wasser. Er wusste nicht, wie er mit Ariadne weitermachen sollte. Er fühlte sich wie ein Saukerl, so wie er sich in der Nacht verhalten hatte, als er Ari nach dem Abendessen verführt und dann einfach unbefriedigt gelassen hatte – genau wie sich selbst – wo sie sich ihm doch hingegeben hätte. Was er wirklich hatte tun wollen, war, sie in seine Arme zu nehmen und ihr zu gestehen, dass er wusste, was vor sich ging.

Aber das konnte er nicht.

Ari hatte ihn betrogen, ihn manipuliert, und jetzt musste er mit ihr quitt werden. Außerdem konnte er ihr nicht vertrauen. Welche Art von Frau würde zwei Schlägertypen auf den Mann hetzen, den sie gern hatte? Über so etwas konnte er nicht hinwegsehen.

„Ich habe dich noch nie so in Gedanken versunken gesehen, dass du nicht einmal spürst, wenn sich ein anderer Gott dir nähert."

Dio drehte sich auf dem Absatz um und erblickte seinen Vater. Zeus trug Shorts und ein einfaches Poloshirt, doch selbst dieses Outfit ließ ihn aussehen, als käme er direkt von einem Mode-Shooting.

„Zeus, was für eine Überraschung!" Und nicht unbedingt eine gute. „Was willst du diesmal? Langweilst du dich auf dem Olymp und suchst hier unten nach einer heißen Braut?" Am besten packte er den Stier gleich bei den Hörnern.

„Mein lieber Sohn –"

„Dieser Anfang kann nichts Gutes verheißen." Wenn sein Vater einen Satz so begann, war eine Standpauke in Sicht. „Warum belästigst du nicht einen deiner anderen Söhne?"

Dio legte einen Gang zu, um Zeus hinter sich zu lassen.

Zeus schmunzelte einfach und passte sich Dios Halb-Jogging-Tempo an. „Wir sind uns so ähnlich und doch so verschieden."

Verschieden? Nein, er war eine genaue Kopie seines Vaters. Kein Wunder, dass er sich selbst hasste. „Und in welcher Weise unterscheiden wir uns, Zeus?" Er hasste es, ihn Vater zu nennen. „Vielleicht in der Art, wie wir Frauen behandeln? Du vögelst sie zuerst, und ich sie später? Ja? Sag es mir!", fauchte er. „Oder vielleicht glaubst du, wir sind verschieden, weil du diese Welt mit deinem Nachwuchs übersäst und ich nicht?"

Dio hatte noch nie eine Frau geschwängert. Er konnte sich nicht vorstellen ein Kind zu zeugen und danach dieses Kind und seine Mutter zu verlassen, so wie es sein Vater so viele Male getan hatte.

Zeus nickte. „Ich kann sehen, dass du gerade sehr wütend bist. Könnte es etwas mit dieser Frau zu tun haben? Wie heißt sie nochmal? Oh ja, Ariadne."

Dios Körper spannte sich an. „Lass sie da raus und komm zum Punkt!"

„Aber sie ist doch der Punkt."

Dio hielt inne und drehte sich zu ihm. „Was willst du? Willst du es bei ihr auch probieren? Oder warum sonst bist du hier? Glaubst du nicht, dass ich ihr nicht schon genug angetan habe?" Sein Magen verkrampfte sich.

Als Zeus seine Hand auf Dios Schulter legte, sprang Dio fast aus seiner Haut, so unerwartet war diese Geste.

„Mein Sohn, ich fürchte, Hera hat sich wieder mal eingemischt."

„Und das fällt dir jetzt erst auf?", bellte Dio ihn an. Die bloße Erwähnung ihres Namens brachte sein Blut in Wallung. „Sie hat mir mein Gedächtnis geraubt!"

„Und ich habe dir geholfen, es wieder zurückzugewinnen", behauptete Zeus.

Dio entriss sich seinem Griff. „Hast du nicht. Ich habe mir selbst geholfen."

Zeus *tss*-te. „Wer, denkst du, hat dir die Einladung vor die Nase gehalten, sodass du Triton finden konntest?"

Dio starrte ihn mit offenem Mund an. Sein Vater hatte ihm noch nie zuvor geholfen. Warum also jetzt?

„Genau. Ich musste die Karte sogar aus deinem Recycling-Müll herausziehen."

Langsam erholte sich Dio von seinem Schock und rollte seine Schultern, um sie zu entspannen. „Warum bist du nicht einfach gekommen und hast es mir persönlich gesagt?"

„Ich konnte nicht so offensichtlich vorgehen und Heras Aufmerksamkeit auf mich ziehen. Glücklicherweise ist es mir gelungen, sie für eine kurze Zeit außer Gefecht zu setzen, damit ich mit dir reden kann. Du hast Glück, dass sie noch nicht weiß, dass du dein Gedächtnis wiedererlangt hast, aber sie wird es früher oder später herausfinden. Ich bin mir nicht sicher, wie lange ich sie dir vom Hals halten kann." Er verzog sein Gesicht. „Du hast ja keine Ahnung, welche Opfer ich bringen muss, um sie zu beschäftigen, damit sie dir nicht ständig nachspionieren kann."

Opfer? Sein Vater konnte doch unmöglich meinen, dass er und ... „Igitt!"

„Na, na. So schlimm ist sie ja nicht immer. Man muss nur einen Weg finden, sie wie ein Kätzchen zum Schnurren zu bringen."

Dio hob abwehrend seine Hand. Er hatte mehr erfahren, als er je hatte wissen wollen. „Bitte! Ich will die Einzelheiten nicht wissen." Alleine das geistige Bild von Zeus und Hera, ihre Körper ... igitt, er konnte nicht einmal den Gedanken zu Ende verfolgen.

„Jedenfalls“, setzte Zeus fort, „benutzt Hera deine hübsche kleine Freundin gegen dich.“

Voller Wut darüber, dass Hera Ari weh tat, starrte er seinen Vater an. „Ich werde Hera den Kopf abreißen!“ Er ballte seine Hand zu einer Faust. „Was tut sie Ari an?“

„Es ist wohl eher so, dass sie Ari manipuliert, damit sie sich an dir rächt. Du glaubst doch wohl nicht wirklich, dass dein süßes Mädel sich tatsächlich die ganze Scharade selbst hat einfallen lassen, oder?“

„Aber sie hat diese Typen auf mich gehetzt und mich zusammenschlagen lassen!“

Zeus hob eine Augenbraue. „Darüber scheinst du dir sehr sicher zu sein.“

„Alle Beweise –“

Zeus machte eine wegwerfende Handbewegung. „– können täuschen.“

Konnte er tatsächlich mit seiner Annahme falsch liegen? „Aber die beiden haben es so gut wie zugegeben ...“ Konnten sie gelogen haben? Er musste die zwei Typen finden und sie fragen. „Ich muss –“

„Alles zu seiner Zeit. Aber wir haben unser Gespräch noch nicht beendet.“

„Du verstehst das nicht. Wenn sie nicht hinter der Schlägerei steckt, dann habe ich ihr Unrecht getan.“

Zeus schmunzelte. „Oh, Unrecht hast du ihr auf jeden Fall getan. Aber nicht nur deswegen. Du hast sie schon zuvor verletzt.“

Obwohl es wahr war, wollte Dio dies nicht aus dem Munde seines Vaters hören. „Du bist vielleicht einer, so etwas zu sagen! Wann hast du schon mal eine Frau *nicht* verletzt? Also wie soll ich denn anders sein? Ich bin dein Sohn!“

„Das hat sich ja seit Jahren als eine bequeme Ausrede erwiesen, nicht wahr?“

Dio kniff die Augen zusammen, denn die Richtung, in die das Gespräch lief, gefiel ihm nicht. „Was willst du damit sagen? Dass ich absichtlich so bin?“

„Nein, ich glaube, du hast Angst.“

Bevor Dio wusste, was er tat, stürzte er sich auf Zeus. Sie fielen gemeinsam in den Sand. „Mistkerl!“ Dio zog seine Faust zurück, um zuzuschlagen, aber sein Vater fing sie mit seiner Hand ab und hielt ihn in Schach.

„Genau wie deine Mutter: hitzköpfig und voller Leidenschaft.“

„Ich bin überhaupt nicht wie meine Mutter!“ Semele war schwach gewesen. Sie hatte Zeus geliebt, und diese Liebe hatte sie zerstört. Nein, er war nicht wie seine Mutter. Er würde nicht zulassen, dass seine Gefühle ihn je zerstörten.

Zeus sah an ihm vorbei und blickte in die Ferne. „Ihre Liebe war so reich, so allumfassend, und mehr als ich ertragen konnte. Ihr Herz war zu groß, und sie wusste nicht, wie sie es schützen sollte.“ Dann wandte er seinen Blick zurück und blickte Dio wieder an. „Ja, du bist so wie sie: das gleiche große Herz, die gleiche Leidenschaft. Nur hast du gelernt, diese Dinge zu verstecken.“

Dio sprang auf. Er wollte nicht noch mehr hören. „Das ist ein Haufen Scheiße!“

Zeus stand auf und klopfte sich den Sand von der Kleidung. „Wirklich? Warum hast du dann all diese Regeln für dich aufgestellt?“

„Welche Regeln?“

„Deine berühmte Nur-für-eine-Nacht-Regel. Ich verstehe, warum du das tun musstest.“

Dio schnaubte. „Da muss ich dich enttäuschen, aber es gibt keinen besonderen Grund für diese Regel. Ich erfand sie, um die Jungs zum Lachen zu bringen.“

Zeus schüttelte den Kopf. „Hör auf, dich selbst zu belügen! Du hast diese Regel erfunden, damit du nie erfahren musst, was Liebe ist, damit dein Herz sich nie jemandem gegenüber öffnen muss.“ Er stieß seinen Finger in Dios Brust. „Weil du eine Scheißangst hast, dass du genauso lieben wirst wie deine Mutter: mit Körper und Seele, ohne Vorbehalte. Und es macht dir Angst, dass du dich in eine Frau verlieben könntest, die deine Gefühle nicht erwidert.“

Dio stolperte ein paar Schritte zurück, sein Magen verkrampfte sich und seine Knie knickten ein. „Nein ... nein ...“ Sein Atem verließ ihn. „Du irrst dich.“

„Ich kenne dich besser als jeder andere. Du bist mein Sohn, aber du bist nicht wie ich. Ja, du hast deinen Charme von mir, aber dein Herz, das hast du von deiner Mutter. Es ist an der Zeit, dass du dir das eingestehst.“

„Ich bin ein Frauenheld. Ich bin untreu ... Ich bin nicht gut für Frauen ... Ari, sie ist ohne mich besser dran.“ An diese Dinge hatte er sein ganzes Leben lang geglaubt. Er war, was er war. „Ich werde ihr wehtun, genauso wie du sämtliche Frauen in deinem Leben verletzt hast.“

Zeus lächelte und legte seinen Arm um Dios Schultern. „Lass mich dir etwas gestehen. Jeder glaubt, dass ich all diese Frauen verließ, nachdem ich gehabt hatte, was ich wollte und von ihnen gelangweilt war. Die Wahrheit ist, es gab ein paar Frauen, die mit mir Schluss gemacht haben. Nur gehe ich mit diesen Dingen nicht hausieren.“

Fassungslos starrte Dio seinen Vater an.

„Und wenn du jemals ein einziges Wort darüber verlierst, werde ich dir den Garaus machen.“

„Aber du bist ein Schürzenjäger.“

„Ja, sicher, ich habe ein Problem damit treu zu sein, aber nur, weil Hera nicht die Liebe meines Lebens ist. Wir heirateten, weil wir eine wichtige Allianz schmieden mussten, aber wenn ich eine Wahl gehabt hätte, hätte ich aus Liebe geheiratet.“

„Willst du damit sagen, dass du glaubst, du wärst zur Treue fähig, wenn du die richtige Frau geheiratet hättest?“

Er nickte. „Ich glaube es nicht nur, ich weiß es.“

Die Worte brachten Dio zum Schweigen. Dies änderte alles. Er war nicht dazu prädestiniert, in die Fußstapfen seines Vaters zu treten. Zeus’ Sohn zu sein bedeutete nicht, dass Frauen ohne ihn besser dran wären, und es bedeutete nicht, dass er sie automatisch verletzen würde.

Dio blinzelte. „Ich kann Ari lieben.“ Und er könnte ihr treu sein. Er war dazu fähig. Aber würde sie ihn lieben? Er hatte so viele Fehler gemacht. „Aber was, wenn sie mich nicht liebt?“

„Das ist das Risiko, das wir alle eingehen. Aber solange du dein Herz nicht öffnest und deine Gefühle nicht zeigst, wirst du es nie erfahren.“

Dann tauchte wie aus dem Nichts ein beunruhigender Gedanke auf. „Steht Ariadne noch unter Heras Einfluss?“

„Ab und an. Ich versuche, Hera so viel ich kann abzulenken, aber selbst ich brauche gelegentlich eine Verschnaufpause.“

„Wie soll ich dann wissen, wer die wahre Ari ist und wann sie unter Heras Einfluss handelt?“

„Du musst an Aris Inneres appellieren, um ihr Vertrauen in dich zu stärken, damit Heras Einfluss schwindet.“

Dio seufzte. „Vertrauen? Wenn ich ihr sage, dass ich mein Gedächtnis wiedererlangt habe und ich weiß, dass sie mich angelogen hat, werde ich das bisschen Vertrauen zerstören, das sie in mich hat.“ Er erinnerte sich an den Moment, nachdem er den Jungen im Park gerettet hatte, wie Ari ihn mit Bewunderung und Zuneigung angesehen hatte. Er wusste, dass sie sich zurückziehen würde, wenn er sie jetzt mit ihrer Täuschung konfrontierte. Er musste erst dafür sorgen, dass sie sich in ihn verliebte, bevor er ihr die Wahrheit gestehen konnte. „Sie wird entsetzt sein, beim Lügen erwischt worden zu sein, obwohl Hera sie manipuliert hat.“

„Dann sag’ ihr die Wahrheit noch nicht! Ein paar Tage mehr werden schon keine Rolle spielen.“

Er hoffte, dass Zeus damit recht hatte.

~ ~ ~

Dio fand schließlich die beiden Kerle in der gleichen Bar, hinter der sie ihn in jener Nacht verprügelt hatten. Ein für allemal musste er herausfinden, warum Ari ihm diese beiden Schläger auf den Hals gehetzt hatte. Diese Sache hatte an ihm genagt, seit er sein Gedächtnis wiedererlangt hatte. Aber nach seinem Gespräch mit Zeus wusste er, dass er dieses Treffen nicht noch länger hinausschieben konnte. Sein Unterbewusstsein hatte ihn davon abgehalten nach ihnen zu suchen, aus Angst, dass sie bestätigen könnten, dass Ari sie aufgehetzt hatte. Solange er das nicht mit Sicherheit wusste, konnte er immer noch hoffen, dass alles nur ein Missverständnis gewesen war und Ari nicht so etwas Hinterhältiges getan hatte. Aber wenn sich erst einmal sein Verdacht bestätigen würde… – bei dem Gedanken erschauderte er.

Alle Beweise deuteten darauf hin, dass Ari die Anstifterin der Schlägerei war. Die zwei Typen hatte es in jener Nacht ja praktisch zugegeben.

Die beiden Männer saßen an einem Tisch in der Ecke, und bevor sie Dio erkannten, hatte er ihnen bereits den Fluchtweg abgeschnitten.

Dio beugte sich über den Tisch. „Hallo, Jungs. Lasst uns mal zivilisiert reden, okay?“

„Was willst du von uns?“ Der größere der beiden war mutig genug, sich nicht zu ducken, aber der andere Kerl konnte nicht verhindern, dass er zusammenzuckte.

Dio hob seine Hand. „Ich bin nicht in der Stimmung für einen Streit, jedenfalls nicht jetzt.“ Er konnte den beiden die Erleichterung, die sie fühlten, deutlich anmerken. „Ich habe aber ein paar Fragen.“

Der Kleinere schien etwas Mut zusammengekratzt zu haben. „Worum geht es?“

„Ariadne.“

Beide zogen argwöhnisch die Augenbrauen zusammen. „Lass sie in Ruhe! Sie braucht keinen wie dich.“

Dio starrte den größeren der beiden, der gesprochen hatte, an. „Hat sie euch das gesagt?“

Der Mann beugte sich zur Hälfte über den Tisch. „Das musste sie nicht. War ja ziemlich offensichtlich.“

„Und ihr wisst das, weil ihr ihre besten Freunde seid?“, fischte Dio nach weiteren Informationen.

Der Mann ließ etwas Luft aus seiner Brust entweichen und lehnte sich ein paar Zentimeter zurück. „Wir sind ihre besten Kunden. Und wenn sie nicht glücklich ist, sind wir es auch nicht.“

„Kunden? Von ihrem Weingeschäft?“

Beide nickten.

„Also, was hat sie euch dafür bezahlt? Eine Kiste Wein?“ War das alles, was er wert war? Eine Kiste Wein, damit sie ihn zu Brei schlugen?

„Bezahlt? Wir kaufen Wein von ihr.“ Die Verwirrung stand ihnen ins Gesicht geschrieben.

Offensichtlich waren die beiden nicht von der schlauesten Sorte. „Was hat sie euch bezahlt, damit ihr mich zusammenschlagt?“

Die beiden tauschten einen Blick aus, dann starrte der größere der beiden Dio an. „Sie hat uns nicht bezahlt. Wir –“

„Ah, ich sehe, ihr habt ihr einen Gefallen geschuldet. Das ist das Gleiche.“ Enttäuschung breitete sich in seiner Brust aus. Wenn Ari die beiden auf ihn gehetzt hatte, dann scherte sich Ari kein bisschen um ihn, dann mochte sie ihn noch nicht einmal.

„Bist du bescheuert, Mann? Warum sollte Ari uns bezahlen? Sie weiß doch nicht einmal, dass wir dich verprügelt haben.“

Schockiert hielt Dio inne. Ari hatte die zwei Schläger nicht angeheuert? Sie war nicht dafür verantwortlich? Dio konnte das Grinsen nicht verhindern, das sich auf seine Lippen schlich. „Ari hat euch nicht auf mich gehetzt.“ Es war keine Frage. „Sie hat euch nicht angeheuert, um mich zu verprügeln.“ Plötzlich fühlte er sich so, als ob eine schwere Last von seinen Schultern genommen worden wäre. „Aber ... aber, warum dann? Ich habe euch doch nicht provoziert.“

„Wir haben eure Unterhaltung mitgehört.“ Er kratzte sich am Kopf. „Aber ...“ Er wechselte einen Blick mit seinem Partner. „Verdammt, wir sind uns nicht wirklich sicher, warum wir es getan haben.“

Der zweite Mann nickte. „Es kam einfach über uns. Vielleicht hatten wir ein wenig zu viel getrunken.“

Dio hatte einen Verdacht, was in die zwei gefahren war: Hera. Genauso wie Ari hatte sie auch die beiden Kunden von Ari manipuliert, denn seine Ari würde keiner Fliege etwas zuleide tun und schon gar nicht ihm. Sie war zu süß und lieb. Und sie hegte immer noch Gefühle für ihn. Es gab nur einen Weg herauszufinden, wie tief diese Gefühle waren.

Denn jetzt, da er wusste, dass Ari nicht für die Schlägerei verantwortlich war, konnte er seinen eigenen Gefühlen, die er bisher unterdrückt hatte, freien Lauf lassen. Er konnte sein Herz für sich sprechen lassen.

25

Dio betrat das *In Vino Veritas*. Seine Augen gewöhnten sich schnell an die beruhigende Beleuchtung im Inneren. Er suchte den Laden ab. Mehrere Kunden begutachteten die Weine in den Regalen, während Ariadne mit dem Rücken zu ihm stand. Sie notierte etwas auf einem Klemmbrett und war in die Betrachtung der Weinregale vor sich vertieft.

Lisa bediente gerade einen Kunden an der Kasse. Sie hob ihren Kopf und lächelte, als sie ihn erkannte. „Hallo –"

Dio unterbrach sie, indem er seinen Zeigefinger an seine Lippen legte und ihr zuzwinkerte. Lisa verstand sofort und zwinkerte zurück. Ariadne hatte sich noch nicht umgedreht.

Lautlos überquerte er den Abstand zwischen ihnen und blieb hinter ihr stehen. Seine Arme schlangen sich um ihre Taille, und er zog sie an seine Brust. Ein erschrecktes Keuchen war ihre Antwort.

„Ich habe dich vermisst, Baby."

„Dio!" Sie drehte den Kopf, aber er war schneller und küsste ihren verführerischen Hals.

Als sie versuchte, sich aus seiner Umarmung zu befreien und ihre Absicht mit einem energischen „Dio!" unterstrich, schmunzelte er in sich hinein.

Ari drehte sich in seinen Armen und warf ihm einen – fast überzeugend wirkenden – verärgerten Blick zu. Doch ihre Wangen waren gerötet. Zum ersten Mal war er mehr als dankbar für sein überlegenes Gehör, das ihm erlaubte, ihren beschleunigten Herzschlag wahrzunehmen. Nein, seine süße Schein-Verlobte war nicht sauer auf ihn, sie war erregt.

„Wir sind im Geschäft. Also benimm dich!"

Er lächelte und gab ihr einen Kuss auf die Wange. „Aber ich benehme mich doch." Dann zwinkerte er ihr verschmitzt zu. „Willst du herausfinden, wie es sich anfühlt, wenn ich mich nicht benehme?"

Ari trat einen Schritt zurück. „Lieber nicht." Aber das leichte Zittern in ihrer Stimme schalt sie eine Lügnerin.

„In Ordnung", stimmte er zu. Aber bald würde sie sowieso mitbekommen, wie er sich unanständig benahm. Es würde so oder so geschehen. Allerdings war es nicht notwendig, dass sie sich darüber Sorgen machen sollte.

Ari räusperte sich. „Musst du nicht arbeiten?"

„Ich habe ein paar Stunden frei bis zum Abendessen. Ich wollte sie mit dir verbringen."

Sie sah ihn stirnrunzelnd an. „Es tut mir leid, aber ich kann wirklich nicht.“ Sie blickte auf ihre Armbanduhr. „Ich muss einkaufen gehen, wenn es im Geschäft ruhiger ist und Lisa alleine zurechtkommt.“

„Einkaufen?“

„Ich brauche ein passendes Top für dieses Kostüm. Ich habe Wein drüber geschüttet und der Fleck geht nicht mehr raus.“

Eine Idee formte sich in Dios Kopf. „Warum komme ich nicht einfach mit dir mit?“

Sie starrte ihn an, als ob er gerade angeboten hätte, das Geschäft von oben bis unten mit einer Zahnbürste zu putzen. „Du willst mich beim Kleider kaufen begleiten?“

Er nickte eifrig. „Sicher. Ich glaube, ich erinnere mich, dass ich gerne einkaufe.“ Er konnte sich nichts Öderes vorstellen, als mit einer Frau einkaufen zu gehen, aber er wollte Zeit mit ihr verbringen.

~ ~ ~

Dionysos trug einen Haufen Blusen, Tops und T-Shirts über seinem Arm und spürte, wie er immer ungeduldiger wurde. Aber Ariadne war mit ihrer Auswahl noch nicht fertig. Er bedauerte fast, ihr angeboten zu haben, mit ihr einkaufen zu kommen, als sie schließlich die Worte sagte, auf die er schon seit einer halben Stunde gewartet hatte. „Okay, ich bin soweit, die Sachen anzuprobieren.“

Als er ihr zu den Umkleidekabinen folgte, brachte die Vorfreude sein Herz dazu, schneller zu schlagen. Er brauchte ein paar Minuten mit ihr alleine. Mit Ari einkaufen zu gehen hatte ihn hungrig gemacht – auf einen Kuss oder vielleicht zwei.

Die Verkäuferin, die am Eingang zu den Umkleidekabinen stand, schaute auf den Berg von Oberteilen, den er trug, und warf dann Ari einen rügenden Blick zu. „Wir erlauben nur acht Stücke pro Kunden.“

Als er Aris enttäuschten Blick sah, schenkte Dio der Frau sein charmantestes Lächeln. „Könnten Sie bitte nur dieses einzige Mal eine Ausnahme machen?“ Er blickte ihr tief in die Augen und sah sie dahinschmelzen.

„Nun, äh, ... sicherlich.“ Dann lächelte sie Ari an. „Gleich um die Ecke. Die erste Kabine auf der linken Seite.“

Dio trat einen Schritt an ihr vorbei, doch sie stoppte ihn sofort. „Männer sind in den Umkleidekabinen nicht erlaubt.“

Er reichte Ariadne den Stapel Kleidung und verbarg seinen Ärger. „Da, Baby.“

Als seine Schein-Verlobte in der Umkleidekabine verschwand, klimperte die Verkäuferin mit ihren Wimpern. Na, super! Er brauchte ihre Aufmerksamkeit im Moment nicht. Genauso wenig, wie er wollte, dass sie am

Eingang der Umkleidekabinen Wache stand wie eine Nonne in einer katholischen Mädchenschule.

Eine kleine Ablenkung war nötig, damit er seinen Plan ausführen konnte. Er entdeckte drei Teenager in der Nähe und wusste genau, was er tun musste. Er schickte einen Energiestrom in ihre Richtung und brachte eine der Vitrinen, in der Jeans gestapelt waren, dazu zusammenzubrechen. Die Verkäuferin neben ihm wandte ihren Kopf blitzschnell in die Richtung, aus der der Lärm kam und schnappte nach Luft. Sie stürzte sich auf das Chaos. Die Mädchen kreischten und schossen schuldige Blicke in alle Richtungen.

Dio grinste. Mission erfüllt. Für ein paar Minuten würde sie ihn nicht stören. Und ein paar Minuten waren alles, was er benötigte.

Er sah sich um, um sich zu versichern, dass niemand bemerkte, wie er zu den Umkleidekabinen schlich. Vor der ersten Kabine auf der linken Seite blieb er stehen. Er drehte den Knauf, ohne ein Geräusch zu machen, aber Ari hatte die Tür verschlossen. Er schloss seine Augen für einen Moment und stellte sich die Innenseite der Tür vor. Dann drehte er das Schloss mit seiner geistigen Kraft. Als er den Türknauf erneut von außen drehte, öffnete sich die Tür. Er drückte sie schnell auf und schlüpfte hinein, bevor er sie sofort hinter sich wieder absperrte.

„Dio!“, rief Ari erschrocken aus und drückte eine Bluse an ihre Brust. „Wie bist du hier reingekommen?“

Er grinste und ließ seinen Blick über ihren Körper wandern. „Die Tür war unverschlossen.“

„Aber ich habe sie abgesperrt“, protestierte sie.

Er zuckte mit den Schultern und beugte sich näher. „Schh, oder willst du, dass wir Aufmerksamkeit erregen und den Umkleidekabinen-Sheriff alarmieren?“

„Du solltest nicht hier sein.“

Während ihr Mund den Protest von sich gab, errötete ihr Gesicht in einem hübschen Rosa-Ton. Sie befeuchtete ihre Lippen und Dio folgte der Bewegung, während er gleichzeitig fühlte, wie er hart wurde.

„Ich will sehen, wie du dich anziehst.“ *Oder ausziehst.*

Ari schlug ihre Augen nieder, aber er hob ihr Kinn mit seinen Fingern hoch und zwang sie, ihn anzusehen. „Du bist wunderschön. Warum stehst du nicht Modell für mich und führst die Kleidung vor?“

„Ich bin kein Model. Ich habe zu viel Fett auf meinem –“ Ihre Hand legte sich auf ihren Bauch.

Er schüttelte den Kopf und hielt sie davon ab, weiter zu sprechen, indem er seine Hand auf ihre legte. „Ein Mann mag etwas, woran er sich festhalten kann.“ Dann drehte er sie zum Spiegel und stellte sich hinter sie. Er nahm die Bluse aus ihrer Hand und ließ sie auf die Bank fallen.

Alles, was sie trug, war ein kurzer, schwingender Sommerrock und ein BH. Der BH war nichts Besonderes, nur ein einfacher Baumwoll-BH. Er hatte noch nie etwas so Unschuldiges gesehen. „Sieh dich an!“ Seine Hände strichen an ihren Hüften entlang. „Du hast so schöne Kurven, für die ein dünner Teenager einen Mord begehen würde.“ Dann bewegten sich seine Hände ihren Oberkörper hinauf, und er spürte, wie sie einen Atemzug einsog.

Als seine Finger die Unterseite ihres BHs erreichten, verlangsamte er seine Bewegungen und bemerkte, wie ihre Brust sich schnell hob und senkte. Sanft schob er seine Hände darüber und umfasste ihren Busen. Im Spiegel sah er, wie sich ihre Lippen mit einem Stöhnen öffneten.

„Du solltest das nicht tun“, flüsterte sie.

„Du hast schöne Brüste, fest und weich. Die perfekte Größe. Ich liebe es, sie in meinen Händen zu wiegen.“ Er senkte seinen Mund zu ihrem Ohr. „Ich werde dich jetzt von deinem BH befreien, weil Brüste wie diese nicht versteckt werden sollten.“

Wenn sie protestieren wollte, machte sie keinen sichtbaren Versuch. Dio öffnete den Verschluss am Rücken, steifte jedoch die BH-Träger nicht von ihren Schultern. Stattdessen brachte er seine Hände wieder nach vorne, um den Augenblick zu genießen, wenn er ihre schönen Brüste enthüllte.

Er bemerkte, wie sie ihre Lider wieder senkte. „Schau in den Spiegel, Baby! Lass mich dir zeigen, wie schön du bist.“

Ihr Kopf hob sich, und ihre Blicke trafen sich im Spiegel. Während er ihre Reaktion beobachtete, glitten seine Finger unter ihren BH. Zentimeter um Zentimeter strich er höher, bis beide Brüste in seinen Händen gefangen waren und ihre harten Nippel in seine Handflächen drückten.

„Leg deinen BH ab!“, wies er sie an und fühlte, wie ihm heiß wurde.

„Dio, wir sollten aufhören.“ Ihr flehender Blick wurde von der Art negiert, wie sie ihre Brüste in seine Handflächen drückte und einen engeren Kontakt suchte. Als Antwort darauf drückte er das feste Fleisch und ein schneller Atemzug rauschte aus ihren Lungen.

„Bitte.“ Er drückte einen Kuss auf ihren Hals und bemerkte, dass ihre Haut so heiß wie seine war. „Lass mich sehen, wie schön du bist.“ Dio hob seine Handflächen und nahm ihre steifen Nippel zwischen Daumen und Zeigefinger und rollte sie mit leichtem Druck.

Ihr Atem stockte und ihr Po rieb gegen ihn, was einen Feuerball direkt in seine Eier schickte.

„Zieh ihn aus! Jetzt!“, befahl Dio. Endlich hob sie ihre Hände und zog an den BH-Trägern, um dann das nutzlose Kleidungsstück zu Boden fallen zu lassen. Er senkte seine Hände an die Unterseite ihrer Brüste und ließ sie auf seinen Handflächen ruhen, sodass sie im Spiegel seinem hungrigen Blick ausgesetzt waren.

Im Spiegelbild sah er seine Augen, die so lusterfüllt waren, wie er sie noch nie gesehen hatte, während seine Erektion hart und schwer gegen ihren süßen

Hintern drückte. Aris Augen erwiderten dieselbe Lust. Ihr gerötetes Gesicht und ihre geöffneten Lippen sahen sogar noch besser aus, als er es sich vorgestellt hatte. Es steckte mehr Leidenschaft in dieser Frau, als sie preisgeben wollte, am wenigsten ihm. Aber er würde es aus ihr herauskitzeln, ein Stöhnen nach dem anderen.

„Schau dich an!“ Seine Augen schweiften anerkennend über ihre Kurven. „Perfekt.“ Seine Daumen streckten sich nach oben und streichelten über die straffen Gipfel ihrer Brüste. „Was für schöne Brustwarzen. Als ich sie in jener Nacht gekostet habe ...“ Er setzte mit geöffnetem Mund Küsse auf ihren anmutigen Hals, den sie so bereitwillig zur Seite neigte, um ihm einen besseren Zugang zu gewähren. „Ich konnte nicht genug bekommen. Genau wie jetzt.“

Dio knetete ihre Brüste, als sie leise stöhnte.

„Ich war ein Idiot, in der Nacht aufzuhören.“

Ihre halb geschlossenen Lider flogen auf und ihr Blick traf seinen, während sich ihr Mund zu einem perfekten *O* formte.

„Ja, du hast richtig gehört. Ich hätte dich mit meinen Händen und meinem Mund kommen lassen sollen. Das wolltest du doch, nicht wahr?“ Er kniff ihre Brustwarzen leicht.

„Ja.“ Ihre Hand flog zu ihrem Mund, um ihn zu bedecken, und er verstand, dass sie dies nicht hatte zugeben wollen. Aber er hatte es trotzdem gehört.

Dio nahm ihr Ohrläppchen zwischen seine Lippen und knabberte daran. „Ich wollte es auch. Ich wollte spüren, wie du dich in meinen Armen fallen lässt.“

Er hob seine Augen und starrte in den Spiegel, beobachtete, wie seine Hand an ihrem Oberkörper hinunterglitt und über ihren Rock strich. Ohne Eile ließ er seine Hand über ihrem Geschlecht verweilen und fühlte die Wärme, die in seine Handfläche strömte. Vorsichtig drückte er ihren Rücken gegen seinen Schwanz, der verzweifelt gegen den Reißverschluss seiner Jeans drängte. Die Verzahnung grub sich in sein empfindliches Fleisch. Aber er begrüßte die Schmerzen, weil sie das einzige waren, das ihn davon abhalten konnte, ihr die restlichen Kleider vom Leib zu reißen und sich in ihr zu vergraben.

Er zog am Stoff ihres Rockes, bis er seine Hand darunter gleiten lassen konnte. Ihr einfaches Baumwollhöschen war kein Hindernis. Von ihrer Erregung feucht war es vielmehr eine Einladung, ihren Körper weiter zu erforschen. Er schob den Slip beiseite und ließ seine Finger hineingleiten. Er fand ihre feuchte Hitze mit der unfehlbaren Präzision eines erfahrenen Schützen.

In dem Moment, als seine Fingerspitzen sich mit ihrem warmen Fleisch verbanden, schloss er die Augen, unfähig, seine eigenen Handlungen weiter im Spiegel zu beobachten aus Angst, dass er in seinen Boxershorts explodieren könnte. Aber er konnte nicht aufhören, sie zu streicheln. Ihr Fleisch war so weich und warm, so feucht und einladend, nicht einmal ein Wagen, vor den hundert Pferde gespannt waren, hätte seine Hand von ihr wegziehen können.

Er spürte, wie Ariadne ihren Kopf gegen seine Brust lehnte und wie ihre Atmung uneben wurde, und konnte sich den Anblick nicht länger verwehren. Was er im Spiegel sah, raubte ihm fast den Atem. Ari war schöner, als er sie jemals zuvor gesehen hatte. Der leichte Glanz kleiner Schweißperlen auf ihrer Haut ließ ihren ganzen Körper vor Lust und Begierde strahlen. Ihre Lippen waren leicht geöffnet, und ihre Zunge leckte darüber, um sie zu befeuchten. Gehärtete Nippel saßen auf ihren festen Brüsten. Auf Brüsten, die eindeutig keinen BH brauchten, um ihre Form zu halten.

Dio ließ seinen Blick nach unten schweifen, wo seine Hand unter ihrem Rock lag, aber der Stoff verhinderte seine Sicht. Das musste er ändern. Er wollte sie sehen.

Mit der anderen Hand öffnete er schnell den Knopf ihres Rockes, dann zog er ungeschickt am Reißverschluss. Als er seine Hand von ihrem Geschlecht nahm, um sie von dem Rock zu befreien, kam ein wimmernder Protest über ihre Lippen. Einen Augenblick später schob er ihr Höschen hinunter, um ihre dunkelblonden Schamhaare zu enthüllen.

„Bei den Göttern, bist du schön!"

Er beobachtete, wie seine Hand nochmals zwischen ihre Beine glitt und wie diese sich öffneten, um ihm einen besseren Zugang zu ermöglichen. „So eine hübsche Muschi", flüsterte er ihr ins Ohr und streichelte entlang ihrer Falten. „Ich muss in dir sein und dich spüren." Mit seinem Finger tastete er sich vor und ganz langsam drang er in sie ein.

Sie erbebte in seinen Armen. „Dio, wir sollten nicht ... wir können nicht ..."

Aber ihr Protest wurde davon begleitet, wie ihr Körper sich gegen ihn drängte und ihre inneren Muskeln sich um seinen Finger drückten.

„Wir müssen es tun. Du brauchst das ... wir beide brauchen es." Und bei den Göttern, wie sehr er diese Berührung brauchte. Als sein Finger wieder und wieder in sie eindrang, wurde ihm klar, wie sehr er sich danach sehnte, sie in seinen Armen zu fühlen, sie zu erforschen, sie kommen zu lassen. Ja, vor allem das. Er wollte sehen und spüren, wie sie sich in seinen Armen hingab und kam. Er wollte ihr zu verstehen geben, was er ihr geben und zu welchen Höhen er sie bringen konnte.

Er zog seinen feuchten Finger aus ihrer Scheide und führte ihn weiter nach oben, wo er über das erregte Bündel Fleisch streifte, das sich an der Basis ihrer Locken verbarg. Sein Streicheln war sanft, aber Aris Körper erbebte dennoch, und ihre Lippen entließen ein unkontrolliertes Stöhnen.

„Ja, Baby", ermunterte er sie. „Sag mir, was sich gut anfühlt!" Aber sie musste es ihm nicht wirklich mitteilen, denn ihr Körper sprach laut genug. Jeder Atemzug und jede Bewegung teilten ihm mit, was sie wollte und was ihr gefiel.

Er rieb seinen Daumen gegen ihre Klitoris und tauchte seinen Finger wieder in ihren engen Kanal. Er erinnerte sich noch, wie eng sie gewesen war, als sie in jener Nacht miteinander geschlafen hatten, wie sie ihn gepackt und den letzten Tropfen seines Samens aus ihm gewrungen hatte. Bei den Göttern, wie er es geliebt hatte, genau wie er es jetzt liebte, wo sie das gleiche mit seinem Finger tat.

Dio blickte in ihr Gesicht und bemerkte, dass ihre Augen noch immer geschlossen waren. Obwohl er wollte, dass sie im Spiegel mit ansah, was er tat, bat er sie nicht, ihre Augen zu öffnen, aus Angst, dass es ihr peinlich sein würde und sie sich dann vor ihm verschließen würde. Später, wenn sie in seiner Wohnung wären, würde er sie vor seinem Spiegel nehmen und sie zusehen lassen, wie er seinen Schwanz in sie stieß. Und er würde sie zwingen, ihm zuzusehen, wie er ihre Klitoris berührte und sie zum Höhepunkt brachte.

Ob es der Ort war oder die Art und Weise, wie Ari sich in seinen Armen gehen ließ, wusste er nicht, aber er war noch nie in seinem Leben so erregt gewesen. Sie zu berühren und zu spüren, wie sie mit solcher Hingabe auf ihn reagierte, trieb ihn bis an den Rand. Seine Finger arbeiteten wild, und sein Daumen rieb in einem Rhythmus über ihre Klitoris, den sie für ihn setzte, bis ihr Atem schließlich ins Stottern geriet, und ihre Muskeln sich verkrampften. Als ihr Orgasmus über sie hereinbrach, verlangsamte Dio seine Berührungen, ließ jedoch nicht von ihr ab, während er die Wellen ihres Höhepunktes mit ihr genoss.

Er hatte gedacht, dass es genug für ihn sei, wenn er sie kommen ließ, aber das war es nicht. Er musste in ihr sein, ihre enge Scheide um seinen Schwanz, der vor Verlangen schmerzte, spüren. Mit seiner freien Hand öffnete er seine Hose.

„Ist da drinnen alles in Ordnung? Kann ich Ihnen sonst noch etwas besorgen?“

Aris Augen schossen sofort auf.

Verdammter Mist! Die lästige Verkäuferin war zurück, und ihr Timing war Scheiße!

„Äh ...“ Ari räusperte sich. „Nein, alles ist in Ordnung. Danke.“

„Okay, wenn Sie was brauchen, ich bin vorne am Eingang.“

Dio hörte die Schritte, wie sie sich entfernte.

Verzweifelt griff Ari nach ihrer Kleidung. Verlegenheit war ihr ins Gesicht geschrieben. Dio stoppte sie und zog sie zurück in seine Arme. „Baby, was wir getan haben ist nichts Schlimmes.“

Sie begegnete seinem Blick im Spiegel. „Wir hatten beschlossen zu warten.“

Ohne nachzudenken, gab Dio die nächsten Worte von sich, unfähig, sich daran zu hindern. „Ich hab’s satt zu warten. Lass uns einen Hochzeitstermin festsetzen. Ich will dich heiraten, je früher, desto besser.“

26

Natalie knallte ihre Tasse Kaffee so laut auf den Tisch, dass die Hälfte der Kunden im Cafe ihre Köpfe zu ihnen umdrehte. „Er hat *was* gesagt?“

Ari senkte ihre Stimme. „Er will einen Hochzeitstermin festlegen. Für nächste Woche.“ In ihrem Kopf spielte sich die Szene in der Umkleidekabine zum hundertsten Male ab. Sie war noch nie in ihrem Leben so erregt gewesen. Vielleicht war es die Nachwirkung dessen gewesen, was Dio ihr vor ein paar Nächten angetan hatte: sie besinnungslos geküsst und sie dann unbefriedigt gelassen. Vielleicht konnte sie dies als Ausrede benutzen, warum sie sich in einer Umkleidekabine so hatte gehen lassen.

Es war ein Glücksfall gewesen, dass die Verkäuferin sie unterbrochen hatte. Eine Sekunde später, und sie und Dio hätten dort miteinander Sex gehabt. Verdammt, er hatte sie bereits zum Höhepunkt gebracht. Sie war weder in der Lage gewesen, seiner Berührung und seinen Küssen noch den Dingen, die er zu ihr gesagt hatte, zu widerstehen.

Aber seine Forderung, nachdem die Verkäuferin sie unterbrochen hatte, hatte sie wie ein Blitzschlag getroffen.

„War das nicht das, was du wolltest?“ Natalie hob beide Augenbrauen.

„Nein!“ *Doch.* „Nicht so. Er denkt, er ist in mich verliebt.“

„Das würde ich als eine gute Sache ansehen.“

„Aber es ist alles eine Lüge. Er denkt, er ist in mich verliebt, weil ich es ihm eingeredet habe. Er liebt mich nicht. Er denkt, er liebt mich, weil wir verlobt sind. Und jetzt will er heiraten. Was soll ich nur tun?“ Wie konnte diese Situation so schnell so schrecklich aus dem Ruder gelaufen sein? Sie hatte nur ein paar kleine Unwahrheiten erzählt, die sich nun zu einem nahezu unüberwindbaren Lügengebirge aufgetürmt hatten.

„Ihn heiraten?“

Ari starrte ihre Freundin ungläubig an. „Das kann nicht dein Ernst sein. Ich kann nicht einen Mann heiraten, der mich nicht liebt. Außerdem hat er sein Gedächtnis verloren. Ich kann ihn doch nicht so ausnutzen.“

„Glaubst du nicht, deine Skrupel kommen ein wenig zu spät? Wenn ich mich recht erinnere, habe ich dich von Anfang an gewarnt, aber du wolltest ja nicht auf mich hören.“

Ari ließ den Kopf in ihre Hände sinken. „Ich muss ihm alles gestehen.“

„Er wird wütend werden. Wenn er dir überhaupt glaubt.“

„Warum sollte er mir nicht glauben?“

Natalie beugte sich vor. „Weil er immer noch unter Amnesie leidet. Meinst du, er wird dir glauben, wenn du plötzlich behauptest, dass ihr nicht verlobt seid? Alles, was er weiß, ist, was du ihm von Anfang an eingebläut hast. Er wird sich daran klammern."

Könnte ihre Freundin recht haben? „Bist du plötzlich Krankenschwester?"

Natalie tippte sich mit dem Finger an die Schläfe. „Gesunder Menschenverstand. Denk doch mal einen Moment darüber nach: Er wacht nach der Schlägerei auf und die erste Person, die er sieht, bist du. Und du lügst ihn an."

Ari wollte protestieren, aber jedes Wort, das ihre Freundin sprach, war die Wahrheit.

„Und dann benimmst du dich so, als ob all diese Lügen wahr wären. Du behauptest, er hätte einen Job hier im Restaurant –"

„Ich habe dir einen Gefallen getan!"

Natalie verkniff sich merklich ein Schmunzeln. „Danke, aber darum geht's doch jetzt nicht."

„Auf was willst du dann hinaus?" Ari fühlte Ungeduld in sich hochsteigen.

„Du sorgst dafür, dass alles, was du ihm vorgelogen hast, mit Taten unterstützt wird. Zwischen euch brodelt es, sonst hätte er dich sicher nicht bis zur Unterwerfung geküsst, nachdem er das fantastische Abendessen für dich gekocht hat –"

„Hey, er hat mich nicht bis zur Unterwerfung geküsst. Es gab keine Unterwerfung!"

„Hätte es aber gegeben, wenn er nicht aufgehört hätte." Natalie hob ihre Hand, um einen weiteren Protest zu unterbinden. „Und leugne es nicht! Ich kenne dich. Du hast alles Menschenmögliche getan, um ihn in dem Glauben zu lassen, dass deine Lügen wahr sind und jetzt entscheidest du dich dafür, dass du ihm die Wahrheit sagen willst? Was soll er davon halten?"

Ari richtete sich auf. „Er wird es glauben. Er muss es glauben."

Natalie schüttelte den Kopf. „Er wird denken, dass du kalte Füße bekommen hast und ihn nicht mehr heiraten willst." Sie lehnte sich zurück, aber eine Sekunde später schoss sie wieder nach vorne. „Oder er wird denken, dass du ihn nicht mehr liebst und loswerden willst, weil er sein Gedächtnis verloren hat."

„Das ist lächerlich. Er hat keinen Grund, so was zu glauben."

„Dann hat er auch keinen Grund, dir überhaupt etwas zu glauben. Siehst du das denn nicht? Wenn du ihm jetzt die Wahrheit sagst, machst du die Dinge nur noch schlimmer. Wenn du dich nur ein bisschen um ihn scherst, dann tu ihm das nicht an! Ohne sein Gedächtnis hat er nichts anderes in seinem Leben: keine Freunde, keine Familie. Er braucht dich jetzt."

Ari ließ Natalies Worte auf sich wirken. Brauchte Dio sie wirklich? Machten Natalies Worte Sinn? „Du würdest das doch nicht nur sagen, damit er weiter bei dir als Kellner arbeitet, oder?“

Natalie schnaubte. „Ich kann nicht glauben, dass du mir so etwas unterstellst!“

„Wirklich nicht? Also, dann sag mal, hast du den Job schon ausgeschrieben?“

Natalies Blick schweifte ab, ein sicheres Zeichen dafür, dass sie nach einer Ausrede suchte. „Also wirklich, ich war viel zu sehr beschäftigt und nächste Woche ist auch noch die Inspektion des Gewerbeamtes und –“

„Aha! Du bist eine totale Opportunistin!“

Ein verlegenes Grinsen huschte über Natalies Gesicht. „Hey, er braucht einen Job. Und wer weiß, wie lange er noch unter Amnesie leidet? Die Kunden mögen ihn und seinen erfrischenden Charme.“

Ari musste ihr zustimmen: Dio hatte tonnenweise Charme und benutzte ihn ständig, um sie zu erweichen. Aber das half ihr bei der Suche nach einer Lösung für ihre Situation auch nicht weiter. „Was nun? Ich kann nicht einfach so weitermachen. Ich kann ihn nicht unter Vorspiegelung falscher Tatsachen heiraten.“

„Dann musst du ihn davon abhalten, einen Termin festzusetzen.“

~ ~ ~

In dem Moment, als Dio seinen Schlüssel im Schloss umdrehte, wusste er, dass jemand in seiner Wohnung auf ihn wartete. Er wusste auch, wer – die Aura eines Gottes war unverkennbar und diesen Gott kannte er besser als viele andere. Es gab Momente, in denen er es wirklich hasste, dass Götter einfach überallhin teleportieren konnten, wenn es ihnen gerade in den Sinn kam. Dies war einer dieser Momente.

Dio rückte seinen immer noch harten Schwanz in seiner Hose zurecht und stieß die Tür auf, in der Hoffnung, Eros würde die Ausbuchtung nicht bemerken und seine abfälligen Bemerkungen für sich behalten. Genauso wie er hoffte, dass sein Freund nicht lange bleiben würde, denn was Dio jetzt brauchte war eine Dusche. Und sich mit seiner eigenen Hand zu befriedigen.

„Wird aber auch Zeit“, begrüßte Eros ihn von seiner bequemen Lage auf der Couch aus, seine Füße auf dem Wohnzimmertisch.

„Wie wär’s?“ Dio warf einen kritischen Blick auf Eros’ Füße.

„Ja, neue Schuhe, wie findest du sie?“ Eros grinste unverschämt, wohl wissend, dass Dios Kommentar nicht seinen Schuhen galt.

Dio ließ sich neben ihm nieder und schob Eros’ Füße vom Tisch, dann legte er seine eigenen Füße auf die Kante.

„Hey! Du legst doch deine auch drauf!“

„Kauf dir deinen eigenen Tisch, dann kannst du machen, was du willst!“

Eros starrte ihn an. „Na gut.“ Eine Sekunde später erschien ein kleinerer Couchtisch im Wohnzimmer. Eros schob Dios Tisch zur Seite und stellte den kleineren Tisch direkt vor sich. Dann legte er seine Füße hoch.

Dio verdrehte die Augen. „Was willst du? Ich habe nicht viel Zeit.“ Er warf einen Blick auf seine Armbanduhr. „Ich muss in ein paar Stunden wieder ins Restaurant.“

„Dann mach ich's schnell“, sagte Eros freundlich. „DU BIST EIN ARSCHLOCH!“

Dios Trommelfell explodierte fast, als er instinktiv in Richtung der Couchecke sprang. „Was zum Hades?“

„Du spielst mit ihren Gefühlen.“

Dio musste nicht fragen, wen Eros meinte. „Geht dich verdammt noch mal nichts an!“

Eros beugte sich vor und bohrte seinen Zeigefinger in Dios Brust. „Und damit liegst du falsch, völlig falsch. Ich bin der Gott der Liebe und ich wäre eine schäbige Ausgabe eines Gottes, wenn ich mich meiner Verantwortung entziehen würde. Und die Liebe ist meine Verantwortung.“

„Misch dich nicht ein, ich habe alles unter Kontrolle!“ Er hasste es, wenn Eros sich so aufspielte, als ob er der einzige wäre, der sich mit der Liebe auskannte.

„Ich mische mich ein, wenn ich muss. Sie will dich immer noch. Und was tust du? Du führst sie an der Nase herum und redest ihr ein, dass du sie liebst. Aber nein, das ist eindeutig nicht genug für dich, oder?“ Offenbar war Eros' Standpauke noch nicht zu Ende. „Du musst ihr auch noch einreden, dass du sie heiraten willst.“ Eros sprang auf und beugte sich über ihn. „Bist du von Sinnen?“

Sie will dich immer noch. Aber konnte sie ihn trotz all der Dinge, die er ihr angetan hatte, lieben? Trotz der gefühllosen Art und Weise, wie er nach ihrer wundervollen ersten Nacht mit ihr Schluss gemacht hatte? Konnte sie ihm denn überhaupt verzeihen?

„Halt die Klappe, Eros! Ich weiß genau, was ich tue.“

„Den Teufel werde ich tun!“

Dios Gedanken schweiften zurück zur Umkleidekabine, aber nicht zu dem Moment, als er sie verführt hatte, sondern nachdem sie unterbrochen worden waren. Seine Forderung, einen Hochzeitstermin festzulegen, war ein Reflex gewesen. Nach seinem Gespräch mit seinen beiden Angreifern hatte er begonnen, Möglichkeiten zu sehen, die zuvor außer Reichweite gewesen waren. Und dann, als er Ari in der Umkleidekabine in seinen Armen hatte, hatte er erkannt, dass es nur eine befriedigende Lösung für diese Situation gab.

„Ich will sie“, sagte er bestimmt und starrte Eros an.

Eros reagierte mit einem fassungslosen Blick. „Und das gibt dir das Recht, sie zu verletzen?“

„Ich werde ihr nicht wehtun." Nicht mehr. Von nun an würde er alles tun, um sie glücklich zu machen. Er hatte in der Umkleidekabine bereits damit begonnen. Er hatte noch nie eine Frau in einer solchen Ekstase gesehen. Und es war ein Anblick, den er wieder erleben wollte.

„Wenn du mit dieser Scharade weitermachst, dann verspreche ich dir, dass ich zu Zeus gehen werde."

Die Drohung hing in der Luft wie kalter Rauch am Morgen nach einer Party. Hätte Dio nicht erst vor kurzem mit Zeus gesprochen, dann hätte er die Drohung vielleicht ernst genommen, aber sein Vater war dieses Mal – ausnahmsweise – auf seiner Seite.

„Du verstehst es nicht, Eros. Ich liebe sie." Es war erstaunlich, wie leicht die Worte über seine Zunge rollten. So einfach, dass er sich gezwungen fühlte, sie zu wiederholen. „Ich liebe sie wirklich. Sie ist alles, was ich will." Während die Worte ihm fremd waren, war das Gefühl, das sie in seiner Brust auslösten, dasselbe, wenn er Ari in seinen Armen hielt. Ein Gefühl des Friedens überkam ihn. Es fühlte sich gut an, diesen Kokon aus Wärme und Zuneigung um sich herum zu spüren, sobald er an sie dachte.

„Du liebst sie?" Eros warf ihm einen seltsamen Blick zu. Für eine lange Zeit sagte er nichts. Dann öffnete er seinen Mund wieder. „Bei den Göttern, ich hätte nie gedacht, dass ich das je erleben würde, aber es muss wahr sein!"

Dio nickte, denn der Kloß in seinem Hals hinderte ihn daran zu sprechen.

„Es sieht so aus, als müssten wir eine Hochzeit planen." Eros klopfte ihm auf die Schulter und grinste. „Warte nur, bis wir Hermes und Triton davon erzählen."

27

Ari fummelte an den Spaghettiträgern ihres Sommerkleides herum. Dio hatte ihr gesagt, dass er eine Überraschung für sie hätte, doch in letzter Zeit war sie sich nicht sicher, ob sie Überraschungen mochte.

Sie warf ihm einen Seitenblick zu, als sie die Battery Street entlanggingen, die auf der einen Seite vom Wasser begrenzt und auf der anderen Seite von prachtvollen Villen gesäumt war. Dio hielt ihre Hand in seiner, und sie sahen aus wie ein ganz normales junges Paar bei einem Spaziergang an einem Sommernachmittag. Denn niemand konnte den Aufruhr in ihrem Inneren sehen.

Sie hatte nochmals mit Natalie gesprochen, doch ihre Freundin hatte versucht, sie zu überzeugen, dass Dio sich verändert hätte, dass der Verlust seines Gedächtnisses ihn in einen besseren Menschen verwandelt hätte. Sie schwor, sie hätte es im Restaurant bemerkt: wie hart er arbeitete und wie nett er zu den Gästen war. Sie sang ein Loblied auf ihn, von hier bis in alle Ewigkeit.

Ari musste zugeben, dass sie ähnliche Veränderungen in ihm bemerkt hatte. Das Abendessen, das er für sie gekocht hatte, war köstlich und die Präsentation geradezu exquisit gewesen. Er musste Stunden damit verbracht haben, alles vorzubereiten. Kein Mensch hatte sich wegen ihr je so viel Mühe gegeben. Und bevor ihr Einkaufsnachmittag in der Umkleidekabine außer Kontrolle geraten war, war er der liebste Mann gewesen, geduldig und zuvorkommend, während sie ewig Zeit damit verbracht hatte, das perfekte Oberteil zu finden. Nicht einmal Natalie wäre so geduldig gewesen, und ihre beste Freundin liebte es einzukaufen, wenn auch offenbar nur für sich selbst.

Dio verhielt sich wirklich wie der perfekte Verlobte. Er rief sie mindestens zweimal pro Tag an, nur um sich zu erkundigen, wie ihr Tag verlief und um hallo zu sagen. Und wenn er sie nicht bis zum Erweichen küsste oder sie mit seinen sündigen Händen berührte, war er sogar der perfekte Gentleman. Nicht, dass sie immer wollte, dass er ein Gentleman blieb. Seine Berührungen und seine Küsse hatten Begierden in ihr geweckt, die so wild und unmöglich zu unterdrücken waren, dass sie ihr Gehirn vernebelten und ihr ihren gesunden Menschenverstand raubten. Das musste der Grund dafür sein, oder warum sonst würde sie sich noch immer an die Lügen klammern, die sie erfunden hatte, nur um mehr Zeit mit ihm zu verbringen?

Was sie stattdessen tun sollte, war, ihm endlich die Wahrheit zu sagen und sich seiner Wut zu stellen, bevor diese ganze gewagte Lügengeschichte aufflog. Bereits jetzt wurden die Dinge immer riskanter. Obwohl er seit dem Vorfall in der Umkleidekabine nicht mehr versucht hatte, einen Hochzeitstermin festzusetzen, kannte sie ihn zu gut um zu glauben, dass er dies vergessen hatte.

„Wir sind da“, kündigte Dio leise an und deutete auf das Haus, vor dem er stehen geblieben war.

Sie las das Schild an der Hauswand: Olympus Inn, Pension. Verwirrt starrte sie ihn an. Panik überkam sie; sie befürchtete das Schlimmste. Er hatte womöglich vor, hier die Nacht mit ihr zu verbringen! Bei dem Gedanken daran blieb ihr sofort das Herz stehen. Wenn sie mit ihm schlief, würde sie nie mehr in der Lage sein, ihn zu verlassen. Und dann? Er würde ihr das Herz brechen, wenn er sie dann verließ. Und sie wusste, das würde er wieder tun. Weil er es schon einmal getan hatte. Was, wenn sich die Vergangenheit wiederholte?

„Was wollen wir in einer Pension?“

„Das ist eine Überraschung.“

Ari blieb wie erstarrt stehen, bis er an ihrer Hand zerrte. „Nein Dio, wir müssen etwas Wichtiges besprechen.“ Jetzt oder nie.

Verständnislos blickte er sie für einen Moment an, aber dann formten sich seine Lippen zu einem Lächeln. „Du glaubst, ich bringe dich zu einer Pension für einen Nachmittag voller ... soll ich sagen ... Pläsier?“ Dann schüttelte er den Kopf und gab ihr einen sanften Kuss auf die Wange, bevor er seinen Mund an ihr Ohr brachte. „Meine süße Ari, wenn ich gewusst hätte, dass du auf solche Ideen kommst, dann hätte ich Vorkehrungen dafür getroffen, aber leider habe ich für heute Nachmittag keinen Sex eingeplant.“

Sie spürte, wie ihr Gesicht und ihr ganzer Körper bei seinem lustvollen Vorschlag entflammte. Wie konnte er ihre Worte so einfach missverstanden haben?

Als er seinen Mund von ihrem Ohr entfernte und sie ansah, bemerkte sie ein Funkeln in seinen Augen, aber nicht einmal sein damit verbundenes Schmunzeln konnte ihren Herzschlag wieder auf eine normale Frequenz herunterbringen. Wie ein Presslufthammer schlug ihr Herz gegen ihren Brustkorb bei dem Versuch, aus ihrem Körper zu springen und mit seinem zu verschmelzen. Oh Gott, sie steckte so tief in der Klemme! Dio musste sie nur ansehen, und ihre Knie verwandelten sich in Wackelpudding. Und dem Grinsen auf seinem Gesicht nach zu urteilen, war er sich seiner Wirkung auf sie nur allzu sehr bewusst.

Dio führte sie ins Haus und die alte Holztreppe hoch, bevor er auf der ersten Etage abbog und einem Schild mit der Aufschrift *Empfang* folgte.

Hinter einem unauffälligen Schreibtisch mit einem Computer-Bildschirm und einer Auswahl von Broschüren und Papieren stand ein großer blonder Mann auf. Seine gebräunte Haut stand in perfektem Kontrast zu seinen ozeanblauen Augen und seinem sonnigen Lächeln. Sie konnte sich nicht vorstellen, dass dieser Mann seine Tage in einer Pension verbrachte, wo doch sein gesamtes Erscheinungsbild nach Strandleben aussah. Selbst seine Khaki-Shorts und sein lässiges T-Shirt deuteten darauf hin, dass er in etwa zwei Minuten in Richtung Meer unterwegs sein würde.

„Ich bin Dionysos“, stellte sich Dio vor und streckte seine Hand aus, um den Mann zu begrüßen. „Ich rief vorhin an.“

Der Inhaber zog eine Augenbraue hoch und schüttelte dann Dios Hand. „Triton Waters. Meiner Frau Sophia und mir gehört die Pension.“

Dann blickte er an Dio vorbei und ließ seine Augen über Ari schweifen. Sein prüfender Blick ließ sie für einen Augenblick erzittern. Sie fühlte sich, als ob sie einer Qualitätskontrolle unterzogen würde. War dies ein besonders exklusives Gästehaus, wo nur die Elite übernachten durfte? Sie war drauf und dran, an Dios Arm zu zerren und ihn aus diesem Haus zu ziehen, als Triton ihr ein charmantes Lächeln schenkte.

„Und ich nehme an, diese hübsche Dame ist die Verlobte, die Sie am Telefon erwähnt haben?“, fragte er und ging um den Schreibtisch herum, um ihr die Hand zu schütteln.

„Ja, das ist Ariadne, meine wunderbare Verlobte. Ich wüsste nicht, was ich ohne sie tun würde.“

Ari fühlte sich wie eine Betrügerin, als sie Dios Worte hörte. Wenn er wüsste, wie sie ihn in den letzten zwei Wochen belogen hatte! Gleichzeitig konnte sie sich jedoch nicht vorstellen, nicht mehr mit ihm zusammen zu sein.

„Freut mich, Sie kennenzulernen“, sagte Triton, während er ihre Hand nahm und sie fest drückte. Dann sah er an ihr vorbei und plötzlich leuchtete etwas in seinen Augen auf, das sie nicht interpretieren konnte. „Und hier ist meine Frau.“

Als Ari die Frau ansah, die hinter ihr in die Rezeption trat, erkannte sie den gleichen Ausdruck in deren Augen und verstand sofort, was es war: Liebe. Nachdem die dunkelhaarige Frau ihren Blick von ihrem Mann löste, ging sie einen Schritt auf Ari zu und reichte ihr die Hand.

„Ich bin Sophia. Warum gehen wir nicht alle auf den Balkon? Ich habe Alice gebeten, Eistee und Kekse für uns vorzubereiten.“

Ari wollte protestieren, denn sie fand die ganze Situation mehr als seltsam. Warum wollten diese Leute mit ihr und Dio sich quasi zu Kaffee und Kuchen hinsetzen? Als sie Dios Hand auf ihrem Arm spürte, der sie mit sich zog, als sie durch die Doppeltür auf den Balkon gingen, konnte sie nicht umhin, ihm zuzuflüstern: „Was ist hier los?“

Er warf ihr einen schnellen Seitenblick zu. „Eine Minute Geduld bitte!“

Augenblicke später saß sie neben Dio auf einem Zwei-Sitzer-Rattan-Sofa mit einem Glas Eistee in ihrer Hand. Sie führte das kalte Getränk an ihre Lippen, froh, das merkwürdige Gefühl einer drohenden Katastrophe, das in ihr hochgekrochen war, damit hinunterzuspülen.

Sophia schaute auf den Terminkalender, den sie in ihrer Hand hielt und drehte einen Kugelschreiber zwischen ihren Fingern. „Ich habe bereits das Datum eingetragen, heute in einer Woche: Also können wir gleich besprechen, welches Dekor Sie für die Trauung haben wollen."

Ari verschluckte sich an ihrem Eistee und spuckte die Flüssigkeit auf den Boden vor sich. Dabei verpasste sie nur knapp Sophias hübsche Sandalen und ihre lackierten Zehennägel. Trauung? „Was?" Das Wort kam als Krächzen aus ihrer Kehle, denn der Tee war in ihre Luftröhre gelaufen und hinderte sie daran, mehr als eine Silbe herauszubekommen.

Als sie hustete, um die hastig verschluckte Flüssigkeit aus ihrer Kehle zu katapultieren, klopfte ihr Dio sanft auf den Rücken, um ihr zu helfen. Sie drehte ihren Kopf, um ihn anzusehen, nein, um ihn verärgert *anzufunkeln*! Wie konnte er nur? Sein verlegenes Grinsen bestätigte es. Er wollte auf keinen Fall mehr warten, so viel war klar. Er wollte jetzt heiraten. In einer Woche, weil er mit ihr schlafen wollte.

„Ist alles in Ordnung, Baby?"

Oh Gott, warum hatte sie jemals diese blöde Ausrede erfunden, bis zur Hochzeit enthaltsam zu sein? Sie hätte wissen müssen, dass dies nie funktionieren würde. Und jetzt hatte er sie mit ihren eigenen Waffen geschlagen: Er hatte einfach einen Hochzeitstermin festgelegt, um einen Ausweg aus dieser idiotischen Idee zu finden. Was jetzt? Wie sollte sie aus diesem Schlamassel je wieder herausfinden?

Sie brauchte wertvolle Sekunden, bis sie ihren Atem und damit ihre Stimme wiedererlangte. „Dio, ich glaube, wir sollten das unter vier Augen besprechen."

„Wir haben das schon besprochen." Er schenkte ihr ein knappes Lächeln und wandte sich dann wieder Triton und Sophia zu. „Wir wollen nichts allzu Großes, nur Familie und unsere engsten Freunde. Eine intime Angelegenheit."

Bei dem Wort *intim* ließ Dio seinen Blick über ihren Körper schweifen, sodass sie erneut Hitzewallungen bekam und nach dem Eistee greifen musste. „Das geht alles viel zu schnell!", protestierte sie.

„Bei uns war es auch so", kommentierte Sophia.

Ari sah sie und Triton an und bemerkte, wie sie ein liebevolles Lächeln austauschten.

Dio legte seine Hand auf ihre und drückte sie. „Wenn es um Liebe geht, gibt es keinen Zeitplan."

Bevor Ari ihren Blick von dem Paar losreißen konnte, um Dio anzufunkeln, bemerkte sie, wie sich Tritons Augenbrauen zusammenzogen, als ob er etwas missbilligen würde. Sie verwarf die Idee aber sofort wieder, da sie daran dachte, dass er und seine Frau bei der Ausrichtung einer Hochzeit in der Pension bestimmt ein hübsches Sümmchen verdienen würden.

„Dio, wir sollten nicht so vorschnell sein." Sie warf ihm einen flehenden Blick zu.

„Vorschnell?“ Dio führte ihre Hand an seinen Mund und küsste ihre Handfläche. Der weiche Druck seiner Lippen schickte eine Welle von Wärme durch ihren Körper. „Wie lange sind wir schon verlobt? Sieben Monate?“

Sie wollte den Kopf schütteln und *nein* schreien, doch stattdessen sagte sie: „Ja.“

„Das ist lange genug.“ Dio drehte seinen Kopf zu den beiden Gastgebern. „Ich höre, Sie sind auch Jungvermählte. Wie lange waren Sie verlobt?“

Triton warf ihm einen überraschten Blick zu. „Das ist wohl kaum –“

„Weniger als drei Monate.“ Sophias Worte trafen mit Tritons ausweichender Antwort zusammen.

Ari stöhnte innerlich. Diese beiden waren keine Hilfe. Wenn überhaupt, dann gaben sie Dio nur noch mehr Munition, so schnell wie möglich die Hochzeit zu organisieren. Wer auf der Welt heiratete nach einer drei Monate langen – nein: kurzen – Verlobungszeit? Selbst die sieben Monate, die sie und Dio verlobt waren, erschienen kurz.

Zum Teufel! Was dachte sie denn überhaupt? Sie waren doch gar nicht verlobt, keine sieben Monate, keine drei Monate, nicht einmal einen Tag! Ja, vielleicht war sie deshalb jetzt so in Panik: denn Dio war dabei, eine Hochzeit zu planen, ihre Hochzeit! Und er hatte keine Ahnung, dass sie nicht einmal verlobt waren. Das war auf so vielen Ebenen falsch.

„Wird die Braut weiß tragen?“ Sophias Stimme drang zu Ari durch. Bevor ihr verwirrtes Gehirn eine Antwort bilden konnte, plapperte Sophia weiter. „Was sage ich denn? Natürlich, werden Sie weiß tragen. Ich kann Ihnen eine ausgezeichnete Boutique empfehlen.“

Ari griff nach dem Strohhalm, den sie in Sophias Worten erspähte. „Ich befürchte, wir müssen es verschieben. Eine Woche ist nicht genug Zeit, um ein Kleid zu bekommen. So etwas dauert länger.“ Sie warf Dio einen flehenden Blick zu. „Keines der Hochzeitskleider in den Boutiquen würde mir jemals ohne Änderungen passen. Und eine Schneiderin braucht Zeit.“ So würde sie sich etwas mehr Zeit verschaffen.

Aber Sophia machte eine wegwerfende Handbewegung. „Keine Sorge. Ich kenne diese Boutique, wo das Modell der Schneiderin genau Ihre Größe hat. Ich bin mir sicher, dass Ihnen jedes Kleid dieses Geschäfts wie angegossen passen wird.“

Ari wollte schreien, doch stattdessen zwang sie ein Lächeln auf ihre Lippen. „Das ist ... äh ja ein Glück.“

„Ausgezeichnet. Ich werde einen Termin für Sie vereinbaren.“ Sophia machte sich eine Notiz in ihrem Planer. „Jetzt zu den Speisen.“

„Lassen Sie uns Olymp dafür engagieren“, schlug Dio vor.

Ari drehte sich zu ihm um, denn etwas in seinen Worten klang seltsam. Warum kannte Dio den Namen eines Party-Services? Erinnerte er sich wieder an bestimmte Dinge? War sein Gedächtnis zurückgekehrt? „Olymp?“

Ein flüchtiger Ausdruck von Panik erschien auf seinen schönen Zügen, bevor er schnell antwortete: „Ja, ich habe in einem Hochzeitsmagazin eine Anzeige gesehen. Und das Essen klang köstlich."

„Du hast Dir ein Hochzeitsmagazin angesehen?" Sie hatte noch nie von einem Mann gehört, der so etwas tat.

„Ja, einer von uns beiden muss es ja tun."

Und mit Sicherheit würde sie nicht diejenige sein, da hatte er schon recht.

„Olymp ist in Ordnung. Sie sind sehr ... prompt", bestätigte Triton. „Und kostengünstig."

Ari spürte, wie sie mehr und mehr überrollt wurde. Eine Entscheidung nach der anderen wurde ihr abgenommen. Punkt für Punkt wurde auf einer Liste abgehakt, die sie nie zu sehen bekam, und Pläne, von denen sie nicht die Absicht hatte, sie einzuhalten, wurden geschmiedet. Doch irgendwie waren ihre Lippen nicht mehr in der Lage zu protestieren. Und warum sollten sie es überhaupt versuchen, wenn Dio ihre Proteste sowieso einfach ignorieren würde? Er war fest entschlossen, diese Hochzeit durchzuziehen.

„Gäste?", hörte sie Sophia fragen.

„Die Familie der Braut, Eltern, Cousinen ... äh, Ari, es tut mir leid, aber ich glaube, du musst mir dabei helfen." Dann warf Dio Sophia und Triton einen entschuldigenden Blick zu. „Ich leide unter Amnesie. Ein Unfall."

Als sie eine weitere Möglichkeit für einen Protest sah, stürzte sich Ari darauf. „Dio, ich glaube, es wäre besser, wenn du dich erst von dem Unfall erholst, bevor wir die Hochzeit weiter planen."

„Ich fühle mich völlig in Ordnung."

„Aber es ist erst vor zwei Wochen passiert."

Er drückte ihre Hand. „Ich bin vollkommen gesund."

Natürlich würde er nicht nachgeben.

„Also, wie groß ist deine Familie?"

Ari schluckte schwer. Sie konnte das ihren Eltern nicht antun. Sie hatten dies schon einmal durchgemacht, und es hatte alles in einer Enttäuschung geendet. Genau wie es auch diesmal enden würde. „Sie können nicht so kurzfristig reisen. Dad muss jemanden finden, der sich um den Laden kümmern kann und Mom kann nicht einfach so kurzfristig weg. Sie haben Verpflichtungen. Und dann sind da noch die Flüge. Da immer noch Hauptsaison ist, wird wahrscheinlich alles ausgebucht sein. Und mit dem Auto zu fahren würde zu lange dauern." Mehr und mehr Entschuldigungen purzelten über ihre Lippen. „Und so wie ich meine Mutter kenne, hat sie nichts Passendes zum Anziehen. Sie braucht bestimmt einen guten Monat, um das richtige Outfit zu finden."

Dio erkannte verzweifelte Ausreden, wenn er sie hörte. Und Ari griff nach jedem noch so dünnen Strohhalm, den sie sah. Nicht, dass es ihr helfen würde:

Er hatte die Zügel in der Hand und diese Hochzeit würde stattfinden, egal wie viele fadenscheinige Ausreden ihr einfielen.

Es war an der Zeit, dass sie aufhörte zu denken und anfing, mit ihrem Herzen zu fühlen. Was hatte Zeus gesagt? Er sollte an das wahre Ich von Ari appellieren, an ihre tiefsten Wünsche und Hoffnungen.

„Würden Sie uns für einen Moment entschuldigen?“ Dio lächelte Sophia an und fing einen kaum unterdrückten finsteren Blick von Triton auf. Sein Freund hatte seine Meinung zu dem Thema bereits kundgetan, als Dio angerufen hatte, um ihre Ankunft und seinen Plan zu verkünden. Triton dachte immer noch, dass Dio mit Aris Gefühlen spielte. Sicher, er überrollte Ari mit dieser Hochzeit, aber es war zu ihrem eigenen Wohl. Sie verstand es einfach nur noch nicht. Er war nicht wie sein Vater: Er konnte lieben, wirklich lieben. Er würde ein treuer Ehemann sein.

Mit einem sanften Druck seiner Handfläche gegen Aris Rücken, bedeutete er ihr, aufzustehen und führte sie nach drinnen in Richtung Bad, da er wusste, dass dies der einzige Raum auf dieser Etage war, der etwas Privatsphäre garantierte.

„Dio, was machst du –“

„Einen Moment, Baby“, unterbrach er und schob sie ins Bad. Dann drängte er sich hinter ihr hinein und schloss die Tür.

Sie drehte sich sofort zu ihm um und funkelte ihn an. „Was soll das verdammt noch mal?“

„Ich will nur sicherstellen, dass wir nicht gestört werden. Denn es sieht so aus, als ob wir was zu besprechen hätten.“

Er sah sie schlucken und wusste, wohin ihre Gedanken wanderten. Aber er würde nicht zulassen, dass sie ihm plötzlich ihre Lügen gestand. Nein, er wollte kein Geständnis, nicht jetzt. Nach ihrer Hochzeit vielleicht. Was er im Moment brauchte war ihre Zustimmung, und sie würden dieses Bad nicht verlassen, bis er sich diese gesichert hatte.

Dio zog sie an sich, legte seine Wange an ihre und strich mit seiner Hand durch ihr Haar, während seine andere Hand ihre Taille umfasste. „Ich weiß, du hast Angst, Baby. Heiraten ist ein großer Schritt. Ich verstehe das, aber du hast nichts zu befürchten. Ich liebe dich mehr als irgendjemand anderen in meinem Leben.“

„Aber du kannst dich an nichts erinnern. Wie kannst du das also wissen?“

Dio nahm ihre Hand und drückte sie gegen seine Brust. „Ich fühle es.“ Sein Herz schlug in ihre Handfläche, und in diesem Moment war es, als ob Ari sein Herz besäße, als ob er es nicht mehr selbst regierte. Dieses Gefühl konnte er nicht verleugnen.

Er schloss seine Augen und küsste sie.

Zuerst war ihre Reaktion auf ihn steif, und er wusste auch warum: Sie war sich bewusst, dass er versuchte, sie umzustimmen, damit sie ihn heiratete. Und obwohl das die Absicht seines Kusses war, und obwohl er sich wie ein Schurke fühlen sollte für das, was er tat, entflohen all diese Gedanken seinem Geist, als sich ihre Lippen öffneten, und er mit seiner Zunge in sie drang. Nur ein Gedanke blieb: Er wollte Ari.

Als ihre Zunge gegen seine streichelte und ihre Arme sich um seinen Hals legten, stöhnte er vor Freude. Er legte seine Hände auf ihren allzu köstlichen Hintern und zog sie gegen seine wachsende Erektion. Sie konnte ihm das mit einem Kuss antun, ihn in einer Sekunde hart machen, obwohl er nicht die Absicht gehabt hatte, sich heute von ihr erregen zu lassen. Aber jetzt, da sie sich gegen ihn drückte, ihn voller Hingabe zurückküsste, konnte er nicht aufhören, seinen Schwanz gegen ihren weichen Kern zu reiben.

Schwer atmend riss er seine Lippen von ihr und gab sie frei. Dann trat er zurück, erfreut, einen sanften Schimmer auf ihrem Gesicht und einen Glanz der Begierde in ihren Augen zu sehen. „Ari, ich weiß, wir haben dies nicht richtig angefangen, also möchte ich zumindest diesen Teil richtig machen."

Er griff in seine Tasche, wo seine Finger eine kleine Schachtel umschlangen, die er zuvor dort hineingesteckt hatte. Als er sie herauszog, fiel er auf die Knie, öffnete die Schachtel und sah Ari an. „Wirst du mich nächste Woche heiraten, Ariadne?"

Er hielt ihr den Ring entgegen, doch er blickte nicht auf den funkelnden Diamanten. Alles, was er sehen wollte, war die Antwort in ihren Augen. Ihr Gesicht zuckte, der Atem stockte ihr, und ihre Brust hob und senkte sich unkontrolliert. Ihre Augen blickten von dem Ring zu ihm und zurück, während sie mit offenem Mund um Fassung rang.

Dio lächelte. Das hatte sie nicht erwartet! Er würde sich selbst lobend auf die Schulter klopfen, wenn er nicht so angespannt auf ihre Antwort warten würde. Sein eigener Herzschlag hämmerte bis in seine Kehle. War dies so, wie sich Männer auf der ganzen Welt in diesem Moment fühlten? Vollkommen verwundbar und der Barmherzigkeit einer Frau ausgeliefert?

„Ari, ich brauche deine Antwort."

Sie nickte zitternd, die Lippen zusammengepresst.

„Ist das ein *Ja, ich werde dir antworten* oder ein *Ja, ich werde dich heiraten*?"

Als sie nicht antwortete, nahm Dio den Ring und schob ihn langsam auf ihren Finger. Dabei ließ er ihr genug Zeit sich zurückzuziehen, falls sie nicht einverstanden wäre.

„Ich liebe dich", flüsterte sie.

Langsam stand er auf und fühlte ihre Worte wie einen endlosen Strom von Wärme durch sich hindurchfluten. Ohne Eile nahm er ihr Gesicht zwischen seine Hände und zog sie näher, bis seine Lippen über ihren waren. „Und ich liebe dich." Wie es passiert war, wusste er nicht, aber er wusste mit absoluter Sicherheit, dass er die Wahrheit sprach.

28

„Es wäre einfacher gewesen zu teleportieren", kommentierte Hermes zum fünften Male.

Dionysos hielt sich an der Schulter seines Freundes fest, während sie – unterstützt von Hermes' geflügelten Sandalen – über den Wolken dahinflogen. „Und die Gelegenheit verpassen, wie ein Vogel zu fliegen? Auf keinen Fall." Er genoss die Brise, die sein Haar zerzauste und seinen Körper kühlte.

Sein Freund grinste ihn an. „Du bist genauso schlimm wie Triton."

„Das kommt daher, weil du von allen Göttern den coolsten Apparat hast." In der Tat hatte Dio keinerlei Geräte abbekommen. Eros hatte seinen Pfeil und Bogen; Triton besaß eine Muschel, mit der er die Ozeane beruhigte, und sogar Äskulap hatte einen Stab, um Krankheiten zu heilen. Alles was Dio hatte, war ein ständiges Verlangen nach Wein und Sex. Und dank Aris selbst-auferlegter Abstinenz neuerdings auch noch eine permanente Erektion.

„Wenn du nicht einen Kater gehabt hättest, als Zeus diese geflügelten Sandalen ausgehändigt hat, vielleicht hättest du sie dann bekommen; ich wäre dann der Gott, der den Trauben beim Wachsen zusieht, während er mit einem Glas Wein in der einen Hand und einer heißen Braut in der anderen das Leben genießt."

Dio runzelte die Stirn. „Bist du neidisch, weil du denkst, ich hätte es einfacher als du? Ich kann dir sagen, dass diese Trauben nicht von alleine bis zur Perfektion heranwachsen – das ist eine Kunst! Wenn ich sie nicht ständig auf ihren Zuckergehalt hin überprüfen und mit Helios über die Menge der Sonnenstrahlen verhandeln würde, die sie abbekommen müssen, dann gäbe es auf der ganzen Welt keinen anständigen Wein."

Hermes schnaubte. „Schon gut. Ich sag ja nur. Ich bin ständig unterwegs. Ich würde gerne auch mal meine Füße hochlegen und einfach nur faul herumhängen. Hast du eine Ahnung, wie deprimierend es ist, die armen Seelen mit der Fähre über den Styx zu bringen und zu wissen, dass sie dazu verurteilt sind, auf alle Ewigkeit in Hades' Unterwelt zu verweilen?"

„So schlecht ist der Hades jetzt auch wieder nicht. Onkel Hades hat in letzter Zeit eine Menge Verbesserungen vorgenommen. Sogar Toiletten sind jetzt drinnen."

Hermes verzog das Gesicht. „Ich weiß das, aber diese armen Seelen doch nicht. Sie jammern während der ganzen Reise."

„Warum sagst du ihnen dann nicht einfach, was sie wirklich erwartet?"

Hermes warf ihm einen fassungslosen Blick zu. „Du willst, dass ich ihnen die Überraschung verderbe? Das ist doch der halbe Spaß an meinem Job.“

Dio schüttelte den Kopf und verdrehte die Augen. „Pass nur auf, dass du nicht anfängst, auch so zu jammern wie deine Fahrgäste.“

Hermes deutete plötzlich nach unten Richtung Erde. „Wir sind fast da.“

Dio folgte seiner ausgestreckten Hand, als sie an Flughöhe abnahmen. Unter ihnen kam eine kleine Stadt in Sicht. Als sie sich dieser näherten, verlangsamte Hermes seine Geschwindigkeit. Dio blickte hinunter zu den malerischen Häusern mit spitzen Dächern, den sauberen Straßen, die mit Bäumen gesäumt waren, den ordentlich gepflegten Vorgärten und den weißen Lattenzäunen.

Hermes hielt sich von der geschäftigen Hauptstraße fern.

„Wo sollen wir landen?“

Hermes zeigte auf ein bewaldetes Gebiet. „Im Park. Wir landen dort, wo die Büsche und Bäume am dichtesten sind. Ich bezweifle, dass uns jemand sehen wird. Wenn nötig kann ich uns in eine Wolke einhüllen, wenn wir beim Landeanflug Deckung brauchen.“ Die Sterblichen würden einfach glauben, dass es neblig würde.

Augenblicke später spürte Dio festen Boden unter seinen Füßen und ließ Hermes’ Schultern los. „Danke für die Fahrt.“

„Gern geschehen. Soll ich hier warten oder willst du, dass ich mitkomme?“

Dio nickte. „Ich könnte Unterstützung brauchen.“ Was er vorhatte, war gelinde gesagt eine delikate Angelegenheit. „Lass uns gehen.“

Es dauerte nur fünf Minuten, um die Adresse zu finden, und weitere fünf Minuten, um seine Nerven zusammenzukratzen und an die Tür zu klopfen. Als er Schritte hinter der Eingangstür des kleinen Einfamilienhauses mit der gestutzten Hecke hörte, versteifte er sich unwillkürlich.

„Bei den Göttern, du siehst ja sogar nervös aus“, weidete sich Hermes an Dios Unbehagen.

„Ich habe das noch nie vorher getan.“

„Beim zweiten Mal wird’s einfacher.“ Hermes klopfte ihm auf den Rücken.

„Es wird kein zweites Mal geben. Und außerdem bin ich mir nicht sicher, wie viel Gewicht ich deiner Aussage beimessen kann, wenn ich bedenke, dass sie von einem Kerl kommt, der dies auch noch nie getan hat.“

Hermes öffnete den Mund, aber im selben Augenblick ging die Tür auf, und eine Frau Ende Fünfzig sah sie an. „Ja?“ Sie wischte sich die Hände an einem Geschirrtuch ab.

Dio räusperte sich. „Ich bin Dionysos Theos, und dies ist mein Freund und Kollege Hermes Fuhrmann. Wir sind hier, um Ihnen eine gute Nachricht zu bringen.“ Wenigstens hoffte er, dass sie es als gute Nachricht ansah.

Die Frau kniff die Augen zusammen. Aus der Wohnung kam die Stimme eines Mannes. „Wer ist es, Marianne?“

Sie runzelte die Stirn. „Schon wieder die Zeugen Jehovas.“

Bevor Dionysos auf ihre falsche Annahme reagieren konnte, schlug sie ihm die Tür vor der Nase zu.

„Und sie stören immer, wenn ich gerade dabei bin, Abendessen zu kochen“, murrte sie hinter der geschlossenen Tür vor sich hin.

„Fuhrmann? Ist das das Beste, was dir als Name für mich eingefallen ist?“

Dio brummte: „Du begleitest Seelen mit einer Fähre über den Styx, wie soll ich dich sonst nennen? Ich weiß ja nicht, welchen Namen du in der Welt der Sterblichen benutzt.“

„Ganz sicher nicht Fuhrmann!“, zischte Hermes und deutete auf die geschlossene Tür. „Na sieh, wie super das gelaufen ist.“

„Vielleicht hätte ich lieber alleine kommen sollen.“

„Zu spät. Ich gehe nicht. Kann’s kaum erwarten zu sehen, wie du sie jetzt dazu bringst, dir zuzuhören.“

Dio hob die Hand und klopfte noch einmal. Dieses Mal öffnete sich die Tür nur einen kleinen Spalt.

„Wir sind nicht interessiert“, sagte Marianne.

Bevor sie die Tür ein zweites Mal vor seiner Nase zuschlagen konnte, setzte er seinen Fuß zwischen Tür und Rahmen und versuchte es noch einmal von vorne. „Sind Sie die Mutter von Ariadne Taylor?“

Plötzlich ließ der Druck an der Tür nach, und sie öffnete sich vollständig. Das Gesicht der Frau wurde aschfahl, da das Blut aus ihren Wangen und Lippen wich. Trotz des Altersunterschieds bemerkte Dio die Ähnlichkeit, die gleichen grünen Augen wie die von Ari, die gleichen starken Wangenknochen. Nur waren die Haare der Mutter dunkler und ihre Lippen nicht so voll wie Aris.

Mrs. Taylors Augen weiteten sich in Panik. „Oh Gott, nein, was ist meinem Baby passiert?“

Ach, Mist! Vielleicht hätte er lieber Hermes reden lassen sollen. „Nichts. Alles ist in bester Ordnung. Es geht ihr gut.“

Als ihr Atem sich beruhigte, kniff sie die Augen zusammen und blickte ihn misstrauisch an. „Und wer sind Sie? Was wollen Sie?“

„Ich beneide dich nicht“, murmelte Hermes leise. Dio stieß ihn in die Rippen und warf ihm einen Blick zu, der ihn anwies, den Mund zu halten, bevor er ein charmantes Lächeln auf seine Lippen zwang. „Ich bin Dio und ich bin Ihr zukünftiger Schwiegersohn.“

„Ww ...“ Sie schwankte, und alles, was Dio tun konnte, war, nach ihr zu greifen und sie aufzufangen, bevor sie zu Boden fiel.

„Ach, Scheiße!“

Schritte näherten sich, und eine weitere Person trat in die Diele. Dio blickte auf und sah einen Mann, gleichermaßen Ende Fünfzig oder Anfang Sechzig, dessen Mund vor Schreck offen stand.

„Oh, Gott! Marianne!“ Als er zu seiner Frau stürzte, funkelte er Dio an. „Was ist passiert?“

Der Mann riss seine Frau aus Dios Armen. „Marianne, Schatz!“ Aber sie war immer noch ohnmächtig. „Was haben Sie ihr getan?“

„Ich habe nichts getan.“ Das war vielleicht nicht der ideale Zeitpunkt, um sich seinem zukünftigen Schwiegervater vorzustellen.

Hermes räusperte sich lautstark, sodass sowohl Dio und der Mann zu ihm aufschauten. „Mein Freund hier hat Ihrer Frau mitgeteilt, dass er die Absicht hat, Ihre Tochter Ariadne zu heiraten. Es muss ein Schock für sie gewesen sein.“

Der Mann drehte seinen Kopf, um Dio fassungslos und keineswegs erfreut anzusehen. „Oh, nein, nicht schon wieder!“

Dio warf seinem Freund einen wütenden Blick zu.

„Na ja, wenigstens ist er nicht ohnmächtig geworden“, kommentierte Hermes und zuckte die Achseln.

Zehn Minuten später saßen Hermes und Dio George und Marianne Taylor im Wohnzimmer gegenüber, jeder mit einem Glas Eistee in der Hand.

„Schatz, etwas Zucker bitte!“, forderte George seine Frau auf. Als sie das Zimmer verließ, eilte er zu einem Bücherregal und griff dahinter. Als er sich umdrehte, bemerkte Dio eine kleine Flasche Schnaps in seiner Hand. „Ich brauche jetzt erst mal einen Drink.“

Gleichzeitig streckten Dio und Hermes ihre Gläser in seine Richtung. Bis Marianne mit einer Zuckerdose zurück ins Zimmer kam, waren alle drei Gläser ausreichend mit Alkohol versetzt, sodass Dio sich ein wenig entspannter fühlte, zumindest so entspannt, wie er sich vor der spanischen Inquisition fühlen würde. Ja, die wussten, wie man einen Mann durch die Mangel drehte.

„Sie wollen also Ari heiraten?“, begann seine zukünftige Schwiegermutter das Gespräch.

„Ich liebe Ihre Tochter.“ Und bei den Göttern, es war die Wahrheit. Selbst wenn dies bedeutete, dass er damit eine Schwiegermutter mit einer etwas säuerlichen Disposition bekäme.

„Was tun Sie beruflich, Mr. Theos?“, fragte George.

Dio schluckte kurz. „Bitte nennen Sie mich Dio.“

Aris Vater nickte. „Dio, womit verdienen Sie sich Ihren Lebensunterhalt?“

„Ich besitze einen Weinberg.“ Nicht nur das. Als Gott des Weines verdiente er auch einen winzigen Prozentsatz an jeder Flasche Wein, die in der Welt der Sterblichen produziert wurde. Aber es war nicht nötig, dies zu erwähnen. Sie würden früh genug herausfinden, wie reich er war.

„Und wo befindet sich dieser Weinberg?“

„In Napa, Kalifornien."

„Ich gehe davon aus, dass dies überprüft werden kann?"

Dios Augenbrauen zogen sich zusammen. Warum war dieser Mann so misstrauisch ihm gegenüber? „Mr. Taylor, gibt es einen Grund, warum dies für Sie so wichtig ist? Ich kann Ihnen versichern, dass ich genügend Geld habe, um eine Familie zu ernähren."

George faltete seine Hände und spitzte die Lippen. „Sie wollen sie also heiraten?", wiederholte er stattdessen. Dann tauschte er einen kurzen Blick mit seiner Frau aus, bevor er seine Adleraugen wieder auf Dio richtete. „Und warum teilt Ari uns das nicht mit?"

Dio war auf diese Frage vorbereitet. „Sie ist wegen der ganzen Sache so nervös. Wissen Sie, das Kleid, die Hochzeitstorte, alles. Sie wollte nicht, dass Sie den ganzen Stress mitbekommen, also haben wir beschlossen, dass wir Sie erst kurz vor der Hochzeit einfliegen, sodass es nicht zu viel Trubel für Sie wird. Deshalb ..."

„Hören Sie auf, Entschuldigungen für sie zu erfinden, junger Mann!", unterbrach ihn Aris Vater. „Sie hat keine Ahnung, dass Sie hier sind, nicht wahr?"

Dio wollte protestieren, aber der ernste Blick in Georges Gesicht ließ ihn seine Absicht ändern. „Nein, Sir, sie weiß es nicht."

Aris Vater schenkte seiner Frau einen traurigen Blick. „Wir wissen, warum sie es uns nicht sagen wollte." Er griff nach der Hand seiner Frau und tätschelte sie.

Ein Schluchzen entkam ihr. „Sie hat uns immer noch nicht verziehen, stimmt's?"

George legte seinen Arm um die Schulter seiner Frau und zog ihren Kopf an seine Brust, um sie zu trösten. Dio konnte nur fassungslos zuschauen, denn er verstand nicht, was vor sich ging. Als George den Kopf hob und ihn wieder ansah, bemerkte Dio, dass Tränen in seinen Augen standen.

„Sie glaubt immer noch, dass wir ihr Vorwürfe machen, nicht wahr?"

Schließlich fand Dio seine Stimme wieder. „Ihr Vorwürfe machen? Weswegen?"

Mariannes Kopf kam hoch. „Sie hat es Ihnen nicht erzählt?"

„Mir was erzählt?" Dio spürte, wie Nervosität seine Wirbelsäule hochkroch wie schnell-wachsender Efeu. Was verbarg Ari vor ihm? Er rutschte bis zum Rand des Sofas vor. „Bitte."

„Von Jeff", antwortete Aris Vater.

Er hatte einen Rivalen? Dio sprang auf. „Wer – zum Hades – ist Jeff?"

„Der Schuft, der sie am Altar hat stehen lassen!", stieß Marianne hervor.

„Ari war schon einmal verlobt?" Warum hatte sie ihm das nie gesagt? Wie konnte sie nur so ein wichtiges Detail weggelassen haben? Dio fiel zurück auf die Couch. Dann traf es ihn: Sie war von jemandem wie ihm verletzt worden.

Kein Wunder, dass sie so reagiert hatte! Alles, was sie getan hatte, war, ihr Herz davor zu schützen, noch einmal verletzt zu werden. „Was ist passiert? Bitte sagen Sie es mir."

George schenkte ihm ein trauriges Lächeln. „Es wundert mich nicht, dass sie es Ihnen nicht erzählt hat. Sie war am Boden zerstört, wissen Sie. Alles war geplant: Die Hochzeit sollte hier in der Stadt eine riesige Sache sein. Jeder, den wir kannten, war eingeladen. Sie war wunderschön, unser Baby, nicht wahr?" Er lächelte seine Frau an, und diese nickte.

„Ja, das war sie! Ganz in Weiß, so rein, so schön. Und sie liebte ihn." Dann verschwand das Lächeln aus ihrem Gesicht. „Aber Jeff hat sie hintergangen. Sie hatte für diese Hochzeit gespart. Es war ihr Traum. Und wir gaben ihr auch Geld. Sie gab es Jeff für die Blumen, den Partyservice, die Hochzeitstorte, damit er alles bezahlen konnte. Nur hat er nie etwas bezahlt. Er hatte nie die Absicht, etwas zu bezahlen."

Dios Herz krampfte sich zusammen. Seine süße Ari war von einem Lügner, einem Dieb betrogen worden.

„Er wollte sie nie heiraten." Tränen liefen Mariannes Gesicht hinab. „Wir waren so enttäuscht. Und in der Hitze des Gefechts sagten wir Dinge, die wir nicht so meinten. Es war nicht ihre Schuld, aber ich warf ihr vor, dass sie naiv gewesen war. Sie wusste, dass es für uns alle peinlich war, hier in unserer Stadt ... jeder hat das mitbekommen. Wir haben ihr keine Vorwürfe gemacht, sie hat uns falsch verstanden. Wir waren doch so unglücklich für sie, aber sie dachte, wir gäben ihr die Schuld. Das haben wir nicht. Sie ist unser Baby, wir würden ihr nie etwas vorwerfen."

„Es tut mir leid", flüsterte Dio und rang seine Hände. Er würde es wieder gutmachen. So etwas sollte nie wieder passieren. Dieses Mal sollte sie eine richtige Hochzeit haben, eine große, eine schöne. Und er würde da sein und am Altar auf sie warten.

Dio sah Aris Eltern mit ernstem Blick an. „Ich verspreche Ihnen eine Sache, nein zwei: Ihre Tochter wird die schönste Hochzeit bekommen, die sie sich je hätte vorstellen können, und zweitens: Ich werde sie zur glücklichsten Frau auf dieser Welt machen." Oder er würde bei dem Versuch sterben.

Marianne drückte ihre Hände an ihre Brust, als eine neue Welle von Tränen über ihr Gesicht lief. „Sie lieben sie wirklich?"

Dio nickte. „Sie bedeutet mir alles. Sie ist meine Göttin, und ich werde ihr den Himmel auf Erden bereiten."

„Nun, junger Mann", beschwichtigte ihn Aris Vater. „Es ist nicht nötig zu übertreiben. Alles, was wir für Ari wollen, ist, dass sie glücklich wird. Behandeln Sie sie gut."

Hermes schlug Dio auf die Schulter. „Das wird er wirklich tun. Ich bürge für ihn. Und glauben Sie mir, wenn ich Ihnen das sage: Ich habe meinen Freund noch nie zuvor so verliebt gesehen."

29

„Oh Gott, ist der schön!“ Natalie beugte sich vollkommen verzückt über den Diamantring, unfähig ihre Augen davon loszureißen. Sie zog Aris Hand ganz über die Theke, um den funkelnden Stein näher zu betrachten.

Glücklicherweise war es schon fast Feierabend, und alle Kunden hatten den Laden verlassen, denn Ari wollte keine Aufmerksamkeit auf den massiven Diamanten an ihrem Finger ziehen. Es war Lisas freier Nachmittag, deshalb hatte ihre Assistentin den Ring zum Glück auch noch nicht gesehen. So wie sie sie kannte, hätte sie vermutlich jede Einzelheit darüber hören wollen.

Ari konnte nicht glauben, was passiert war. Doch alle fünf Sekunden auf den Ring zu starren brachte ihr die Realität zu Bewusstsein. Dio hatte sie wirklich gebeten, ihn zu heiraten. Er hatte ihr gesagt, dass er sie liebte, und es hatte sich so echt angefühlt. Für ein paar Augenblicke war alles in ihrem Leben perfekt. Aber Dio konnte sich immer noch nicht an sein früheres Leben erinnern. Sie konnte ihn nicht so hintergehen. Seinen Antrag anzunehmen war ein reiner Reflex gewesen, aber jetzt, da sie die ganze Situation durchdachte, erkannte sie, dass sie auf keinen Fall so weitermachen konnte. Es musste aufhören.

„Ich kann nicht glauben, dass er so ein Romantiker geworden ist.“ Natalie war ganz aus dem Häuschen. Sie ging um die Verkaufstheke herum und zog Ariadne in eine überschwängliche Umarmung. „Ich bin so glücklich für dich!“

Ari drückte Natalie fest, bevor sie sie freiließ. „Ich kann den Ring nicht behalten.“

„Was? Warum nicht?“

„Ich kann ihn nicht heiraten, nicht unter diesen Umständen. Das alles ist schon viel zu weit gegangen. Er verdient es, die Wahrheit zu erfahren.“ Obwohl sie die Konsequenzen fürchtete, war es die einzige Lösung für diese Situation, in die sie sich ja selbst gebracht hatte. Sie würde ihn verlieren, aber sie konnte nicht länger mit dieser Lüge leben.

„Bist du verrückt? Jetzt hast du ihn endlich da, wo du ihn haben willst, und plötzlich schmeißt du alles hin?“ Natalie stemmte ihre Hände in die Hüften. „Das lasse ich nicht zu!“

Als ob es so einfach wäre. „Du hast kein Mitspracherecht in dieser Angelegenheit. Ich muss das tun, was mir mein Gewissen sagt.“ Doch gleichzeitig hatte sie Angst. Dio würde wütend auf sie sein. Und dann würde er sie wieder verlassen. Niemand würde mehr romantische Abendessen für sie kochen oder sie zu einem gemütlichen Picknick einladen. Niemand würde sie zweimal am Tag anrufen, nur um Hallo zu sagen und zu hören, wie ihr Tag war. Und niemand würde sie mit diesen brennenden Küssen überschütten und sie mit seinen sündigen Händen berühren. Sie seufzte tief.

„Er hat sich in dich verliebt, seit er sein Gedächtnis verloren hat. Nehmen wir mal an, dass seine Amnesie dauerhaft ist. Willst du ihm wirklich das Herz brechen?"

Sie überdachte Natalies Worte. Würde sie Dio verletzen, wenn sie ihm jetzt die Wahrheit gestand? Das letzte, was sie wollte, war, ihn zu verletzen oder zu verlassen. In den letzten zwei Wochen hatte sie eine solche Veränderung bei ihm wahrgenommen. Sie hatte einen Mann gesehen, der sich um sie und andere kümmerte, einen Mann, auf den sie sich verlassen konnte. Wenn sie ihm jetzt die Wahrheit über seine Vergangenheit erzählte, würde dies alle Fortschritte zerstören, die sie in ihrer Beziehung gemacht hatten. Verdammt, alles, was sie hatten, war eine kurzfristige Beziehung, die gänzlich auf Lügen aufgebaut war. Konnte sie so etwas überhaupt als Beziehung bezeichnen?

„Das will ich nicht, aber er muss die Wahrheit erfahren. Es wird seine Wahl sein, was er dann tut. Aber zumindest hat er dann eine Wahl." Sie schauderte bei dem Gedanken, was er wählen würde: sie verlassen.

Natalie schüttelte ungläubig den Kopf. „Du willst das wirklich tun?"

Ari fühlte, wie sich ihre Augen mit Tränen füllten. Was sie tun musste, würde weh tun. „Er hat sich verändert. Wenn er noch immer der kalte, herzlose Mistkerl von früher wäre, dann hätte ich keine Skrupel, ihn weiter anzulügen, aber die Person, die er jetzt ist... Ich kann diese Person nicht weiter anlügen." Sie konnte nicht mit sich selbst leben, wenn sie dies täte. Der neue Dio verdiente es nicht, so bestraft zu werden. Er verdiente die Wahrheit.

„Bist du darauf vorbereitet, ihn zu verlieren?"

Diese Worte schnitten ihr Herz entzwei. Und ihre nächste Erkenntnis warf die zwei Hälften in einen Mixer und machte den Schalter an. „Er hat mir von Anfang an nicht gehört." Sie hatte sich einfach die letzten paar Tage von einem Leben geliehen, das ihr nicht gehörte. Es war an der Zeit, zu ihrer eigenen Realität zurückzukehren, zu einem Leben ohne Dio. „Manche Dinge sollen einfach nicht sein." Ari zerrte an dem Ring, um ihn von ihrem Finger zu ziehen, aber Natalie hielt sie davon ab.

„Vielleicht gibt es noch eine andere Lösung."

Ein Blick auf Natalie bestätigte, dass der Vorschlag, den ihre Freundin hatte, nicht beinhaltete, sich an die Spielregeln zu halten. Ari kniff die Augen zusammen. „Ich werde nicht einen Betrug durch einen neuen ersetzen."

„Es wird kein Betrug sein. Eher eine Verführung." Natalie bot ihre Idee mit der Art Lächeln an, mit dem Eva Adam im Paradies dazu verführt haben musste, den verbotenen Apfel zu pflücken.

„Du willst, dass ich ihn verführe? Und wo lande ich damit?" Vermutlich noch tiefer in der Hölle, wo sie dann für ihre Sünden bezahlen müsste.

„Zuerst mal in seinem Bett.“

Ari stieß einen Atemzug aus. „Schon mal gemacht. Das wird nichts ändern.“ Es würde nur dafür sorgen, dass ihr Herz noch mehr schmerzte. Noch eine Nacht mit ihm würde das Unvermeidliche nur aufschieben.

„Im Gegenteil. Dieses Mal wird es anders sein.“

„Wie denn?“ Manchmal konnte sie dem Gedankengang ihrer Freundin wirklich nicht folgen.

„Dieses Mal ist er in dich verliebt. Verführe ihn, und wenn ihr etwa zehn Sekunden davon entfernt seid, miteinander zu schlafen, dann sag ihm die Wahrheit!“ Natalie unterstrich ihren Plan mit einer blumigen Handbewegung, als ob sie ein Kunstwerk enthüllte, und führte sie damit noch weiter auf einen Pfad, den Ari eigentlich unbedingt verlassen wollte.

„Das kann nicht dein Ernst sein!“

„Es geht nur um das richtige Timing. Wenn er nicht klar denken kann, weil er einen Augenblick davor steht, dich zu vögeln, stürzt du dich quasi auf die Gelegenheit und sagst ihm, dass du ihn angelogen hast.“

„Ich stürze mich auf die Gelegenheit?“ Das klang nach einer Tigerin auf der Jagd und nicht wie etwas, wofür sie geeignet wäre.

Natalie nickte eifrig. „Er wird so geil sein, dass er sich um nichts scheren wird. Er wird einfach sagen: *Hey, ist doch jetzt egal, Schatz. Lass uns ins Bett gehen*.“

„Du bist unmöglich! Absolut hundert Prozent unmöglich!!“

Natalie zuckte die Achseln. „Also, machst du’s?“

30

Ariadne zog die Träger ihres Kleides gerade. Das rote Material umspannte ihre Brust, akzentuierte ihren Busen und gab ihr eine Taille, die sie seit der zehnten Klasse nicht mehr gehabt hatte. Sie nahm einen tiefen Atemzug und klingelte an Dios Haustür. Dann trat sie einen Schritt zurück und versuchte sich zusammenzureißen. Als sie zu den Fenstern hinauf sah, bemerkte sie nur ein ganz schwaches Licht, das aus der Küche kam, aber sonst bewegte sich nichts im Inneren. Sie seufzte. Vielleicht hätte sie ihn zuerst anrufen sollen.

Enttäuscht drehte sie sich auf ihren roten *Fick-mich* Stöckelschuhen um und stieß gegen eine kräftige Figur.

„Habe ich eine Verabredung vergessen?“ Dios raue Stimme ließ sie trotz der warmen Abendluft erzittern, als er seine Arme um sie schlang und sie mit seinen harten Muskeln gefangen nahm.

„Hallo“, war alles, was ihre Stimmbänder erzeugen konnten.

„Ich sah deine Silhouette im Licht der Straßenlaterne und wollte mich schon dafür züchtigen, dass ich ein paar Tage vor meiner Hochzeit scharf auf eine andere Frau bin, als mir klar wurde, dass meine *zukünftige* Frau das Objekt meiner Begierde ist. Sag mal, meine Liebe, warum hast du diesen Körper vor mir versteckt?“ Er küsste die erhitzte Haut entlang ihres Halses. „Ich glaube nicht, dass ich dich je in diesem Kleid gesehen habe.“

„Ach, dieser alte Fetzen?“

Er glitt mit seinem Finger unter einen Träger und schob ihn von ihrer Schulter. Er schmunzelte. „Ja, dieser alte Fetzen.“ Dann hob er seine Augen, und ihre Blicke verschmolzen miteinander. „Du siehst aus wie sexy Rotkäppchen und gibst mir das Gefühl, dass ich der große, böse Wolf bin.“

Ari bemerkte das verruchte Glitzern in seinen Augen und spürte, wie ihr Mut zunahm. Dio wollte sie. Bewusst langsam drückte sie ihre Hüften an seine. „Können wir reden?“

Dio stöhnte und legte seine Hände auf ihren Hintern. „Wir könnten mehr tun als nur reden.“ Er rieb seine harte Länge gegen sie. Seine Hände auf ihrem Hinterteil hoben sie in Position, sodass ihr Geschlecht auf seine Erektion traf.

Ari stieß einen erstickten Atemzug aus. „Oh.“

„Ja, oh.“ Dann setzte er sie wieder auf die Füße und wich einen Schritt zurück. „Vielleicht wäre es sicherer, wenn ich dich jetzt nach Hause begleite, bevor ich mein Versprechen breche, bis zu unserer Hochzeitsnacht zu warten.“

„Äh ... wegen dem ...“ Sie schluckte. „Es gibt etwas, was ich dir sagen muss.“

Er strich mit dem Finger über ihre Wange und schien für eine lange Zeit zu überlegen, was er tun sollte. „Okay, dann lass uns hochgehen."

Ari nutzte die Zeit bis sie drinnen waren, um ihr Herzklopfen unter Kontrolle zu bringen und ihre klammen Hände an ihrem Kleid abzuwischen. Nur die kleine Lichtleiste unterhalb der Küchenschränke beleuchtete seine Wohnung, als sie eintraten. Als er nach dem Lichtschalter tastete, legte sie ihre Hand auf seine. Es wäre einfacher, das, was sie tun musste, im Halbdunkel zu tun.

Er wendete sich ihr mit fragend hochgezogenen Augenbrauen zu. „Stimmt etwas nicht?"

Sie nickte langsam und versuchte all ihren Mut zusammenzunehmen. Sie konnte dies nicht ewig hinauszögern. „Wir sind nicht verlobt." Die Worte sprudelten von ihren Lippen wie Öl aus einer neuen Quelle.

Dios Körper versteifte sich sofort. „Ari –"

„Nein, bitte lass mich ausreden! Ich muss dir die Wahrheit sagen."

Er nickte.

„Bevor du dein Gedächtnis verloren hast, hast du mit mir Schluss gemacht. Wir waren nie verlobt. Wir kannten uns erst zwei Wochen. Du wolltest mich nicht –"

„Ari, bitte, ich –"

Sie legte ihre Hand auf seine Brust, um ihn davon abzuhalten, etwas zu sagen. „Ich war wütend, und als ich bemerkte, dass du dein Gedächtnis verloren hattest, wollte ich mich an dir rächen, weil du mir wehgetan hast. Ich wollte dich leiden sehen. Aber es war nicht ... es war nicht richtig. Ich hätte es nie tun sollen." Sie senkte den Kopf und wartete auf seinen Ausbruch.

„Heißt das, du liebst mich nicht?" Seine Frage war seltsam fehl am Platze.

„Dio, du scheinst nicht zu verstehen, was ich gerade gesagt habe. Ich bin nicht deine Verlobte. Ich bin nicht einmal deine Freundin."

Er packte sie am Arm. „Ich habe es verstanden. Aber du hast meine Frage nicht beantwortet. Liebst du mich?"

Ari versuchte, sich seinem prüfenden Blick zu entziehen, aber er ließ es nicht zu. „Das ist nicht mehr wichtig." Warum war er nicht wütend? Oder war es sein Plan, sie zuerst zu demütigen und dazu zu bringen, ihm ihre Liebe zu gestehen, bevor er seine Wut an ihr ausließ?

„Du irrst dich. Es ist das einzige, das wichtig ist." Dann zog er sie an sich. „Liebst du mich?" Seine Stimme war hart und unnachgiebig.

„Ja", fauchte sie. "Verdammt noch mal, ja, ich liebe dich! Bist du jetzt glücklich?" Ihre Stimme versagte. Es tat weh, mehr als das erste Mal, als er sie verlassen hatte.

„Ja, ich bin glücklich." Dios Stimme war heiser, und sein harter Griff lockerte sich.

Überrascht blickte sie in sein Gesicht. Aber sie bekam nicht die Gelegenheit, etwas zu sagen, denn sein Mund war einen Augenblick später auf ihrem und brandmarkte sie mit dem forderndsten Kuss, den sie jemals mit ihm geteilt hatte. Als er ihre Lippen Momente später wieder freiließ, atmete sie so schwer wie er.

„Dio, was –“

„Ich habe mein Gedächtnis vor ein paar Tagen wiedererlangt.“

Ein Schock durchfuhr sie. „Oh, nein! Oh, Gott, du wusstest ...“ Sie versuchte, sich seiner Umarmung zu entziehen, aber er hielt sie zu fest. „Du hast mit mir gespielt ...“

Er schüttelte den Kopf. „Nein, Ari. Ich wollte es dir sagen.“

„Wann?“ Seit Tagen hielt er sie schon in dem Glauben, dass er nicht über ihre Täuschung Bescheid wüsste. Verdammt, er hatte sogar die Hochzeit geplant.

„Auf unserer Hochzeitsreise. Ich wollte es dir dann beichten.“

„Hochzeitsreise?“ Wie grausam war er doch, sie so zu verhöhnen. „Warum sagst du so was, wenn du doch gar nicht die Absicht hast, mich zu heiraten?“ Sie kämpfte gegen seinen Griff an.

„Ich werde dich nie gehen lassen, Ari! Ich liebe dich.“

Ihre Kinnlade klappte herunter, und ihre Arme verloren jegliche Kraft. „Aber ... du ... du hast mit mir Schluss gemacht.“

Er nickte, und ein nüchterner Ausdruck erschien auf seinem Gesicht. „Es tut mir leid, was ich damals getan habe. Ich hatte Angst vor den Gefühlen, die du in mir geweckt hast. Ich konnte nicht damit umgehen. Ich wusste nicht, ob ich in der Lage sein würde, dich so zu lieben, wie du es verdienst. Ich dachte, du wärst ohne mich besser dran. Also habe ich dich verlassen.“

Sie lauschte seinen Worten, noch immer unfähig, die Wendung der Ereignisse zu verarbeiten. „Aber warum jetzt?“

Dio nahm ihre Hand und drückte sie an sein Herz. „Du hast mir geholfen, ein besserer Mensch zu sein. Du hast mir geholfen, mich zu ändern, damit ich endlich zugeben kann, dass mein Herz dir gehört. Es spielt keine Rolle, was passiert ist.“

„Aber ich habe dich betrogen. Ich habe vorgegeben, jemand zu sein, der ich nicht war.“

„Ich habe es verdient. Du hast getan, was du tun musstest. Ich bin nicht sauer. Hey, ich schere mich nicht einmal darum, dass du mich als Kellner hast arbeiten lassen, um mir etwas Bescheidenheit beizubringen.“

Ari zuckte zusammen. „Autsch. Es tut mir leid.“

„Nicht nötig! Jetzt verstehe ich erst, was du durchgemacht hast.“

Sie blinzelte die Tränen weg. „Dio?“

„Ja, meine Liebe?“

„Bedeutet das, dass du mich wirklich heiraten willst?“

„Du würdest mich zum glücklichsten Mann auf dieser Welt machen, wenn du meine Frau wirst. Also, sag ja!“ Dann zwinkerte er ihr zu. „Das ist das Mindeste, was du tun kannst, nachdem du mich so durch die Mangel gedreht hast.“

Dio hielt den Atem an, während er auf Aris Antwort wartete. Sie hatte endlich Heras Einfluss abgeschüttelt und getan, was ihr wahres Selbst ihr vorschrieb: ihm die Wahrheit gestehen. Er war stolz auf sie.

„Ja.“

Dios Herz machte einen Purzelbaum. Sie gehörte ihm.

Mit einem Knurren riss er sie an sich und eroberte ihren Mund. Sie leistete keinen Widerstand. Die weichen Lippen einer nachgiebigen Frau begrüßten ihn und boten ihm die Kapitulation an. Das erste Streichen seiner Zunge gegen die ihre sandte alles verbleibende Blut in seinen Schwanz, das zweite raubte ihm seinen Herzschlag, und das dritte stahl ihm den Atem.

Er riss seine Lippen von ihr und sogar im Dämmerlicht seiner Wohnung sah er ihre Augen vor Leidenschaft strahlen. „Ich werde dich nie gehen lassen. Du gehörst jetzt mir.“

„Und du gehörst mir“, forderte Ariadne, während ihre Hände zum Bund seiner Hose wanderten. Mühelos öffnete sie den Knopf und zog den Reißverschluss hinunter. Mit einer schnellen Bewegung schob sie seine Hose und Boxershorts bis zur Mitte seiner Oberschenkel und befreite seinen Schwanz.

Sprachlos beobachtete er, wie sie auf ihre Knie sank und ihren Mund in Höhe seiner pochenden Erektion brachte. „Fuck!“ Nun ja, nicht vollkommen sprachlos.

Sie nahm seinen Schwanz in die Hand und führte ihn an ihre Lippen.

„Ari, du musst das nicht tun.“ Um Hades’ willen, wieso sagte er so etwas? Er wollte dies, er wollte der Gnade ihres göttlichen Mundes ausgeliefert sein.

„Schh.“ Das war alles, was sie sagte, bevor ihre Zunge über die Spitze seiner Erektion leckte.

Instinktiv packte er die Küchentheke, um sein Gleichgewicht zu halten. Seine Sehkraft war durch das intensive Vergnügen, das sie ihm bereitete, schon verschwommen, seine Orientierung im Eimer. Als sie ihn weiter leckte, vergaß er bis auf ein einziges Wort seine Muttersprache.

„Sagapo.“

Ich liebe dich.

Aber wenngleich ihm ihre Zunge, die über seine Schwanzspitze und dann entlang der empfindlichen Unterseite leckte, schon seinen Verstand raubte, so änderte sich das alles nochmals, als sie ihn in ihren Mund nahm. Damit beraubte sie ihn sowohl seiner Beherrschung als auch seines Verstandes. Im Austausch gab sie ihm alles, was er brauchte: ihr Vertrauen und ihre Liebe

Dio vergrub eine Hand in ihrem Haar, ein Finger strich über ihre Wange, als er dies tat, und er schloss die Augen. In einem sanften Rhythmus nahm Aris Mund ihn in sich auf, wich dann zurück, und mit jeder Bewegung bedeckte sie ihn mit Wärme und Feuchtigkeit. Als sie ihn mit mehr Liebe und Leidenschaft leckte, als dies je eine Frau zuvor getan hatte, erlaubte er ihr die Kontrolle über ihn zu übernehmen.

„Ich gehöre dir, Baby, immer."

Ein Seufzer kam von Aris Lippen und prallte gegen sein empfindliches Fleisch, was ihn stöhnen und die Theke fester greifen ließ. Als ihre Hand plötzlich seine Eier knetete, sprang er fast aus seiner Haut, wohl wissend, dass er nahe dran war, die Kontrolle über sich zu verlieren. Mit einem Fluch zog er sich aus ihrem Mund und hob sie hoch, um sie an seine Brust zu pressen.

„Hat es dir nicht gefallen?" Sie schmollte, doch er küsste sie einfach.

„Noch eine Sekunde, und ich wäre gekommen. So sehr mochte ich es."

Sie schenkte ihm ein kokettes Lächeln. „Oh."

Er beäugte die saubere Küchentheke hinter ihr. „Mhm." Mit einem weiteren Kuss lenkte er sie ab, hob sie hoch und setzte sie auf die Theke. Mit Genugtuung bemerkte er, dass es die perfekte Höhe für das war, was er im Sinn hatte.

Beide Hände tauchten unter ihr Kleid und berührten ihre Oberschenkel. Er befreite sie von ihrem Höschen und warf das Kleidungsstück in Richtung Couch.

Ein überraschtes Keuchen war ihre Antwort, doch sie äußerte keinen Protest.

Er blickte in ihre grünen Augen und schenkte ihr ein spitzbübisches Lächeln. „Du hast doch nicht gedacht, du könntest hier in diesem Kleid auftauchen, mir einen blasen und dann unversehrt wieder verschwinden, oder?"

Eine Seite ihres Mundes hob sich. „Mit dem Blasen war ich erst halb fertig. Du hast mich unterbrochen."

Bei den Göttern, hatte sie wirklich erwartet, dass er in ihrem Mund kommen würde? Er hob eine Augenbraue. „Es scheint, dass die Frau, die ich in ein paar Tagen heiraten werde, eine sehr freche Ader hat."

Dann schob er ihre Beine auseinander und hob sie an, sodass Ari sich unweigerlich zurücklehnen musste. „Ganz nach hinten", instruierte er und wartete, bis sie flach auf der Theke lag. Dann legte er ihre Beine an seine Brust, sodass ihre Knöchel auf seinen Schultern lagen.

Dio drehte seinen Kopf, verzögerte absichtlich das Unvermeidliche, um seinem Schwanz eine Chance zu geben, sich zu erholen, damit er nicht in dem Moment kam, als er in sie eindrang.

Ihre roten hochhackigen Sandalen ließen ihre Füße elegant und sehr sündhaft aussehen. Er küsste ein Sprunggelenk, dann leckte er an ihrem Unterschenkel entlang.

„Schöne Schuhe.“

Ihre Augenlider öffneten sich in einem Schwung, und ihre Wimpern berührten fast ihre Brauen. „Ich nenne sie meine *Fick-mich* Schuhe.“

Er gluckste und knabberte mit den Zähnen an ihrer Haut. „Funktionieren sie?“

Ari drängte sich näher. „Das kann ich dir erst später sagen.“

Langsam bewegte sich seine Hand an der Innenseite ihres Oberschenkels entlang, und seine Lippen folgten. Er atmete tief ein. Der Duft ihrer Erregung war berauschend. Sie war reif und bereit für ihn, und er könnte einfach seinen Schwanz an ihrem Eingang positionieren und eindringen, aber er hielt sich zurück. Es war schon zu lange her, dass er sie gekostet hatte, und egal wie sehr sein Schwanz ihn drängte, weiter zu machen, wollte er dies nicht übereilen.

Als seine Hand das Ende ihres Schenkel erreichte, führte er seine Finger gemächlich zu ihrer feuchten Spalte und brachte Ari auf diese Weise dazu, genüsslich zu stöhnen.

„Es ist nur fair, dass ich mit dir mache, was du mir angetan hast.“

Ein Schock flackerte in ihren Augen auf, aber als er den Kopf auf ihr Geschlecht senkte, sah er, wie dieser Ausdruck verschwand und eine Flamme der Leidenschaft an seine Stelle trat. Dio senkte seinen Mund auf sie und leckte die Säfte auf, mit denen ihr Fleisch benetzt war. Mit ihrem Geschmack kamen die Erinnerungen an ihre erste Nacht wieder zurück. Eine Erkenntnis überflutete ihn: Er hatte schon damals gewusst, dass sie die Frau war, die er sein ganzes Leben lang gesucht hatte. Und es hatte ihm Angst gemacht, als er sie plötzlich gefunden hatte. Nichts hatte ihn darauf vorbereitet, wie er sich fühlen würde. Niemand hatte ihn gewarnt, was die Liebe ihm antun würde.

Aber heute Abend hatte er keine Angst mehr. Er sog ihren Duft ein, leckte das weiche Fleisch und strich mit seiner Zunge über ihre angeschwollene Klitoris, bis Ari sich unter ihm wand. „Oh nein, du entkommst mir nicht, meine Liebe!“, murmelte er, ohne den Kontakt zu unterbrechen.

Als ihre Hände sich in sein Haar schoben, dachte er zunächst, sie würde ihn wegstoßen wollen, um etwas Aufschub von seinem sinnlichen Ansturm auf ihre köstliche Muschi zu bekommen, doch ihre Finger streichelten entlang seines Nackens und sandten Schauer über seinen Rücken und in seine Eier. Als seine Hoden sich zusammenzogen, knurrte er. Entschlossen sie zum Höhepunkt zu bringen, leckte er über ihre Klitoris, dann saugte er das Bündel Fleisch zwischen seine Lippen.

Ihr Körper erzitterte, und ein atemloses Keuchen entkam ihren Lippen. Einen Augenblick später erbebte ihr Körper, und er spürte Wellen durch sie hindurchrasen. Als diese seine Lippen trafen, ließ er den Druck auf ihre Klitoris nach und streifte mit seiner Zunge über das zarte Organ. Ein weiterer Schauer überrollte sie.

„Oh Gott!“, stöhnte sie.

Dio hob den Kopf. „Sieh mich an, Baby!“ Ihre Augen flogen auf, und er hatte noch nie einen schöneren Anblick gesehen. Er positionierte sich vor ihrem Kern, sein Schwanz erpicht darauf, sie auszufüllen. „Ich möchte, dass du mich ansiehst, wenn ich in dich eindringe.“

Sie senkte ihren Blick auf seine Erektion, und er tat das gleiche. Als sie das erste Mal miteinander geschlafen hatten, hatte sie ihn gezwungen, ein Kondom zu verwenden, aber dieses Mal war er nackt. Sie würde heute Nacht ihr erstes Kind empfangen. Er würde seinem Samen erlauben, in ihr zu wachsen, und er würde sie zu seiner Frau machen, der einzigen Frau, die er jemals lieben würde. „Bald wirst du in den Augen der Welt meine Frau sein“, flüsterte er. „Aber heute Nacht mache ich dich für immer zu meiner.“

Als sich ihre Hand ihm entgegenstreckte, nahm er sie und verschränkte seine Finger mit ihren. Und dann, in einem langen, kontinuierlichen Stoß, drang er in sie ein und spürte, wie die Wände ihres warmen Kanals ihn so fest ergriffen, wie sie schon sein Herz in ihrer Hand hielt.

„Ich habe so lange darauf gewartet.“ Nicht nur die letzten zwei Wochen, die sie ihn hatte warten lassen, sondern auch all die Jahre, in denen sie noch gar nicht geboren war. Er hatte sein ganzes Leben lang auf sie gewartet.

Tränen bildeten sich in ihren Augen. „Ich liebe dich.“

Dio senkte sich über sie. „Liebe meines Lebens, Hüterin meines Herzens.“ Er strich mit seinen Lippen über ihre und spürte, wie sie sich unter dem leichten Druck öffneten. Er glitt in ihr Inneres, zog sodann seine Hüften zurück, und in einem Rhythmus so alt wie die Götter, stieß er in und aus ihrem seidenen Kanal.

Aris Beine schlangen sich um seine Hüften, und ihre Knöchel verhakten sich hinter seinem Rücken. Das Wissen, dass sie nicht wollte, dass er sie verließ, ließ seinen Rhythmus härter und schneller werden. Sie heizte sein Bedürfnis an, sie für alle Ewigkeit an sich zu binden.

Ihre Nägel gruben sich in seinen Hintern, als sie ihn drängte, tiefer zu gehen, und mit einem letzten Atemzug tauchte er tief und hart in sie ein, bis er spürte, wie sie sich um ihn verkrampfte, wie sein Samen durch seinen Schaft rauschte und aus der Spitze explodierte.

Mit einem Stöhnen gab er sich seinem Höhepunkt hin.

~ ~ ~

„Warum hast du mir nicht sofort gesagt, dass du dein Gedächtnis wieder hast?“

Dio schob ein Kissen hinter seinen Rücken und zog die köstlich nackte Ariadne auf seine Brust, um das Gefühl von Haut auf Haut zu genießen. Er hatte sie schließlich beide in sein Bett manövriert.

„Am Anfang war ich ein wenig verärgert.“

„Ein wenig?“ Sie hob den Kopf und sah ihn an.

„Okay, sehr verärgert. Du musst zugeben, du hast mich wirklich voll reingelegt.“

Als ein Ausdruck von Bedauern über ihr Gesicht fegte, küsste er sie schnell. „Schau nicht so! Ich bin froh, dass du es getan hast. Aber ich habe eine Weile gebraucht, um mir das einzugestehen. Und dann hatte ich Angst, dass, sobald du wüsstest, dass mir klar war, dass du nicht meine Verlobte bist, all dies vorbei sein würde und du mir davonlaufen würdest. Das konnte ich nicht riskieren.“

„Als du um meine Hand angehalten hast ... wusstest du ...“

Er grinste. „Als ich dich gebeten habe, mich zu heiraten, war ich im Besitz all meiner Kräfte einschließlich meines Gedächtnisses.“ Er fuhr mit der Hand durch ihr dichtes Haar und brachte ihr Gesicht näher zu sich. „Ich wusste genau, was ich tat.“

Ihre Wangen färbten sich in einem hübschen Rot. „War dir bewusst, was du in der Umkleidekabine getan hast?“

Bei der bloßen Erinnerung an die Ereignisse an jenem Tag wurde er hart. „Warst du dir bewusst, was *du* getan hast?“

Sie schlug ihre Augen nieder, um ihre Verlegenheit zu verbergen. „Ich bin normalerweise nicht so ... äh ... ich weiß nicht ...“

Er hob ihr Kinn nach oben. „Ich habe noch nie einen schöneren Anblick gesehen. Nur daran zu denken ...“ Er drückte sie näher an sich, und sein Schwanz glitt gegen ihren Oberschenkel. Er packte ihre Hüften und positionierte sie über sich, sodass ihr Zentrum auf seine Erektion hin ausgerichtet war. „Warum zeigst zu mir nicht jetzt, wie schön du bist, wenn du dich gehen lässt?“

Ihre Augen blitzten vor Verlangen auf. „Aber wir ... ich meine, brauchst du keine Pause?“

Er stieß seinen Schwanz nach oben und gab ein schelmisches Grinsen von sich. „Offensichtlich nicht.“

„Bist du immer so?“

„Du meinst, bereitwillig und begierig, meine schöne Verlobte zu befriedigen?“

Auf das Kompliment hin umspielte ein sanftes Lächeln ihre Lippen.

„Mit dir ist es einfach. Ich muss dich nur anschauen, und schon bin ich hart.“ Das erinnerte ihn an etwas. „Wegen der Sache mit der Abstinenz ...“

Ein verlegener Blick erschien auf ihrem Gesicht. „Tut mir leid, aber irgendwie musste ich dich mir ja vom Leibe halten.“

„Warum denn das? Wir hatten doch schon miteinander geschlafen, bevor ich mein Gedächtnis verlor.“

„Ja, und sieh, wohin das geführt hatte. Du hast gleich danach mit mir Schluss gemacht. Ich wollte nicht, dass du denkst, ich sei einfach zu haben.“

„Einfach?" Er schüttelte den Kopf. „Baby, bei dir gab's nichts Einfaches. Du warst die schwierigste Eroberung, die ich je gemacht habe."

„Eroberung?" Ein Hauch von Angst weitete ihre Augen.

Instinktiv zog Dio sie näher an sich heran. Vielleicht hatte er das falsche Wort gewählt. „Schh, Baby, schau nicht so ängstlich drein! Du bist meine letzte Eroberung, die einzige, die ich behalten werde. Weißt du das denn nicht?"

Sie lächelte zaghaft. „Es ist nur noch so neu und unerwartet. Und ich war schon einmal ver–" Sie hielt mitten im Wort inne, als ob sie ihm dies nicht hatte sagen wollen.

Er strich mit seinen Fingerknöcheln über ihre Wange. „Ich weiß darüber Bescheid."

„Wie bitte?" Ihre Augen schossen weit auf und nagelten ihn fest.

„Ich sprach mit deinen Eltern. Sie haben mir von Jeff erzählt."

„Wann hast du mit meinen Eltern geredet?"

„Gestern, als ich sie zu unserer Hochzeit eingeladen habe." Er ließ den Teil aus, dass er sie in Idaho besucht hatte. Dieses Stück Information würde er erst während der Flitterwochen enthüllen, zusammen mit der Tatsache, dass er ein Gott war, und dass sie als seine Frau an seiner Unsterblichkeit teilhaben würde und deshalb genauso jung bleiben würde, wie sie jetzt war.

Ari setzte sich auch. Als Dio in ihre Augen blickte, sah er dort Tränen. „Baby?"

„Du hast meine Eltern eingeladen?"

Verwirrung und Besorgnis breiteten sich in ihm aus, und das eine kämpfte mit dem anderen um die Vorherrschaft. „Willst du sie nicht bei unserer Hochzeit dabei haben?"

Sie schnupfte. „Natürlich schon! Ich ... ich hätte nie gedacht, dass es eine echte Hochzeit geben würde, also habe ich niemanden eingeladen. Ich wollte dir den Ring zurückgeben, nachdem ich dir heute die Wahrheit gesagt hatte, bevor wir –"

Er legte einen Finger auf ihre Lippen. „Nur gut, dass ich mich der Gästeliste angenommen habe. Du musst dir also keine Sorgen machen. Morgen gehst du mit Natalie das Brautkleid für dich einkaufen und ein Brautjungfernkleid für Natalie. Ich habe für euch einen Termin in der Boutique ausgemacht, die Sophia empfohlen hat. Und dann –"

Er kam nicht weiter, denn seine süße Ari küsste ihn unter Freudentränen. Als sie ihn losließ, glitzerten ihre Augen voller Liebe. „Ich kann nicht glauben, dass du das alles tust! Ich liebe dich, ich liebe dich, ich liebe dich!" Sie schrie die Worte beinahe.

„Hättest du Lust, mir das zu beweisen?" Er grinste unverschämt und senkte seine Augen nach unten, wo sein Schwanz aufrecht stand.

Ari folgte Dios Blick, bevor sie ihre Augen wieder hob, um ihn anzusehen. „Wie soll ich's denn beweisen?“ Sie klimperte mit den Wimpern, als sich ihre Blicke trafen.

Seine Augen waren voll Feuer und der gleichen unkontrollierten Leidenschaft, die sie in ihm gesehen hatte, als er sie in der Küche genommen hatte. „Ich glaube, du weißt ganz genau, wie.“

Gemächlich streichelte sie mit ihrem Zeigefinger seine samtweiche Haut und fühlte, wie sich sein Schaft ihr entgegen neigte. „Lass mich raten!“ Sie sammelte den Tropfen Feuchtigkeit, der bereits aus seiner Spitze getreten war, auf und rieb ihn über die vor Blut fast lila erscheinende Eichel. „Vielleicht so?“

„Ja“, brachte er mit erstickter Stimme hervor, während sein Körper sich aufbäumte.

Sie ließ ihre Hand an seiner harten Erektion entlang hinuntergleiten, bevor sie eine Faust um ihn machte und sanft drückte.

„Fuck!“

„Ich hatte keine Ahnung, dass du so empfindlich bist“, neckte sie ihn und genoss die Wirkung, die sie auf ihn hatte. Sie hatte sich noch nie so selbstsicher gefühlt.

Er warf ihr einen funkelnden Blick zu, aber sie wusste, dass er nicht wütend war. „Warte nur, bis ich an der Reihe bin.“

Sie kicherte. „Aber du bist doch an der Reihe.“ Dann hob sie sich auf die Knie und positionierte seine Erektion an ihrem Zentrum. „Du bist dran, die Kontrolle zu verlieren.“ Mit einem Schub senkte sie sich auf ihn, nahm ihn in ihren Körper auf und ließ sein hartes Fleisch sie füllen.

Dio drückte seinen Kopf zurück in das Kissen, schloss seine Augen und wölbte seinen Rücken von der Matratze hoch. Sie erlaubte ihm, ein paar Atemzüge zu nehmen und bewegte sich nicht. Als er Augenblicke später seine Augen öffnete, waren sie dunkler als zuvor und leuchteten voll Liebe.

„Ich glaube, du hast deinen Punkt deutlich gemacht.“ Seine Hände wanderten zu ihren Hüften. „Aber ich bin noch nicht bereit, die Kontrolle zu verlieren. Ich wäre ein schlechter Liebhaber, wenn ich mich nicht zuerst um dich kümmern würde.“

Sie lachte. Als ob er sich nicht schon zweimal um sie *gekümmert* hätte. Sie packte seine Handgelenke und zog seine Hände von ihren Hüften, um sie über seinem Kopf festzuhalten. Dann beugte sie sich zu ihm hinab. „Nicht so schnell, mein Liebster.“

Der Kosename fühlte sich erst fremd an, also ausprobierte sie einen anderen aus. „Oder soll ich dich lieber Baby nennen?“

„Du kannst mich *Hengst* nennen oder was du willst, wenn du nur endlich anfängst“, knurrte er.

„So ungeduldig?“

Er stieß seine Hüften nach oben, drängte seinen Schwanz tiefer in sie hinein. „Nur ein bisschen verhungert. Wie du vielleicht weißt“, meinte er beiläufig, „habe ich gerade eine zweiwöchige Abstinenz hinter mir.“

Sie senkte ihren Kopf tiefer, sodass ihre Lippen nur noch einen Zentimeter von seinen entfernt waren. „Ich auch. Es war zermürbend, zumal du nicht nach den Regeln gespielt hast. Erinnerst du dich an den Lagerraum?“

„In deinem Geschäft? Wie könnte ich den jemals vergessen?“

„Du hättest mich nicht verführen dürfen.“

„Wie sollte ich das denn wissen? Ich hatte Amnesie, erinnerst du dich?“

„Du bist unverbesserlich.“

Er befreite eine Hand und legte sie auf ihren Hinterkopf. „Und sehr, sehr hungrig. Also, Baby, wie steht’s? Spielst du Lady Godiva für mich, oder muss ich dich flachlegen und mir nehmen, was mir gehört?“

Seine besitzergreifenden Worte schickten eine Flamme der Begierde durch ihren Kern. Ohne ein Wort strich sie mit ihrem Mund über seinen und streifte mit ihrer Zunge über die Naht seiner Lippen. Sie teilten sich sofort.

„Das ist schon besser“, hauchte er, bevor sie ihn mit Küssen zum Schweigen brachte.

Als sie mit ihrer Zunge seine streichelte und ihn erforschte, schlang er seine Arme um sie, und aus eigenem Antrieb bewegten sich ihre Hüften in einem einfachen Rhythmus. Dios Erektion entzog sich ihr bis auf die Spitze, bevor er wieder in sie hineinstieß.

Zuerst ritt sie ihn langsam, aber je mehr sie sich gegen ihn drängte und je mehr ihr erhitzter Körper sich mit seinem verband, desto schneller schlug ihr Herz. Ihr Kuss nahm den gleichen Rhythmus an und wurde mit jedem Atemzug leidenschaftlicher und drängender.

Als sie ihren Mund schwer atmend von seinem losriss, blickte sie in das Ozeanblau seiner Augen. Wie sie diese jemals als eiskalt hatte empfinden können, konnte sie jetzt nicht mehr verstehen, da seine Augen nun voller Wärme und Leidenschaft leuchteten.

„Du bist wunderschön“, flüsterte er und ließ eine Hand zu ihrem Venushügel gleiten und mit unfehlbarer Präzision ihre Klitoris finden. Als er das geschwollene Bündel Fleisch berührte, fühlte sie ein Schaudern durch ihren Körper rasen. Ihr nächster Atemzug kündigte die Wellen der Erregung an, die ihren Körper zum Explodieren brachten.

Dio stöhnte sein Vergnügen im selben Augenblick heraus, sein Schwanz zuckte in ihr und erfüllte sie mit seinem warmen Samen.

Als Ari auf ihm zusammenbrach, drückte er sie an seine Brust. Sie atmete genauso schwer wie er. Aber sie hatte sich in ihrem ganzen Leben noch nie besser gefühlt. In ein paar Tagen würde sie Mrs. Dio –

Sie hob den Kopf. „Ich fürchte, aus irgendeinem Grund kann ich mich nicht mehr daran erinnern, wie du mit Nachnamen heißt.“ Und das, obwohl sie das Bestellformular für die Kiste Wein ausgefüllt hatte, die er gekauft hatte, als sie sich das erste Mal begegnet waren.

Er schmunzelte, dann berührte er ihre Nase mit seiner Fingerspitze. „Wenn ich ein unsicherer Mann wäre, wäre ich ein bisschen besorgt, dass sich meine Braut nicht einmal an meinen Namen erinnern kann.“ Dann streichelte er ihre Wange. „Ich heiße Dionysos Theos.“

Ari lächelte. Sie würde bald Mrs. Dionysos Theos sein!

31

Dio kam überpünktlich bei der Pension an. Da er die Rezeption leer vorfand, trat er auf den Balkon und blickte in den Garten hinunter.

Alle hatten sich selbst übertroffen. Der gesamte Garten war mit weißen und roten Blumen, Schleifen und weißen Säulen geschmückt. Am Ende eines Pfades aus Rosenblüten war ein kleines Podium errichtet worden, wo der Pfarrer stehen und die Zeremonie durchführen würde. Zu jeder Seite des Gehweges gab es mehrere Reihen von Stühlen, die mit weißem Stoff bezogen waren und auf die Gäste warteten.

Kleine Brunnen umrahmten den Bereich und produzierten einen feinen Nebel, der die Gäste in der heißen Nachmittagssonne kühlen sollte. Dio hätte sich zwar für eine Abendhochzeit entscheiden können, aber er hatte nicht die Absicht, einen Abend mit einem Haufen von Gästen zu verbringen, wenn er doch nur mit seiner frisch angetrauten Ehefrau ins Bett gehen wollte.

Er war früh am Morgen zu seinem Weingut in Napa teleportiert, um sicherzustellen, dass seine Diener das Haus für ihn und Ariadne vorbereiteten. Dort würden sie ihre Flitterwochen verbringen.

„Schön, nicht wahr?" Tritons Stimme kam von hinten.

Dio lächelte seinen Freund an, als er neben ihn trat. „Du hast dich wirklich selbst übertroffen."

„Es wird dich eine Stange Geld kosten."

„Nur gut, dass ich mir nichts aus Geld mache." Solange Ari glücklich war, würde er alles in seiner Macht Stehende tun.

Triton klopfte ihm auf den Rücken. „Vollkommen vernarrt, wie ich mir schon dachte."

Normalerweise hätte Dio so eine Bemerkung nie auf sich sitzen gelassen, aber heute konnte er seinem Freund nicht einmal widersprechen. Er zuckte nur mit den Achseln. „Da ist nichts falsch dran."

Triton nickte. „Gar nichts."

Anfangs hatte Triton nicht geglaubt, dass Dio es mit der Hochzeit wirklich ernst meinte, aber Dio hatte schließlich seinen besten Freund überzeugen können, dass er jetzt ein anderer Mann war.

Für einen langen Moment starrten beide in den Garten, dann räusperte sich Dio. „Ich werde Vater werden."

Triton schnellte herum. „Bei den Göttern! Meinst du das im Ernst?"

Dio konnte das Lächeln nicht unterdrücken, das auf seinem Gesicht auftauchte. „Ari hat unseren Sohn empfangen." Als Gott hatte er nicht nur die

Macht zu entscheiden, wann er ein Kind zeugte, er konnte auch dessen Geschlecht wählen, und obwohl er wusste, dass er irgendwann ein kleines Mädchen wollte, das wie Ari aussah, wollte er zuerst einen Sohn. Vielleicht war es egoistisch von ihm, sie so schnell zu schwängern, doch Ari hatte nicht auf Kondome bestanden, sie kannte also die Risiken. Selbst wenn er ein sterblicher Mann wäre, hätte sie schwanger werden können. Außerdem würde sie heute seine Frau werden, und er wusste, dass sie Kinder wollte.

„Bei den Göttern! Wenn du dir etwas vornimmst, dann machst du's mit Leib und Seele." Sein Freund zog ihn in eine Umarmung. „Herzlichen Glückwunsch!"

Dio schälte sich aus der Umarmung seines Freundes und richtete seinen weißen Smoking zurecht. „Und wie ist es mit dir und Sophia? Sind schon kleine Helden unterwegs?"

Triton grinste. „Ich bin noch nicht bereit, sie mit jemandem zu teilen."

„Und geht es Sophia genauso?"

„Sie will noch ein Jahr warten, aber dann werden wir uns mindestens zwei oder drei anschaffen."

„Warte nicht zu lange", riet Dio ihm. „Ich möchte, dass unsere Kinder im gleichen Alter sind, damit sie miteinander spielen können."

Triton brach in ein so heftiges Gelächter aus, dass seine Augen tränten. Dio starrte ihn an. „Was ist daran so lustig?"

Sein Freund wischte sich die Feuchtigkeit aus den Augen. „Ich hätte nie gedacht, dass ich das jemals von dir hören würde."

Dio gab ihm ein schiefes Lächeln. „Warte nur, bis mein Sohn deinen Sohn verprügelt!"

Triton grinste und drückte Dios Schulter. „Sie werden die besten Freunde werden, genau wie wir."

„Und sich regelmäßig prügeln."

„Bis sie Frauen finden, die sie zähmen werden."

~ ~ ~

Ari blickte in den großen Spiegel in ihrem Wohnzimmer. Das weiße Kleid, das sie trug, war wunderschön. Sie hatte es im Fenster der Boutique gesehen, hatte es aber zunächst verworfen, weil sie nicht glaubte, je so etwas tragen zu können. Aber jetzt, da sie es trug, erkannte sie, dass es ihr wie angegossen passte. Das maßgeschneiderte Bustier hielt ihre Brüste perfekt in Form und verjüngte sich zu einer schmalen Taille hin, während sich der fließende Seidenrock zu ihren Füßen bauschte und ihr damit die perfekte Figur einer Sanduhr gab.

„Ich wusste, dass du das tragen kannst", hörte sie Natalie hinter sich voller Bewunderung zustimmen.

„Kneif mich, denn ich kann nicht glauben, dass es wirklich geschieht!“

Natalie zog sie in eine Umarmung, dann trat sie schnell einen Schritt zurück und strich die Falten von Aris Kleid wieder glatt. Sie schniefte. „Tut mir leid, ich will dein Kleid nicht ruinieren. Du hast das wirklich verdient. Und ich bin die Erste, die zugibt, dass sie Unrecht hatte. Ich hätte nie gedacht, dass Dio sich wirklich so verändern würde.“

Ari spürte, wie sich ein Lächeln auf ihrem Gesicht ausbreitete, und ihre Augen mit den Emotionen, die sie noch einmal zu überwältigen drohten, feucht wurden. „Das hat er. Er ist ein neuer Mensch.“

Die letzten Tage waren wie im Flug vergangen, und Dio war ihr immer zur Seite gestanden und hatte ihr dabei geholfen, Entscheidungen zu treffen. Aber vor allem war er einfach da gewesen und hatte sie mit Liebe überschüttet.

Ari sah ihre Freundin an. „Er liebt mich.“

„Wenn du das glaubst, dann bist du noch leichtgläubiger als ich dachte!“

Die ungewohnte weibliche Stimme brachte Ariadne dazu, sich auf ihren Fersen umzudrehen. Instinktiv wich sie einen Schritt vor dem zurück, was sie sah. Ihre Füße verhedderten sich in dem langen Kleid, und sie wäre in den Spiegel gestürzt, hätte Natalie sie nicht mit einem festen Griff am Arm festgehalten.

In der Mitte des Wohnzimmers stand eine atemberaubende Frau, die eine lange, weiße Tunika trug. Ihr langes, dunkles Haar war kunstvoll auf dem Kopf drapiert, und weiche Locken umrahmten ihr makelloses Gesicht. Sandalen schmückten ihre Füße, deren lackierte Zehennägel unterhalb des Saums der Tunika hervorblitzten. Goldene Armbänder schmückten ihre Handgelenke, und eine goldene Schärpe betonte die Wespentaille der Fata Morgana.

„Wie sind Sie hier reingekommen?“, brachte Ari mühsam hervor. „Natalie, ruf Hilfe!“

Aber Natalie zitterte genauso wie sie.

Ari warf einen Blick in Richtung der Wohnungstür, aber sie war verschlossen. Sie hatte nicht gehört, dass jemand sie geöffnet hätte. Die verrückte Frau musste auf andere Weise eingedrungen sein. Aris Blick schoss in Richtung der geschlossenen Fenster, dann fiel er auf ihr Handy, das auf dem Tisch lag. Sie musste damit unbedingt schnell die Polizei rufen.

Ari stürzte sich auf ihr Handy, aber wie von unsichtbaren Fäden gezogen fing es plötzlich an zu schweben und donnerte mit solcher Kraft an die Wand, dass es in mehrere Stücke zerbrach.

„Was zum ...?“, schrie Natalie entsetzt.

“Raus hier! Verschwinden Sie!“ Aris Herz schlug hoch bis in ihre Kehle. Diese Frau war verrückt, und offensichtlich kannte sie ein paar sehr verrückte Zaubertricks.

Die Fremde ließ sich nicht abwimmeln. „Wir müssen reden.“

„Wer sind Sie?“ Ari hob ihr Kinn hoch und versuchte Tapferkeit vorzugaukeln, obwohl ihre Knie wackelten.

Die Frau hatte eine hochmütige Art an sich, fast aristokratisch, als sie endlich sprach. „Ich bin Hera, Hüterin der Ehe und Mutter Göttin, Gattin von Zeus und Stiefmutter dieses nichtsnutzigen Schürzenjägers Dionysos, den du als Dio kennst.“ Sie spuckte fast die letzten Worte aus, als ob sie giftig wären.

Instinktiv schüttelte Ari ihren Kopf. „Nein, Sie sind verrückt!“ Eine Göttin? Zeus’ Frau? Dios Stiefmutter? Verdammt noch mal, nein! Diese Frau war aus einer psychiatrischen Klinik entkommen.

Plötzlich stand Hera nur wenige Zentimeter von ihr entfernt. Ari keuchte: Sie hatte nicht gesehen, wie sich die Frau bewegt hatte. „Wenn ich du wäre, würde ich mit meinen Worten vorsichtig umgehen. Wie Dionysos dir bestätigen kann, habe ich ein bösartiges Temperament.“ Die eisige Kälte in ihrer Stimme ließ Aris Herz rasen und ihre Lungen um Luft kämpfen.

Eine Sekunde später stand Hera wieder in der Mitte des Raumes, ohne sich bewegt zu haben. Aris Herz überschlug sich fast. Sie erstarrte wie zu einer Salzsäule und packte Natalies Arm als Stütze.

„Scheiße, Scheiße, Scheiße!“ murmelte Natalie. „Das sieht nicht gut aus.“

„Ich hätte deine Freundin nicht für eine wimmernde Maus gehalten, aber selbst ich irre mich manchmal“, fuhr die Frau fort. Dann kniff sie die Augen zusammen und richtete sich direkt an Natalie. „Noch ein Wort aus deinem Mund, und ich werde dafür sorgen, dass dir das gleiche Schicksal widerfährt wie Echo und du nur noch in der Lage bist, das zu wiederholen, was andere sagen.“

Ari spürte, wie sich ihre Freundin bei der Bedrohung versteifte, aber sie antwortete nicht.

„Gut. Nun zu dir, meine liebe Ariadne.“

Panik setzte bei Ariadne ein. Was hatte diese Verrückte im Sinn? Verdammt, dies war ihr Hochzeitstag: Nichts Schreckliches sollte heute passieren. Das war nicht fair! Niemand durfte ihren perfekten Tag zerstören.

„Bitte gehen Sie und ich werde die Polizei nicht rufen. Ich verspreche es. Ich möchte nur, dass Sie gehen.“

„Ich gehe, wenn ich fertig bin und nicht, wenn du es mir befiehlst“, zischte die Frau, die sich Hera nannte. „Niemand erteilt mir Befehle!“

Ari versuchte sie irgendwie zu besänftigen. „Was wollen Sie? Geld? Ich habe nicht viel hier.“ Sie deutete mit ihrem Kopf in Richtung Küchentheke. „Nehmen Sie meine Tasche!“

Hera spitzte die Lippen. „Das hässliche Ding? Die passt zu keinem meiner Outfits. Vielleicht hätte ich dir in den letzten drei Wochen einen Sinn für Mode beibringen sollen, anstatt meine Zeit damit zu verschwenden, dich zu lehren, wie du Dionysos demütigen kannst.“

„Mich lehren?", krächzte Ari mit ausgedörrter Kehle, während ihre Handflächen feucht wurden. Wieso wusste diese Frau über Dio Bescheid und darüber, was ihr ursprünglicher Plan gewesen war?

Mit einem ungeduldigen Schnauben verschränkte Hera ihre Arme über ihrer üppigen Brust. „Natürlich! Du glaubst doch nicht, dass du dir diesen Plan ganz alleine ausgedacht hast, oder? Ich habe dir gezeigt, wie du ihm eine Lektion erteilen kannst."

Ihm eine Lektion erteilen. Die Worte hallten in Aris Kopf wider. Sie hatte diese Worte immer und immer wieder gehört, genauso wie andere: Worte, die ihr einredeten, Rache für das an ihm zu nehmen, was er ihr angetan hatte. Sie schüttelte den Kopf und versuchte sich von der Vorstellung, dass jemand Vorhaben in ihren Kopf gepflanzt hatte, zu befreien. „Sie haben mich manipuliert." Aber das war doch nicht möglich. „Wie?"

„Hast du mir nicht zugehört? Ich bin eine Göttin. Ich habe Kräfte, von denen du nur träumen kannst."

Ari betrachtete die Frau noch einmal genauer. Da alle Fenster und Türen geschlossen waren, gab es keine Möglichkeit, dass sie auf normale Weise die Wohnung hätte betreten können. Und die Art, wie Hera – ohne dass Ari es bemerkt hatte – sich bewegt und das Handy an der Wand zerschmettert hatte, ohne es zu berühren, für all dies konnte es nur eine übernatürliche Erklärung geben. Es war gegen alle Naturgesetze.

Könnte es sein, dass Götter wirklich existierten? Oder war das alles ein Alptraum, in dem sie gelandet war?

„Sagen wir einfach, ich glaube Ihnen, dass Sie wirklich eine Göttin sind. Was wollen Sie dann von mir?"

Hera lächelte durchtrieben. „Ich versuche dich davon abzuhalten, den größten Fehler deines Lebens zu begehen. Du kannst Dionysos nicht heiraten."

Die Worte brachten Aris Knie unfreiwillig ins Wanken. „Nein!" Ihr Einwand war heraus, bevor sie überhaupt wusste, dass sie ihre Lippen bewegt hatte.

„Er ist ein Lügner und Betrüger!"

„Sie irren sich! Er hat mir alles gestanden." Genau wie Ari ihm die Wahrheit gestanden hatte.

„Alles?" Hera wölbte ihre Augenbrauen. „Hat er dir gesagt, wer er ist?"

Aris Magen verkrampfte sich, und schreckliche Angst breitete sich in ihrem ganzen Körper aus. Hatte Dio ihr doch nicht alles über sich selbst erzählt?

„Ah, ich sehe, du hast immer noch Zweifel, wenn es um ihn geht. Und das solltest du auch. Dionysos ist der Gott des Weines und der Ekstase. Er ist Zeus' unehelicher Sohn. Ein Gott. Hat er dir das erzählt?"

Ari lehnte sich zur Unterstützung an Natalie und spürte, wie deren Arm sich um ihre Taille legte. Sie erinnerte sich an die Worte, die Hera gesprochen hatte, als sie in der Wohnung erschienen war: *Stiefmutter dieses nichtsnutzigen Schürzenjägers Dionysos*. „Dio ist ein Gott?“ Konnte das wahr sein?

„Ein mächtiger, der nicht mit sich spaßen lässt. Und du hast mit ihm gespaßt.“

„Habe ich nicht! Sie haben mich manipuliert! Und außerdem hat er mir verziehen.“ Ihre Stimme zitterte, als sich dennoch Zweifel in ihr breit machten. Wenn Dio ein Gott war, warum hatte er ihr das nicht gesagt? Und wie hatte er überhaupt unter Amnesie leiden können? Hatte er darüber auch gelogen?

„Dir verziehen? Das kannst du vergessen, Schwester! Er hat mit dir von Anfang an gespielt. Ich habe es gesehen und beschlossen, dir zu helfen, indem ich ihm sein Gedächtnis wegnahm.“

„Sie haben das getan?“ Ari schnappte nach Luft. Aber gleichzeitig fühlte sie einen Hauch von Erleichterung. Dio hatte wenigstens nicht gelogen, was seine Amnesie betraf.

„Damit du die Gelegenheit bekamst, ihm eine Lektion zu erteilen. Aber was tust du? Du verliebst dich in ihn! Das war nicht der Plan!“

Aris Lippen zitterten. „Aber er liebt mich.“

„Bist du dir da so sicher?“, verhöhnte Hera sie.

Ari hielt den Atem an. War sie sich sicher? Liebte Dio sie wirklich, wie er ihr jede Nacht während der letzten Woche beteuert hatte?

„Vielleicht brauchst du Beweise dafür, was für ein Mistkerl er ist.“

Bei Heras Worten verwandelte sich plötzlich die Mitte des Wohnzimmers, wo der Tisch stand, in die Oberfläche eines Teiches.

„Schau’ zu und lerne!“, riet Hera ihr und deutete auf den Teich. Auf seiner Oberfläche spiegelte sich eine Szene wider.

Die Gestalten von drei Männern, die in einem Wohnzimmer standen, wurden sichtbar: Dio, Triton, der Besitzer der Pension, und ein gut aussehender dunkelhaariger Kerl, den sie nicht kannte.

Der dunkelhaarige Mann zog sein T-Shirt gerade. „Von wem sprechen wir jetzt?“

„Von der Frau, die Dio eingeredet hat, dass er verlobt ist, und wenn ich mich richtig erinnere, hat er auch behauptet, dass er in sie verliebt ist.“ Triton lehnte sich lässig gegen den Fensterrahmen.

„So eine Scheiße!“, protestierte Dio lautstark. „Ich bin nicht in diese Frau verliebt, diese verdammte, hinterlistige, lügnerische Frau.“ Er nahm einen tiefen Atemzug, eindeutig wütend. „Wie konnte sie es wagen, mich so anzulügen? Was habe ich ihr denn getan, das eine solche Doppelzüngigkeit rechtfertigten würde? Oh ja, ich gebe ihr eine Hochzeit! Aber ohne Bräutigam!“

Mit einer ausholenden Handbewegung von Hera verschwand der Teich wieder und wurde von ihrem Wohnzimmertisch ersetzt.

Ari kämpfte gegen die Tränen an, die in ihren Augen hochstiegen, und verlor den Kampf. „Er hat nur mit mir gespielt. Er hasst mich." Die Tränen kullerten unter ihren Lidern hervor, als sie ihre Augen schloss und versuchte, die Welt um sich herum auszusperren. Dio hatte sie angelogen. All seine zärtlichen Worte waren Lügen, seine Küsse heimtückisch, seine Berührung giftig. Er war nicht nur ein Gott – das glaubte sie Hera jetzt, wie konnte sie es auch nicht glauben, nach dem Beweis, den sie vorgelegt hatte – Dio wollte sich auch an ihr rächen. Und auf welch bessere Weise, als sie am Altar stehen zu lassen?

Dios Eingeständnis, dass er mit ihren Eltern gesprochen hatte und über Jeff Bescheid wusste, kam plötzlich zu ihr zurück. Wie grausam von ihm, sie so zu bestrafen, dass er nicht nur ihr weh tat, sondern damit auch ihre Eltern demütigte.

Heras Stimme zog sie zurück in die Gegenwart. „Ich bin froh, dass ich dich davon abhalten konnte, etwas Dummes zu tun."

Ari nickte. Sie fühlte sich wie betäubt.

„Lass dir das eine Lehre sein!", zischte Hera, bevor sie sich in Luft auflöste.

Mit zitternden Händen griff Ari nach dem Reißverschluss ihres Kleides, als sie Natalies Hände auf ihren spürte.

„Es tut mir so leid, Ari", flüsterte ihre Freundin und umarmte sie. „Ein Gott! Und was für ein gemeiner. Ich kann es kaum glauben. Aber nach allem, was diese Hera getan und gesagt hat ..."

Tränen liefen über Aris Wangen, und sie sog einen Atemzug ein, aber damit lösten sich noch mehr Schluchzer aus ihrer Brust. „Er hasst mich." Nichts anderes zählte, weder, dass er ein Gott war, noch, dass er diese Tatsache verschwiegen hatte, als sie sich gegenseitig die Wahrheit gestanden hatten.

„Es tut mir leid, Schatz, es tut mir so leid." Aber die beruhigenden Worte ihrer Freundin halfen nicht, den Schmerz in ihrer Brust zu lindern.

"Hilf mir aus diesem Kleid heraus!" Ari wollte nicht eine Sekunde länger daran erinnert werden, dass heute der glücklichste Tag ihres Lebens hätte sein sollen.

Als Natalie ihr half, das Kleid abzulegen, das jetzt ungenutzt irgendwo hängen würde, und ihr half, Jeans und ein T-Shirt anzuziehen, ließ Ari ihren Tränen freien Lauf. Sie würde keine Braut sein und zum Altar schreiten, nicht heute, niemals! Sie würde ihre Eltern nie stolz auf sich machen. Alles, was sie für sie sein würde, wäre eine ständige Enttäuschung.

„Oh Gott, nein!"

Natalie sprang zurück. „Was ist los?"

Ari packte ihre Freundin am Arm. „Meine Eltern! Natalie, meine Eltern sind bei der Zeremonie dabei!"

Sie würden den Stachel der Demütigung noch einmal zu spüren bekommen. Aber das konnte Ari nicht zulassen. Nicht dieses Mal!

32

Die heiße Nachmittagssonne brannte auf die wartenden Gäste nieder. Dio schickte einen stillen Wunsch zu Helios und bat den Sonnengott um etwas weniger Sonne, sodass die versammelte Hochzeitsgesellschaft nicht vor Hitze auf ihren Stühlen schmelzen würde.

Dio hatte eine Gästeliste erstellt, die alle Freunde von Ariadne und einige ihrer Kunden beinhaltete. Selbst die beiden Typen, die ihn niedergeschlagen hatten, saßen inmitten der Hochzeitsgäste. Aris Eltern saßen in der ersten Reihe. Er hatte Flüge erster Klasse gebucht und ihnen das beste Zimmer in Tritons und Sophias Pension reserviert, um sicherzustellen, dass sie bei der Hochzeit ihrer Tochter anwesend waren.

Ari hatte sie noch nicht einmal gesehen, weil der Flug in der vorherigen Nacht Verspätung gehabt hatte. Dio hatte sie vom Flughafen abgeholt und direkt in die Pension gebracht, da sie todmüde waren. Und heute Morgen hatte Ari zum Friseur gehen und dann in letzter Minute noch bei der Schneiderin eine kleine Änderung am Kleid machen lassen müssen. Dies hatte sie daran gehindert, ihre Eltern zu begrüßen.

Dio blickte nochmals auf seine Armbanduhr. Es war schon nach zwei Uhr. Die höfliche Viertelstunde Verspätung lag schon hinter ihm und verwandelte sich nun langsam in eine halbe Stunde. Hatte es beim Friseur länger gedauert oder war irgendetwas Schlimmes mit ihrem Kleid passiert? Warum war sie noch nicht hier?

Natalie war auch nirgends in Sicht.

Er stieß Triton an, den er als seinen Trauzeugen ausgewählt hatte. „Ich muss herausfinden, wo sie ist."

„Frauen kommen immer zu spät."

„Sophia ist nicht zu spät auf eurer Hochzeit erschienen", brummte Dio ungeduldig. „Verdammt noch mal, Triton, irgendwas stimmt nicht."

„Du bist nur nervös."

Dio machte eine wegwerfende Handbewegung. „Das hat nichts mit Nervosität zu tun. Irgendetwas stimmt nicht. Ich kann es fühlen." Er drückte seine Hand auf seinen Bauch. Sein Bauchgefühl hatte ihn noch nie im Stich gelassen. „Ich muss sie suchen."

Triton legte seine Hand auf seinen Arm, um ihn zurückzuhalten, als sich ein Kribbeln an Dios Nacken bemerkbar machte. Sofort schoss sein Blick zu den Doppeltüren, die in die Pension führten. Dort im Schatten des Gebäudes stand seine Ari.

Sein Herz rutschte ihm in die Kniekehle: Sie trug kein Hochzeitskleid und sogar aus einer Entfernung von zwanzig Metern konnte er sehen, dass sie geweint hatte.

„Lenke die Gäste ab!“, flüsterte er Triton zu und stieg von der Plattform herab.

„Dio, was ist ...?“

Aber Dio ignorierte die Worte seines Freundes ebenso wie das Getuschel, das durch die versammelten Gäste ging, und eilte auf Ari zu.

In dem Moment als sie bemerkte, dass er auf sie zukam, weiteten sich ihre Augen vor Schreck. Oder war es Angst? Diese Vermutung erschütterte ihn und brachte ihn dazu, seine bereits hastigen Schritte zu beschleunigen. Sie drehte sich um, um nach drinnen zu laufen, aber sie kam nicht weit. Bevor sie die Treppe im Flur erreichte, packte Dio ihren Arm und hielt sie auf.

„Ari! Was ist los? Wo ist dein Kleid?“

„Lass mich los!“ Sie versuchte seinen Griff abzuschütteln, aber er ließ es nicht zu.

Dies war weder die gleiche Frau, die er heute Morgen zum Abschied geküsst hatte, noch diejenige, mit der er in der Nacht zuvor Liebe gemacht hatte und die sich ihm so freiwillig hingegeben hatte.

„Ari, bitte sag mir, was los ist! Ich sehe, dass du geweint hast.“ Und der Gedanke tat höllisch weh, ebenso wie der Verdacht, dass sie ihn nicht mehr heiraten wollte. Warum sonst würde sie an ihrem Hochzeitstag eine alte Jeans tragen?

Als sie ihn schließlich anblickte, funkelten ihre Augen vor Wut. „Du hast mich angelogen!“

Mist! Was hatte er jetzt wieder getan? „Habe ich nicht ...“

„Du bist ein Gott!“

Ihre Worte ließen ihn hochfahren und seinen Griff lösen. Wie – zum Hades – hatte sie das herausgefunden? „Ich wollte es dir erzählen. Nach der Hochzeit.“

„Lügner! Es wird keine Hochzeit geben! Du hast nie vorgehabt, mich zu heiraten!“, fauchte sie.

Unglaube durchflutete ihn. Er strich mit seinen Händen über seinen weißen Smoking und forderte sie durch einen Wink auf, ihn anzusehen. „So wie ich angezogen bin, glaubst du nicht, dass ich vorhabe, dich heute zu heiraten? Schreit dieser Anzug nicht förmlich danach?“

„Es ist alles eine Lüge. Du wolltest mich nur vor allen demütigen, weil du mich hasst und dich an mir rächen willst für das, was ich dir angetan habe!“ Tränen kullerten aus ihren Augen.

„Ich hasse dich nicht! Ich liebe dich! Ari, ich verstehe nicht, was passiert ist. Heute Morgen war noch alles in Ordnung. Es ist nur etwas Nervosität, glaub mir!“ Das musste es sein.

Dio griff nach ihrem Arm und zog sie näher. „Bitte weine nicht! Ich wollte dir erzählen, dass ich ein Gott bin, aber der richtige Zeitpunkt hat sich einfach nicht ergeben."

Sie wehrte sich gegen ihn. „Es ist mir egal, was du bist! Verstehst du das nicht? Es ist mir egal, ob du ein Gott bist oder nicht. Aber das, was du gesagt hast, ist mir nicht egal!"

„Verdammt noch mal, Ari, was habe ich denn gesagt, das dich so aufregt?"

Sie wurde ruhig, und er sah, wie sich ihr Gesicht in eine Maske aus Stein verwandelte. „Du hast gesagt, es wird eine Hochzeit geben, aber ohne einen Bräutigam."

„Das habe ich nie –" Scheiße! Das waren seine Worte, Worte, die er im Zorn gesprochen und seither viele Male bedauert hatte. Aber es war unmöglich, dass sie darüber Bescheid wissen konnte. Weder Triton noch Hermes würden jemals so etwas ausplaudern und ihn so hintergehen. „Wer hat dir das gesagt?"

„Du kannst es nicht einmal abstreiten, dass du es gesagt hast." Sie senkte ihre Lider, aber nicht, bevor er den Schmerz sah, der tief in ihren Augen lag. Kein Wunder, dass sie ihn nicht mehr heiraten wollte: Sie glaubte, er machte ihr etwas vor.

„Wer?", wiederholte er, diesmal lauter. Er biss sein Kiefer zusammen, während sein Körper straff wie eine Bogensehne wurde. Er würde diesem Verräter den Kopf abreißen.

„Die Göttin Hera hat mich vor dir gewarnt. Und sie hat es mir gezeigt. Leugne es nicht: Ich sah es mit meinen eigenen Augen."

Dio ließ sie los. „Dieses verdammte Miststück!" Er hätte wissen müssen, dass Hera die Sache nicht auf sich beruhen lassen konnte und in letzter Minute Unheil stiften würde. Hatte Zeus nicht versprochen, sie ihm vom Halse zu halten? So viel war also das Versprechen seines Vaters wert! „Hera hat es auf mich abgesehen, seit ich auf die Welt kam. Sie will mich zerstören! Sie ist böse! Du darfst kein Wort von dem glauben, was sie dir sagt!"

Ari hob trotzig ihr Kinn. Die Herausforderung war ihr plötzlich ins Gesicht geschrieben. „Dann leugnest du also, dass du jemals gesagt hast, du würdest mich am Altar stehen lassen?"

Dio fuhr sich mit der Hand durch sein Haar. Es war an der Zeit, reinen Tisch zu machen. „Das kann ich nicht. Ich habe es gesagt, aber ich habe es nicht so gemeint. Ich war wütend, als ich herausfand, was du getan hast. Aber es ist jetzt anders. Ich liebe dich. Wirklich. Und ich möchte, dass wir heiraten. Heute. Jetzt sofort. Bitte, Ari, du musst mir glauben!"

Langsam schüttelte Ari den Kopf. Er erwartete, dass sie ihm jetzt noch vertraute? „Ich kann nicht."

Und doch nagte gleichzeitig etwas an ihr. Sie hatte gesehen, wie er draußen im Garten unter der brütenden Sonne auf sie gewartet hatte. Als sie erfasst hatte, dass er wirklich da war, dass er tatsächlich am Altar stand, war sie erstarrt und nicht in der Lage gewesen, zu ihren Eltern zu laufen, um sie aus dieser Situation herauszuholen. Zum ersten Mal, seit Hera ihr die Wahrheit über Dio offenbart hatte, hatte sie gespürt, wie sich ein hauchfeiner Faden aus Zweifeln um ihr Herz schnürte. Aber der verschwand so schnell wieder, wie er gekommen war. Dieses Mal würde sie ihm seine Lügen nicht abkaufen.

„Ich dachte, du liebst mich." Unglaube lag in Dios Stimme.

Sie hob ihren Blick und traf auf seinen. In seinen Augen erkannte sie nackten Schmerz. Ari schloss ihre Augen. Nein, sie musste sich irren. Er verspottete sie nur.

„Du bist ein Gott. Was willst du von mir? Hat dieses Spiel nicht lange genug gedauert?" Resigniert ließ sie den Kopf hängen. Selbst wenn er nicht gesagt hätte, dass er sie nicht heiraten würde, gäbe es trotzdem keine Zukunft für sie. Der Gott Dionysos könnte jede Frau auf der Welt haben. Er würde doch nicht sie auswählen.

„Das ist kein Spiel. Wir gehören zusammen, und ich werde dir beweisen, dass Hera Unrecht hat und dass ich dich liebe."

Bevor sie die Gelegenheit hatte, herauszufinden, was er vorhatte, zog Dio sie in eine enge Umarmung.

Dann wurde alles schwarz vor ihren Augen.

Wenn dies der Tod war, dann war er angenehm. In der Tat fühlte Ari sich so, als ob sie schwerelos durch das Dunkel schwebte. Sie fühlte nichts außer Dios Armen und seinen Körper eng an ihren gedrückt. Bevor sie das seltsame Gefühl des Schwebens in Dios Armen analysieren konnte, wurde sie von hellem Licht geblendet, und ihre Füße fanden den Boden wieder, als Dio sie absetzte.

„Wir sind da!", verkündete er.

„Bin ich tot?", flüsterte Ari, nachdem sich ihre Augen an die Helligkeit um sie herum angepasst hatten.

Dio drückte seine Lippen sanft auf ihre und küsste sie. Sie war zu benommen, um sich zu wehren. „Fühlte sich das so an, als ob du tot wärst?"

Sie schüttelte den Kopf und fühlte Wärme in ihre Wangen steigen. „Was ist passiert?"

„Wir sind auf dem Olymp, der Heimat der Götter."

33

Ari sah sich in ihrer Umgebung um. Der Olymp! Sie war wirklich auf dem Olymp, dem mythischen Ort, wo die griechischen Götter leben sollten. Sie hätte nie gedacht, dass dieser Ort tatsächlich existierte, geschweige denn, dass sie ihn jemals sehen würde.

Ihre Augen schweiften über die Olivenbäume, die an den Hängen des Berges wuchsen, und über die verschiedenartigen Villen, die die Abhänge übersäten. Die Villen waren wunderschön und hatten große Balkone und Terrassen mit Blick auf die Welt der Sterblichen am Fuße des Berges. Jede dieser Villen konnte mit Leichtigkeit mit dem Weißen Haus in Sachen Schönheit, Größe und Opulenz mithalten.

Aber auf dem Gipfel des Berges, wo sie und Dio nun standen, befand sich das eindrucksvollste Bauwerk von allen: ein Palast. Erbaut aus weißem Marmor und so aussehend, als sei er aus einem einzigen massiven Block gemeißelt worden, stellte er pure Eleganz und Schönheit dar. Von der Terrasse aus führte ein großer Torbogen, der von korinthischen Säulen getragen wurde, in den Palast hinein. Mehrere Brunnen waren um das Gebäude herum platziert.

Ari trat instinktiv ein paar Schritte näher, angezogen von der unglaublichen Schönheit des Gebäudes, als Dio an ihrer Hand zerrte. Sie drehte sich zu ihm um.

„Das ist der Palast meines Vaters, Zeus."

„Du lebst hier?" Ari blieb der Mund offen stehen. Sie erinnerte sich, dass Hera gesagt hatte, dass Dio Zeus' Sohn war. Kein Wunder, dass er so wütend auf sie war. Er hatte wahrscheinlich Hunderte von Dienern, und Ari hatte ihn gezwungen als Kellner zu arbeiten!

„Mein Vater und ich kommen nicht gut miteinander aus. Ich lebe dort unten." Er deutete auf eine der großen Villen am Hang. „Ich habe auch Häuser in der Welt der Sterblichen."

Sie starrte ihn an. „Wie die Wohnung in Charleston? Aber die ist so ... so bescheiden."

Dio lächelte. „Ich mag es so. Hier oben gibt es zu viel Hinterhältigkeit. Ich bevorzuge die Welt der Sterblichen." Dann wurden seine Augen dunkler. „Ich bin lieber mit dir zusammen."

Ari fühlte Röte in ihre Wangen steigen. Dieser Mann schaffte es, dass sie sich wieder ganz warm und wohlig fühlte.

Dio bemerkte mit Freude, dass Ariadne noch immer auf ihn reagierte. Sie hatte ihn noch nicht aufgegeben, da sie ihn immer noch liebte. Jetzt musste er sie nur davon überzeugen, dass sie ihm vertrauen konnte. Und Zeus sollte ihm dabei helfen.

„Zeus!“, rief er in Richtung Palast. Er wusste, dass sein Vater seine Ankunft schon gespürt haben musste, deshalb war es seltsam, dass der Gott der Götter nicht sofort auf der Terrasse seines Palastes erschienen war, wo er bevorzugte, seine Besucher zu begrüßen. Es wäre vermessen, ohne ausdrückliche Aufforderung Zeus’ Palast zu betreten.

„Zeus! Ich muss mit dir reden!“ Aber sein Vater zeigte sich nicht. Dio hielt ihn nicht für einen Feigling, der versuchte, ihm aus dem Weg zu gehen, nur weil er sein Versprechen, ihm Hera vom Halse zu halten, gebrochen hatte. Irgendetwas stimmte nicht.

„Komm!“ Er führte Ari zum Palast.

„Ich bin nicht richtig angezogen, um deinen Vater kennenzulernen.“

Er warf ihr einen Seitenblick zu und grinste. „Willst du damit sagen, dass du nervös bist, Zeus zu treffen?“

Ari zappelte. „Es passiert nicht jeden Tag, dass ich einem Gott begegne. Zum Teufel, ich wusste gar nicht, dass Götter existieren.“ Sie schlug sich hastig mit der Hand auf den Mund. „Oh, ich darf hier bestimmt nicht den Teufel erwähnen.“

„Du kannst hier sagen, was du willst“, beschwichtigte Dio sie, als sie den Palast durch den Torbogen betraten. Die Luft drinnen war angenehm. „Zeus ist ein Scheißkerl, aber er ist für Chancengleichheit.“

Ari reagierte schockiert bei dieser Beleidigung. „Wenn du ihn nicht magst, warum bringst du mich dann hierher?“

„Zeus wird dir sagen, wie Hera wirklich ist.“ Und dann würde Ari erkennen, dass sie ihm vertrauen und ihn lieben konnte.

„Aber ich –“

„Ari, bitte gib mir eine Chance! Da du mir nicht glaubst, hoffe ich, dass du wenigstens Zeus glauben kannst. Nicht, weil er mein Vater ist, sondern weil er Hera besser als jeder andere kennt.“

Sie gingen einen Flur entlang, der durch ein Atrium, das sich an dessen gesamter Länge erstreckte, erhellt war. Wandmalereien zierten die Wände und konnten denen in der Sixtinischen Kapelle jederzeit Konkurrenz machen. Dio ließ seine Sinne schweifen, um sich von ihnen zu Zeus führen zu lassen. Je näher er dem Schlafzimmer seines Vaters kam, desto wütender wurde er. Es sah so aus, als amüsierte sich Zeus, anstatt Hera abzulenken.

Dio versuchte seine Wut zu unterdrücken. Er wollte Ari nicht mit einem Wutausbruch verärgern und versprach sich, Zeus höflich zu behandeln. Schließlich brauchte er ihn, damit er Ari bestätigen konnte, dass Hera ihn wieder einmal reingelegt hatte, indem sie die Wahrheit für ihre eigenen Zwecke verdreht hatte.

Ohne anzuklopfen riss Dio die schwere Tür zu den privaten Gemächern von Zeus auf und trat ein. Gleichzeitig schob er Ari hinter sich, um Zeus eine Chance zu geben, sich notfalls zu bedecken. Wie sich herausstellte, war diese Vorsichtsmaßnahme nicht nötig gewesen: Zeus' Kronjuwelen waren ausreichend durch ein Bettlaken verdeckt. Entweder schlief er oder er war bewusstlos – und mit Handschellen an sein Bett gefesselt.

„Ach, Mist!" Dio eilte zu dem übergroßen Bett, das auf einem Podest stand, und beugte sich über seinen Vater. „Zeus! Wach auf!" Er rüttelte an seiner Schulter, aber Zeus rührte sich nicht. „Vater!" Er nannte ihn nie Vater, aber heute fühlte er sich dazu genötigt.

„Was ist los?" Ari trat neben ihn.

„Er ist bewusstlos." Falls er geschlafen hätte, wäre er durch das Rütteln und Dios Stimme aufgewacht. Und ganz sicher mit einer Scheißlaune!

„Oh!" Er fing Aris Blick auf, der auf die goldenen Handschellen gerichtet war. Ihre Wangen färbten sich dunkelrot. „Vielleicht ist er einfach ... erschöpft."

„Ari, Sex erschöpft einen Gott nicht – wie du wissen solltest." Hatte er ihr das nicht die ganze letzte Woche lang bewiesen? „Jemand hat ihn überwältigt. Und die Indizien weisen darauf hin ..." Er zeigte auf die Handschellen. „... dass Hera ihre Hand im Spiel hatte."

Kein Wunder, dass Zeus nicht in der Lage gewesen war, sein Versprechen ihm gegenüber zu halten. Hera hatte dafür gesorgt.

„Aber er ist ein Gott. Seid ihr nicht unbesiegbar?"

Er schmunzelte bei ihrer Superhelden-Analogie. „Das wären wir gerne, aber selbst wir haben alle einen schwachen Punkt, eine Achillesferse sozusagen. Und wenn jemand auf die zielt, sind wir verwundbar. Hera weiß mit Sicherheit, wo Zeus' Schwachstelle ist. Das ist die einzige Art und Weise, wie sie –"

„– ihn in Handschellen legen konnte?", beendete Ari seinen Satz.

„Nein, die Handschellen kamen davor, da bin ich mir ziemlich sicher."

„Du meinst doch nicht ..." Ari schien keine Probleme zu haben, seinen Gedankengang nachzuverfolgen. Zeus und Hera hatten ein kleines Liebespiel gespielt.

„Genau, Baby."

„Glaubst du, er wird wieder?"

„Er ist unsterblich, also mach dir keine Sorgen!" Dio sah keine sichtbaren Verletzungen, also zog er an dem Laken, doch dann hielt er in seiner Bewegung inne und drehte sich zu Ari um. „Würdest du dich bitte umdrehen und wegschauen?"

„Was hast du vor?"

„Ich muss herausfinden, wie sie ihn lahmgelegt hat. Und da Zeus nackt zu sein scheint ...“ Er musste seinen Satz nicht beenden. Ari drehte sich mit rotem Gesicht weg. „Danke, Baby, obwohl ich bezweifle, dass Zeus etwas dagegen hätte, von einer schönen Frau bewundert zu werden.“ Im Gegenteil: Es würde ihn wahrscheinlich anmachen, wenn er es mitbekäme. Aber Dio würde dies nicht zulassen, denn Ari gehörte ihm, und wenn sie jemanden anmachte, dann sollte es nur er sein.

Als er das Laken anhob und Zeus’ Körper inspizierte, schüttelte Dio seinen Kopf. Wie hatte Hera dieses Mal ihren Mann ausmanövriert? Dies wäre eine Geschichte für die Geschichtsbücher. Mit effizientem und gründlichem Blick schweiften Dios Augen über den Körper seines Vaters. Als sie Zeus’ Leistengegend erreichten und dort einen goldenen Schimmer unter dem dunklen Fleck seiner Schambehaarung sahen, stieß er einen Fluch aus.

„Ach! Fuck! Wirklich?“

„Was ist los?“ Aris Stimme klang alarmiert.

„Das willst du gar nicht wissen. Schau bitte nicht, okay?“ Denn eine goldene Haarnadel aus Zeus’ Unterleib zu ziehen war das Abscheulichste, was er je getan hatte. Und er hatte eine Menge widerlicher Dinge getan. Als er die zehn Zentimeter lange Nadel heraus gezogen hatte, schloss sich die Haut um das kleine Loch sofort und war im Nu verheilt.

Zeus rührte sich sogleich mit einem Fluch auf seinen Lippen. „Dieses verdammte, niederträchtige, hinterhältige –“

„Ich könnte es nicht besser sagen.“ Dio bedeckte Zeus gerade wieder, als dessen Augen aufflogen und ihn festnagelten.

Einen Augenblick später riss Zeus seine Hände aus den Handschellen, als ob diese aus Pappmaché wären. „Mein Sohn!“ Die überschwängliche Begrüßung wurde schnell von einem Stirnrunzeln überschattet. „Du darfst nie jemandem sagen, was hier passiert ist.“

Dio hasste es, herumkommandiert zu werden. „Lass es mich nicht bereuen, dass ich dir geholfen habe!“

Zeus setzte sich auf, doch bevor er noch etwas weiteres sagen konnte, schweifte sein Blick an Dio vorbei, und ein laszives Grinsen breitete sich über seinem Gesicht aus. „Oh la la! Sie sieht ja aus der Nähe noch schöner aus.“

Ari spürte, wie sie zum hundertsten Mal an diesem Tag errötete. Sie hätte nie gedacht, dass Zeus so aussah: jung, schön, stattlich, voller Energie – nicht alt und nicht mit einem weißen Bart wie er in der griechischen Mythologie dargestellt wurde. Und dieser Mann, nein, dieser Gott, dachte, sie sei schön? Doch obwohl ihr das Kompliment schmeichelte, rief es nicht dasselbe Gefühl hervor, das ihren Körper durchzog, wenn Dio sie ansah. Dio konnte ihren Körper mit einem einzigen Blick in ein Inferno verwandeln. Sein Vater war in dieser Hinsicht keine Konkurrenz.

Als sie ihren Blick von Zeus abwandte, bemerkte sie, dass Dio sie durchdringend ansah. Sofort schmolz ihr Inneres, und ihre Knie wurden weich, während ihr Magen aufgeregt hüpfte. Ihr Herz schlug ihr bis in den Hals, als sie bemerkte, wie sich seine Augen verdunkelten.

„Tut einfach so, als wäre ich nicht hier“, unterbrach Zeus und brach den Bann.

Dio und sie wandten sich ihm zu.

„Ich gehe davon aus, dass Glückwünsche angebracht sind?“

Dio schüttelte den Kopf, eine Bewegung, die ihr ins Herz schnitt. „Leider hat sich deine Frau eingemischt und meine Braut davon überzeugt, dass ich sie nicht will und plane, mich an ihr zu rächen. Hera hat Ari eingeredet, dass ich sie am Altar stehen lassen werde.“

Zeus schlug mit der Faust in die Matratze. „Dieses niederträchtige, hinterhältige –“ Er unterbrach sich und lächelte Ari an. „Ich kümmere mich später um sie. Mein Sohn ist dir also nicht gut genug?“ Zeus’ dröhnende Stimme erfüllte den Raum, sodass immer mehr Nervosität ihre Wirbelsäule hinaufkroch. Hatte er vor, sie zu bestrafen?

„Das ist nicht das, warum –“

Er schnitt ihr das Wort ab. „Er ist ein guter Mann.“

Das wusste sie bereits. Von dem Moment an, als sie ihn im Garten auf dem kleinen Podium hatte stehen sehen, war ihr das klar geworden. Aber ein kleiner Hauch von Zweifel war geblieben, und es war schwer, die Bilder, die Hera ihr gezeigt hatte, abzuschütteln. Außerdem hatte Dio nicht geleugnet, dass er gesagt hatte, dass es keinen Bräutigam geben würde. Was sollte sie davon halten?

„Hera hasst ihn schon immer“, fuhr Zeus fort. „Sie würde alles tun, um Dionysos’ Leben zu ruinieren. Du willst einen Beweis, dass Dionysos dich wirklich liebt und dich zu seiner Frau machen will?“

Sie nickte und warf einen Blick auf Dio, der ein paar Meter von ihr entfernt stand.

„Ehrlich gesagt könnte sogar ein Blinder sehen, wie vernarrt er in dich ist, aber du willst einen Beweis, also sollst du einen Beweis bekommen.“ Zeus drehte seine Arme im Kreis, und die Hälfte des Bettes verwandelte sich in einen Teich. Es war die gleiche Art optische Täuschung, die Hera benutzt hatte. Zeus wollte ihr etwas zeigen.

Ari trat einen Schritt näher und starrte auf die Spiegelung auf der Oberfläche des Teiches.

Dio schaute über die sanften Hügel der Weinberge, bevor er sich den Doppeltüren hinter sich zuwandte. Der Raum, den er betrat, war ein Schlafzimmer, das von einem riesigen Bett vor einem Kamin beherrscht wurde. Er schnippte mit den Fingern und aus dem Nichts erschienen drei elfenhafte Geschöpfe. Sie sahen menschlich aus, doch ihre Bewegungen waren von feenähnlicher Eleganz.

„Oh mächtiger Gott Dionysos, wie können wir dir dienen?“, fragten die drei im Chor.

„Ich möchte, dass ihr das Gut für heute Abend vorbereitet. Blumen, Champagner, Obst. Ich will, dass alles perfekt ist.“

Eine der Feen nickte. „Sollen wir für einen bestimmten Anlass schmücken?“

Dio lächelte. „Ja, für meine Flitterwochen. Ich bringe meine Frau heute Abend hierher. Bereitet das Schlafzimmer für unsere Hochzeitsnacht vor. Ich will rote Rosen, weiche, weiße Bettwäsche, alles, damit sich Ariadne wohlfühlt: warme Handtücher im Bad, einen Bademantel, alles, was sie sich nur wünschen könnte. Ich will, dass sie glücklich ist.“

Ari versuchte, die Tränen zurückzudrängen, aber dennoch entfuhr ihr ein Schluchzen. Dio wollte sie wirklich. Sie drehte sich zu ihm um.

Dio sank vor ihr zu Boden und beugte dabei ein Knie. „Ich liebe dich, Ariadne. Willst du mich heiraten?“

Sie warf ihre Arme um ihn, brachte ihn damit aus dem Gleichgewicht und landete auf ihm.

Dio lachte. „Ich nehme das als ein *Ja*.“

„Jetzt raus hier!“, befahl Zeus. „Ich glaube, der Pfarrer wartet in der heißen Nachmittagssonne auf euch. Und ich muss meine Frau bestrafen.“

„Danke, Vater“, sagte Dio, bevor er sie küsste und wieder alles schwarz um sie herum wurde.

Dio hatte Mühe, sich darauf zu konzentrieren, zurück in die Pension zu teleportieren, so wie sich Ari an ihn drückte, ihre Arme um seinen Hals schlang und ihre Lippen auf seine presste. Er stürzte fast in einem der Zimmer ab und verhinderte eine Katastrophe, indem er sich mit Ari auf ein Bett fallen ließ. Bei der harten Landung unterbrach er ihren leidenschaftlichen Kuss.

„Baby, wenn du mich weiter so küsst, dann schaffen wir es nie zu unserer eigenen Hochzeit.“

Sie lächelte ihn an. „Es tut mir leid, dass ich dir zuerst nicht geglaubt habe, aber Hera klang sehr überzeugend.“

Er strich mit seinen Fingerknöcheln über ihre Wange. „In Zukunft wirst du nicht mehr auf Hera hören. Zeus wird sich um sie kümmern.“

Ari setzte sich auf. „Ich kann immer noch nicht glauben, dass du ein Gott bist und dass Zeus dein Vater ist.“

„Du wirst dich daran gewöhnen. Es hat auch seine Vorteile. Ich bin sicher, du wirst lernen, sie zu schätzen.“

„Welche Vorteile?“

„Diesen zum Beispiel.“ Er schnippte mit den Fingern und befreite sie damit von ihrer Kleidung.

„Ohh!“, keuchte sie überrascht.

Dio grinste. „Oh ja!“ Er ließ seine Hände über ihren nackten Rücken auf ihr Hinterteil gleiten und füllte seine Handflächen mit ihrem warmen Fleisch. Er wusste genau, was er jetzt wollte – Ari: für alle Ewigkeit!

„Ich nenne das einen unfairen Vorteil.“ Ari lächelte.

„Finde ich gar nicht.“ Er gab ihr einen schnellen Kuss, wusste jedoch, dass er sich nicht mehr erlauben konnte. Noch nicht. Er war sich bewusst, dass die Hochzeitsgäste in der Nachmittagssonne schwitzten. „Also, Baby, lass uns heiraten!“

Ein sofortiges Stirnrunzeln erschien auf ihrem Gesicht. „Wir können nicht. Mein Hochzeitskleid! Es ist in meiner Wohnung.“

Er schnippte mit den Fingern und forderte sie auf, in Richtung Kleiderschrank zu schauen. „Du meinst doch nicht etwa dieses?“ An der Schranktür hing das schönste weiße Kleid, das er je gesehen hatte. Sie würde wie eine Göttin darin aussehen – wie seine Göttin!

„Wie hast du –“ Dann unterbrach sie sich. „Ich nehme an auf die gleiche Weise, wie du uns von der Pension auf den Olymp und wieder zurück transportiert hast.“

Dio hob sie von seiner Brust und stand auf. „Teleportation. Kann sehr nützlich sein. Genau wie das.“ Ein weiteres Schnippen mit seinen Fingern, und Ari stand plötzlich in ihrem Hochzeitskleid vor ihm.

Er trat zurück, um sie zu bewundern. „Bei den Göttern, bist du schön! Ich bin ein glücklicher Gottessohn!“

Ari strich mit ihren Händen über ihr Kleid und betrachtete sich im Spiegel. Als sie ihre Augen hob und seinen Blick traf, runzelte sie ihre Stirn. „Du hast meine Unterwäsche vergessen.“

Dios Lippen kräuselten sich zu einem Lächeln. „Baby, ich habe sie nicht vergessen.“

„Aber ich trage doch keine –“ Sie unterbrach sich, als eine Erkenntnis auf ihren schönen Gesichtszügen erschien. Ihre Lippen formten einen perfekten Kreis. „Oh.“

Er nickte. Nein, er hatte ihre Unterwäsche nicht *vergessen.*

Ein dunkles Rot stahl sich über ihre Wangen, und sie sah fast jungfräulich aus. „Aber ich kann doch nicht ohne Unterwäsche da hinausgehen.“

Er schüttelte den Kopf. „Deine Brüste brauchen keinen BH. Und die Tatsache, dass du kein Höschen trägst, wie wäre es, wenn ich das als dein Hochzeitsgeschenk für mich ansehe?“

„Du bist unmöglich.“

Dio zuckte die Achseln. „Du wirst dich daran gewöhnen.“

Als er seine Hand ausstreckte, warf sie sich in seine Arme. „Ich liebe dich.“

Sein ganzer Körper wurde mit Wärme überflutet, als die Worte sein Herz erreichten und durch das weit geöffnete Tor eindrangen. Ohne ein Wort küsste er sie und führte sie in den Garten.

Als sie in den Sonnenschein traten, verstummte das Geflüster der Gäste, und alle Augen beobachteten sie, wie sie Hand in Hand in Richtung Podium schritten.

„Es gibt da noch etwas, das ich vergaß zu erwähnen", flüsterte er ihr zu.

Ari warf ihm einen Seitenblick zu und antwortete ganz leise: „Was denn noch?"

Er grinste. „Wir haben in der Nacht, als du mir die Wahrheit gesagt hast, ein Kind gezeugt."

Ihr Kopf flog zur Seite, als sie ihn ungläubig anstarrte. Ihre Lippen bebten, und ihre Augen füllten sich mit Tränen. Dio fühlte sich, als ob ihm jemand mit der Faust in den Bauch geschlagen hätte. „Willst du mein Kind nicht?"

Sie blieb stehen und ihre Hand glitt zu seinem Gesicht. Instinktiv zog er sie näher. Trotz der Tränen, die jetzt über ihre Wangen liefen, lächelten ihre Augen und ihre Lippen ihn an. „Oh, Dio!", flüsterte sie und drückte ihre Lippen auf seine.

„Du willst mein Kind?", fragte er.

Sie nickte und hob damit einen Mühlstein von seinem Herzen.

„Warum weinst du dann, Baby?"

Sie hob ihre Lider und begegnete seinem Blick. „Weil ich noch nie glücklicher gewesen bin."

Er schmunzelte. „Dann – glaube ich – wirst du viel weinen, denn ich habe vor, dich sehr glücklich zu machen!"

EPILOG

Elf Monate später

Dionysos lag im Bett, seinen frisch gebadeten Sohn auf seiner nackten Brust, und streichelte über die zarte Haut des Babys. Er hatte in seinem ganzen Leben noch nie etwas so Weiches gespürt und noch nie etwas so Kostbares berührt.

Sein Leben mit Ariadne war perfekt. Die meiste Zeit wohnten sie in Charleston, wo sie ein großes Haus in der Stadt gekauft hatten, nicht allzu weit entfernt von der Weinhandlung, um die sie sich nun gemeinsam kümmerten. Aber immer, wenn sie ein paar ruhige Stunden verbringen wollten, teleportierte Dio sie drei zu seinem Weingut in Napa.

Seine Augen wanderten zu den offen stehenden Doppeltüren, und er sah die sanften Hügel um seinen Besitz herum; Hügel, auf denen unzählige Rebstöcke standen, die schwer mit erntereifen Trauben behangen waren.

Sein Sohn begann zu weinen und brachte damit Dios Aufmerksamkeit wieder zu dem kleinen Bündel auf seiner Brust zurück. Er strich mit dem Finger über die Hände seines Sohnes. Sofort packte der Kleine seinen Finger und zog ihn mit großer Kraft – mehr Kraft als jedes sterbliches Baby hatte – in den Mund und kaute daran. „Ich weiß", gurrte Dio, „du bist hungrig." Dann schaute er in Richtung Badezimmer. „Deine Mutter kümmert sich gleich um dich."

Als er seinen Finger aus dem Mund seines Sohnes zog, begann der Junge zu jammern. Eine Sekunde später öffnete sich die Tür zum Bad, und Ari trat heraus, nur mit einem kurzen, leichten Morgenrock bekleidet, ihr Haar noch feucht von der Dusche.

„Unser Sohn ist hungrig." Dio lächelte sie an und ließ seine Augen genüsslich über ihre Figur schweifen. Mit einem Schnippen seiner Finger löste sich der Gürtel ihres Morgenrockes. „Viel besser!", kommentierte er, da ihr Gewand nun offen war.

Ari lachte und glitt neben ihm ins Bett. „Du bist unverbesserlich."

„Ich will nur sicherstellen, dass mein Sohn sein Frühstück bekommt." Er ließ seinen Blick auf ihre Brüste fallen. Sie waren voller und schwerer als damals, als er sie kennengelernt hatte. Und er wusste, dass sie manchmal unter dem zusätzlichen Gewicht schmerzten, also war er immer sehr vorsichtig, wenn er ihren Brüsten seine Aufmerksamkeit schenkte und drückte sie nie zu hart.

Dio hob seinen Sohn von seiner Brust und legte ihn Ari in die Arme. Dann wiegte er eine ihrer Brüste in seiner Handfläche und führte die Brustwarze an die Lippen seines Sohnes. Gierig saugte das Baby den Nippel in den Mund. Sein Weinen und Jammern verstummte sofort. Dio liebte es, ihr beim Stillen zuzusehen, vor allem, weil es sie nicht zu stören schien, wenn er sie gleichzeitig sanft liebkoste.

Er rückte näher zu ihr, legte einen Arm um ihre Schultern und streichelte den Arm, in dem sie seinen Sohn hielt. Als sie ihr Gesicht ihm zuwandte und lächelte, antwortete er ihr, indem er sie küsste. Sofort wurde er unter dem Laken, das seinen Unterleib bedeckte, hart.

Ari entzog sich ihm abrupt. „Autsch!“ Er folgte ihrem Blick, als sie zu dem Baby hinabblickte, und bemerkte, dass sein Sohn ihre freie Brustwarze mit seiner Faust gepackt hatte. „Schau dir das an. Er ist genau wie sein Vater!“

Dio strahlte. Voller Stolz lächelte er Ari an. „Ja! Das ist mein Sohn!“ Er beugte sich zu ihm und streichelte den Flaum von dunklem Haar auf seinem Kopf. „Jetzt iss schnell, mein Sohn, denn dein Vater hat einen älteren Anspruch als du, und im Moment ...“ Er hob seine Augen und zwinkerte Ari zu. „... hat er einen Heißhunger!“

Ari lachte, und der Klang ihres Lachens hallte in der Villa wider und rollte die Hügel des Weingutes hinab. Nachdem Ari das Baby wieder in die Krippe gelegt hatte, erstickte Dio ihr Lachen mit einem Kuss und ihr Körper hieß seinen Schwanz tief in sich willkommen.

~ ~ ~

Über die Autorin

Tina Folsom ist gebürtige Deutsche und lebt schon seit über 25 Jahren im englischsprachigen Ausland, die letzten 14 Jahre davon in San Francisco, wo sie mit einem Amerikaner verheiratet ist.

Tina ist schon immer ein bisschen herumzigeunert und hat in vielen verschiedenen Orten gelebt: nach Lausanne in der Schweiz, arbeitete sie kurzzeitig auf einem Kreuzfahrtschiff im Mittelmeer, verbrachte dann ein Jahr in München, bevor sie nach London zog. Dort ließ sie sich als Buchhalterin ausbilden. Aber die Wanderlust ergriff sie nach 8 Jahren in England, und sie zog über den großen Teich.

In New York war sie ein Jahr auf der berühmten Schauspielschule, der American Academy of Dramatic Arts. Danach blieb sie ein Jahr in Los Angeles, wo sie an der UCLA Drehbuchschreiben studierte. Dort lernte sie auch ihren Mann kennen, der in San Francisco lebte. So zog sie kurzerhand drei Monate später nach San Francisco.

Erst war sie dort als Buchhalterin und Steuerberaterin tätig. Sie machte sogar ihre eigene Kanzlei auf. Doch damit war sie noch nicht ganz zufrieden. Eine Zeit lang hatte sie ihr eigenes Immobiliengeschäft, aber das Schreiben vermisste sie sehr. Also fing sie im Herbst 2008 wieder damit an und schrieb ihren ersten Liebesroman.

Vampire haben es ihr schon immer angetan. Mittlerweile hat sie über 32 Bücher in Englisch sowie über drei Dutzend in anderen Sprachen (Französisch, Spanisch und Deutsch) herausgegeben.

Tina hört gerne von ihren Lesern. Schreiben Sie ihr doch einfach eine email: tina@tinawritesromance.com

http://facebook.com/TinaFolsomFans
Twitter: @Tina_Folsom
www.tinawritesromance.com

19420177R00127

Printed in Poland
by Amazon Fulfillment
Poland Sp. z o.o., Wrocław